De schuldigen

Van dezelfde auteur

Het recht van de macht
Op eigen gezag
Duister lot
Vuil spel
Onder druk
In het hart
Nachtreizigers
De laatste man
Onbewaakt ogenblik
De samenzwering
Het uur van de zonde
De verzamelaars
Geniaal geheim
De verraders
Niets dan de waarheid
De rechtvaardigen
Familieverraad
In het geheim
Verlos ons van het kwaad
Rechteloos
De zesde man
Die zomer
De provocatie
Onschuldig
Vergeten
De aanslag
King & Maxwell
Doelwit
De ontsnapping
De voltooiing
De geheugenman

David Baldacci

De schuldigen

A.W. Bruna Uitgevers

Oorspronkelijke titel
The Guilty

Published by arrangement with Lennart Sane Agency AB.
Vertaling
Jolanda te Lindert
Omslagbeeld
© plainpicture/mia takahara
Omslagontwerp
Studio Jan de Boer

ISBN 978 94 005 0447 9
NUR 332

MIX
Papier van verantwoorde herkomst
FSC® C110751
FSC www.fsc.org

Dit boek is gedrukt op papier dat het keurmerk van de Forest Stewardship Council (FSC®) mag dragen. Bij dit papier is het zeker dat de productie niet tot bosvernietiging heeft geleid. Een flink deel van de grondstof is afkomstig uit bossen en plantages die worden beheerd volgens de regels van FSC. Van het andere deel van de grondstof is vastgesteld dat hiervoor geen houtkap in de laatste resten waardevol bos heeft plaatsgevonden. Daarom mag dit papier het FSC Mixed Sources label dragen. Voor dit boek is het FSC-gecertificeerde Munkenprint gebruikt. Dit papier is 100% chloor- en zwavelvrij gebleekt en wordt geleverd door Arctic Paper Munkedals AB, Zweden.

Ter nagedachtenis aan Donald White,
een unieke man.

1

Als een schaduw kroop Will Robie naar een raam in een verlaten gebouw in een land dat op dit moment een bondgenoot van de Verenigde Staten was.

Iets wat morgen zou kunnen veranderen.

In de loop der jaren was Robie al heel vaak in heel veel andere landen in zijn eentje in een verlaten gebouw geweest, tactisch bij een raam gepositioneerd en met een wapen in de hand. Want normaal gesproken doodde je niet vanaf grote afstand met een scherpschuttersgeweer met een superieure telescoop en vernietigende munitie met allemaal mensen om je heen.

Robie was altijd een tactisch wapen geweest en zou dat altijd blijven. Strategieën voor de langere termijn waren het professionele domein van anderen, meestal politici. Dat waren trouwens ook goede huurmoordenaars, alleen werkten zij niet met kogels. Zij werden feitelijk omgekocht om wetten aan te nemen door mensen met meer geld dan goed voor ze was, en zij doodden veel meer mensen dan Robie ooit zou kunnen.

Hij keek naar de straat, vier verdiepingen lager: stil en verlaten.

Nou, dat zal niet zo blijven. Niet nadat ik heb gedaan waarvoor ik hiernaartoe ben gekomen.

Via zijn oortje kreeg hij een heleboel lastminute-informatie door, plus een verificatie van alle details van het 'executieplan', zoals het heel toepasselijk was genoemd. Robie nam het allemaal in zich op, zoals hij in het verleden al zo vaak had gedaan. Hij verwerkte de informatie, stelde een paar duidelijke vragen en ontving het bevel stand-by te blijven. Dat alles maakte deel uit van het professionele systeem, was allemaal 'normaal'; voor zover dat kan in een situatie waarin het eindresultaat de gewelddadige dood van een mens is.

Robie was nooit van plan geweest om mensen te doden op bevel van een kleine elite. Toch was hij hier en maakte hij onderdeel uit van een valse-vlag-eenheid die een onduidelijke band had met een geheime dienst die wordt aangeduid met de drie letters die iedereen, van Bangor tot Bangladesh, onmiddellijk zou herkennen.

Hij was er langzaam in gerold.

Het was begonnen met de training waar hij eerst op papieren doelwitten schoot, daarna op lemen doelwitten en ten slotte op poppen die verrassend realistisch bloedden uit pakjes geribbeld karton die verstopt zaten in de torso's en hoofden. Wanneer het plastic vlees en het Hollywood-bloed precies waren overgegaan in echt vlees en echte bloedlichaampjes wist hij niet. Misschien had hij deze veranderingen onbewust genegeerd. Maar het was waar dat hij nooit achterom had gekeken en nooit had geprobeerd te achterhalen hoe hij hier eigenlijk was beland.

Hij had trekkers overgehaald, met messen gezwaaid, zijn vuisten en vingers, zijn benen en ellebogen gebruikt, en zelfs met zijn hoofd bepaalde bewegingen gemaakt, en daardoor het leven van heel veel mensen beëindigd zonder ooit de reden voor deze acties ter discussie te stellen.

Moordenaars in dienst van de overheid die vragen stelden waren niet populair. Sterker nog, over het algemeen waren ze werkloos. Of, nog waarschijnlijker, dood.

De laatste tijd was hij wel vragen gaan stellen. En daarom was hij nu minder populair dan vroeger bij de instantie waarvan de eerste letter van de afkorting een C was en de laatste een A. De middelste letter stond voor *intelligence* – wat niet alleen geheime informatie betekent, maar ook intelligentie – en daar was volgens Robie soms een schrijnend gebrek aan.

Hij verdrong deze gedachten, want vanavond moest hij weer een trekker overhalen.

Hij pakte een nachtkijker en bekeek het smalle gebouw voor hem. Anders dan het gebouw waarin hij zich bevond, was dat niet verlaten. Binnen waren heel veel mensen, mensen met meer wapens dan hij. Maar ach, hij had er maar één nodig. Er zaten vierentwintig ramen in de gevel tegenover hem, vier op elk van de zes verdiepingen. Hij concentreerde zich alleen op het tweede raam van links op de tweede verdieping, waarop in zijn verbeelding een doelwitroos was geschilderd.

Nu waren de gordijnen voor dit raam gesloten, maar dat zou moeten veranderen. Robie was wel goed, maar hij kon niet iets doden wat hij niet kon zien. En op dit moment zouden deze katoenen gordijnen van een paar millimeter dik net zo goed vijf centimeter dikke platen polycarbonaat met een laag kevlar ertussenin kunnen zijn.

Hij keek op zijn horloge: nog vijf minuten.

De eerste vierenhalve minuut zou een eeuwigheid lijken, maar de laatste dertig seconden zouden als een ademteug voorbij zijn, een heel snelle zelfs. Bij normale mensen zou er nu een golf adrenaline door hun lichaam schieten, maar Robie was niet normaal. Zijn hartslag zou zelfs vertragen, niet versnellen. En zijn gezicht zou zich ontspannen, niet verstrakken.

Hij stak zijn linkerhand uit en raakte het al in elkaar gezette, op maat gemaakte langeafstandsgeweer aan dat nog gedeeltelijk in de sporttas lag. Zoals gebruikelijk bij dit soort wapens was het een vrij licht geweer, en de subsonische kogel zat al in de kamer. Hij zou maar één kans krijgen om één kogel af te vuren, meer had hij ook nooit nodig gehad. Hij klopte zacht op het houten raamkozijn; zelfs een huurmoordenaar in overheidsdienst had af en toe een beetje geluk nodig.

Hij kende de achtergrond van de man die hij vanavond zou doden en die leek op de achtergrond van veel anderen wier leven hij had beeindigd. De belangen en doelen van het doelwit lagen niet op één lijn met die van de Verenigde Staten, die een bondgenootschap waren aangegaan met rivaliserende - maar al even barbaarse - groeperingen die de uitschakeling van deze persoon vereisten. Waarom ze dat niet gewoon zelf deden, was een goeie vraag. Robie had die vraag echter nooit gesteld, om de eenvoudige reden dat hij geen antwoord zou hebben gekregen.

Dus waren hij en zijn geweer hiernaartoe gestuurd om het te doen, in het belang van de nationale veiligheid. Daarmee leek elke dood gerechtvaardigd te kunnen worden - waar dan ook, wanneer dan ook.

De afgemeten stem klonk weer in zijn oortje: 'Doelwit alleen in de kamer, plus de twee bodyguards en het dienstmeisje. De gordijnen worden over drie minuten geopend.'

'Volledig bevestigd?' vroeg Robie, omdat hij niet op verrassingen zat te wachten.

'Volledig bevestigd.'

Robie keek achterom, naar het raam dat zijn ontsnappingsroute was. Het leek niet echt op een goede ontsnappingsroute, en dat was het eerlijk gezegd ook niet, maar hij had slechtere overleefd. Vanavond was hij gewoon een schaduw. Schaduwen waren moeilijk te vangen, en nog moeilijker te doden.

Hij keek op zijn horloge en zette hem gelijk met de resterende tijd die hij zojuist te horen had gekregen. *Aftellen tot rust*, zei hij tegen zichzelf. *Aftellen tot de moord*, voegde hij eraan toe.

Het raam waar hij voor geknield zat, was al een paar centimeter omhooggeschoven. De vensterbank zou zijn steunpunt zijn. Hij haalde het geweer uit de sporttas en stak de loop door de opening tot hij niet meer dan zeven centimeter naar buiten stak. Robie had een dikke felrode streep op de loop getekend: tot daar mocht de loop naar buiten steken.

De avond was donker en het omgevingslicht zwak. De aanval was, hopelijk, onverwacht. Iemand moest wel uitzonderlijk goed zijn om de donkere metalen loop te zien, maar de andere kant was lang niet zo goed als hij. Daardoor had hij het leegstaande gebouw binnen kunnen gaan van waaruit hij een onbelemmerd uitzicht had op het huis van het doelwit. Bij de Russen of de Iraniërs zou hem dat nooit zijn gelukt.

Precies op het aangegeven moment gingen de gordijnen uit elkaar. Het was een eenvoudige beweging die in de hele wereld miljoenen keren per dag werd uitgevoerd. Maar meestal deden mensen hun gordijnen overdag open, om het daglicht binnen te laten. 's Avonds sloten ze ze meestal om wat privacy te krijgen.

Dat was altíjd het probleem bij een plan als dit. En Robie zou vrijwel meteen weten of dat probleem in een complete ramp veranderde.

Het dienstmeisje zette een stap naar achteren.

Robie dacht dat de vrouw even omhoogkeek, naar het gebouw aan de overkant. En het leek alsof ze te lang voor het raam bleef staan. *Ga weg*, dacht hij, in een poging deze boodschap naar de overkant van de straat en in haar hoofd te krijgen. Er waren heel veel moeite, geld en vakkundigheid voor nodig geweest om haar op de plaats te krijgen waar ze nu was, waar ze móést zijn om dit plan te laten slagen.

Maar als ze nu bleef staan, zou dat allemaal niet doorgaan. Dan zou zij sterven en niet de man voor wie ze werkte. Dan zou Robie hier voor niets zijn. Dan zou hij ook kunnen sterven, omdat de VS zouden ontkennen dat ze ook maar iets met hem te maken hadden. Zo was het nu eenmaal.

Even later liep ze weg en werd zijn uitzicht niet langer belemmerd.

Opgelucht ademde Robie langzaam uit en ontspande zijn spieren. Hij legde zijn rechterwang tegen de linkerkant van de kolf van koolstofvezel. Dankzij dit materiaal woog het geweer zes kilo in plaats van zeventien. En net als bij een vliegtuig, was gewicht cruciaal voor Robies taak: hoe minder gewicht hoe beter. Hij keek door het telescoopvizier dat op de Picatinny-rail was gemonteerd naar de enkele centimeters brede opening tussen de gordijnen. Door zijn vizier leek die opening wel honderd meter breed. Hij zou onmogelijk kunnen missen.

Er was een tafel te zien. Op de tafel een telefoon. Geen mobiele telefoon, maar een ouderwetse vaste telefoon met een spiraalsnoer. Deze telefoon zou over minder dan twee minuten overgaan. Het decor was opgesteld, de choreografie tot en met de laatste details uitgewerkt.

Ergens kon Robie niet geloven dat de man of zijn bodyguards niet hadden gezien hoe zorgvuldig alles was gearrangeerd. Tussen de iets geopende gordijnen door zag hij de bodyguards doen wat bodyguards deden: rondlopen, details controleren, proberen hun diepgewortelde paranoia lang genoeg te beheersen om hun werk te kunnen doen. Maar ze keken niet één keer naar het raam. En ze stonden er kennelijk ook niet bij stil dat de telefoon voor dat raam stond. Niet één keer.

Wat betekende dat het stomkoppen waren. Robies mensen hadden die handige waarheid allang ontdekt en daarom hadden ze niet eens geprobeerd deze mannen om te kopen. Ze waren het geld niet waard.

Robie ademde steeds langzamer, waardoor zijn fysiologische markers daalden tot een acceptabel niveau voor een schot als dit: *cold zero*. In werkelijkheid zou het echte schot niet moeilijk zijn. De smalle straat was inclusief de trottoirs amper dertig meter breed en daarom gebruikte hij de stillere subsonische kogel; dat was volkomen acceptabel voor een schot over zo'n kleine afstand. Zijn doelwit bevond zich één verdieping lager: ook geen probleem dus. Het was waar dat hij aan de overkant door glas moest schieten, maar op deze afstand had glas geen enkele invloed. Er was geen wind en er waren geen andere lichtbronnen die hem konden verblinden. Kortom, het zou een gemakkelijke moord moeten zijn.

Maar Robie had geleerd dat zoiets niet bestond.

De stem in zijn oortje zei twee woorden: 'Vee Eén.'

Dat was dezelfde term die piloten in de cockpit gebruikten. V-1 betekent dat de *takeoff roll* niet langer veilig kan worden afgebroken. Je zou de lucht in gaan, of je dat wilde of niet.

Hier was er echter een klein verschil, en dat wist Robie heel goed, net zoals degene aan de andere kant van zijn veilige lijn: *Ik kan deze missie beëindigen tot mijn vinger de trekker overhaalt.*

'Dertig seconden,' zei de stem.

Robie liet zijn blik weer even naar links dwalen, en naar rechts. Daarna keek hij alleen nog maar door zijn vizier, met zijn blik op de opening tussen de gordijnen gericht.

Kamer leeg, op het doelwit, twee bodyguards en het dienstmeisje na.

Check, check en nog eens check.

'Tien seconden.'

Het overgaan van de telefoon zou de katalysator zijn voor alles.

'Vijf seconden.'

In gedachten telde Robie de resterende seconden af.

'Het nummer wordt gebeld,' zei de stem.

Dat gebeurde door een op afstand bediende computer, zonder dat er ook maar iemand in de buurt was.

Er kwam een man tevoorschijn tussen de gordijnen. Hij had een gemiddelde lengte en lichaamsbouw, maar dat was ook het enige wat gemiddeld aan hem was. Hij bezat, net als Hitler voor hem, het uitzonderlijke vermogen zijn volgelingen op te zwepen tot zo'n toewijding dat ze bereid waren tot elke wreedheid waar hij opdracht voor gaf. Dankzij dat vermogen werd hij beschouwd als een Categorie Alfa-vijand van een belangrijke, hoewel veranderlijke bondgenoot van de Verenigde Staten. Deze categorie werd alleen gereserveerd voor mensen die uiteindelijk een gewelddadige dood zouden sterven, doordat de Verenigde Staten de rol van mondiale sloopkogel speelden voor eenieder die trouw aan hen zwoer, hoe tijdelijk ook.

Robies vinger gleed naar de trekkerbeugel en vervolgens naar het echte V-1-punt voor hem: de trekker.

Hij zag beweging rechts van het doelwit, maar schoot toch: hij trok de trekker naar achteren met een snelle, afgemeten beweging zoals hij al ontelbare keren had gedaan.

Zoals zijn gewoonte was, bleef hij na de terugslag van de loop door zijn vizier naar het doelwit kijken, tot de kogel het einde van zijn baan had bereikt. Je wist alleen zeker of een moord geslaagd was als je die zág. Hij was al eens voor de gek gehouden, en dat zou hem nooit weer overkomen.

Het glas barstte, en de kogel sloeg in en ging daarna door het doelwit.

De man viel ter plekke neer, met de telefoonhoorn in zijn dode hand geklemd.

Nu was er aan beide kanten van de telefoonlijn geen levende ziel aanwezig.

Net toen Robie zijn blik wilde afwenden, verdween het doelwit helemaal uit zicht. En achter hem werd het kind zichtbaar – kennelijk de vage beweging die Robie had gezien op het moment dat hij schoot.

De kogel had de schedel van het doelwit doorboord en daarna nog voldoende snelheid gehad om het tweede, veel kleinere doelwit te raken en te doden.

Door zijn vizier zag Robie het meisje op de grond vallen, met het kogelgat precies in het midden van haar kleine borstkas.

Eén schot, twee doden.

Eén die de bedoeling was.

En één die nooit de bedoeling was geweest.

Will Robie pakte zijn spullen en ging er snel vandoor.

2

Robies ontsnappingsroute leidde door een raam op de derde verdieping tegenover de plek waar hij het schot had afgevuurd dat een volwassen man en een meisje had gedood. Hij sprong met zijn sporttas over de schouder en landde op het graveldak van het aangrenzende, drie verdiepingen hoge gebouw. Hij hoorde schoten en glasgerinkel. De bodyguards vuurden salvo's af op het gebouw waarin hij zich had bevonden.

Toen hoorde hij nog twee schoten snel achter elkaar: *bang-bang.*

Het dienstmeisje had zojuist de twee bodyguards uitgeschakeld, dat hoopte Robie tenminste. Daarna kon ze ook maar beter maken dat ze wegkwam, want Robie hoorde al piepende banden op het asfalt.

Hij kwam ongelukkig terecht en de littekens van een oude wond op zijn arm trokken en scheurden open door de klap van de val. Hij sprong op, rende naar de deur en glipte naar binnen. Hij sprong met drie treden tegelijk de trap af. Hij verliet het gebouw en kwam in een steeg. Daar stonden twee geparkeerde auto's. In een ervan gooide hij zijn uitrusting en, behalve zijn ondergoed, al zijn kleren en zijn laarzen. De chauffeur van deze auto scheurde weg zonder zelfs maar naar hem te kijken.

Robie stapte achter in de andere auto, een ambulance. Achterin zat een man in een blauw verplegersuniform. Robie ging op de brancard liggen. De man legde een laken over hem heen en drukte een zuurstofmasker op zijn gezicht. De man injecteerde een vloeistof in Robies wang waardoor zijn gezicht opzwol en even later vuurrood werd; dat zou nog een halfuur zo blijven.

De ambulance reed weg, met sirene en zwaailichten aan.

Ze reden de straat in die parallel liep aan de straat tussen Robies schuttersnest en het gebouw van het doelwit.

Twee minuten later kwam de ambulance abrupt tot stilstand en werden de achterdeuren opengetrokken. Robie sloot zijn ogen en haalde oppervlakkig adem.

Er verschenen gewapende mannen. Eén stapte in en brulde iets tegen de man in het verplegersuniform. Deze antwoordde in zijn eigen taal, met precies de juiste hoeveelheid professionele verontwaardiging, en wees naar Robie. De man met het geweer bukte zich en bekeek Robies gezicht aandachtig. Daarna controleerde hij de infuuslijn en het zuurstofmasker en Robies gezwollen en vuurrode gezicht. Hij stelde nog een vraag, die de man in het verplegersuniform beantwoordde. Vervolgens stapte de gewapende man weer uit en gingen de deuren van de ambulance dicht. De ambulance begon weer te rijden.

Maar Robie hield zijn ogen dicht. Hij opende ze pas een halfuur later, toen de ambulance stopte naast een hek van prikkeldraad.

De man in het verplegersuniform tikte op Robies schouder, en verwijderde het infuus en het zuurstofmasker.

Robie klom naar buiten, met blote voeten stapte hij op de straat. Naast de ambulance stond een auto te wachten. Hij stapte in, kreeg kleren en schoenen, en kleedde zich snel aan.

Een halfuur later zat hij in de lucht, in een springstoel achter in een Boeing 777 van UPS die hem als extra bagage aan boord had genomen. De jumbojet maakte eerst een scherpe bocht naar het noorden en daarna naar het westen, en begon aan de klim voor de lange vlucht terug naar Amerika.

Robie zat in zijn springstoel en haalde de beveiligde telefoon tevoorschijn die de man achter in de ambulance hem had gegeven vlak voordat hij uitstapte.

De boodschap stond voor hem klaar in de vorm van een sms: DOELWIT DOOD. OPERATIE SUCCESVOL EN VOLLEDIG AFGEROND.

Tja, dat eerste wist Robie al. Maar nu wist hij ook dat het dienstmeisje haar werk had gedaan en ook was ontsnapt. En hij wist dat de mensen die deze sms hadden verzonden nu probeerden om een positieve draai aan deze puinhoop te geven.

Hij typte een boodschap en drukte op Verzenden.

Maar in gedachten zag hij alleen het gezicht van het kleine meisje met de donkere krullen dat hij vanavond had gedood. Met opzet of niet, ze was en bleef dood. Niets, maar dan ook niets kon haar weer tot leven wekken. En hij wilde weten hoe het in hemelsnaam had kunnen gebeuren.

Het pingeltje gaf aan dat er een antwoord was op zijn vraag.

ONDUIDELIJK. ZIJN DOCHTER. BESCHOUWD ALS BIJKOMENDE SCHADE.

Bijkomende schade? Komen ze echt daarmee aan? Bij mij?

Zijn vinger bleef boven het toetsenbordje hangen. Robie had zin om een antwoord te schrijven waaruit zijn woede zou blijken, maar hij stopte de telefoon in zijn zak en leunde weer tegen de binnenwand van het toestel.

Hij wreef over zijn gezicht en sloot zijn ogen. Het leek wel alsof het gezichtje op zijn netvlies stond gebrand. Ze had verbaasd geleken over haar dood. En wie kon haar dat kwalijk nemen? Terwijl ze naar haar papa rende, hem zag sterven op hetzelfde moment als waarop zij ook stierf?

Ooit had hij bijna een kind gedood, maar toen had hij de trekker niet overgehaald. Dat had hem bijna zijn carrière gekost, en zijn leven. Maar deze keer, deze keer had hij het wel gedaan.

Hij opende zijn ogen en leunde naar voren toen het vliegtuig in een luchtzak terechtkwam en hij ruw heen en weer werd geschud. Hij draaide zich opzij en begon te kotsen. Dat had niets te maken met de turbulentie, maar alles met dat gezichtje dat een gat in zijn hoofd en zijn maag brandde.

Hij liet zijn hoofd tussen zijn knieën zakken. De stoïcijnse man die hij altijd was, die hij altijd moest zijn, was helemaal over zijn toeren en knapte, net zoals het littekenweefsel op zijn arm was geknapt.

Ik heb net een klein meisje gedood. Ik heb een klein meisje vermoord. Zij is dood door mij.

Hij keek naar zijn trekkervinger, naar het eelt dat was ontstaan door alle oefenkogels die hij in de loop der jaren had afgevuurd. Hij had zich afgevraagd wanneer en of hij zou weten dat het tijd werd hiermee op te houden.

Misschien wist hij dat nu.

Zijn telefoon pingelde weer. Hij pakte hem en keek naar het scherm.

BLAUWE MAN.

De enige andere mens – op Jessica Reel na, die een enkele keer zijn partner was – op wie Robie kon vertrouwen bij een instantie die nooit officieel zou erkennen dat ze zelfs maar bestond. Blauwe Man vertelde hem altijd de waarheid, of Robie die nu wilde horen of niet.

WACHT OP JE ALS JE BENT GELAND. DAN PRATEN WE.

Robie probeerde de betekenis achter deze paar woorden te achterhalen. Waar moesten ze over praten? Zijn klus zat erop. De operatie was afgerond. Het officiële antwoord op de zinloze dood van een kind was 'bijkomende schade'. Robie kon zich voorstellen dat die verklaring op een formulier werd genoteerd en dat dit formulier werd gearchiveerd op de plaats waar ze dat soort verslagen bewaarden.

Vandaag doodgeschoten in het buitenland door Will Robie: een megalomaan en een dochter van de genoemde megalomaan.

Hij zou een nieuwe opdracht krijgen, in de veronderstelling dat hij vergat wat hij zojuist had gedaan. Net als een cornerback die een lange *touchdownpass* heeft gegeven. Je schudt het van je af, je raapt jezelf bij elkaar en begint gewoon aan de volgende wedstrijd.

Alleen is daarbij niemand gedood.

In Will Robies wereld ging er *altijd* iemand dood.

Altijd.

3

Robie liep de metalen vliegtuigtrap af en stond, voor het eerst sinds een maand, op Amerikaans grondgebied. Hij keek recht voor zich uit en zag de man in een gekreukelde regenjas die naast het achterportier stond van de zwarte Chevrolet Suburban. Het was alsof hij een zwartwitfilm zag uit de tijd van de Koude Oorlog.

De auto's waren altijd zwart, het leek wel alsof het altijd Suburbans waren, en de mensen droegen altijd een gekreukelde regenjas, alsof ze zich verplicht voelden om aan het stereotiepe beeld te voldoen.

Robie liep naar de SUV toe en stapte in. Het portier ging dicht, de regenjas ging achter het stuur zitten en de Suburban reed weg.

Toen pas keek Robie naar rechts.

Blauwe Man keek naar hem.

In werkelijkheid heette hij Roger Walton, maar voor Robie zou hij altijd Blauwe Man zijn. Dat kwam waarschijnlijk door de kleur van zijn leidinggevende positie bij de Agency. Niet de hoogste positie, maar hoog genoeg zodat de Blauwe Man wist wat er allemaal, of bijna allemaal, speelde.

Zoals gebruikelijk droeg hij een blauw pak met een rode stropdas en een tabboord. Zijn grijze haar was keurig gekamd en zijn gezicht pas geschoren. Blauwe Man was een man van de oude stempel, elke seconde van zijn leven professioneel. Niets bracht hem van zijn stuk. Niets veranderde de ingesleten gewoontes van een lange carrière waarin het regelmatig noodzakelijk was een paar mensen te doden om het leven van vele anderen te redden.

Vergeleken met hem leek Robie wel een wandelend lijk. Hij had een vlucht van elf uur achter de rug, achter in een vrachtvliegtuig tussen op elkaar gestapelde dozen met door goedkope arbeidskrachten in verre landen gemaakte producten. Hij voelde zich niet professioneel, hij voelde zich helemaal niets.

Robie verbrak de stilte niet. Hij had niets te zeggen. Nog niet. Hij wilde eerst horen wat Blauwe Man te zeggen had.

De andere man schraapte zijn keel en zei: 'Het is duidelijk niet allemaal volgens plan verlopen.'

Robie zei nog steeds niets.

Blauwe Man ging verder: 'De informatie klopte niet. Dat is daar vaak zo, zoals je heel goed weet. Maar we moeten aan de slag met wat we hebben. Het kind zou bij haar moeder zijn. De moeder heeft haar plannen blijkbaar op het laatste moment gewijzigd, zodat het dochtertje thuisbleef. Er was geen tijd om de missie af te blazen zonder dat onze infiltrant verdacht werd.'

Alles wat Blauwe Man zojuist had gezegd was volkomen redelijk, wist Robie, en volkomen waar. Maar daardoor voelde hij zich absoluut niet beter, zelfs niet een klein beetje.

Ze reden een hele tijd zwijgend door.

Ten slotte zei Robie: 'Hoe oud was ze?'

'Robie, je had het echt niet...'

'Hoe oud!'

'Vier,' antwoordde Blauwe Man. 'Ze heette Sasha.'

Robie wist dat ze jong was, dus dit was geen verrassing. Maar de braakneigingen en een overweldigend gevoel van claustrofobie sloegen net zo hard in als de kogel die hij twaalf uur eerder had afgevuurd. De kogel die de vierjarige Sasha had gedood.

'Stop.'

'Wat?' vroeg de chauffeur.

'Zet de auto stil.' Robie zei het niet met verheven stem, maar vlak en rustig. Toch klonk het dreigender dan wanneer hij het bevel had geschreeuwd en met een MP5 had gezwaaid.

De chauffeur keek in de achteruitkijkspiegel en zag Blauwe Man knikken.

De chauffeur reed de vluchtstrook op en zette de SUV in de parkeerstand.

Robie had het portier al geopend terwijl de Suburban nog uitrolde. Hij stapte uit en begon over de vluchtstrook te lopen.

Blauwe Man boog opzij en trok het portier dicht. Hij keek naar de chauffeur, die nog steeds via de achteruitkijkspiegel naar hem keek en kennelijk op een bevel wachtte, misschien wel om snel te gaan rijden en Robie te overrijden.

'Rijd maar gewoon over de vluchtstrook achter hem aan, Bennett. En doe je alarmlichten aan. We willen geen ongelukken.'

Dat deed Bennett en de auto reed langzaam over de vluchtstrook achter Robie aan, terwijl auto's en vrachtwagens langs hen heen raasden.

'Hopelijk ziet de politie ons niet,' mompelde Bennett.

'Als dat gebeurt, regel ik het wel,' zei Blauwe Man onbewogen.

Robie liep langzaam, met gespannen spieren. De opengescheurde huid op zijn arm deed verschrikkelijk pijn, alsof hij een haal met een Ka-Bar-mes had geïncasseerd. Een tijdje geleden had hij te horen gekregen dat hij een huidtransplantatie nodig had. Het leek erop dat dit inderdaad zo was.

Hij sjokte door en werd bijna omvergeblazen door de harde wind; zijn voeten voelden onbeholpen, zijn zintuigen waren verdoofd. Maar hij had ook al bijna zesentwintig uur niet geslapen, was zojuist een groot aantal tijdzones gepasseerd en had ook last van een jetlag.

En hij had een kind gedood.

Hij keek niet op of om. Hij reageerde niet toen een aantal bijna veertig ton zware vrachtwagens met honderd kilometer per uur langs hem heen raasden, zodat zijn jas om zijn lichaam sloeg.

De SUV was Robie al vierhonderd meter gevolgd toen hij er weer naartoe liep en instapte, en Bennett de snelweg weer op reed.

'Waar is Jessica?' vroeg Robie.

'Ze heeft een opdracht in het buitenland,' zei Blauwe Man.

'Wanneer is ze terug?'

'Dat duurt nog wel even.'

Robie keek naar buiten. Hij moest hierover met Jessica Reel praten. Zij was de enige die kon begrijpen wat er allemaal in hem omging. Zelfs Blauwe Man kon dat niet.

Maar er was nog iets anders. Iets wat zo snel mogelijk gedaan moest worden. Dat voelde hij in elke porie in zijn huid, in elke geprikkelde synaps in zijn hersens. Hij zei: 'Ik moet het veld weer in. Snel. Maakt niet uit wat je hebt, ik moet het doen.'

'Ik weet niet zeker of dat wel verstandig is.'

'Ik moet de trekker weer overhalen,' zei Robie terwijl hij Blauwe Man strak aankeek. 'Ik moet het doen. Je hebt vast wel iets wat meteen gedaan kan worden.'

Blauwe Man schraapte zijn keel weer. 'We hebben inderdaad een missie die afgelast leek, maar nu weer actueel is.'

'Ik doe het.'
'Je weet nog niet eens wat het is.'
'Dat maakt niet uit. Ik doe het.'
Blauwe Man ademde zacht uit en trok zijn stropdas recht. 'Weet je zeker dat het niet beter zou zijn om...'
Robie bracht zijn hand omhoog en deed met zijn trekkervinger net alsof hij een trekker overhaalde. 'Dit is wat ik doe, meneer. Als ik dit niet kan doen, ben ik niets. Ik moet weten dat ik het nog kan.'
'Dan krijg je de briefingdocumenten morgen.' Blauwe Man zweeg even. 'Hoewel het ontzettend tragisch is wat er is gebeurd, was dat niet de enige reden dat ik je wilde spreken.'
Robie keek hem weer aan. 'Wat was de andere reden dan?'
'Die is persoonlijk.' Hij keek naar de chauffeur. 'Bennett? De ruit alsjeblieft.'
Bennett drukte op een knop op het dashboard, waarna er een ruit van een paar centimeter dikte omhoogschoof totdat die het voorste en achterste gedeelte van elkaar scheidde.
'Persoonlijk?' vroeg Robie. Hij had niets persoonlijks als Jessica Reel in orde was.
Maar nee, dat klopte niet.
Hij verstijfde. 'Julie? Is er iets met Julie?'
Julie Getty was een meisje van vijftien dat een tijdje geleden op een bijzonder gewelddadige manier Robies leven was binnengekomen. Ze waren allebei bijna gedood toen de bus waarin ze zaten explodeerde. Julies leven was meer dan eens in gevaar geweest als gevolg van haar connectie met Robie, en met Jessica Reel. Als haar iets was overkomen...
Blauwe Man had zijn hand al opgestoken. 'Juffrouw Getty maakt het uitstekend. Dit heeft niets met haar te maken.'
'Dan snap ik niet wat je met "persoonlijk" bedoelt. Buiten hen heb ik...'
Blauwe Man viel hem in de rede. 'Het gaat om je vader.'
Robie probeerde zich op deze woorden te concentreren. Dat lukte niet. Hij zag alleen een gezicht dat voor het gezicht van Blauwe Man schoof.
Het gezicht van zijn vader.
Een hard, meedogenloos gezicht dat Robie nooit, maar dan ook nooit had verwacht weer te zien. Sterker nog, Robie had zijn vader al meer

dan twintig jaar niet gezien. Hij schudde zijn hoofd, in een poging herinneringen te verdringen, dingen waaraan hij al heel lang niet meer had gedacht. Maar nu, door wat Blauwe Man had gezegd, overvielen ze hem van alle kanten.

'Is hij dood?' Robies vader was nu op een leeftijd waarop hij kon sterven aan een hartaanval of een beroerte.

'Nee.'

'Wat dan?' vroeg Robie op scherpe toon. Hij baalde ervan dat Blauwe Man niet gewoon vertelde wat er aan de hand was. Dat was niets voor hem. Normaal gesproken was Blauwe Man beknopt en to the point. En daar had Robie nu behoefte aan.

'Hij is gearresteerd.'

'Gearresteerd? Waarvoor?'

'Voor moord.' Blauwe Man zweeg, maar toen Robie niets zei, zei hij: 'Ik dacht dat je dat wel zou willen weten.'

Robie wendde zijn blik af en zei: 'Nou, dat dacht je verkeerd.'

4

Robie bewoog mee met de bewegingen van de truck waar hij in reed. Zijn keel was droog van het stof. De hitte van de dag brandde door de canvas bedekking. Hij voelde zich net een ei in een koekenpan dat te lang werd gebakken.

Hij was in het gezelschap van een andere man, zijn spotter. Robie gebruikte normaal gesproken geen spotter, maar voor deze missie had Blauwe Man daarop gestaan. En Robie had niet de kracht gehad om tegen hem in te gaan.

In het leger werden sluipschutters bijna altijd ingezet in een uit twee man bestaand team. Een spotter zorgde voor meer veiligheid en vuurkracht, voor de voorbereiding en berekening van de schoten, en voor informatie over factoren zoals de wind die de baan van een kogel kunnen veranderen. Als de schutter vermoeid raakte, wat vaak gebeurde doordat wachten om te doden een uitputtende bezigheid is, konden de teamleden van rol wisselen en werd de spotter de sluipschutter.

Maar in Robies beroep werd zelden gebruikgemaakt van een spotter. Daar waren allerlei redenen voor, waarvan de voornaamste was dat hij nooit samen met andere soldaten naar gebieden werd gestuurd waar werd gevochten en waar een team van twee man tactisch voordeel bood. Nee, hij werkte juist in het diepste geheim en werd achter de vijandelijke linies gedropt met een dekmantel en plaatselijke contactpersonen. Als je naar delen van de wereld ging waar niemand op je leek, was het al moeilijk genoeg om dat in je eentje te doen, laat staan met twee man.

Robie keek naar zijn spotter. Randy Gathers was begin dertig, had rossig haar en sproeten, was mager en klein, en had een pezig lichaam. Hij was ook een ex-soldaat, net als de meeste anderen. Vooraf had hij kennisgemaakt met Robie en samen hadden ze de missie uiterst gedetailleerd doorgenomen. Op een bepaalde manier leken ze wel een golfer en zijn caddie, behalve dan dat de hole-in-one in Robies wereld een compleet andere betekenis had dan op de golfbaan.

Hun plan was opgesteld, hun dekmantel intact. Ze waren hiernaartoe gegaan met een vrachtboot die onder Turkse vlag voer, hadden de haven verlaten in een gammele bus en waren toen het nog donker was overgestapt in deze truck.

Nu was het licht en ze zouden over twintig minuten op hun nieuwe bestemming aankomen.

Robie tilde het canvas een paar centimeter omhoog en keek naar buiten. Zijn blik dwaalde naar de hemel, die deels blauw was, hoewel er een zorgwekkend stormfront dichterbij kwam. Hij keek naar Gathers, die zijn iPad in de hand had.

'We zouden vannacht in actie moeten komen,' zei Gathers. 'Wind, regen, onweer.'

'Hoeveel wind?' vroeg Robie.

'Genoeg. Blazen we het af?'

Robie schudde zijn hoofd. 'Is niet aan ons. Nog niet tenminste.'

De truck hobbelde verder en zette hen af bij hun volgende tussenstop. Daar stapten ze in de auto die al stond te wachten. In de kofferbak lagen de spullen die ze nodig hadden om hun missie uit te voeren.

Robie ging achter het stuur zitten en volgde de route volgens de briefing die hij in zijn hoofd had geprent. Als ze bij een wegversperring werden aangehouden, wat een mogelijkheid was, hadden ze de noodzakelijke documenten bij zich om bijna overal te worden doorgelaten zonder dat hun kofferbak werd doorzocht. Als dat niet lukte, hadden ze maar één optie: de mensen doden die hen hadden aangehouden.

Twee wegversperringen en nul kofferbakdoorzoekingen later, waren ze bij hun bestemming.

Het werd al donker en het begon zelfs nog harder te waaien.

Robie reed naar de roldeur van een groot pakhuis bij de rivier. Gathers sprong uit de auto en toetste een code in op het paneeltje naast de deur, waarna de roldeur omhoogging. Robie reed de auto naar binnen. Gathers deed de deur weer dicht en zette hem vast door een staaf in de geleider te steken.

Robie en Gathers haalden hun uitrusting uit de kofferbak en wisten alle sporen van hun aanwezigheid.

Daarna onderzocht Robie de twee verdiepingen van het pakhuis. Het was er pikdonker en zij waren de enige aanwezigen. En, nog belangrijker, ze waren niet te zien.

Regendruppels tikten op het metalen dak van het pakhuis.

Robie keek omhoog; het leek alsof zijn blik zich door het dak boorde en hij naar buiten kon kijken. Toen keek hij naar Gathers, die hun uitrusting controleerde. De man leek niet in een beste stemming, waarschijnlijk door het vooruitzicht dat hij in deze ongunstige omstandigheden moest werken.

Robie keek op zijn horloge en verstuurde een beveiligd bericht met zijn telefoon.

Het antwoord kwam al toen hij halverwege de ladder was die naar een loopbrug op de eerste verdieping van het pakhuis leidde.

OKÉ.

Hij stopte zijn telefoon weg en klom verder omhoog. Hij stapte de smalle loopbrug op en liep er voorzichtig overheen naar de voorkant van het gebouw.

Gathers kwam achter hem aan met twee sporttassen waar hun uitrusting in zat.

Ze gingen zitten en zetten het gereedschap in elkaar dat ze vannacht nodig hadden om hun missie te voltooien: de telescoop, weer- en windanalyzers en, natuurlijk, het scherpschuttersgeweer.

Er was nog een ander stuk gereedschap nodig. Omdat hier geen ramen waren, moest Robie een opening maken. Met de zaag op batterijen maakte hij twee gaten van verschillende grootte in het metaal. Hij zette een zuignap op het metaal en toen hij helemaal rondom had gezaagd, trok hij het metaal naar binnen en stopte dat in zijn sporttas.

Eén gat was groot genoeg voor zijn loop met zijn telescoopvizier. Het andere gat was voor de spottertelescoop van Gathers.

Ze pakten beiden hun eigen 'wapen' en staken dat door de gaten. Robie en Gathers keken beiden door hun eigen telescoop de straat door. Dit schot zou een veel grotere afstand moeten overbruggen dan tijdens Robies vorige missie: bijna tweeëntwintighonderd meter.

Een Britse soldaat had op dat moment het wereldrecord voor het langste sniperschot op zijn naam staan. In 2009 had hij twee Afghaanse opstandelingen gedood vanaf een afstand van bijna vijfentwintighonderd meter. De afstand was zo groot geweest dat de .338 Lapua Magnum-kogels bijna vijf seconden nodig hadden gehad om hun doelwit te doden.

Robies schot zou bijna driehonderd meter minder ver zijn. Maar de omstandigheden waren verre van ideaal: hij moest tussen een paar gebouwen door schieten die een windtunnel konden creëren waardoor de baan van de kogel kon veranderen. Dat was een andere reden voor Gathers' aanwezigheid als spotter: hij zou Robie voorzien van alle informatie die hij nodig had. Het enige waarop Robie zich hoefde te concentreren was het overhalen van de trekker om het doelwit te doden.

Het prettige van dit schot was dat de bewakingseenheid van het doelwit dit verlaten pakhuis nooit als een mogelijke bedreiging had beschouwd. Het stond gewoon te ver weg van de gebeurtenis die meer dan tweeduizend meter verderop zou plaatsvinden. Nou, Robie hoopte dat hij vanavond hun ongelijk kon bewijzen.

Hij controleerde zijn munitie en daarna nog een keer. Toen keek hij of zijn wapen smetteloos schoon was en perfect functioneerde. Terwijl hij dat deed, zoog Gathers elk stukje data op dat invloed kon hebben op het schot dat Robie moest afvuren.

Daarna leunden de mannen achterover, aten een energiereep en spoelden die weg met een energiedrankje.

Gathers zei: 'Hoorde over je vorige missie.'

Robie vouwde de plastic wikkel van zijn energiereep op en stopte die in zijn sporttas, samen met het lege plastic flesje. Op plastic wikkels zaten vingerafdrukken en op frisdrankflesjes waar uit gedronken was zat DNA. Hoewel zijn vingerafdrukken in geen enkele database zaten, was de belangrijkste regel dat geen detail te klein was om over het hoofd gezien te mogen worden.

'Na het schot hebben we dertig seconden om hier weg te komen,' zei Robie. 'Ze wachten op ons in de RIB,' voegde hij eraan toe, waarmee hij verwees naar een opblaasboot met een stijve romp. 'Tien minuten varen en daarna stappen we in een helikopter die ons naar de haven brengt. We gaan aan boord van het vrachtschip, dat drie minuten na onze aankomst vertrekt.'

Gathers knikte. Dit wist hij allemaal, maar het kon geen kwaad om alles een paar keer te herhalen.

In de minuten daarna viel het Robie een paar keer op dat Gathers naar hem keek en hij besloot om maar door de zure appel heen te bijten. 'Is er iets?' vroeg hij, terwijl hij Gathers strak aanstaarde.

Gathers haalde zijn schouders op. 'Je weet waarom ik hier ben.'

'Om als mijn spotter te fungeren.'

'Jij werkt altijd alleen, Robie, dat weet iedereen.'

'Niet altijd.'

'Bijna altijd. Je hebt per ongeluk een kind gedood. Had ons allemaal kunnen overkomen.'

'Maar het is jou niet overkomen.'

'Ik ben hier, omdat ze...'

'Twijfels hebben? Betwijfel jij of ik dit schot wel kan afvuren?'

'Niet als je de oude Will Robie bent, nee.'

'Maar als ik niet de oude Will Robie ben?'

'Dan heb ik opdracht gekregen om het schot af te vuren.'

Robie leunde achterover op zijn hurken. Dat was hem niet verteld.

Gathers zag dit waarschijnlijk aan zijn gezicht en zei: 'Ik vond dat je het moest weten. Weet je, als je wilt kunnen we nu wel van rol wisselen. Niemand zal het verschil merken.'

'Heb je ooit een schot over meer dan tweeduizend meter afgevuurd, Gathers?'

'Bijna. Op de schietbaan.'

'Bijna. Op de schietbaan, waar de omstandigheden ideaal zijn.' Robie wees omhoog, waar de regen nog steeds op het dak roffelde. 'Deze omstandigheden zijn niet ideaal. Sterker nog, ze zijn ongelofelijk slecht voor zo'n langeafstandsschot. Denk je nog steeds dat jij hier en nu het doelwit kunt doden?'

Gathers haalde diep adem. 'Ja, ik denk dat ik dat wel kan.'

'Nou, laten we maar hopen dat we dat niet hoeven uit te testen, want "Ik denk dat ik het wel kan" is niet goed genoeg.'

5

Twee uur later kreeg Robie weer een boodschap door.

'Het is definitief akkoord,' zei hij tegen Gathers.

Gathers knikte en keek weer op zijn weerinstrumenten en door zijn telescoop.

Robie pakte zijn geweer en stak de punt van de loop door het gat dat hij in de muur had gezaagd. Er viel regen op de loop, maar zijn telescoopvizier bevond zich nog onder het dak en bleef dus droog. Hij legde zijn wang tegen de kunststof kolf en keek door het telescoopvizier. Dit optische instrument was het beste ter wereld, een technisch wonder waarmee je op grote afstanden een ongelofelijk scherp beeld had.

'Vertel,' zei Robie.

Gathers gaf hem de weer- en afstandsinformatie.

Robie nam alles in zich op en verrichtte de hierbij behorende aanpassingen aan zijn vizier. Aanpassingen aan het weer waren nu cruciaal, want door de enorme afstand die de kogel moest overbruggen, hadden de elementen bijzonder veel kans om het schot te dwarsbomen. Bovendien was er de zwaartekracht, die natuurlijk overal op aarde aanwezig was, maar net als het weer uiterst onvoorspelbaar was. Toen Robie weer door zijn vizier keek, kwam het glazen atrium in beeld.

'Handig dat ze een vlag op het gebouw hebben staan,' zei Gathers. 'Kan ik beter zien hoe de wind staat, zoals bij een windzak op een vliegveld.'

'Daarom hebben onze mensen hem daar laten plaatsen,' zei Robie kortaf. Hij keek op zijn horloge en deed zijn oortje goed. De stem gaf Robie nieuwe informatie. Toen hij weer door zijn telescoop keek, zag hij mensen.

Het feest was net begonnen. Het feestvarken zou over ongeveer twintig minuten arriveren; hij was ontzettend rijk, zoals alleen een man kon zijn die een heel land had leeggeplunderd. Als hij zich daarmee tevreden had gesteld, was hij nu niet het doelwit geweest. Maar hij was zo dom geweest te besluiten om terroristische activiteiten te financieren die Amerika en zijn bondgenoten rechtstreeks hadden getroffen. Dat was de reden dat Robie was ingeschakeld: om een einde te maken aan zijn hartslag en daarmee aan zijn ambities.

Het feest vanavond was ter ere van de achtenvijftigste verjaardag van de man. Hij zou hierna geen verjaardagen meer vieren.

In een verarmd land konden de limo's die beneden op straat reden net zo goed het resultaat zijn van de collectieve verbeelding, of eerder: de collectieve nachtmerrie van de inwoners. Maar dit land had een rijke minderheid en zij kwamen vanavond allemaal hiernaartoe. Als ze dat niet deden, zou dat waarschijnlijk hun dood betekenen. En omdat deze mensen veel meer te verliezen hadden dan hun arme landgenoten, kwamen ze, als gehoorzame huisdieren. Wat had je eraan om rijk te zijn als je dood was?

'Windinfo,' zei Robie.

Gathers keek naar zijn instrumenten en gaf Robie de gewenste informatie.

Robie paste zijn vizier erop aan. Het grootste probleem, vond hij, was de ruimte tussen de gebouwen. De windvlaag die daardoor ontstond, kon daar dingen doen die hij hier niet deed en ook niet verderop, waar de kogel moest inslaan. De kogel zou het glas moeten doorboren en dat glas zou, doordat de afstand veel groter was dan bij zijn vorige missie, een enorme impact hebben op de kogel, die dan al ruim tweeduizend meter had overbrugd.

Verder moest de kogelbaan zorgvuldig worden berekend. Dat zou de spotter doen, met behulp van de afstandsmeter en de weersomstandigheden. Wanneer Robie zijn dradenkruis op de borstkas van het doelwit richtte en vuurde, zou de kogel tegen de tijd dat hij bijna vijf seconden later arriveerde, de vloer raken. De noodzakelijke berekeningen waren complex, en hierbij moest rekening worden gehouden met de wetten van Newton, de zwaartekracht en wiskundige formules die misschien zelfs Einstein in verwarring zouden hebben gebracht. Er was geen ruimte voor vergissingen.

Toen het moment waarop Robie zou schieten steeds dichterbij kwam, kroop Gathers naar een plek rechts van en iets achter Robie. Op die manier kon hij door dezelfde opening die Robie gebruikte om te schieten, door zijn telescoop de baan van de kogel volgen. Dat was noodzakelijk wanneer het eerste schot niet dodelijk was. In een gevechtszone waren meestal wel kansen voor een volgend schot, maar hier zou dat waarschijnlijk niet het geval zijn. Als het eerste schot miste, zouden de mensen zich verspreiden en zou het doelwit omringd worden en naar een veilige plek worden getrokken.

Maar omdat de kogel bijna vijf seconden nodig had om bij zijn doel te komen, had Gathers misschien nog een kans om aanpassingen te roepen voor een tweede schot, zelfs nog voordat de eerste kogel was ingeslagen. Als ze geluk hadden, zou dat tweede schot wel raak zijn. En als ze echt geluk hadden, zouden ze dat tweede schot niet nodig hebben.

Het doelwit arriveerde en beende het vertrek binnen. Hij was een grote man wiens trek in eten en drinken even groot was als zijn behoefte aan rijkdom en macht. Hij nam plaats in zijn stoel aan het hoofd van de tafel.

'V-1,' hoorde Robie via zijn oortje.

'Laatste info,' zei Robie meteen.

Gathers voerde zijn laatste berekeningen uit en concentreerde zich op de vlag en de windtunnel tussen de twee gebouwen. Deze informatie gaf hij door aan Robie, die een paar minuscule, nauwelijks waarneembare aanpassingen aan zijn vizier aanbracht.

'Ingesteld en vastgezet,' zei Robie. Hij zou geen nieuwe veranderingen doorvoeren. Met het blote oog keek hij weer naar de vlag en daarna door zijn vizier - vanaf dit moment totdat hij schoot, was zijn vizier zijn oog. Daar moest hij op vertrouwen, zoals een piloot op zijn navigatie-instrumenten moet vertrouwen als hij door de mist vliegt.

Zijn vinger gleed naar de trekkerbeugel. In gedachten zei hij: *Het is echt V-1.*

Het doelwit had een glas rode wijn in de hand. Hij hief zijn glas, als om op zichzelf te proosten. Hij droeg een smoking. Het witte overhemd met de zilveren knopen was als een gigantische roos voor Robie, maar daar zou hij niet op richten. Doordat de kogel over deze grote afstand zou dalen, richtte hij op een plek boven het hoofd van het doelwit. Alles was ingesteld, alles was klaar voor het schot. Gathers zou het hem vertellen als de man van zijn plaats kwam.

Robie ontspande zich volledig - zijn bloeddruk daalde, zijn hartslag vertraagde, zijn ademhaling werd gelijkmatig en diep - tot cold zero.

Of eigenlijk hadden al die dingen moeten gebeuren.

Maar ze gebeurden niet. Niet één ervan.

Zijn bloeddruk was hoog, zijn hart raasde en zijn ademhaling leek meer op gehijg. Hij was verbijsterd toen er, ondanks de koele lucht in het gebouw, een zweetdruppel over zijn voorhoofd gleed en in zijn linkeroog terechtkwam.

Hij kon hem niet wegwrijven. Niet nu. Hij focuste weer. Zijn vinger ging naar de trekker. Vlak voordat hij het dunste en belangrijkste stukje metaal van zijn wapen aanraakte...

... zag hij het kind.

Het jongetje rende door de kamer en stak zijn armen omhoog naar de man. Hij wilde opgetild worden. Dat deed de man en hij drukte het kind tegen de borst.

'Schieten, Robie! Schieten!'

Robie dacht dat dit een stem in zijn hoofd was. Maar dat was niet zo. De stem kwam uit zijn oortje.

'Schieten! Nu!'

Dit bevel kwam niet uit zijn hoofd of zijn oortje, maar van Gathers, die naast hem hurkte.

Maar het jongetje zat op de arm van zijn vader. Om de vader te kunnen doden, zou Robie het kind ook moeten doden.

'Schieten, Robie! Schieten!'

Robies vinger was als bevroren, een millimeter van de trekker.

Het schot werd afgevuurd.

Een paar seconden later verbrijzelde het glas en viel de man uit zijn stoel, dodelijk gewond.

Robie keek naar zijn vinger. Die had de trekker geen moment aangeraakt.

'Verdwijn, verdwijn!' riep de stem in zijn oortje.

Gathers trok Robie al overeind. 'Kom mee, Robie! Kom mee!'

Als verdoofd rende Robie achter Gathers aan de metalen trap af, allebei met hun sporttas over de schouder. Even later renden ze door smalle, donkere straten naar het water.

Robie herinnerde zich dat hij in de RIB stapte.

De boot voer snel weg en schoot met topsnelheid over het donkere water.

Daarna volgde de reis in de helikopter. Die was kort en vol turbulentie, doordat het nog harder was gaan waaien.

Tien minuten later renden ze over de loopplank van het vrachtschip.

Drie minuten daarna verliet het enorme schip de pier, ging sneller varen en voer door de baai naar de weidse, open oceaan.

Robie keek naar Gathers, die tegenover hem op het bed zat in hun kleine kooi. 'Dat schot?'

Gathers zei: 'Ze hadden een back-upteam ter plaatse. Voor het geval dat.'

'Je zei tegen mij dat jij zou schieten als ik het niet deed.'

Gathers leek zenuwachtig. 'Ik stond onder strikt bevel, Robie. Het spijt me.'

Robie wendde zijn blik af.

'Maar waarom schoot je niet?' vroeg Gathers. 'Alles klopte.'

Robie keek hem ongelovig aan. 'Waarom ik niet schoot? Om dat kleine jongetje, daarom niet! Vlak voordat ik wilde schieten, sprong hij in de armen van het doelwit. Als ik wel had geschoten, was hij nu dood.'

Gathers keek hem aan, met een ongeruste blik op zijn gezicht. 'Er was geen klein jongetje, Robie.'

Robie keek Gathers zwijgend aan. Maar hij zag Gathers niet. Hij zag een jongetje. Een jongetje dat hem bekend voorkwam, hoewel hij hem niet kon plaatsen.

Robie lag op zijn rug in zijn bed en verroerde zich de rest van de reis niet. Eén vraag bleef hem kwellen: *Ben ik gek aan het worden?*

6

's Avonds laat, Washington, D.C. Een stad met meer instanties die met een afkorting worden aangeduid dan welke andere stad ter wereld ook.

Als gewone mensen lagen te slapen, bleven de mensen van deze instanties wakker om hun veiligheid te waarborgen. Of om hun medeburgers te bespioneren.

Robie liep de gebruikelijke route naar de Arlington Memorial Bridge, waardoor hij langs het Lincoln Memorial kwam. Maar hij keek niet naar de zestiende president van de Verenigde Staten, want hij had veel om over na te denken. En hij kon altijd goed nadenken als het donker was en het ook een beetje regende.

Hij kwam bij de brug, liep er tot halverwege overheen en bleef staan. Hij keek omlaag naar de golven met hun witte koppen van de rivier de Potomac. Er waren geen vliegtuigen te zien die de loop van de rivier volgden naar hun uiteindelijke bestemming, want Reagan National was 's nachts gesloten om de geluidshinder te beperken.

De woeste golven in de diepte pasten perfect bij wat hij dacht. Het was een chaos in zijn hoofd.

Hij had zijn missie helemaal verkloot. Hij had een kind gezien dat er helemaal niet was. Hij had kennelijk gehallucineerd tijdens een missie, de eerste keer voor hem. Verdomme, waarschijnlijk de eerste keer in de geschiedenis van de Agency!

En het was onverklaarbaar, maar hij had het punt van cold zero nooit bereikt. Hij keek naar zijn handen, die trilden. Hij raakte zijn voorhoofd aan, waar de zweetdruppel overheen was gegleden voordat die in zijn oog was terechtgekomen. Hij móést uitzoeken hoe dit zat, anders was hij de lul. Dan kon hij zijn werk niet doen. Wat betekende dat hij niets waard was.

Officieel was hij met verlof gestuurd. Tot hij dit probleem had opgelost, als hij daar ooit in zou slagen, zou Robie niet meer het veld in worden gestuurd.

Hij staarde omlaag naar het water, en in de donkere diepte zag hij het gezicht weer. En nu pas realiseerde hij zich dat hij aan Sasha had gedacht, haar geslacht had veranderd, haar vijftienhonderd kilometer had verplaatst en haar een andere vader had gegeven, en zichzelf daarmee een reden had gegeven om niet te schieten.

Hij had moeten weten dat er iets niet klopte. Hoe had hij dat jongetje op de arm van zijn vader kunnen zien als zijn vizier op een plek boven het hoofd van de man was gericht?

Bij die gedachte kreeg hij een droge mond en begonnen zijn handen te trillen. Hij kon gewoon niet geloven dat zijn geest hem zo voor de gek had gehouden. Ongelooflijk! Maar nu dat wel het geval was geweest, kon hij er nooit meer van op aan dat die dat niet nog een keer zou doen en dus zou hij nooit meer volledig kunnen vertrouwen op de enige mens op wie hij altijd dacht te kunnen vertrouwen: *zichzelf*.

'Ben je er al achter hoe het zit?'

Toen Robie zich omdraaide, zag hij dat Blauwe Man aan de andere kant van de brug stond.

Blauwe Man had in de schaduw gestaan van het voetstuk waarop een groot standbeeld stond van een paard en ruiter. Er stonden twee van dit soort oorlogskunstwerken: aan weerszijden van de toegang naar de brug aan de D.C.-kant, met de namen *Valor* - heldenmoed - en *Sacrifice* – opoffering. Dat waren passende objecten voor een brug die rechtstreeks leidde naar de meest geëerde militaire begraafplaatsen op de Arlington National Cemetery. Daar was heel veel heldenmoed en opoffering te vinden.

'Ik had je niet horen aankomen,' zei Robie, die zich duidelijk ergerde.

'Dat kon ook niet. Ik stond hier op je te wachten.'

'Hoe wist je dat ik hiernaartoe zou gaan?'

'Je bent al eerder hiernaartoe gegaan, na uitzonderlijk moeilijke opdrachten.'

'Wat betekent dat je me hebt laten volgen.'

'Wat betekent dat ik mijn mensen constant in het oog wil houden.' Blauwe Man stak de straat over en kwam naast hem staan.

Robie zei: 'Dus je bent hier om me te vertellen dat ik officieel heb afgedaan?'

'Nee. Ik ben hier om te kijken hoe het met je gaat.'

'Je hebt de briefing gelezen. Ik verstijfde. Ik zag een kind dat er helemaal niet was.'

'Dat weet ik.'

'En je moet je gerealiseerd hebben dat dat kon gebeuren, en dat is de reden dat je een back-upteam ter plaatse had.'

'Ja.'

'Ik moet steeds aan dat meisje denken.'

Blauwe Man keek hem onderzoekend aan. 'Maar het was geen méísje.'

'Wat bedoel je?'

'Tegen Gathers zei je dat het een jóngetje was dat door zijn vader opgetild wilde worden. Geen meisje.' Blauwe Man kwam dichterbij en keek over de brugleuning naar het water. 'Je geest kan afschuwelijke spelletjes met je spelen. Vooral als er nog losse eindjes zijn.'

'Wat voor losse eindjes?' vroeg Robie op scherpe toon.

Blauwe Man keek hem aan. 'Volgens mij hoef ik je dat niet te vertellen. Wat ik wel wil zeggen is dat je een tijdje vrijaf hebt. En dat je die tijd zo goed mogelijk moet benutten. Zodra je je problemen hebt opgelost, Robie, mag je terugkomen. Als dat je niet lukt, mag dat niet. De keus is eenvoudig en de beslissing ligt grotendeels in jouw handen.'

'Luister, dit heeft niets met mijn vader te maken, als je dat soms wilt suggereren.'

'Misschien niet. Maar als dat wel zo is, moet je er iets mee doen.' Blauwe Man gaf Robie een map. 'Hier heb je de bijzonderheden.' Daarna liep hij weg.

Een paar minuten later hoorde Robie dat er een portier open- en dichtging, een automotor werd gestart en een auto wegreed.

Hij keek weer naar het water. Daarna opende hij de map en begon te lezen, in het licht van de zaklamp van zijn smartphone.

Zijn vader was gearresteerd voor moord.

De informatie over de zaak was onvolledig. Ene Sherman Clancy was dood. Hij kende Robies vader. Er was bewijsmateriaal dat erop wees dat Robies vader de man had gedood. Om die reden was Robie senior gearresteerd.

Cantrell, Mississippi, was een onopvallend stipje op de kaart aan de zuidgrens met Louisiana, een kilometer of acht van de Gulf Coast.

Zijn vader, Daniel Robie, was een *jarhead* – ex-marinier – vermomd als een hondsdolle pitbull uit het Vietnamtijdperk, en zat nu in de gevangenis voor moord. Een deel van Robie geloofde dat; een ander, misschien dieper gelegen deel kon dat niet geloven. Er was geen twijfel dat zijn vader een woesteling was en gewelddadig kon zijn. Hij kon doden. Hij hád gedood in die oorlog. Maar 'doden' was iets anders dan 'vermoorden'. Maar ja, elke missie die Robie ooit met succes had afgerond was feitelijk een moord geweest, maar toch beschouwde hij zichzelf niet als een moordenaar. En waarom niet?

Omdat anderen me daar opdracht voor hebben gegeven? Tja, dat geldt ook voor hitmen van de maffia.

Cantrell, Mississippi. Dat was een wereld, een stad, die Robie ooit goed had gekend. Achttien jaar van zijn leven was dat het énige geweest wat hij kende. Maar op een bepaald moment wilde hij daar niet meer blijven. En het was zeker geen plaats waar hij ooit naar terug wilde.

Hij had daar geen vrienden en geen familieleden meer, behalve zijn vader. Hij had geen broers en zussen. En zijn moeder? Nee, ook geen moeder.

Toen hij daar nog woonde, had hij de Clancy's gekend. Het waren boeren, algemeen bekend in het kleine stadje, hoewel niet erg geliefd. Ze waren over het algemeen erg op zichzelf. Ze hadden land en dat bewerkten ze. Ze verkochten wat ze verbouwden en konden goed rondkomen. Ze hadden geen geld en geen grote ambities. Toen in elk geval niet. Maar dat was nu al meer dan twintig jaar geleden. Misschien was er van alles veranderd.

Robie wist niet dat er sprake was geweest van onenigheid tussen zijn vader en de Clancy's. Maar inmiddels was dat misschien wel zo, nu zijn vader was gearresteerd voor de moord op de man.

Dan Robie was een man die opeens een heel andere mening over je kon krijgen. Dat wist Robie heel goed. En als Dan Robie van mening veranderd was, was het onwaarschijnlijk dat hij die mening ooit nog zou herzien.

Terwijl er nog steeds allerlei gedachten door zijn hoofd schoten, ging hij terug naar zijn appartement, een schaars gemeubileerd appartement zonder foto's of andere persoonlijke spullen. Dat soort dingen bezat Robie niet. Hij ging in een stoel zitten en staarde naar buiten.

Hij had een vader en zijn dochtertje gedood. Officieel was het niet zijn schuld dat hij het kleine meisje had gedood. Maar in elk ander opzicht was hij de enige die er verantwoordelijk voor was. Daar kon hij niets aan veranderen. De doden waren dood.

En toen had hij een klein jongetje gezien dat zijn armen omhoogstak naar zijn vader. Geen klein meisje, maar een klein jongetje.

Hij wreef met bezwete handpalmen over zijn bovenbenen. Hij had al zo vaak gedood met handen die zo droog waren als maar kon, en nu waren zijn handpalmen klam. Hij kon zijn eigen zweet ruiken. De geur van angst kwam uit elke porie. Voor een man die de kost verdiende door, in vele opzichten, onbevreesd te zijn was dat een hard gelag.

Familie. Die had iedereen. Maar familie had je in verschillende gradaties. En die gradaties konden even groot zijn als het universum, en veel gecompliceerder.

Robie had nooit verwacht dat hij het besluit zou nemen dat hij zojuist had genomen. Hij had het gevoel dat hij alleen weer een toekomst zou krijgen als hij probeerde om ten minste een heel klein beetje van de puinhoop die zijn verleden was op te ruimen. Die behoefte had hij nooit eerder gevoeld, maar nu leek dat het enige wat hij kon doen.

Het was niet gemakkelijk om naar Cantrell in Mississippi te reizen. Maar daar zou hij toch in slagen.

Hij kende in elk geval de weg ernaartoe.

En God helpe me als ik daar ben.

7

Uiteindelijk vloog Robie naar Atlanta en nam daarvandaan het vliegtuig naar Jackson, Mississippi.

Op het vliegveld had Robie een cityhopper naar Biloxi kunnen nemen, maar hij besloot een auto te huren en daarmee de rit van bijna drie uur naar het zuiden te maken. Hij hoopte dat hij tijdens de rit zou acclimatiseren. Bovendien zou zijn vader nergens naartoe gaan.

Hij nam State Route 49, die in een diagonale lijn naar Gulfport liep.

De staat Mississippi bestond grotendeels uit laagland - het hoogste punt was iets hoger dan driehonderd meter - en bijna zeventig procent van het land was nog altijd bebost. Hij reed langs akkers; niet met katoen of sojabonen, maar met zoete aardappels, het waardevolste gewas van deze staat. En dan had je nog de kippen: in Mississippi waren bijna veertig keer zoveel kippen als mensen. En tijdens de rit zag Robie daar een paar duizend van. En verdomd, hij rook ze zelfs!

Mississippi was een vreemd mengsel van statistische feiten waardoor deze staat van alle vijftig staten in veel belangrijke categorieën bijna onderaan stond. Maar hoewel het de armste staat van de VS was, gaven de inwoners ervan per hoofd van de bevolking meer uit aan liefdadigheid dan die van hun rijkere zusterstaten. En het was ook de meest religieuze staat van allemaal. Ja, Mississippi's grondwet verbood iemand die het bestaan van een opperwezen ontkende een overheidsbaan te hebben. Hoewel dit wetsartikel officieel niet af te dwingen was, geloofden de goede burgers van de Magnolia Staat kennelijk niet in de scheiding van kerk en staat, en ze wilden al helemaal niet worden geleid door een niet-gelovige.

Maar kort voordat Robie zijn ouderlijk huis verliet, stond deze extreem vrome staat casino's toe en nu floreerde de gokindustrie hier. Het was kennelijk mogelijk dat je in een opperwezen geloofde en toch geen slecht geweten kreeg omdat je mensen aan de dobbeltafel hun zuurverdiende geld afhandig maakte.

De bevolking bestond voor het merendeel uit zwarten, tot het begin van twee in totaal zestig jaar durende massamigraties vanaf 1910, eerst naar het noorden en daarna naar het westen. Het doel van deze uittocht was voornamelijk ontkomen aan de tirannieke effecten van de na de Burgeroorlog ingevoerde Jim Crow-wetten: het geheel van wetten in de VS die rassenscheiding legaliseerde, waardoor de zwarten net zo onderdrukt bleven als toen ze nog slaaf waren. De Jim Crow-wetten hielden meer dan een eeuw stand, en de afschuwelijke gevolgen ervan werden nog altijd gevoeld.

Robie bleef doorrijden en zag een staat die in veel opzichten nog net zo was als toen hij vertrok. Meer dan de helft van de inwoners woonde op het platteland. Veel dorpen was hij al voorbij voordat hij vijf keer met zijn ogen had kunnen knipperen. De weg volgde grotendeels de loop van de rivier de Pearl, een van de belangrijke waterwegen van de staat. Het laatste deel van de Pearl scheidde Mississippi van Louisiana.

Als kind was Robie vertrouwd geraakt met de rivier: hij zwom erin ondanks de soms gevaarlijke en onvoorspelbare stromingen, hij ving vis uit de diepere stukken en hij voer in een oude houten skiff over het mosgroene oppervlak.

Prettige herinneringen.

Prettig, maar vervaagd.

Dat was tenminste zo geweest.

Hij nam een afslag en reed naar het zuidwesten. Hij zag een 'Dummy Line'-bord. Dummy Lines waren verlaten spoorrails; niet voor personentreinen, maar voor vrachttreinen die hout transporteerden in de tijd van grote welvaart. Die welvaart was allang verleden tijd, maar de borden stonden er nog, omdat niemand de moeite had genomen ze weg te halen. Zo ging dat hier nu eenmaal.

Een halfuur later passeerde hij de stadsgrens van Cantrell, precies om één uur 's middags. Ten noorden van hem liep Interstate 10 en ten westen van hem Highway 59. Hij was dichter bij de grens met Louisiana dan bij Gulfport. Het was warm en de lucht was vochtig, zoals gebruikelijk bij een subtropisch klimaat. Cantrell kende dus korte, zachte winters en lange, vochtige zomers. Toen Robie hier opgroeide had hij twee keer sneeuw meegemaakt. De eerste keer had hij niet geweten wat het was en rende de vier jaar oude Robie gillend het huis in om eraan te ontsnappen. En net als alle mensen in het zuiden van Mississippi had hij orkanen, F5-tornado's en zware overstromingen meegemaakt.

Hij had van alles overleefd in dit stadje, dat toen hij vertrok 2.367 inwoners had. Nu waren het er minder dan tweeduizend, tenminste, volgens het welkomstbord aan de stadsgrens.

Robie vond het een wonder dat het stadje überhaupt nog bestond. Misschien konden de mensen die er nog woonden nergens anders naartoe. Of hadden ze niet de wil om dat te proberen.

Zijn glimmende huurauto viel erg op tussen de stoffige pick-ups en oude Lincolns, Fury's en brede Impala's, hoewel er voor een etalage met reclame voor de beste diepzeevisserij ter wereld een nieuwe donkerrode Beemer stond.

Het was tweeëntwintig jaar geleden dat hij dit stadje had verlaten, en hij dacht zeker te weten dat er maar weinig was veranderd.

Hoewel dat natuurlijk niet zo was.

Zijn vader zat bijvoorbeeld in de gevangenis voor moord.

Tenzij de stadsgevangenis was verplaatst, wist Robie precies waar hij die kon vinden. Hij reed ernaartoe en negeerde de mensen die naar de nieuwkomer staarden. Hij kon zich voorstellen dat hier niet veel nieuwkomers kwamen. Wie zou dit hele stuk rijden om een stadje als Cantrell te bezoeken?

Tja, ik dus.

8

De stadsgevangenis stond op haar oude plek, hoewel ze was gerenoveerd en versterkt was met nog meer tralies en stalen deuren.

Robie parkeerde zijn auto, stapte uit en keek omhoog naar de stenen voorgevel met de zware metalen deur en getraliede ramen. Hij droeg een spijkerbroek, een shirt met korte mouwen en versleten instappers. Hij stopte zijn zonnebril in de voorzak van zijn shirt.

Op het bord naast de deur stond dat bezoekers op de witte knop moesten drukken. Dat deed hij. Een paar seconden later kwam er een stem uit de intercom die op de deurpost was geschroefd. De woorden werden langzaam uitgesproken en leken te worden uitgerekt tot de maximale, nog net uit te spreken lengte. Als kind had Robie soms het gevoel gehad dat hij nooit een medeklinker hoorde, en zeker nooit een r. En hoewel woorden op papier soms eindigen op een n of een g, hoorde je die - net als kinderen en sommige familieleden - nooit.

'Hulpsheriff Taggert hier. Kan ik u helpen?'

Taggert was een vrouw, hoorde Robie. Hij zag de bewakingscamera boven zijn hoofd, dus kon hulpsheriff Taggert hem ook zien.

Robie ademde in. Zodra hij de volgende woorden uitsprak zou het in het hele stadje bekend worden en zou hij het nooit meer terug kunnen nemen. Het was net social media, zonder dat er internet voor nodig was.

'Ik ben Will Robie. Ik ben hier om mijn vader op te zoeken, Dan Robie.'

Het bleef een hele tijd stil. Toen: 'Mag ik een identiteitsbewijs zien?'

Robie haalde zijn rijbewijs tevoorschijn en hield hem omhoog voor de camera.

'D.C.?' vroeg Taggert, verwijzend naar Robies District of Columbia-rijbewijs.

'Ja.'

'Hebt u wapens bij u?'

'Nee.'

'Dat zullen we nog wel zien. We hebben hier een metaaldetector. Wilt u de vraag nu anders beantwoorden, meneer Robie?'

'Nee. Ik ben níét gewapend.'

De deur zoemde open. Robie pakte de deurkruk en trok.

Hij liep een donkere ruimte in en moest snel knipperen om zijn ogen aan het schemerdonker te laten wennen. Een metaaldetector stond voor de deur waardoor je het gebouw binnenkwam.

Er stond een geüniformeerde man bij, met zijn hand op de gestippelde kolf van zijn 9mm pistool. Hij was langer dan Robie, had een vooruitstekende buik, maar ook brede schouders en een dikke nek, waardoor het leek alsof zijn hoofd in zijn lichaam was gezakt. De geüniformeerde man bekeek hem van top tot teen. 'Kom hier.'

Dat was geen vraag.

Robie werd gefouilleerd en daarna door de metaaldetector geleid, die geen kik gaf.

Het vertrek dat Robie daarna in liep, leek op een wachtkamer. Dat was het ook. Hij was niet de enige daar. Een jonge zwarte vrouw, mager en tenger, liet een mollige baby in een luier op en neer wippen op haar schoot. Achterin, in een hoek, zat een oude blanke man te doezelen, met zijn achterhoofd tegen een betongrijs geschilderde muur geleund. Het stonk er naar zweet, verbrande koffie en verstreken tijd, die een geheel eigen muffe geur had. De mengelmoes van al deze geuren trof Robie als een stomp in de maag. Niet omdat hij deze geuren niet kende, maar juist omdat hij ze wél kende.

Een vrouwelijke hulpsheriff kwam achter een gehavend houten bureau vandaan waar een oude, gigantische computer op stond. Ze was een meter vijfenzestig, stevig gebouwd en had kortgeknipt roodbruin haar dat haar smalle gezicht omlijstte, met daarin doordringende bruine ogen. 'Will Robie?'

Hij knikte. 'Ja.'

'Uh-huh. Laat me dat rijbewijs nog eens zien.'

Hij gaf het aan haar.

Ze keek er aandachtig naar en toen naar hem om te vergelijken.

'Ken ik u?' vroeg Robie.

'Ik was Sheila Duvall voordat ik met Jimbo Taggert trouwde.'

In zijn schemerige herinneringen kwam een magere wildebras naar boven die altijd kwaad was en altijd bereid leek om het gevecht aan te gaan met iedere jongen die binnen het bereik van haar knokige vuisten kwam. Toen ze acht waren had Robie haar een blauw oog geslagen, en in ruil daarvoor had ze zijn neus bijna gebroken. Hij herinnerde zich ook een lange jongen met strokleurig haar die Jimbo heette en nooit iets zei.

'Ik zie dat je oog is genezen, hoewel ik nog weleens raar ademhaal als ik door mijn neus adem.' Hij glimlachte toen hij dit zei, maar zijn glimlach werd niet beantwoord.

Ze gaf hem zijn rijbewijs terug. 'Je wilt je vader dus zien, zei je?'

'Daarom ben ik hier.'

'Ik kreeg bijna een hartaanval toen ik je naam hoorde en nu sta je hier naast me!' Ze hield haar hoofd scheef en keek naar hem op.

'Kan ik hem zien?' vroeg Robie.

Ze leek te twijfelen. 'Hij wilde net gaan lunchen.'

Robie keek naar een lege stoel in de wachtkamer. 'Dan wacht ik wel.'

'Verwacht hij je?'

'Dacht het niet, nee.'

'Hoe weet je dan dat hij gearresteerd is?' vroeg ze argwanend.

Robie herinnerde zich nu dat Sheila Duvall als kind en later als tiener heel scherp was geweest en niets over het hoofd leek te zien. 'Van een vriend van een vriend.'

'Uh-huh.' Op scherpere toon vroeg ze: 'Denk je soms dat ik achterlijk ben, Will Robie?'

Hij hoorde het piepje van de metaaldetector door het wapen van de agent toen de grote man achter hem de wachtkamer binnenkwam, waarschijnlijk aangespoord door Taggerts scheller geworden stem.

'Nee, niet echt, hulpsheriff Taggert. U ziet er superslim uit, eerlijk gezegd.'

Haar ogen schitterden. 'Zoek maar een stoel uit, nu!'

'Ja, mevrouw.'

Robie ging tegenover de zwarte vrouw met de dikke baby zitten. Ze keek even naar hem en sloeg toen haar blik neer en keek naar de vloer. Maar ze bleef haar kind op en neer wippen met haar broodmagere armen die onder de vlekken en kneuzingen zaten.

De oude man was wakker geworden en keek nu ook naar Robie. Hij had een getaand gezicht en zijn haar, wat ervan over was, was spierwit en dwars over zijn schedel gekamd als schuimende golven tijdens een storm. Zijn wangen waren slap en zijn gerimpelde, gevlekte gezicht wees op tientallen jaren in de brandende zuidelijke zon. Hij droeg een broek van bolletjesstof, een wit overhemd met zweetvlekken onder de oksels en versleten witte instappers aan zijn sokloze voeten. Zijn broek werd opgehouden door bretels met gespen, en op zijn knie lag een gehavende strooien hoed.

Robie kende de man niet en vroeg zich af of hij Robies naam had herkend. Iedereen hier kende Dan Robie, nam hij aan. En het feit dat Dan Robie in de cel zat voor de moord op een andere inwoner van Cantrell zou wel het belangrijkste nieuws van het jaar kunnen zijn voor dit kleine stadje.

'Hoe lang denk je dat het gaat duren?' vroeg Robie.

Taggert keek op van haar bureau. 'Ik zei toch dat hij zit te eten. Geen idee hoe lang hij erover doet. Ik tel echt niet hoe vaak hij kauwt.'

Robie leunde achterover in zijn stoel. De andere geüniformeerde agent leunde tegen de muur, met zijn armen over elkaar en met zijn blik op Robie gericht.

Robie keek even terug, maar wendde daarna zijn blik af.

Dertig minuten verstreken en in die tijd telde hij zes vliegen die in de warme, vochtige ruimte rondvlogen. De lucht werd alleen een beetje verplaatst door een oude plafondventilator die aan de laatste wentelingen van zijn mechanische leven bezig leek te zijn.

Een minuut later keek Robie op toen Taggert een telefoon pakte, er zacht iets in zei en de hoorn teruglegde. Ze stond op en liep naar hem toe.

Robie stond op. 'Klaar met de lunch?'

'Hij wil je niet zien,' zei ze nonchalant.

'Dus iemand heeft hem verteld dat ik er ben? Jij?'

'Volgens mij kun je nu dus vertrekken,' zei ze, zijn vraag negerend.

'Ik heb een lange reis gemaakt om hem te kunnen zien.'

'Ja, helemaal vanuit D.C. Geen idee wat ik moet zeggen behalve vaarwel.'

Hier moest de andere hulpsheriff om lachen.

'Kan ik dan misschien via de telefoon met hem praten?'

'Nee. Dat soort dingen doen we hier niet.'

'Dit is het dus?'

Ze zei niets.

'Is hij al voorgeleid?'

'Dat gaat morgenochtend gebeuren, in de rechtbank.'

'Kun je me dan tenminste vertellen wat er is gebeurd? Met Sherman Clancy?'

‘Ik heb het druk, Robie. Ik heb geen tijd om gezellig te kletsen met mensen als jij.’

‘Mensen als ik? Ik kom uit Cantrell!’

‘Je kwám uit Cantrell.’

‘Wie is zijn advocaat?’

‘Heb ik niets mee te maken.’

‘Kun je me vertellen waar ik zou kunnen overnachten?’

‘Waarom zou je blijven?’ vroeg ze.

‘Omdat mijn vader is gearresteerd voor moord. Als jij mij was, zou jij dan blijven?’

‘Ik ben jou niet. Ik heb zelf al genoeg problemen.’

Weer schoot haar partner in de lach.

Maar ze liep terug naar haar bureau, nam er alle tijd voor om iets op een stukje papier te schrijven, vouwde dat dubbel en gaf het aan hem. ‘Goede prijs en schone lakens. Meer kun je niet verlangen.’

‘Bedankt.’

‘Uh-huh.’ Ze draaide zich om.

Robie liep naar buiten, zich ervan bewust dat iedereen nu naar hem keek.

Hij ging in zijn auto zitten en vouwde het stukje papier open.

Ben om vijf uur vrij. Momma Lulu’s zit aan de Little Choctaw.

9

Robie moest een paar uur stukslaan voor zijn afspraak met Taggert bij Momma Lulu's aan Little Choctaw, drie straten bij de gevangenis vandaan. Hij besloot deze tijd te gebruiken om zijn geboortestad te verkennen.

Hij stapte in zijn huurauto en reed dezelfde weg terug door het stadje als die hij gekomen was, waarbij hij zich erg bewust was van de gezichten die vanuit alle hoeken en gaten naar hem keken. Hij kreeg zoveel aandacht dat het leek alsof hij in een maanwagen reed. Hier was kennelijk weinig toerisme, maar dat had hij natuurlijk ook niet verwacht.

Algauw had Robie het kleine centrum van Cantrell achter zich gelaten. Een halfuur later reed hij een smalle weg in die eindigde bij de rand van een kleine boerderij.

Hij was hier niet per ongeluk terechtgekomen. Hier was hij opgegroeid.

Het huis was oud en klein, ongeveer tachtig vierkante meter, en er vlak achter stond een twee verdiepingen hoge schuur met een hooizolder. De gebouwen stonden op een bescheiden, grotendeels bebost terrein van acht hectare, maar de Robies hadden hun eigen groenten verbouwd in een kleine moestuin, wat mais geteeld voor de verkoop en bovendien een paar paarden en koeien gehouden. En kippen natuurlijk.

De voortuin was een puinhoop; de struiken en andere minimaal aanwezige tuinplanten waren doorgeschoten. De voorveranda zakte door. En alsof dat nog niet voldoende bewijs was dat Robies strenge vader deze plek niet langer zijn thuis noemde, zag hij dat er drie zwarte jongetjes met ontbloot bovenlichaam door de voortuin renden, achtervolgd door hun moeder die in de twintig was en een afgeknipte spijkerbroek en een witte tanktop droeg.

De vrouw bleef staan toen Robie stopte en uit de auto stapte. De kinderen verstopten zich achter de brede heupen van hun moeder en keken ongerust en met grote ogen naar hem op. 'Kan ik iets voor je doen?' vroeg de vrouw, terwijl ze achteruitstapte en haar kinderen met zich meetrok. 'Mijn man zit binnen zijn geweer schoon te maken,' voegde ze eraan toe, als duidelijke waarschuwing. 'Hij heeft net gejaagd,' zei ze. 'Een paar beesten gedóód!'

Robie keek langs haar heen. 'Heel lang geleden woonde ik hier. Mijn vader, Dan Robie, was de eigenaar. Hoe lang woont u hier al?'

Ze keek een beetje verbaasd en toen, precies zoals hij had verwacht, zag hij dat het tot haar doordrong. 'Robie? Is Dan Robie je pa?'

Robie knikte en keek weer naar het huis. 'Hebt u dit huis van hem gekocht?'

'Uh-huh. We zijn hier twee jaar geleden komen wonen, maar we hebben het gekocht van de Harpers. Die zijn naar Chattanooga vertrokken.'

Robie knikte. 'Oké, bedankt.' Hij draaide zich om en liep terug naar zijn auto.

De vrouw riep hem achterna: 'Je pa heeft een man gedood.'

Hij draaide zich weer om. 'Dat heb ik gehoord.'

Robie reed weg in een stofwolk en zag in zijn achteruitkijkspiegel dat de vrouw snel naar binnen ging, ongetwijfeld om haar man alles te vertellen. Op de terugweg naar Cantrell bedacht hij zich dat hij de vrouw had moeten vragen of zij wist waar zijn vader nu woonde. Maar dat had hij niet gedaan, dus moest hij die informatie ergens anders vandaan halen. Hij kon het in de stad vragen; het was zo'n klein stadje dat er vast wel iemand was die dat wist. Maar dat wilde hij niet. Na Taggert en de jonge moeder had hij geen zin meer om de vernietigende blik van anderen te zien nadat hij had verteld dat hij de zoon van een moordenaar was.

Van iemand die wordt verdacht van moord, verbeterde hij zichzelf.

Hij reed terug naar de hoofdstraat, die Cantrell netjes in twee ongeveer even grote helften verdeelde, en zijn oog viel op iets wat hij al eerder had gezien. Een oude telefooncel. Door het vieze glas kon hij het telefoonboek zien dat aan een ketting hing.

Hij parkeerde de auto, liep naar de telefooncel, pakte het dunne telefoonboek en bladerde erin tot hij het juiste gedeelte had gevonden.

Dan Robie. Hij woonde nu in Willow Hall.

'The Willows', zoals iedereen in Cantrell het altijd had genoemd.

Robie las het nog twee keer, omdat hij zijn ogen niet kon geloven.

Het was geen straatnaam, maar de naam van het huis. Hij kende dat huis goed. Hij had ooit verkering gehad met een meisje dat er met haar ouders woonde.

De voorouders van Laura Barksdales vader woonden hier al sinds Mississippi voor het eerst werd bewoond. The Willows was ooit een klassieke zuidelijke plantage geweest, compleet met een heel leger slaven. De voorouders van de Barksdales hadden in de Burgeroorlog de geconfedereerden aangevoerd. Ze hadden de gemeenteraad overgehaald om de zwarten onder de duim te houden toen de burgerrechtenbeweging naar Mississippi kwam. Ze waren vooraanstaand en rijk en... en nu was dit herenhuis van zijn vader?

Toen hij de telefooncel uit kwam, zag hij vlakbij twee zwarte mannen staan die hem aanstaarden. Een van hen was groot en gedrongen, en droeg een versleten spijkerbroek, witte sportschoenen en een grijs T-shirt. De andere man was klein maar pezig, met enorme schouders en dikke onderarmen die goed zichtbaar waren doordat hij een tanktop droeg, en een zwarte, slobberige corduroy broek.

Robie knikte even naar ze en wilde weglopen.

'Will Robie?' vroeg de grootste man.

Robie draaide zich om en keek hem aan. Hij was een jaar of twintig, dus nog niet eens geboren toen Robie dit stadje had verlaten. 'Ja?'

'Ken je mijn pa?'

'Weet ik niet. Wie is je pa?'

'Billy Faulconer.'

In gedachten zag Robie een grote tiener voor zich met enorme schouders, dikke armen en een hartelijke lach die hij vaak liet zien.

Robie zei: 'We zaten samen in het footballteam. Hij was een verdomd goeie *left tackle*. Beschermde mijn linkerkant uitstekend.'

'In jullie laatste jaar waren jullie staatskampioen! Ter ere van jullie werd er een parade gehouden en zo. Mijn pa praat er nog altijd over.'

Billy Faulconer was kennelijk al heel jong vader geworden, dacht Robie. Zo ongeveer meteen na zijn highschooltijd. Dat was echter niet erg ongebruikelijk in Cantrell, want vrijwel niemand ging na zijn eindexamen naar een universiteit. Iedereen werd bevangen door slechts één plotselinge, paniekgedachte: *Wat moet ik verdomme nu gaan doen?*

Robie zei: 'Dat was een leuke tijd. Goed voor dit stadje. Geen enkel team uit Cantrell had ooit een team uit Jackson verslagen.'

'Hij praatte ook vaak over u. Zei dat u na de highschool op een nacht zomaar was vertrokken. En dat niemand ooit nog iets van u had gehoord.'

Robie was niet van plan daarop in te gaan. 'Hoe gaat het met Billy?'

'Niet zo goed. Hij heeft longkanker. Heeft niet lang meer te leven.'

'Het spijt me echt dat te horen.'

De lange jongeman keek hem onderzoekend aan. 'U bent hier voor uw pa, hè? Daarom bent u teruggekomen zeker?'

'Hoe heet je?'

'Ben naar m'n pa vernoemd. Maar ze noemen me gewoon Little Bill.'

'Je bent behoorlijk groot voor die naam.'

'Mijn pa is groter. Tenminste, voordat ie kanker kreeg.'

'Zeg, wat weet jij van de dood van Sherman Clancy? En van de arrestatie van mijn vader?'

Little Bill haalde zijn schouders op. 'Niet veel. Die twee hadden ruzie.'

'Waarover?'

De kleinere man zei: 'De jury heeft die ouwe Clancy niet veroordeeld en daar was je pa woest om, denk ik.'

'Veroordeeld waarvoor?'

'Voor de moord op dat meisje,' zei Little Bill. 'Janet Chisum. Leuke meid. Tot iemand deed wat ie met haar deed.'

'Daar weet ik niets van. Ik heb zelfs nooit van de Chisums gehoord.'

'Die zijn hier een tijdje geleden komen wonen. Ze was een knappe blanke meid. Een van de drie dochters. Op een avond is ze uitgegaan en nooit meer teruggekomen. Ze vonden haar de volgende dag in die verdomde Pearl-rivier, klem achter een boom. In d'r hoofd geschoten. Krokodil had ook een hap uit haar genomen.'

'En Clancy werd gearresteerd voor moord? Waarom?'

De kleinere man zei: 'Iemand had hem met dat meisje gezien. Dat deel van de Pearl is vlak bij zijn huis. De rest weet de politie.'

'Maar de jury heeft hem vrijgesproken?'

'Ja,' zei de kleinere man.

'Waarom?'

De kleinere man wilde antwoorden, maar Little Bill was hem voor. 'Clancy heeft hier heel veel vrienden.' Hij wreef twee vingers tegen elkaar. 'En hij heeft geld.'

Zijn vriend keek Little Bill vreemd aan, maar zei niets.

Robie keek verbaasd. 'Geld! Toen ik hier nog woonde, waren de Clancy's straatarme boeren!'

Little Bill schudde zijn hoofd. 'Dat is allemaal veranderd. Ze vonden olie of gas op zijn land. Toen kreeg hij geld en werkte al vroeg samen met die casinojongens. Verdiende bakken met geld. Heeft een groot huis beneden aan de Pearl.'

'Hád,' zei zijn vriend. 'Heeft ie niet meer.'

Robie vroeg: 'Oké, maar waarom zou mijn vader zo kwaad zijn dat Clancy was vrijgesproken dat hij hem zou willen doden?'

'Omdat hij de rechter was,' zei Little Bill.

Robie keek hem aan. Toen hij Cantrell verliet, had zijn vader een klein advocatenkantoor gehad waarmee hij maar net het hoofd boven water kon houden. Zijn honorarium werd meestal in natura uitbetaald.

Little Bill leek te weten wat Robie dacht. 'Je pa is hier nu zo'n tien jaar de rechter. Dingen veranderen. Ja, echt. Zelfs in Cantrell.'

'Dat is waar,' beaamde Robie. 'Doe je vader de groeten van mij.'

'Zal ik doen. Misschien wilt u hem bezoeken tijdens uw verblijf. We wonen aan Tiara Street, laatste huis links.' Hij keek Robie strak aan. 'Hij heeft niet lang meer te leven, meneer Robie. Ik weet zeker dat het 'm goed zou doen, weet u. De goeie ouwe tijd, misschien de enige goeie tijd die hij ooit heeft gehad.'

Robie knikte. 'Ik zal zeker kijken of ik dat kan doen.' Hij stapte weer in zijn auto en reed weg.

Zijn hoofd tolde door de vele nieuwe feiten.

Zijn vader een rechter.

De Clancy's rijk.

Die Janet Chisum dood.

Maar toen concentreerde hij zich op waar hij naartoe ging.

The Willows.

En daardoor kwamen al die herinneringen weer boven.

Aan zijn laatste avond in Cantrell.

10

Tweehonderd jaar geleden had Willow Hall zijn naam gekregen. Een bijzonder toepasselijke naam, want in die tijd stonden aan weerszijden van de lange oprijlaan wilgeneiken. Tenminste, dat was Robie verteld; de wilgen waren tientallen jaren voor zijn geboorte al doodgegaan doordat een ondergrondse bron die de dorstige wortels van de bomen had gevoed was opgedroogd.

In plaats daarvan had men inheemse moerasdennen geplant die beter tegen droogte bestand waren. Ze waren vijfentwintig meter hoog en stonden nu langs de oprijlaan die verschillende bochten maakte voordat hij in een rechte lijn bij het huis uitkwam.

THE WILLOWS stond er op de brievenbus.

En onder die naam was in keurige witte letters ROBIE geschilderd. Hij kon zich goed voorstellen dat zijn perfectionistische vader elke letter zelf had geschilderd en een liniaal had gebruikt om overal evenveel ruimte tussen de letters te krijgen.

Robie reed met zijn huurauto de met grind verharde oprijlaan op, die helemaal in de schaduw van het bladerdak van de enorme wilgen lag.

Toen hij het rechte stuk bereikte, kon hij het huis zien.

Willow Hall was een majestueus vooroorlogs herenhuis, gebouwd toen James Monroe president was. Niet alleen de hoge, lange voorveranda werd ondersteund door zes pilaren, maar ook het overdekte balkon boven. Dezelfde bouwstijl was toegepast aan beide zijgevels en aan de achtergevel. Schoorstenen rezen op uit het leistenen dak en er hingen zwarte luiken naast de vijf ramen in de voorgevel; drie boven en twee beneden, één aan elke kant van de voordeur.

Op de ronde plek voor het herenhuis stond een donkerblauwe, nieuw model Volvo-stationwagon met een kinderstoeltje op de achterbank.

Robie stopte en stapte uit.

Even later kwam er een vrouw, ongeveer even oud als Robie, het huis uit, met een kleine jongen op haar rechterheup. Ze droeg pumps en struikelde bijna op de houten trap. Ze was lang, en hoewel ze normaal gesproken waarschijnlijk heel slank was, had ze nu nog wat extra zwangerschapskilo's. Haar blonde haar reikte net tot aan haar decolleté. Ze droeg een zonnebril en aan haar linkerschouder hing een grote tas waar ze in rommelde om de autosleutels te zoeken.

'Kan ik je helpen?' vroeg Robie.

Ze verstijfde en keek hem aan. 'Wie ben je? Wat doe je hier?'

Ze had haar sleutels gevonden en hij zag dat ze ze zo vastpakte dat er één als wapen tussen haar vingers uitstak. Hij nam aan dat ze dat van zijn vader had geleerd, omdat hij het Robie ook had geleerd.

Door haar uitspraak en doordat ze geen accent had, wist hij dat ze niet uit Cantrell kwam, misschien niet eens uit Mississippi.

Hij keek langs haar heen naar het huis. 'Dit huis roept herinneringen op.'

'Hoezo?'

'Ik had verkering met een meisje dat hier vroeger woonde, Laura Barksdale.'

Met haar vrije hand schoof ze haar zonnebril iets lager zodat ze hem beter kon zien.

Robie was niet zo lang als zijn vader, maar ze leken wel veel op elkaar. Iedereen had altijd gezegd dat de zoon veel op zijn vader leek. Maar qua karakter had hij meer van zijn moeder. Dat dacht hij tenminste.

'Wie ben je?' vroeg ze weer, maar Robie merkte dat het haar al was opgevallen dat hij veel op zijn vader leek.

'Will Robie,' zei hij. 'Wie ben jij?'

'Tja, volgens mij ben ik officieel je stiefmoeder, Victoria.'

Robie zette een stap naar voren en keek naar het kind, dat nog geen woord had gezegd maar met een vinger in zijn mond naar Robie keek. Robie zag dat het gezichtje hem bekend voorkwam. Hij zag zijn vader en zichzelf, en hij zag ook iets van de vrouw in dit gezichtje.

'Jouw kind?' vroeg hij en hij wees naar het kind, hoewel hij het antwoord al wel wist.

'Ja, en van je vader, wat betekent dat hij je stiefbroertje is.'

'Officieel,' zei Robie. 'Hoe oud is hij?'

'Ty is twee, maar over een paar maanden wordt hij drie.'

Robie verstijfde een beetje. 'Ty?'

'Zijn volledige naam is Tyler, maar we noemen hem Ty.'

Robie verstrakte weer een beetje. Tyler was zíjn tweede voornaam.

Ze zag het kennelijk, want ze zei: 'Will Tyler Robie. Dat is jouw volledige naam.'

'Heeft mijn vader je dat verteld?'

Opeens leek ze onzeker. 'Nee... dat zag ik ergens.'

Dus pa heeft het nooit over mij gehad. Dat verbaasde Robie niet. *Maar hij heeft zijn zoon Tyler genoemd.*

Dat was geen naam die vaker voorkwam in de familie. Zijn moeder, had hij gehoord, had hem Will genoemd, naar haar geliefde oom. En Robies vader had zijn tweede voornaam uitgekozen en zijn zoon verteld dat dit de naam was van een man met wie hij in Vietnam had gediend en dat dit de stoerste vent was die hij ooit had gekend. Later zei hij tegen zijn zoon dat hij wilde dat hij net zo stoer werd. Daar was Robie dus niet in geslaagd. Tenminste, niet volgens zijn vader.

'We wisten niet dat je zou komen,' zei ze, waarmee ze Robies gedachten onderbrak.

'Dat komt doordat ik dat tegen niemand heb gezegd.'

'Je weet het dus, van je vader?'

'Ik ben naar de gevangenis geweest en heb daar zitten wachten, maar hij wilde me niet zien. Ga je daar naartoe? Naar de gevangenis?'

'Daar ben ik vanochtend al geweest. Nu moet ik met Tyler naar de dokter en ik ben al laat.' Ze leek weer onzeker. 'Je lijkt op je vader, maar kun je me iets laten zien wat bewijst dat je bent wie je zegt dat je bent?'

Hij pakte zijn rijbewijs en liet dat aan haar zien. Hij zei: 'Mijn vader heeft een litteken op zijn rug. Een granaatscherfwond uit Vietnam; heeft de vorm van een omgekeerde J. Hij heeft één gouden kroon achterin, ondergebit. En hij dronk elke dag twee vingers Glenlivet en een biertje.'

Ze glimlachte. 'Dat litteken heeft hij door een plastisch chirurg laten weghalen en die gouden kroon is nu een synthetisch implantaat. Maar hij drinkt nog altijd een Schotse whisky en bier.'

'Goed dat ik het weet.'

Victoria keek achterom. 'Luister, je mag hier wel blijven tot ik terugkom. Priscilla is onze huishoudster. Zij kan wel iets voor je bereiden als je honger hebt of zo.'

'Prima. Ik zou graag een beetje rond willen kijken. Ik heb om vijf uur een afspraak, maar daarna zou ik je graag willen spreken als je dat goedvindt.'

'Waar ben je al die tijd geweest, Will?' riep ze opeens.

Hij gaf geen rechtstreeks antwoord. 'Mijn leven aan het leven.'

Ze sloeg haar blik neer, keek naar het grind. 'Ik neem aan dat het je verbaast dat hij een vrouw en een klein kind heeft.'

'Nee, niet echt. Kennelijk leefde hij ook zijn leven.'

'Hij heeft me nooit verteld wat er tussen jullie speelde.'

'Dat kan ik me voorstellen. Hij is erg gesloten.'

'Ik moet nu weg, maar ik zal Priscilla vanuit de auto bellen en haar vertellen dat jij hier bent. En wil je na je afspraak van vijf uur bij ons komen eten?'

'Dat hoeft niet, hoor.'

'Ik doe nooit iets wat ik niet wil doen, dat zul je snel genoeg merken. Halfacht? Ik kom hier niet vandaan, maar als ik dat wil kan ik een verdomd lekkere zuidelijke maaltijd bereiden.'

Robie knikte. 'Oké, zie je dan.' Hij keek naar Tyler. 'Je zei dat je met hem naar de dokter gaat. Alles goed met hem? Hij lijkt niet ziek.'

'Ty heeft een paar... problemen,' zei ze. Ze drukte een kus op Ty's hoofd. Daarna zette ze haar zoon in het kinderstoeltje, maakte de gordels vast, stapte achter het stuur en liet toen ze wegreed een paar kiezelsteentjes opvliegen.

Robie keek hen even na, maar begon toen wat rond te lopen. Hij kon zich herinneren dat het terrein altijd perfect werd onderhouden, omdat de Barksdales oud geld hadden en Henry Barksdale hard had gewerkt om goed voor zijn voorouderlijk huis te zorgen.

Wills vader had het terrein duidelijk ook uitstekend onderhouden. Er waren een paar dingen toegevoegd, zoals een zwembad, een stenen tuinhuis en een omheinde moestuin.

Of de Barksdales dat na Robies vertrek hadden gedaan of zijn vader of een eventuele tussentijdse eigenaar wist hij niet. Hij begreep nog steeds niet hoe het mogelijk was dat zijn vader de eigenaar was van dit huis. Zelfs in Cantrell, waar de prijs van land en de kosten van levensonderhoud belachelijk laag waren, zou deze plek niet goedkoop zijn in aanschaf of in onderhoud.

Hij stond vlak bij een stapelmuur helemaal achterin. Hij ademde diep in en snoof de zoutachtige geur van de nabijgelegen Gulf op. Toen hij hier opgroeide, had hij niet geweten dat het elders anders rook.

Op deze plek hadden Laura Barksdale en hij hun plannen gemaakt. Hij had toen zijn volwassen lengte al bereikt, had brede schouders en stalen spieren doordat hij het hele jaar sportte. Behalve football had

Robie ook aan basketbal en hardlopen gedaan. In die tijd kon dat nog, zeker in zo'n klein stadje als dit waar niet genoeg jonge mannen waren om de verschillende teams compleet te maken.

Laura had bruin, kortgeknipt haar. Ze was slank en van gemiddelde lengte. Ze waren allebei populair op de middelbare school: hij dankzij zijn sportprestaties en zij dankzij haar intelligentie, vriendelijkheid en schoonheid, en ondanks haar rijke familie, waardoor sommigen in Cantrell iets tegen haar hadden. Ze was aardig tegen iedereen, maar Robie had altijd het gevoel dat er iets was wat ze hem niet vertelde. Dat gevoel kreeg hij door een blik, door iets wat ze zei, en soms gewoon door haar zwijgen. Maar dan leek het alsof ze dat wat haar dwarszat gewoon verdrong en ze zich weer op hem richtte. Hij vroeg haar vaak om hem in vertrouwen te nemen, maar dan glimlachte ze alleen maar, schudde haar hoofd en zei dat ze hem alles had verteld. En dan kusten ze elkaar en vergat Robie de tiener al het andere.

Ja, ze hadden toekomstplannen gemaakt. Samen. Alleen zouden die nooit worden verwezenlijkt.

Nadat hij het terrein achter het huis had verkend en terugliep naar het huis, ving hij heel even een glimp op van een gezicht achter een van de bovenramen.

Dat gezicht was gerimpeld en de huid had dezelfde kleur als de ogen van hulpsheriff Taggert.

Priscilla.

11

Robie liep de veranda op en klopte op de voordeur. Hij had last van de hitte; het was een vochtige hitte, anders dan de hitte in de woestijn waar hij net vandaan kwam. Hij vond droog prettiger dan nat. Deze luchtvochtigheid zoog je helemaal leeg. Hij herinnerde zich dat zijn moeder 's ochtends in bad ging en om precies die reden 's middags nog een keer.

Hij hoorde dat iemand naar beneden kwam via de grote trap, waarvan hij zich herinnerde dat die onderaan breder was en midden in de enorme hal uitkwam.

De deur ging open en daar zag hij het gezicht waar hij een minuut eerder een glimp van had opgevangen.

Priscilla was begin zestig, ongeveer een meter tweeënzestig, mollig en ze had steil, al grijs wordend zwart haar dat ze in een strenge knot had opgestoken. Ze droeg een dienstmeisjesoutfit en versleten schoenen met zachte zolen, zoals verpleegsters dragen, maar dan zwart.

'Ben jij Will Robie?' vroeg ze meteen, bijna vinnig.

'Dat ben ik.'

'Ik ben Priscilla. Ik zorg voor het huis van je pa.'

'Leuk je te ontmoeten.'

'Vind ik ook. Juffrouw Victoria zei al dat je hier was. Ik viel bijna flauw toen ze dat zei.'

'Hoe lang help je mijn vader al?'

'Vier jaar.'

'Vind je het goed als ik binnenkom en even rondkijk?'

Ze trok de deur verder open en stapte achteruit. Ze sloot de deur toen hij de hal in was gelopen en keek naar hem op. 'Je bent knap, net als je pa. Minder lang, maar je bent niet te mager. Zo te zien zorg je goed voor jezelf.'

Robie keek om zich heen naar de kamers die op de grote hal uitkwamen. Het interieur was smaakvol, degelijk, alles precies goed. Zijn vaders werk, nam hij aan. Maar hij zag ook de hand van Victoria, misschien, in de verse bloemen en de gekleurde gordijnen en sierkussens. En de kunst, die varieerde van eenvoudig tot weelderig, getuigde van een goede smaak die zijn vader de ex-marinier volgens hem niet bezat.

Hij keek naar Priscilla. 'Kun jij me vertellen wat er is gebeurd? Waarom mijn vader in de gevangenis zit voor de moord op Sherman Clancy?'

'Ik heb net theegezet. Wil je ook een kopje?'

'Zoete thee?'

Ze keek hem bevreemd aan. 'Is er andere thee dan?'

Priscilla nam hem mee naar een grote, zonnige keuken met donkere balken aan het plafond. Ze schonk twee glazen zoete thee in, waarna ze aan een ronde cederhouten tafel gingen zitten voor een erker die uitkeek op de achtertuin.

Robie nam een slokje thee en kon niet voorkomen dat zijn gezicht vertrok toen de enorme hoeveelheid suiker zijn smaakpapillen bombardeerde.

Priscilla nam een grote slok van haar thee en smakte met haar lippen. Toen vroeg ze: 'Heb je Mississippi al lang geleden verlaten?'

'Ja, inderdaad,' zei Robie en hij zette zijn glas neer.

'Sherman Clancy,' zei Priscilla, terwijl ze hem aandachtig aankeek.

Robie leunde iets naar haar toe en keek haar strak aan. 'Ik zou het fijn vinden als je me alles vertelt wat je weet.'

'Sherman Clancy was geen goede man. Maar ik geloof eerlijk gezegd ook niet dat hij een moordenaar was.'

'Waarom niet?'

Ze nam nog een grote slok thee. 'Wil je iets eten?'

'Nee hoor, niet nodig.' Hij keek haar afwachtend aan.

'Clancy hield zich op met die casinojongens. Die zware jongens plukken je helemaal kaal en lachen de hele weg naar de bank, terwijl ze je een met water aangelengd glas whisky voorzetten dat hen tien cent heeft gekost en dat ze voor tien dollar verkopen.'

'Maar hij was geen moordenaar?'

'Hij was vooral een dikzak en een dronkaard. Geloof niet dat hij de energie of wat je in je hoofd moet hebben bezat om iemand te vermoorden en daarmee weg te komen.'

'En Janet Chisum?'

'Ik kende haar niet. Ze wonen hier nog niet zo lang, lijken aardige lui. Zag ze op zondag naar de kerk rijden. Dat is alles wat ze nu nog op de been houdt. Gods liefde. Hij zal deze arme mensen door deze tijd slepen, ja, dat zal Hij doen. Toen ik mijn baby kwijtraakte, heeft God me de hele tijd gesteund.'

Robie dacht terug aan het tragische beeld van Sasha die dood op de grond viel. 'Hoe is je kind gestorven?' vroeg hij even later.

'Ik woonde toen vlak bij Hattiesburg. Een grote ratelslang kreeg hem te pakken toen hij nog maar een kleine jongen was. Hij ging naar het countyziekenhuis, maar de man daar zei dat ze niets konden doen en dat ik hem maar beter naar de kliniek bij ons in de buurt kon brengen. Dus bracht ik hem daarnaartoe, maar zij zeiden dat het countyziekenhuis de enige plek in de omgeving was die het serum had. Earl stierf in mijn armen op de terugweg naar het countyziekenhuis. Ik wandelde naar binnen met mijn dode zoon in mijn armen, en weet je wat diezelfde vent tegen me zei?'

'Wat?'

'Dat hij zich niet kon herinneren dat ik daar eerder was geweest. Dat ik me had vergist. Dat ik gek was. En dat ik als de sodemieter met mijn dode zoon moest vertrekken, omdat zijn personeel daardoor van slag raakte.' Ze schudde haar hoofd. 'Omdat zijn personeel daardoor van slag raakte? Ik hoor die woorden tot ik mijn laatste adem uitblaas.'

'Waarom wilden ze je zoon niet behandelen?'

Ze keek naar hem op. 'Op welke planeet leef jij? Blank ziekenhuis, zwarte jongen. Je komt uit Mississippi, ben je soms vergeten hoe het hier is? En dit was meer dan veertig jaar geleden!'

'Je had het ziekenhuis en die man voor de rechter kunnen slepen. Verdomme, je had hem voor misdadige verwaarlozing of zo moeten aanklagen!'

'O, dank je wel dat je me dit vertelt, meneer Will Robie,' zei ze, zogenaamd verbaasd. 'Je bedoelt dat ik alleen maar een advocaat hoefde in te huren en naar de rechtbank hoefde te gaan en dat zij dan aan het werk waren gegaan om mijn kind te redden? Waarom heb ik dat zelf niet bedacht? O ja, omdat ie al dood was!'

'Waar het om gaat is dat die man gestraft had moeten worden voor wat hij deed.'

'O, maar dat is ook gebeurd. Zover was ik nog niet. Een paar weken later ging hij opeens dood.'

'Hoe dan?'

‘Iemand schoot hem dood.’

‘Wie?’

‘Mijn man, Carl. Daarom heb ik geen man meer. Ze hebben hem geexecuteerd in de staatsgevangenis. Ik was erbij en keek naar hem toen hij stierf. Hij glimlachte.’

‘Wat erg, Priscilla. Dat had nooit mogen gebeuren.’

Priscilla dronk haar thee op en zei: ‘Wat gebeurd is, is gebeurd. Ik kan er nu niets meer aan veranderen, alleen God vragen of mijn volgende leven beter mag zijn dan dit. Ze zeggen dus dat je pa Sherman Clancy heeft vermoord, maar dat geloof ik dus echt niet.’

‘Hoe is Clancy vermoord?’

Priscilla wees naar haar hals. ‘Snee, van oor tot oor. De krant zei dat het een mes was zoals in het leger wordt gebruikt.’

‘En mijn vader heeft bij de marine gezeten.’

‘Nou, heel veel mensen hier hebben in het leger gezeten. En heel veel van die lui hebben zo’n mes.’

‘Waar is hij gevonden?’

‘In zijn auto, bij de Pearl. Hij had zo’n Bentley en hij was de enige hier die zo’n auto had, dat kan ik je wel vertellen. Ongeveer achthonderd meter van dit huis. Verlaten oude moerasweg. Verdomme, andere wegen zijn hier toch ook niet?’

‘TVO?’

‘Wat?’ vroeg ze verbaasd.

‘Tijdstip van overlijden,’ zei Robie.

Priscilla bleef hem argwanend aankijken, maar antwoordde: ‘Rond één uur ’s nachts, volgens de krant.’

‘Geen andere verdachten? Hoe zit het met zijn familie? Familieleden vermoorden elkaar heel vaak.’

‘Nou, hij heeft geen familie in Cantrell, behalve Pete. Zijn kinderen uit zijn eerste huwelijk zijn allemaal volwassen en zijn verhuisd.’

‘Eerste huwelijk?’

Ze knikte. ‘Hij scheidde van z’n eerste vrouw, trouwde met een andere dame en zij kregen Pete. Daarna scheidde Clancy ook van haar, maar Pete woonde nog steeds bij z’n pa.’

‘En die “zware jongens” met wie hij zakendeed in die casino’s? Kunnen zij Clancy niet vermoord hebben?’

Ze wees met een stompe vinger naar hem. ‘Ja, dat is dus precies wat ik zei. Hoe zit het met hén? Maar ik neem aan dat de politie dat wel heeft gecheckt. En misschien hadden ze wel een alibi. Maar daar hadden ze iemand voor kunnen betalen. Misschien hadden zij en Clancy een meningsverschil, of is hij betrapt terwijl hij een greep uit de kas deed. Of ze deden iets crimineels of zo, en had hij dat ontdekt. Kan van alles zijn.'

'Maar ze arresteerden mijn vader?'

'Ja, inderdaad. Heel snel ook.'

'Waarom? Hij is de rechter en staat dus aan de kant van de politie.'

'Nou, ik heb verhalen gehoord dat rechter Robie het de politie moeilijk maakte om mensen veroordeeld te krijgen. Vooral als het om gekleurde mensen ging.'

'Bedoel je dat hij eerlijk vonniste?'

Ze speelde met haar theeglas en zei: 'Dat zeg ík, anderen niet.'

'Zo te horen was de zaak tegen Clancy voor de moord op Janet Chisum heel sterk. Ik hoorde dat hij vrijkwam omdat hij vrienden had en geld.'

'Shit, ik kan je precies vertellen waarom hij vrijkwam.'

'Waarom dan?'

Haar blik veranderde. 'Wat kan jou dit allemaal schelen?'

'Mijn váder is gearresteerd voor moord!'

'Nou en? Je bent al die tijd weggebleven. En nu duik je zomaar op?' Ze schudde haar hoofd en keek hem afkeurend aan. 'Ik kan niet zeggen dat dat van veel respect getuigt.'

'Ik had er zo mijn redenen voor.'

'Niet goed genoeg, Will Robie.' Ze wees naar de voordeur. 'Ik neem aan dat je jezelf wel kunt uitlaten. Waarom ga je daarna niet terug naar waar je vandaan komt en vergeet je je pa niet gewoon? Zou niet al te moeilijk moeten zijn. Je hebt hem immers het grootste deel van je leven vergeten, vind ik tenminste.' Toen liep ze weg.

Robie keek haar na en vond ergens wel dat Priscilla gelijk had.

12

Robie liep terug naar zijn auto, keek nog een keer naar het huis, waar Priscilla alweer door een bovenraam naar hem keek. Ze leek niet blij en hij wist dat ze zeker niet blij was met hem. Maar ze leek wel trouw aan zijn vader. En hoewel hij niet bepaald een hoge dunk had van zijn vader, had zij dat kennelijk wel.

Hij keek langs het huis naar het terrein erachter, waar hij op die hete, vochtige juni-avond Laura Barksdale in zijn armen had gehouden. Ze hadden gezworen elkaar oneindig lief te hebben, zoals kennelijk alleen een tiener dat kan. Robie was altijd al van plan geweest Cantrell te verlaten en toen hij haar dat vertelde, vroeg ze meteen of hij haar wilde meenemen. Alles had perfect geleken.

De volgende avond had Robie zijn weinige bezittingen in zijn verroeste Chevrolet geladen en was hij naar de afgesproken plek gereden. Hij wachtte tot Laura kwam. Hij had drie uur gewacht, maar ze kwam niet.

Omdat hij bang was dat haar iets was overkomen, was hij hiernaartoe gereden en had hij zijn auto uit het zicht geparkeerd. Hij was naar de voorkant van het huis geslopen en had omhooggekeken naar de eerste verdieping van de goedverlichte voorgevel. Hij had naar het derde raam van links gekeken, Laura's slaapkamer, waar het licht brandde, zodat haar silhouet duidelijk te zien was. Ze kwam dus niet. Haar oneindige liefde had kennelijk korter geduurd dan vierentwintig uur.

Robie was teruggegaan naar zijn auto en was - alweer met de kortzichtigheid en de koppigheid van een achttienjarige - ingestapt en weggereden. De volgende ochtend was hij pas gestopt. Hij at iets, sliep in zijn auto en reed door tot de Atlantische Oceaan in zicht kwam.

In de jaren daarna had hij haar geschreven en gevraagd naar hem toe te komen, maar nooit antwoord gekregen. Hij had naar het huis gebeld, maar niemand nam op. Hij had boodschappen ingesproken, maar ze had hem nooit teruggebeld. Ondanks dat alles, zei hij tegen zichzelf dat hij zou teruggaan om haar te halen. Dat ze samen zouden zijn.

Maar het leven had een spaak in het wiel gestoken en zijn liefde voor haar was langzaam verdwenen. De jaren waren voorbijgevlogen. En hij was nooit teruggegaan naar Mississippi.

Tot nu.

Hij startte zijn huurauto en reed de oprijlaan af.

Zijn vader was hertrouwd en zijn nieuwe vrouw was ongeveer even oud als Robie.

En ze hebben een zoontje dat naar mij is vernoemd en niet praat.

De enige aan wie hij níét had gedacht tijdens zijn verblijf hier was zijn moeder. Hij geloofde dat hij geen enkele reden had om aan haar te denken. Ze had hem in de steek gelaten. Ze had een keus gemaakt waar hij niet bij betrokken was en ze had hem achtergelaten bij die getikte marinier, de latere plattelandsadvocaat, die vond dat jongens flink moesten zijn. En om ze flink te maken, mocht je volgens hem elke methode toepassen. En als je de jongen daarbij bijna vermoordde, was dat zelfs nog beter.

Laura had haar eigen familieproblemen, hoewel ze Robie nooit had verteld wat die precies waren, ondanks het feit dat hij haar had gesmeekt hem in vertrouwen te nemen. Haar aangeboren positieve instelling werd vaak overschaduwd door pijnlijke aanvallen van melancholie. Vandaar hun plan om Cantrell te verlaten en elders een nieuw leven op te bouwen.

Alleen had Robie nooit verwacht dat hij het halve land in zijn eentje zou doorkruisen. In veel opzichten was hij sindsdien alleen geweest.

Hij reed terug naar het stadje over wegen waar de hitte vanaf dampte, als nevel boven een warme vijver op een koele ochtend. Hij zette de airco hoger en liet de koude lucht tegen de zweetdruppels op zijn voorhoofd blazen.

Er was nog steeds heel veel dat hij niet wist.

Hoe Victoria zijn vader had leren kennen en daarna met hem was getrouwd. Wat haar achtergrond was.

Hoe zijn vader hier rechter was geworden.

Hoe hij zich een huis als The Willows kon veroorloven.

Robie had geen idee waarom Sherman Clancy niet was veroordeeld. Hij wist niets van de zaak tegen zijn vader, op de paar details na die Blauwe Man hem had verstrekt. Maar hij hoopte dat Sheila Taggert erover zou vertellen als ze elkaar om vijf uur zagen.

Een halfuur later was hij in het centrum. Hemelsbreed was het niet zo ver, maar de wegen hier liepen niet recht. De wegen naar het centrum waren slecht onderhouden en bochtig, alsof de mensen hier alle tijd van de wereld hadden.

Misschien was dat ook wel zo.

Hij zette de auto vlak bij Momma Lulu's aan Little Choctaw, en begon te lopen. Hij had nog wat tijd voor zijn afspraak met Taggert en bovendien moest hij ergens een kamer vinden.

Toen hij hier opgroeide, was er een klein hotel aan Dubois Street. Hij liep die kant op, met zijn sporttas over zijn schouder. Dubois Street was er nog, maar het hotel niet. Waar het hotel had gestaan was nu een gapend gat tussen de huizen, als een ontbrekende tand.

Robie bleef voor het gat staan, bekeek de lege ruimte en vroeg zich af wat er was gebeurd.

'Tot de grond toe afgebrand, verdomme,' zei een mannenstem.

Robie draaide zich om en zag een krom, ouder stel staan. De man was gekleed als een boer - een overall, een overhemd van spijkerstof en oude veterschoenen - maar als vreemd contrast droeg hij een stoffen pet schuin op zijn hoofd. Zij droeg een jurk van gestippelde stof, sandalen, en een bril met de dikste glazen die Robie ooit had gezien.

Ze leken in de tachtig, of in de negentig, of in de honderd. Robie had geen idee.

De vrouw keek haar man streng aan. 'Vloeken is ordinair, Monroe Tussle.'

Monroe keek Robie aan en grijnsde, waardoor hij een fraai gevormd gebit liet zien. 'We zijn negenenzestig jaar getrouwd en ze spreekt me nog steeds bij mijn voor- en achternaam aan.'

'Dat moet ook wel als ik je aandacht wil, zoals bij de meeste mannen van een bepaalde leeftijd,' kaatste ze terug. 'Oftewel iedere man die langer dan een jaar getrouwd is.'

'Nou, je hebt mijn aandacht al sinds je mijn huwelijksaanzoek accepteerde, Eugenia.'

Eugenia zei: 'Mannen die vleien zijn niets dan vergif!' Maar ze klopte op zijn arm en leek blij met zijn woorden.

Robie vermoedde dat ze ditzelfde gesprek al zeker dertig jaar voerden, misschien wel langer. Ze hadden er duidelijk ervaring mee. Hij wees naar het gat. 'Tot de grond toe afgebrand dus. Wanneer?'

‘O, wat denk jij, Eugenia, een jaar of tien geleden?’

‘Zoiets ja. Bliksem, zeiden ze.’ Op zachtere toon zei ze: ‘Maar ik heb altijd gezegd dat er meer achter zat.’

‘Verzekeringsgeld,’ zei Monroe met een wetende blik.

Ze prikte met haar vinger in zijn arm. ‘Ík vertelde het verhaal!’

‘En ze hebben het niet herbouwd?’ vroeg Robie.

Het paar keek verbaasd. Monroe zei: ‘Nooit het nut van ingezien, knul. Als ze ooit meer dan twee betalende gasten hadden, vonden ze dat ze vol zaten en dan hingen ze een bordje op de deur waarop stond dat ze vol waren.’

Eugenia keek naar Robies sporttas. ‘Zoek je een plekje om te overnachten, schat?’

‘Klopt.’

‘Er zijn kamers boven Danby’s Tavern aan Muley Road, weet je waar dat is?’

‘Jawel.’

Monroe keek hem onderzoekend aan. ‘Kom je hier vandaan, knul?’

‘Nu niet meer,’ zei Robie. Hij bedankte hen en liep naar Muley Road. Daar was hij vijf minuten later.

Eugenia Tussle was niet helemaal accuraat geweest. Er waren geen kamers boven Danby’s Tavern; er was slechts één kamer. Hij was vrij tot Robie hem huurde en er contant voor betaalde zodat hij zijn naam niet hoefde op te geven. Maar hij wist zeker dat zo ongeveer iedereen in Cantrell inmiddels wist wie hij was.

De eigenaar van Danby’s, een grote man met een ruige baard en dikke, gespierde handen, gaf hem de sleutel. ‘Blijf je lang?’ vroeg hij.

Robie haalde zijn schouders op. ‘Weet ik nog niet.’

Hij nam zijn sporttas mee naar de kamer, stopte de weinige spullen die hij had in een wankel bureautje, ging op het bed zitten en keek door het raam naar de straat beneden.

Een deel van Robie, misschien het grootste deel, wilde terugrijden naar Jackson, in een vliegtuig stappen en teruggaan naar D.C. Zijn vader wilde hem niet zien. Robie had dus geen enkele reden om hier te zijn. Maar toch zou hij niet weggaan.

Hij keek op zijn horloge. Bijna vijf uur.

Hij friste zich even op in de kleine badkamer, kleedde zich om en verliet zijn kamer, waarbij hij de deur op slot deed. Hij liep snel de trap af en bereikte de houten vloer van Danby’s Tavern.

Er waren momenteel drie klanten, allemaal jonge mannen. En ze keken allemaal naar hem met rode ogen, terwijl hun dikke handen hun bijna lege bierflesje pakten. Achter de bar stond een jonge vrouw die eerst naar de mannen keek en toen naar Robie. Haar blik vertelde hem alles wat hij moest weten.

Ze was bang. Voor hem.

Danby's eigenaar was nergens te zien.

Natuurlijk niet.

Toen Robie naar de deur liep, stonden de drie mannen als één man op en versperden hem de weg.

Ze waren even groot als Robie, of groter. Jong, begin twintig. Hij had Cantrell waarschijnlijk verlaten toen zij nog niet geboren waren. Ze droegen spijkerbroeken en T-shirts, waren gespierd en roken naar zweet en bier. En zo te zien zou er straks testosteron worden vrijgelaten.

Robie keek naar de man in het midden. Zijn arrogante blik en zijn plek, iets voor zijn twee maten, vertelden Robie dat hij de leider was, als de alfawolf in een roedel. 'Kan ik jullie helpen?' vroeg hij.

De man vroeg: 'Will Robie?'

Robie zei niets, maar knikte even.

'Je pa is een moordenaar.'

'Niet voordat de rechtbank dat zegt.' Hij was al zo gaan staan dat zijn gebogen silhouet een kleiner doelwit vormde. Zijn gewicht had hij naar voren gebracht, naar de bal van zijn voeten, maar hij was nog steeds voldoende in balans om een aanval te kunnen afweren. Terwijl hij zijn drie tegenstanders opnam, ontspande hij zijn handen en armen, maar spande zijn bovenbeen- en kuitspieren, als een veer die op springen staat. Als er een gevecht zou volgen, wist hij precies hoe hij dat zou aanpakken. Dat plan had zich in zijn hoofd gevormd zonder dat hij daar echt over had hoeven nadenken.

Hij kon zien dat het amateurs waren die nog geen dag in het leger hadden gezeten. Anders zouden ze nu niet als een rij tinnen soldaatjes tegenover hem staan.

'Hij heeft míjn pa vermoord!' zei de leider.

'Ben jij Sherman Clancy's zoon?' vroeg Robie op rustige, vlakke toon. Hij koos nooit voor het gevecht, en als hij de situatie kon sussen zou hij dat doen.

'Nou en of.'

'Het spijt me heel erg voor je.'

De man snoof. 'Dat is lekker, van de familie van de man die hem heeft vermoord.'

'Ik ben heel lang weggeweest. Ik wist hier niets van tot heel kortgeleden. Maar we moeten de rechtbank laten bepalen wat er met mijn vader gebeurt. Dat is in alle opzichten beter. Zo moet het zijn.'

De man wees met een vinger naar Robies gezicht. 'Jij bent hier niet welkom.'

Robie merkte dat zijn geduld bijna op was. Als het zo doorging, stond hij hier vanavond nog. 'Ik kom op heel veel plekken waar ik niet welkom ben.' Dat was een van de eerlijkste opmerkingen die Robie tot nu toe in deze bar had gemaakt.

De drie mannen begrepen niets van die opmerking, zodat ze geen andere keus meer hadden dan met hun vuisten proberen te bewerkstelligen wat ze met hun hersens niet konden. Dat was precies Robies bedoeling geweest, want hij had een afspraak en wilde alleen maar dat hier een eind aan kwam.

Clancy's zoon sloeg zijn bierflesje tegen een tafelrand kapot en zwaaide het heen en weer voor Robies neus.

Alleen stond Robie daar niet meer.

Hij was naar rechts gestapt, knielde, greep de binnenkant van het been van de man naast Clancy's zoon, trok hem omhoog en duwde hem zijwaarts tegen de andere twee aan. Toen ze allemaal op de grond vielen, stak Robie zijn hand uit en greep de hand met het bierflesje erin. Hij boog hem naar achteren, tot Clancy's zoon gilde en losliet. Robie gooide de fles weg, stapte achteruit en bereidde zich voor op wat er daarna zou gebeuren.

Clancy's zoon stond op en kwam op Robie af. Alweer een fout. Ze hadden weer bij elkaar moeten gaan staan en Robie van verschillende kanten moeten aanvallen. Maar ze waren stom en konden niet vechten.

Nu wist Robie zeker dat hij niet te laat zou komen voor zijn afspraak met Taggert.

Een stomp in het gezicht, precies op de neus, met de onderkant van Robies stevige handpalm, waarbij hij zijn arm gebogen hield voor maximale kracht, gevolgd door een elleboogstoot tegen de rechternier, was voldoende om de man te vloeren. Hij stond niet weer op, want hij was bewusteloos. De pijn in zijn gezicht en nier zou hij pas later voelen, wanneer hij weer bij bewustzijn was.

De tweede man stormde als een dolle stier op Robie af en slaagde erin zijn dikke armen om Robies middel te slaan. Hij was ongetwijfeld van plan om zijn tegenstander op te tillen en tegen de muur te smijten. Het foutje in zijn strategie was dat hij Robies armen vrijliet. Dus ramde Robie zijn beide handpalmen tegen de oren van de man, en dat zijn vrij gevoelige onderdelen van het menselijk lichaam. De man krijste, liet Robie los en liet zich op handen en knieën vallen. Robie greep de man bij zijn nek vast, trok zijn hoofd met een ruk naar achteren en gaf tegelijkertijd een harde kniestoot tegen zijn kin, wat zijn tegenstander twee tanden kostte en hem op zijn rug deed belanden, bewusteloos.

De derde man was verstandig: hij ging ervandoor. Robie hoorde hoe hij over de houten veranda rende, op de stoep sprong en verdween.

Robie keek omlaag naar de twee bewusteloze, bloedende mannen en daarna naar het meisje achter de bar.

Ze stond met open mond naar hem te kijken, met een poleerdoek en een bierglas in haar handen, maar zonder iets te doen.

Hij wees naar de leider. 'Is dat Pete Clancy?'

'J-ja, m-meneer,' zei ze met trillende stem.

'Als ze een aanklacht indienen, zul je dan de waarheid vertellen?'

Ze zag eruit alsof ze elk moment kon flauwvallen. 'Ik... Meneer, ik...'

'Laat maar.' Hij draaide zich om en liep naar buiten. Hij zou zich nu moeten haasten om op tijd te zijn.

13

Om één minuut over vijf liep Robie Momma Lulu's aan Little Choctaw binnen. Het was maar voor een kwart vol. Robie herinnerde zich dat de mensen in Cantrell pas laat uit eten gingen. Dat kwam meestal doordat ze lang doorwerkten en hun werk meestal buiten plaatsvond in een heet, vochtig klimaat, zodat je op z'n minst een douche en heel veel deodorant nodig had voordat je naar een openbare gelegenheid kon gaan.

Robie keek om zich heen, maar zag Taggert nergens. Er stond wel een man bij de kassa die naar hem keek. Hij wenkte Robie met een lichte beweging van zijn hoofd.

'Ga naar buiten en sla rechts af. Daar is een steeg en die moet je in. Daar is ze.'

'En wie ben jij?' vroeg Robie.

'Een vriend van haar, meneer Robie. Gewoon een vriend.'

Robie deed wat de man had gezegd, hoewel hij eigenlijk een hinderlaag verwachtte toen hij de donkere steeg in liep. Maar het was een rechte steeg waarin niemand zich kon verbergen. Aan het einde van de smalle steeg, waar hij alweer verwachtte dat iemand hem zou bespringen, zag hij Taggert. Ze zat in wat zo te zien haar eigen auto was, hoewel ze nog steeds haar uniform aanhad.

Ze wees naar het passagiersportier en hij stapte in. Toen hij zijn gordel omdeed, zette ze de roestige Ford Taurus in zijn achteruit, reed de steeg uit en reed snel in oostelijke richting. Bij de eerstvolgende kruising sloeg ze links af, naar het zuiden.

Robie keek om zich heen in de auto en zag het kinderstoeltje achterin. Op de vloer lagen fastfoodverpakkingen en piepschuimen koffiebekers. Door een gat in de bodem kon hij het wegdek zien. Het rook muf in de auto, naar vieze luiers.

'Hoeveel kinderen heb je?'

'Vier.'

Hij keek naar het kinderstoeltje.

Haar blik volgde de zijne. 'Van mijn kleinzoon Sammy,' zei ze.

Ongelovig vroeg hij: 'Ben je al oma? Maar je bent nog maar, hoe oud, eenenveertig?'

'Ik kreeg de eerste toen ik negentien was. Zij kreeg haar eerste toen ze achttien was. Reken maar uit.'

'Oké.'

'Heb jij kinderen, Robie?'

'Nee.'

'Getrouwd?'

'Nee.'

'Getrouwd geweest?'

'Nee.'

Ze keek hem even aan. 'Ben je soms homo?'

'Voor zover ik weet niet.'

Ze zei pas weer iets toen ze het kleine stadscentrum hadden verlaten. 'Ik hoorde dat je een probleem had in Danby's.'

'Dat is nog maar een paar minuten geleden. Hoe kun je dat nu al weten?'

'Als je in een klein stadje woont, weet je alles sneller dan via Twitter. Ik kreeg twee telefoontjes, waarschijnlijk al voordat die laatste kerel ervandoor ging.'

'Voor de goede orde: zij vielen mij aan.'

'Dat geloof ik meteen. Pete Clancy is een grote k-zak.'

'Ik begreep dat hij het kind is uit Clancy's tweede huwelijk?'

'Kort nadat Sherm geld kreeg, scheidde hij van Cassandra, trouwde met een dom blondje dat hij in Biloxi had ontmoet toen hij waarschijnlijk straalbezopen was, en ja hoor, toen kwam Pete. Daarna scheidde hij ook van dat blondje en zij is allang weg, maar Pete is er nog steeds.'

'Dus nu zijn vader dood is, erft Pete dan niet alles?'

'De ouwe Sherm hield van het goede leven en smeet met geld. Ik betwijfel of er veel van over is nadat de kinderen uit zijn eerste huwelijk hun aandeel wilden hebben. Sherm had kennelijk geen testament, wat het allemaal een stuk lastiger maakt.'

'Aangezien je met me af wilde spreken, neem ik aan dat die uitbrander in de gevangenis toneelspel was?'

'Gedeeltelijk. Ik was écht nijdig toen je binnenkwam. Jij had Cantrell verlaten en de meesten van ons niet. Ik neem aan dat ik jaloers was.'

'En het andere deel?'

'Jij bent hier een persona non grata, Robie. Met je optrekken zou me geen goed doen. Er komt niet zo vaak volk van buiten naar Cantrell. Verdomme, bijna nooit. En je pa wordt beschuldigd van moord op een van de inwoners van dit kleine stadje. Zeker geen gewaardeerde inwoner, maar hij was wel een van ons.'

Robie leunde achterover in zijn stoel. 'Waarom wilde je met me afspreken?'

'Je moet een paar dingen weten. En ik neem aan dat je zelf ook wel een paar vragen hebt.'

'Ik heb alleen maar vragen.'

'Laat ik jou eerst een vraag stellen.'

'Oké.'

'Je moest het opnemen tegen drie mannen in Danby's en je hebt ze gevloerd. Hoe heb je dat voor elkaar gekregen? Wat heb je de afgelopen jaren gedaan?'

'Nou, de derde rende weg, dus eigenlijk waren het er maar twee.'

'Je moet wel een beetje meewerken, anders mag je per direct uitstappen!'

'Ik heb een cursus zelfverdediging gevolgd nadat ik hier vertrokken was. Een paar grepen maar, en die jongens waren dronken.'

'Uh-huh,' zei ze. Ze geloofde hem duidelijk niet, maar wilde kennelijk ook niet aandringen.

Robie keek naar voren. 'Waar gaan we naartoe?'

'Ik heb een plekje aan de Gulf. Ga er graag naartoe. Goeie plek om even te praten.'

'Waarom doe je dit, hulpsheriff Taggert?'

'Verdomme Robie, noem me Sheila! Ik heb nu geen dienst.'

'Jij mag wel Will zeggen, als je wilt.'

'Nee, dat kan niet, ik kan niet té persoonlijk met je worden.'

'Oké. Dus, Sheila, waarom doe je dit?'

'Ik denk dat ik van nature de kant van de underdog kies. En jij bent hier de underdog, Robie, vergis je niet.'

'Ik wist niet dat dit een wedstrijd was.'

'Dit is een klein stadje in Mississippi. Alles is verdomme een wedstrijd. We doen alsof we relaxed zijn en ons nergens iets van aantrekken. Maar we houden echt wel de score bij bij footballwedstrijden en zo. Zal wel compensatie zijn, omdat de meesten van ons ons hele leven verdomme geen rooie cent bezitten.'

Ze zwegen tot ze bij de Gulf Coast waren. Ze parkeerde haar auto op een smalle strook gras en ze stapten uit. Hij liep achter haar aan naar het water. Ze keken naar de horizon, waar het warme water van de Gulf eindigde. De zon had nog voldoende kracht om te branden voordat hij onderging.

Robie dacht terug aan augustus 2005, toen Katrina dit deel van Amerika had vernietigd. De storm bereikte de kust officieel als een categorie 3-orkaan, maar zodra zij over het land raasde leek het wel een categorie 10. Katrina vermorzelde en overstroomde alles en iedereen op haar route, en nadat de dijken doorbraken stroomde New Orleans vol als een soepkom. Hoewel de Big Easy de meeste media-aandacht kreeg, werden grote delen van Mississippi ook verwoest.

Sheila keek naar Robie. Het was alsof ze wist waar hij aan dacht. 'Katrina miste Cantrell voor het grootste deel. Weet niet waarom. Zal Gods hand wel zijn geweest. Stadjes aan weerszijden van ons hadden echter niet zoveel geluk. Ik ben een paar goede vrienden kwijtgeraakt. Wij allemaal.'

Robie knikte langzaam. Hij zat toen in Afghanistan, waar hij met zijn sluipschuttersvaardigheden van grote afstand taliban had gedood. De CIA had hem uitgeleend aan het ministerie van Defensie om mee te vechten tegen de vijand die de Twin Towers had neergehaald en een zware aanval op het Pentagon had uitgevoerd en daarbij onschuldige Amerikanen in vliegtuigen als wapen gebruikten. Overdag had hij velen gedood en 's nachts had hij geprobeerd te slapen terwijl de temperatuur daalde naar achtendertig graden in de spreekwoordelijke schaduw. Zijn uitzending had langer geduurd dan hij zich kon herinneren. Hij had weinig nieuws uit zijn eigen land meegekregen, maar de hele wereld had het geweten van Katrina. Hij was ruim veertienduizend kilometer verderop en had geen navraag gedaan naar het stadje Cantrell of zijn vader, hoewel hij dat wel had kunnen doen.

Hij had het niet gedaan, omdat het hem op dat moment geen zak had geïnteresseerd. Het stadje en zijn vader maakten niet langer deel uit van wie hij was. En nadat hij elke dag een stuk of tien mannen had gedood, was hij immuun geworden voor de gevolgen van grootschalige dood. Dat vond hij weliswaar heel erg, maar hij kon niet ontkennen dat toen zijn mening was. En misschien was dat nu nog steeds zo.

‘Waar was je, Robie?’ vroeg Taggert zacht. ‘Toen Katrina de kust bereikte?’

Hij hield zijn blik op het water gericht, op de Gulf, die nu heel on-Katrina-achtig was: vlak, glad, als opgepoetst blauw glas; geen borrelende massa razernij met de vernietigende kracht van tien atoombommen. Dat was de krachtigste uithaal van Moeder Natuur, de gevaarlijkste pijl en de pijl die het minst onderscheid maakte van alle pijlen in haar koker.

‘Ik was bezig,’ zei Robie. ‘Heel ver weg. Maar ik ben blij dat Cantrell niet is getroffen.’ Hij keek naar haar. ‘Mijn vader woont in The Willows. Ik heb zijn vrouw en zoontje ontmoet.’

‘Heel veel verrassingen voor je.’

‘Hoe kan hij dat huis betalen?’

‘Je bent echt niet meer op de hoogte.’

‘Kun je me helpen daar verandering in te brengen?’

‘Waarom wil je dat? Waarom ben je hier eigenlijk? En je hoeft niet bij mij aan te komen met die onzin dat je pa in de cel zit op beschuldiging van moord, want daar geloof ik geen zak van!’

Robie wilde iets zeggen, maar zweeg. Hij paste zijn antwoord aan, zodat het veel dichter bij de waarheid lag dan hij van plan was geweest. ‘Ik heb een punt in mijn leven bereikt waarop ik dingen die ik eerst niet belangrijk vond nu wel belangrijk vind. Dit is er een van.’

Ze keek naar hem op en hij beantwoordde haar blik.

Ze zei: ‘Nou, dat waren volgens mij de eerste eerlijke woorden die uit je mond kwamen sinds je hier bent.’

Hij ging er niet op in. Hij wilde horen wat ze te zeggen had.

‘Je pa kan zich The Willows veroorloven omdat hij als advocaat goudgeld heeft verdiend.’

‘Hoe dan? Hij behandelde kleine zaken en werd vooral betaald met kippen en groente.’

‘Toen jij nog hier was, was dat inderdaad zo. Maar daarna heeft hij vier families vertegenwoordigd die door een explosie op een boorplatform in de Gulf familieleden waren verloren. Ze hadden veiligheidsvoorschriften overtreden, kosten bespaard, documenten vervalst, mensen veel te veel uren zwart laten werken; de gebruikelijke “verdien zo veel mogelijk geld als je kunt en belazer zo veel mogelijk de boel”-onzin van veel bedrijven. Vanwege al het bewijs haalden ze de grote advocatenkantoren erbij en probeerden je pa te overweldigen. Toen dat niet werkte, stuurde de oliemaatschappij een stel zware criminelen op hem af. Zijn kantoor brandde helemaal af, zijn auto werd beschoten, ze wachtten hem op een avond op en braken zijn arm, maar hij schakelde twee van die klojo's uit. En door dat alles begon je vader alleen maar...'

'... harder te vechten,' zei Robie. Hij kon zich goed voorstellen dat zijn vader zelfs genoten had van het gevecht. De oliemaatschappij had de verkeerde man proberen te intimideren. Zijn vader was nergens bang voor, behalve misschien voor een zoon die hij nooit ook maar een beetje had begrepen. En van wie hij misschien nooit ook maar een beetje had gehouden.

Ze zei: 'Ja, inderdaad. Duurde jaren, maar die families kregen allemaal tientallen miljoenen dollars en je pa kreeg zijn deel. Toen stelde hij zich verkiesbaar als countyrechter en won.'

'Wanneer is hij met Victoria getrouwd?'

'O, iets meer dan vier jaar geleden.'

'Hoe hebben ze elkaar leren kennen? Ze komt niet uit Mississippi. Dat hoorde ik toen ze wat zei.'

'Nou, jij komt wel uit Mississippi en dat is niet te horen.'

'Klopt.'

'Maar het is waar, ze komt hier niet vandaan. Ze hebben elkaar leren kennen, heb ik gehoord, tijdens een juridisch congres ergens in het noorden.'

'Is ze juriste?'

'Nee, volgens mij niet. Ze heeft tenminste nooit een bord op de deur gespijkerd. Maar ze was wel op dat congres. Liefde op het eerste gezicht, heb ik gehoord.'

'Van wie?'

'Van iedereén, Robie. Je pa kwam terug met zijn hart vol liefde. Hij had het alleen maar over Victoria dit en Victoria dat. Niet veel later waren ze getrouwd en nam hij haar mee hiernaartoe. Ze kochten The Willows en kregen Tyler.'

'Die niet praat?'

'Dat klopt. Ze hebben hem door heel veel artsen laten onderzoeken, maar zonder resultaat. Misschien heeft hij gewoon nog niets te zeggen. Misschien zal hij zijn mond niet kunnen houden als hij wat ouder is.'

'Ik heb Priscilla gesproken.'

'Dat is een slimme dame, haar ontgaat niet veel.'

'Ze zei dat ze wist waarom Clancy niet is veroordeeld, maar ze wilde het me niet vertellen.'

'Nou, dat is geen groot geheim. Hij had een alibi.'

'Wie?'

'Wie denk je?'

'Geen idee.'

'Je hebt haar vandaag ontmoet.'

Robie verstrakte. 'Priscilla?'

'Nee. Je stiefmoeder. Victoria.'

14

'Kun je dat uitleggen?' vroeg Robie verbijsterd.

'Makkie. Zij was zijn alibi voor de nacht waarin Janet Chisum werd vermoord.'

'Als dat zo was, waarom moest Clancy dan voor de rechtbank verschijnen?'

'Nou, in eerste instantie waren er heel veel bewijzen tegen hem. Ze waren eerder die dag samen gezien. En haar lichaam was gedumpt in de Pearl waar die over Clancy's land stroomt.'

'Wat was dan het veronderstelde motief?'

'Dat was het andere stukje bewijs. Clancy hield van jonge, aantrekkelijke meiden en dat was Janet Chisum allebei. Chisum had opeens geld om dingen te kopen. Ze waren al eerder samen met hem gezien. Het was wel duidelijk dat Clancy haar geld gaf. Waarvoor? Nou, ik heb altijd mijn vermoedens gehad.'

'Bedoel je dat hij haar betaalde voor seks?'

'Verdomme, ja! En dat gaf hij ook toe. Toen ging de openbaar aanklager ervan uit dat Clancy iets wilde wat Chisum weigerde te geven, en dat hij toen kwaad werd en haar vermoordde. Waarschijnlijk toen hij dronken was, wat hij zo ongeveer altijd was na drie uur 's middags.'

'Dat verklaart zijn alibi niet.'

'Nee, dat kwam later, tijdens het proces. Victoria meldde zich en verklaarde dat zij bij Clancy was, vanaf een uur of acht 's avonds tot de volgende ochtend zes uur.'

Robie keek haar met grote ogen aan. 'Bedoel je dat ze de nacht met hem heeft doorgebracht?'

'Nou, ze zei dat ze die nacht bij hem was, dus daar komt het wel op neer.'

'Wat deden ze dan?'

'Ze zei dat ze alleen hadden gepraat. En wat hadden gedronken. Meer niet.'

'Waarom wachtte ze zo lang voordat ze zich meldde?'

'Nou, ten eerste was je vader heel jaloers. En hij was ook de rechter bij dit proces. Verdomd riskant. Ze was waarschijnlijk bang, maar besloot zich te melden omdat het ernaar uitzag dat Clancy werd veroordeeld. Hij was weliswaar uitschot, maar als hij onschuldig was en dat meisje niet had vermoord, zou hij daar niet de gevangenis voor in moeten gaan.'

'Maar als Clancy bij Victoria was, waarom zei hij dat dan niet tegen zijn advocaten of de politie? Dan hadden ze Victoria opgehaald voor verhoor.'

'Dat heeft hij kennelijk gedaan. Op dat moment hebben ze het haar gevraagd. En toen ontkende ze alles. Daarna veranderde ze haar verhaal en gaf toe dat ze bij hem was. Ze hadden haar kunnen beschuldigen van liegen tegen de politie, maar ze hebben het erbij gelaten. Gingen ervan uit dat ze al genoeg had geleden door zich te melden.'

'Maakte het Openbaar Ministerie geen bezwaar?'

'O, zeker wel! Luidkeels zelfs! Maar feit is dat je pa zich moest terugtrekken zodra ze vertelde dat ze bij Clancy was. Toen kon hij natuurlijk de rechter niet meer zijn.'

'Neem aan van niet.'

'Maar uiteindelijk liet de nieuwe rechter haar getuigenverklaring toe. En je stiefmoeder deed het heel goed in de getuigenbank, hoewel duidelijk te zien was dat ze daar liever niet was. Ik keek naar haar. Ze zag eruit alsof ze misselijk was. Maar de jury geloofde haar. En omdat de politie had gezegd dat Janet Chisum rond twee uur 's nachts was gestorven, besloten ze dat Clancy niet schuldig was.' Ze zweeg even. 'En ik had het idee dat een paar juryleden het wel leuk vonden om je pa zo te pakken te nemen. Zijn vrouw? Met Clancy? Lieve help!'

'Waarom zouden ze hem te pakken willen nemen? Hij had toch een paar families geholpen om compensatie van die oliemaatschappij te krijgen?'

'Inderdaad. En diezelfde oliemaatschappij sloot het boorplatform en vertrok. Tweehonderd mannen verloren hun baan, meer dan de helft daarvan kwam uit Cantrell, en het waren ook nog eens goedbetaalde banen. En er was geen ander werk. Verdomme, meer dan de helft van die jongens krijgt nog altijd een uitkering! Je begrijpt dus wel dat je pa niet erg populair is in Cantrell, in elk geval niet bij bepaalde mensen.'

'En zijn motief om Clancy te vermoorden was...'

Zij maakte de zin voor hem af. 'Dat hij dacht dat zijn vrouw met die man naar bed ging, natuurlijk.'

'En, was dat ook zo?'

Taggert haalde haar schouders op. 'Wie weet? Sherm is een grotere k-zak dan zijn zoon. Dronken, slonzig, dik en stom. Allemaal dingen die je vader niet is. Waarom zou Victoria naar bed willen met een hamburger als ze thuis een biefstuk heeft? Maar ja, niemand weet wat er omgaat in het hoofd van een vrouw als het om mannen gaat. Wij vrouwen hebben allemaal weleens last van dat stomme gen als er jongens in de buurt zijn. Misschien was dat die nacht bij haar het geval.'

'Hoe reageerde mijn vader toen ze zich meldde?'

'Nou, hij was niet echt blij, wel?'

'Werd hij gewelddadig, naar haar toe?'

Taggert keek hem onderzoekend aan. 'Je bedoelt zoals bij jou, toen jij hier nog woonde?'

Robie had nooit iemand verteld dat hij werd geslagen. Niemand. Hij wendde zijn blik af.

Taggert zei: 'Klein stadje, Robie. Mensen zien dingen. Zelfs als een man daar slaat waar niemand het kan zien.' Ze zweeg even. 'Ik kan alleen maar zeggen... en ik wil hem niet verdedigen voor of vrijpleiten van wat hij deed, maar ik heb het idee dat hij is veranderd.'

'Fijn voor hem. Dus hij werd niet gewelddadig? En zij woont nog steeds in The Willows. En ze vertelde me dat ze hem in de gevangenis opzocht.'

'Nee, hij heeft haar niet weggestuurd. En ze heeft hem écht bezocht. Ik weet niet hoe je pa over dit alles denkt. Hij laat zijn emoties niet echt zien. Een beetje zoals jij. Maar feit is dat Clancy dood is en je pa daar een verdomd goed motief voor heeft.'

'Waar was hij toen Victoria de nacht met Clancy doorbracht?'

'Bij een rechterscongres in Jackson.'

'Waar had ze Tyler gelaten?'

'Priscilla woont bij hen. Zij zorgt goed voor die jongen.'

'Ik begreep dat Clancy in zijn auto is gevonden met een doorgesneden keel? Misschien door een Ka-Bar-mes?'

'Dat heb je goed begrepen. Hij is gevonden in die verdomde Bentley van hem, vlak bij de Pearl-rivier. Niet ver van de plek waar ze Janet Chisums lichaam eruit haalden.'

'En mijn vader had kennelijk geen alibi?'

'Hij was alleen thuis. Victoria was in Biloxi met Priscilla en Tyler.'

'Waarom waren zij daar?'

'Voor een medische behandeling van Tyler.'

'Zijn er forensische bewijzen die mijn vader aan die misdaad linken?'

'Daar kan ik niet achter komen. Lopende zaak. Ik had je dit allemaal niet mogen vertellen, maar ik vond dat je moest weten hoe de zaak ervoor staat. Alleen maar eerlijk.'

'Dat waardeer ik, maar ik weet nog steeds niet waarom je me helpt. Dat doe je niet alleen omdat ik Cantrell heb verlaten.'

'Je hebt me een blauw oog geslagen en ik heb jouw neus bijna gebroken. Volgens mij zijn we daardoor bloeddingesen.'

'Is dat de echte reden?'

'Vind ik wel. Goed, nu ben je op de hoogte. Wat ga je doen?'

Wat gá ik doen? dacht Robie. 'Ik blijf hier nog een paar dagen, zien wat er gebeurt.'

'Nou, de jongens die jij te pakken hebt genomen, laten het er waarschijnlijk niet bij zitten. Misschien komen ze terug met meer jongens.'

'Dus als ze dat doen, bel ik de politie?'

'Dan bel je mij.' Ze gaf hem haar kaartje. 'Hier staat mijn mobiele telefoonnummer op. Als je 911 belt, weet ik niet zeker of ze snel zullen reageren.'

'Werkt het hier zo?'

'Zo werkt het in veel plaatsen, Robie. Luister, ik zeg nu niet dat je op iemand moet gaan schieten, maar weet je hoe je een pistool moet hanteren?'

Hij keek naar de Gulf. Aan de horizon zag hij alleen maar stormwolken, hoewel de lucht helder was.

'Ik weet hoe ik een pistool moet hanteren,' zei hij.

15

Robie wendde zijn blik af van de Gulf en vroeg: 'Kun je me laten zien waar Clancy en Chisum zijn gevonden?'

Taggert keek hem indringend aan. 'Waarom?'

'Gewoon nieuwsgierigheid. Is dat een probleem?'

'Niet als je niet van plan bent je te bemoeien met een lopend moordonderzoek.'

'Onderzoek? Of onderzoeken?'

'Maakt dat iets uit?'

'Misschien wel.'

'Ik heb het niet over een verband tussen die twee. Dat zou er kunnen zijn. Ik heb het over dat jij je ermee zou bemoeien.'

'Dat ben ik niet van plan.'

Ze keek hem sceptisch aan. 'Dat is zo ongeveer de belachelijkste bewering die ik ooit heb gehoord.'

'Dat is de enige bewering die ik doe, Sheila.'

Ze bleef hem lang aankijken, met een blik die veel weg had van zijn telescoop, die niets miste. 'Kom dan maar mee.'

Ze reed naar het einde van een grindpad en ze stapten uit.

'Clancy's huis staat verderop,' zei ze en ze wees naar rechts. 'Chic huis. Achter hekken.'

'Wie woont daar nu?'

'Alleen maar Pete met iedere stomme, dronken meid met wie hij een nachtje samen is.'

'Maar je zei dat het mogelijk was dat de andere kinderen zouden langskomen om Sherms bezittingen op te eisen.'

'Ja. En het zou me niets verbazen als zijn tweede vrouw ook langskwam. Ze zullen elke cent van de dode Clancy proberen in te pikken, als een stelletje buizerds bij een overreden konijn.'

'Hij zat dus in zijn Bentley toen hij werd gevonden?'

Ze knikte en nam hem mee over een kronkelend pad, steeds verder het bos langs de rivier in. 'Kijk uit waar je loopt,' zei ze. 'In deze tijd van het jaar stikt het hier van de slangen.'

Robie zag een ratelslang die wegglipte tussen een paar struiken en toen ze dichter bij de rivier kwamen zag hij een dikke watermocassin in het gladde, brakke water van de Pearl.

Op een open plek in het bos bleef Taggert staan en wees. 'Daar. De Bentley stond naast die boom. Hij zat erin, achter het stuur. Dood.'

'Heb je foto's van de wonden in zijn hals?'

Met haar handen op haar heupen zei ze: 'Verdomme, je zou je niet met het onderzoek bemoeien!'

'Ik wil alleen maar een paar foto's bekijken!' zei hij.

Ze keek hem met haar scherpzinnige blik aan. 'Je pa zat bij de marine.'

'Dat weet ik.'

'Purple Heart en Bronze Star in Vietnam. Oorlogsheld.'

'Mijn vader praatte nooit over zijn tijd daar.'

'Ze zeggen dat de mensen die er het meest over praten het minst deden en andersom. Ik heb gemerkt dat dat voor negenennegentig procent waar is.' Ze zweeg even. 'Waar het om gaat is dat de marine je leert hoe je moet doden. Ze leren je hoe je iemands keel moet doorsnijden.'

'Denkt de politie dat?'

Ze wendde haar blik af. 'Wil je zien waar ze die arme Janet Chisum uit het water hebben gehaald? Dat is hier niet ver vandaan.'

Ze liepen terug naar haar auto en reden ongeveer vierhonderd meter verder over een weg langs de Pearl.

Nadat ze een paar minuten tussen bomen door hadden gelopen, waren ze er. Taggert wees hem waar het lichaam achter de tak van een omgevallen boom was blijven steken.

Robie keek naar de plek en toen de rivier langs die daar vrij smal was. 'Het lichaam is waarschijnlijk stroomopwaarts in het water gegooid, hiernaartoe gedreven en achter die boom blijven steken.'

'Volgens ons ook, ja. Uit het forensisch onderzoek bleek dat ze al ongeveer twaalf uur dood was toen haar lichaam werd ontdekt. Een krokodil had een hap uit haar genomen.'

'Hebben jullie een stroomsnelheidsanalyse gedaan om te bepalen waar ze in het water is gegooid?'

'Hoe weet je dat soort dingen?' snauwde ze.

'Ik kijk vaak naar misdaadseries op tv.'

'Uh-huh. Toevallig wel. Uit de stromingen en de tijd dat ze in het water heeft gelegen en zo blijkt dat ze vlak bij de plek waar we Clancy hebben gevonden in het water is gegooid.'

'Ik hoorde dat de doodsoorzaak een schot in haar hoofd was.'

'Klopt.'

'Hebben jullie het wapen gevonden?'

'Nee, maar onze jongens zeiden dat het een 40 kaliber was, afgeschoten met een Smith & Wesson. Clancy had er zo eentje, alleen zei hij dat hij die was kwijtgeraakt toen we die wilden ophalen voor het ballistisch onderzoek.'

'Hoeveel tijd zat er tussen de beide moorden?'

'Nou, Chisum was veel eerder. Moet wel natuurlijk. Clancy werd gearresteerd en opgesloten. Dat doen ze niet van de ene dag op de andere. Volgens mij een maand of drie.'

'Hoeveel tijd zat er tussen zijn vrijspraak en zijn dood?'

'Maar vijf dagen.'

'Dus waarschijnlijk was er een verband.'

'Dat is een van de redenen waarom jouw pa nu in de cel zit.'

'Als Clancy Chisum niet heeft vermoord, wie heeft dat dan wel gedaan?'

'Daar werken we nog aan, Robie, daar heb jij niets mee te maken.'

'Wat heeft mijn vader tegen de politie gezegd?'

Ze zuchtte en schudde haar hoofd. 'Ben je al je goede manieren verleerd zodra je Cantrell verliet?'

'Neem me niet kwalijk dat ik het probeer, Sheila. Wie is de openbaar aanklager van deze zaak?'

'Ik neem aan dat het geen kwaad kan je dat te vertellen. Aubrey Davis.'

'Aubrey Davis? Die bij ons op high school zat?'

'Dezelfde,' zei ze gelaten.

'Dat was de meest arrogante klojo hier, vooral doordat zijn ouders geld hadden en zijn vader in de wetgevende vergadering van de staat zat.'

'Volgens mij is hij niet veel veranderd. En hij heeft iets tegen je pa, dat kan ik je wel vertellen. Hij heeft heel vaak nul op het rekest gekregen in de rechtszaal van je pa.'

'Hoezo?'

'Laten we maar zeggen dat de goede openbaar aanklager zich er niet te goed voor voelt om formaliteiten te omzeilen als hij iemand veroordeeld wil krijgen. Hij is ambitieus, weet je. Nu is hij openbaar aanklager, maar in de toekomst wil hij naar het Congres. Hij hoeft alleen maar verkiesbaar te worden gesteld en dan heeft hij zijn toegangskaartje voor D.C. zo goed als in zijn zak. Een rechter veroordeeld krijgen die volgens sommigen wel heel mild vonnist, zou zijn campagne heel veel kunnen helpen.'

'En met een dergelijke persoonlijke antipathie tegen mijn vader mag hij een proces tegen hem beginnen?'

'Verdomme, er zijn maar twee openbaar aanklagers in Cantrell en de andere heeft net een beroerte gehad. Dus is Aubrey nu de enige.'

'En wie is de advocaat van mijn vader?'

'Hij heeft nog geen advocaat.'

'Maar je zei toch dat morgen de voorgeleiding is?'

'Om tien uur.'

'Hij zit al een tijdje in voorarrest. Waarom heeft het zo lang geduurd?'

'Nou, ze moesten natuurlijk een andere rechter zoeken om de zaak voor te zitten en die zijn hier dungezaaid. Ze hebben er een rechter uit Biloxi bij gehaald en zij heeft nu pas tijd.'

'Ik wil erbij zijn.'

'Net als zo ongeveer ieder ander in Cantrell.'

'Kun je me misschien nog meer vertellen?'

'Ik heb je al veel te veel verteld. En als je je ermee gaat bemoeien, Will Robie, zit je straks net als je pa in de cel. Heb je me gehoord?'

'Ik heb je gehoord,' zei Robie.

16

Pete Clancy en zijn vriend waren al wakker en vertrokken, toen Robie terugkwam in Danby's Tavern.

Het meisje achter de bar ontweek zijn blik toen hij binnenkwam. Het was er vrij druk en iedereen keek naar hem. Robie was er redelijk zeker van dat ze allemaal wisten wat er was gebeurd.

Hij liep naar zijn kamer, deed de deur van het slot en bereidde zich voor op het ergste. Maar zijn kamer was nog hetzelfde. Nog wel. Hij was niet van plan wie dan ook een tweede kans te geven.

De manager van Danby's was achter hem aan naar boven gelopen. 'Ik denk dat u beter kunt vertrekken. Ik heb geen zin in problemen,' zei hij en hij gaf Robie het geld terug dat hij voor de kamer had betaald.

Robie ging er niet tegenin, omdat hij zelf al had besloten weg te gaan en bracht zijn sporttas naar de auto. Hij zou ergens anders wel een plek vinden, waarschijnlijk buiten dit stadje.

Hij stapte achter het stuur en stak zijn hand onder het dashboard. Met klittenband dat hij had meegenomen, had hij daar twee 9mm Glocks vastgemaakt. Hij voelde of de wapens nog steeds stevig vastzaten en reed weg.

De rit naar The Willows duurde ongeveer een halfuur, doordat de bochtige wegen ernaartoe waren verhard met steenslag of gravel, en soms niet eens verhard waren.

Bij het huis aangekomen reed hij de met grind verharde oprijlaan op, onder het dichte bladerdak van de moerasdennen door. De zon ging al onder, maar brandde nog steeds, zodat het bladerdak van de bomen voor een welkome afkoeling zorgde. Na zijn gevecht met Pete Clancy en de wandeling door het bos met Taggert plakte zijn overhemd aan zijn lichaam. Hij had het gevoel dat hij in een stoombad zat.

Good old Mississippi.

De Volvo stond voor het huis geparkeerd. Toen Robie ernaast stopte en uitstapte, zag hij dat er op de veranda een tafel en stoelen waren neergezet. Op de tafel stonden een karaf met rode vloeistof en een paar glazen. De plafondventilatoren op de veranda draaiden. Zodra hij de veranda op stapte, voelde hij de luchtstroom en daardoor droogde een deel van het zweet op zijn gezicht op.

Voordat hij kon aankloppen, ging de voordeur open. Hij verwachtte Priscilla te zien, maar het was Victoria. Ze droeg een lange, kleurrijke zomerjurk en platte sandalen, zodat haar roodgelakte teennagels zichtbaar waren, en een bij haar jurk passende bandana.

'Hoe gaat het?' vroeg ze, terwijl ze onderzoekend naar zijn gezicht en lichaam keek, kennelijk om te zien of hij gewond was.

'Wie heeft je erover verteld?'

'Priscilla. Pete Clancy is een bullebak, net als zijn vader.'

'Dus jij kent Sherman Clancy?' vroeg hij.

Ze gaf niet meteen antwoord, maar nam hem mee naar de tafel, pakte de karaf en schonk twee glazen vol. 'Sangria,' zei ze. 'Een geweldig tegengif voor de hitte en luchtvochtigheid hier. Maar ja, dat geldt voor alles waar alcohol in zit.'

Hij nam een slok. Het smaakte zoet én zout.

Victoria ging zitten, en Robie ook. Hij keek naar het raam achter hen en zag nog net dat Priscilla snel verdween, met Tyler op de arm.

'Iedereen in Cantrell, misschien zelfs aan de hele Gulf Coast, kent Sherman Clancy. Kénde,' verbeterde ze zichzelf. 'Hij kwam overal.'

Onderweg had Robie zich afgevraagd hoe hij dit moest aanpakken en hij had besloten dat de directe manier het beste was. 'En op een bepaald moment genoot je kennelijk van zijn gezelschap.'

Ze nam nog een slokje sangria, zette haar glas neer en nam er even de tijd voor om haar mond droog te deppen met een stoffen servet dat op tafel had gelegen. Ze leunde achterover in haar witte schommelstoel en keek hem onderzoekend aan. 'Ik begrijp dat je je al hebt verdiept in de roddels in Cantrell. Druk dagje gehad kennelijk.'

'Ik heb me verdiept in een páár roddels. Het was echter geen roddel, maar jouw getuigenverklaring. Ja toch?'

'Ik heb één dronken nacht met Sherman Clancy doorgebracht. En nee, we zijn niet met elkaar naar bed geweest. We hebben alleen samen wat gedronken. Hij viel halverwege in slaap. Ik moest hem steeds weer wakker maken.'

'Waarom ging je eigenlijk iets met hem drinken? Je hebt kennelijk geen hoge pet van hem op. En hoewel ik je nog maar net ken, lijk je me niet eh... zo'n vrouw.'

'Als je het echt wilt weten: ik had een probleempje en had Clancy's hulp nodig om dat op te lossen.'

'Wat was dat probleempje?'

'Gaat je niets aan!' zei ze op scherpe toon.

'Heb je daar in de rechtbank iets over gezegd?'

'Nee, dat ging hen ook niets aan. Ze hoefden alleen maar te weten dat ik bij Clancy was toen Janet Chisum werd vermoord en niet waarom.'

'Je hebt lang gewacht voordat je je meldde, nietwaar?'

'Natuurlijk! Het vrat me op vanbinnen. Mijn man was de rechter en ik moest verklaren dat ik die nacht bij een andere man was, een man met wie Dan helemaal niet kon opschieten. En hoewel ik wist dat ik niet met hem naar bed was geweest, was ik me er heel goed van bewust dat iedereen in Cantrell, en waarschijnlijk ook mijn man, zou aannemen dat Sherman Clancy met me had geneukt.'

'Maar je hebt je wel gemeld?'

'Ja, inderdaad. Ze probeerden Clancy de doodstraf te geven. Ik mocht de man niet, maar ik kon niet toestaan dat de staat Mississippi hem zou executeren voor een misdaad waarvan ik wist dat hij die niet had begaan. Ik geef toe dat ik tegen de politie heb gelogen toen ze me de eerste keer verhoorden. Maar later wist ik dat ik de waarheid moest vertellen. Bovendien liep de echte moordenaar nog steeds vrij rond. Als ze Clancy zouden veroordelen, zouden ze de echte moordenaar nooit vinden.' Zichtbaar opgewonden dronk ze haar glas leeg en schonk hem weer vol. 'Misschien had ik gewoon mijn mond moeten houden,' zei ze. 'Dan zat Clancy nu in de gevangenis en niet mijn man.'

'Hoe reageerde mijn vader op dat nieuws over jou en Clancy?'

'Niet goed,' zei ze gespannen. 'Soms... soms kent hij zijn eigen kracht niet.'

'Hij sloeg je dus?'

'Ik bedoelde niet zijn fysieke kracht, hoewel hij echt heel sterk is. Nee, ik had het hierover.' Ze tikte tegen haar voorhoofd. 'Hij kan heel wreed zijn met woorden.'

Dat weet ik als geen ander, dacht Robie. 'Denk jij dat hij Clancy heeft vermoord?'

Hij kon aan haar blik zien dat ze die vraag had verwacht. 'Ik wil dat niet geloven.'

'Wat zegt hijzelf?'

'Hij zegt niets. Als ik hem bezoek, vraagt hij hoe het met Ty gaat. Hij vraagt me hoe ik me voel. Hij wil weten hoe het op The Willows gaat. Hij praat niet over de rechtszaak.'

'Ik moet ernaartoe om met hem te praten.'

'Daar moet hij toestemming voor geven, Will. Anders laten ze je niet binnen.'

'Kun jij het hem vragen? Hem vertellen dat ik hem wil zien?'

Ze aarzelde. 'Waarom? Wat zou dat voor nut hebben?'

'Ik weet niet of het nut heeft. Maar het is iets wat ik moet doen.'

'Ik weet niets van jullie ruzie. Of waarom je bent weggegaan. Dan heeft daar nooit iets over gezegd.'

'Dat had ik ook niet verwacht.'

'En je moeder? Hij praat ook nooit over haar.'

'Ze verschilden als dag en nacht van elkaar.'

'Nou, ze zeggen dat tegenpolen elkaar aantrekken.'

'Maar kunnen tegenpolen het lang met elkaar uithouden?'

'Ben jij ooit getrouwd geweest?'

'Nee.'

'Heb je dat ooit gewild?'

Robie gaf niet meteen antwoord. Hij dacht aan een vrouw van wie hij had gedacht te houden. Tot het moment waarop hij een kogel in haar hoofd schoot. 'Misschien.'

'Nou, zodra ik je vader zag, wilde ik al met hem trouwen.'

'Jullie hebben elkaar tijdens een juridisch congres leren kennen?'

Ze knikte. 'Ik ben geen jurist, hoor. Niets voor mij. Ik ben jaren vertegenwoordiger van farmaceutische producten geweest, met veel succes ook, al zeg ik het zelf. Eerlijk gezegd flirtte ik met de mannelijke artsen en dan kochten zij alles wat ik verkocht. Ik woonde een paar van onze nationale bijeenkomsten bij en leerde hoe ze werden georganiseerd. Toen begon ik zelf evenementen te organiseren, en mijn bedrijf deed het geweldig. Tja, en toen je vader die kamer binnenkwam, jee, hij was lang, stoer, prachtig grijs haar, zongebruinde huid. Hij domineerde de kamer, alle andere rechters verzamelden zich rondom Dan Robie. Hij had een heel bijzondere uitstraling.' Ze zweeg even. 'Ik weet wel zeker dat ze me allemaal haten om wat er is gebeurd. Mijn jaloerse echtgenoot vermoordt mijn zogenaamde minnaar.'

'Zie jij het zo?'

'Het maakt niet uit hoe ik het zie. Dat is hoe iedereen het ziet. Dat is de realiteit.'

'Ga je hem vertellen dat ik hem wil spreken?'

Ze keek naar hem op. 'Als je dat echt wilt, zal ik het doen.'

'Dank je.'

'Bedank me nog maar niet. Misschien wil hij het niet. En als hij je wel wil zien, wordt het misschien nog veel erger.'

'Wat bedoel je?'

'Omdat je dan echt bij deze puinhoop betrokken raakt. Zullen we naar binnen gaan om te eten?'

17

Het eten was verrukkelijk bereid en werd elegant opgediend door Victoria en Priscilla. Kipfilet, sperziebonen met gezouten varkensvlees, dikke gegrilde tomaten, gekruide pompoen, heel zacht brood en als dessert bananenpudding met een kaneelkorst.

Na het eten legde Robie zijn vork neer en zei: 'Dit was een van de lekkerste maaltijden die ik ooit heb geproefd. Dank je.'

Victoria leek blij met zijn compliment. 'Priscilla en ik hebben het samen bereid. Zij bereidt alles voor en ik voeg een paar dingen toe om het af te maken. Die vrouw kan écht koken! Het enige wat ik hoef te doen is het vet- en zoutgehalte zo laag mogelijk houden. De staat Mississippi staat niet bepaald bekend om zijn gezonde gerechten.'

'Maar dan ga je tenminste gelukkig dood,' zei Priscilla, die net binnenkwam en de tafel begon af te ruimen. 'Ik heb Ty naar bed gebracht, juffrouw Victoria. Misschien wilt u nog even naar boven gaan om hem welterusten te wensen? De jongen weigert te gaan slapen voordat u hem een kus op zijn hoofd hebt gegeven.'

Robie liep achter haar aan naar boven. Hij nam aan dat zijn vader even snel voor Victoria was gevallen als zij voor hem. Robies moeder was klein en knap geweest, en volgens haar zoon helemaal perfect – tot ze hem in de steek liet. Maar Victoria was uitzonderlijk knap. Hij vroeg zich, niet voor het eerst, af of ze zich door Sherman Clancy had laten verleiden. En zo ja, waarom dan? Wat was er niet goed aan haar huwelijk?

Tyler zat rechtop in zijn bed op zijn moeder te wachten. Toen hij Robie zag, veranderde zijn gezichtsuitdrukking een beetje. Hij keek niet bang, alleen maar nieuwsgierig. Hij keek nog steeds naar Robie toen hij zijn armen naar zijn moeder uitstak.

Victoria ging op zijn bed zitten en tilde hem op. Ze zette hem op haar schoot en wees naar Robie. 'Ty, dit is Will. Hij is familie. Je broer. Je grote broer.'

Robie zag dat het jochie 'broer' zei, maar geluidloos. Daarna raakte hij zijn borst aan en wees naar Robie.

Robie begreep het niet en keek naar Victoria.

'Dat is zijn manier om te zeggen dat hij van je houdt,' zei Victoria. Ze legde haar hand op de borst van haar zoon. 'Hij weet dat zijn hart hier zit.'

Robie knikte en legde langzaam zijn hand op zijn eigen borst en wees naar Tyler.

De jongen liet meteen een brede glimlach zien die erin slaagde om dwars door Robies normaal gesproken keiharde buitenkant te dringen. Robie voelde dat zijn eigen mond de glimlach beantwoordde. Hij had nooit een broer of zus gehad en was heel lang enig kind geweest. Het was een beetje overweldigend om te weten dat hij nu een broertje had van wie hij niet had geweten dat hij bestond tot hij terugkwam naar Cantrell.

Victoria legde Tyler weer in bed en sloeg een laken over hem heen. Daarna kuste ze hem op zijn voorhoofd. 'Slaap maar lekker, Ty Robie, oké?'

Hij knikte, streek met zijn vingertjes over haar wang, ging op zijn zij liggen en sloot zijn ogen.

Toen Victoria weer rechtop ging staan, zag Robie een traan over haar wang rollen. Ze veegde hem weg en zei: 'Ik neem een glas port als afsluiting van de maaltijd. Doe je mee?'

Ze wachtte niet op antwoord. Robie liep achter haar aan naar beneden.

Victoria pakte twee glazen en een fles Tawny-port van een buffetkast en liep ermee naar de achterveranda.

Ze gingen in hangende schommelstoelen zitten, dronken port en keken naar het terrein achter het huis. Het water in het zwembad glinsterde in het maanlicht.

Robie rook de brakke geur van de Gulf, vermengd met die van de chloor uit het zwembad. Zijn blik bleef rusten op de plek waar hij Laura Barksdale voor het laatst had gezien.

Hij wendde zich naar Victoria: 'Van wie hebben jullie The Willows gekocht? Van de Barksdales?'

'Nee, volgens mij niet tenminste. Dan heeft dat allemaal geregeld. Ik weet nog dat hij me hier voor onze bruiloft een keer mee naartoe nam en vroeg of ik hier wel wilde wonen.' Ze glimlachte. 'Ik bedoel, welke vrouw zou dat niet willen? Het is prachtig! We hebben het zwembad laten aanleggen, het terrein opgeknapt en in huis een paar dingen veranderd, vooral in de keuken, maar dit was sowieso al een prachtige plek.'

'Ik kende de Barksdales. Wonen ze nog in de buurt?'

'Voor zover ik weet niet. Dan heeft het nooit over hen gehad. Maar als ze een vooraanstaande familie waren, zal iemand hier dat ongetwijfeld weten. Was het een leuk gezin?'

'Ja,' zei Robie. Hij nam een slokje port. 'Ze hadden een dochter, Laura, die heel bijzonder was.'

Hij zag dat Victoria naar hem keek. 'Bijzonder voor jou?'

'Toen wel, ja.'

'Wat is er gebeurd?'

'Mensen maken andere keuzes. Slaan andere wegen in.'

Victoria zuchtte, schopte haar sandalen uit en trok haar benen onder zich. 'Ja, dat is waar.'

'Hoe was het bij de dokter?'

'Niet zo goed. Geen doorbraken of zo.'

'Weten ze zeker dat het niet fysiek is?'

'Ja. Anatomisch gezien heeft hij alles wat nodig is om te kunnen praten.'

'Zou hij autistisch kunnen zijn?'

'Dat kan. Daar hebben we hem natuurlijk op laten onderzoeken, maar er zijn zoveel vormen van autisme dat ik niet denk dat de artsen ze goed kunnen onderscheiden. En er worden wat dat betreft steeds nieuwe dingen ontdekt. Op dit moment weten ze het gewoon niet.'

'Hij lijkt intelligent en zich goed bewust van zijn omgeving.'

'Dat klopt. Hij is volkomen normaal, behalve dat hij niet praat.' Ze zweeg even, nam een slokje port en zei toen: 'Ty was niet gepland. Eerlijk gezegd was ik een beetje te oud om nog kinderen te krijgen, maar het gebeurde gewoon. Volgens mij was je vader niet echt blij toen we ontdekten dat we een baby kregen. Maar ik kan je wel vertellen dat toen Ty geboren was, hij hem in zijn armen nam en hem niet meer wilde loslaten. Het is heel speciaal om te zien dat zo'n grote man zo voorzichtig met een baby kan omgaan, alsof hij bang is dat hij iets breekt als hij niet oppast. Je vader houdt van die kleine jongen.' Weemoedig voegde ze eraan toe: 'Ik denk weleens dat hij meer van Ty houdt dan van mij. Misschien is dat juist goed, ik weet het niet.'

Robie wilde iets zeggen waarmee hij van onderwerp kon veranderen.

‘Volgens mij is het goed dat Ty zo jong is. Nu begrijpt hij niet echt wat er met zijn vader aan de hand is.’

‘Hij begrijpt meer dan mensen denken. Hij kan dan misschien niet op de gebruikelijke manier communiceren, maar die jongen ziet alles. En hij vóélt ook dingen. Hij voelt het als iemand verdrietig is.’

‘Zoals jij nu?’

‘Ja, zoals ik nu.’

‘Morgen om tien uur is de voorgeleiding. Ik neem aan dat jij ernaartoe gaat?’

Ze leek te twijfelen.

‘Victoria?’

‘Dat heb ik nog niet besloten. Ik weet dat het een slechte indruk geeft als ik niet ga. Maar omdat ik Clancy een alibi heb gegeven en het gerucht gaat dat ik met hem naar bed ben geweest, denken ze misschien dat het allemaal toneelspel is.’

‘Toch vind ik dat je moet gaan.’

‘Zelfs als je vader me er niet bij wil hebben?’

‘Heeft hij dat gezegd?’

‘Soms is het belangrijker wat mensen níét zeggen.’

‘Nou, ik ga er wel naartoe.’

‘Dat geloof ik meteen.’

‘En ik ga hier niet weg voordat ik met hem heb gepraat.’

‘Dan hoop ik dat je bereid bent om hier nog lang te blijven, want hij is een ongelooflijk koppige vent.’

‘In dat opzicht lijk ik op mijn vader.’

‘Waar logeer je?’

‘Ik had een kamer bij Danby’s Tavern, maar na mijn kleine meningsverschil met Pete Clancy en zijn vrienden is me gevraagd om te vertrekken.’

Ze zette haar blote voeten op de grond. ‘Dan logeer je dus hier.’

‘Victoria, je hoeft niet...’

‘Spreek me niet tegen, Will Robie. Dit is je vaders huis, en dat betekent dat het ook jouw huis is. Ik zal Priscilla vragen om een van de logeerkamers voor je klaar te maken. We hebben meer dan genoeg kamers. En wat stelt zuidelijke gastvrijheid voor als ik mijn stiefzoon niet eens een dak boven zijn hoofd kan aanbieden?’

Ze ging naar binnen om met Priscilla te praten.

Robie bleef in de schommelstoel zitten en keek naar een duisternis die, dat begreep hij inmiddels wel, meer onzekerheid voor hem in petto had dan een van zijn andere missies waar ook ter wereld ooit had gehad.

Hoezo, welkom thuis?

18

Het was het donkerste moment van de nacht, vlak voordat de lucht in het oosten lichter zou worden.

Robie stapte uit zijn bed in de comfortabele logeerkamer op de eerste verdieping van The Willows, trok zijn jeans aan en stapte de veranda op.

Een zacht briesje blies de zoute geur van de Gulf naar het zuiden, en vermengde die met de geur van het zoete water van de Pearl in het westen. Toen Robie hier opgroeide, was dit een heel normaal geurenmengsel geweest. Hij kon zich amper een ochtend hier herinneren waarop hij niet was begroet door die samenvloeiing van zee- en rivierlucht.

Robie was eraan gewend dat hij alles om zich heen zag, zelfs sommige dingen (en mensen) die ongezien probeerden te blijven. De lichte beweging links achter het huis had meteen zijn aandacht getrokken. Natuurlijk had je hier wilde dieren, maar die liepen nooit op twee voeten.

Het was een man.

Robies pistool lag onder zijn kussen. Hij haalde hem op, stopte hem op zijn rug achter zijn broeksband en klom via een van de zuilen waarop de veranda steunde geluidloos naar beneden.

Hij hurkte en scande de omgeving vanaf het punt waar hij voor het laatst beweging had gezien en daarna van links naar rechts. Hij hoorde het geluid niet meer. Hij hoorde ook geen ander geluid; geen rennende voeten en geen startende automotor.

Hij stond op en probeerde wat hij had gezien te reconstrueren.

Man. Een meter tachtig, of misschien langer. Donker haar, donkere kleren. Gezicht deels bedekt. Ongeveer negentig kilo.

Het had Pete Clancy kunnen zijn, die was ongeveer zo lang. Misschien had hij bedacht dat Robie hier wel zou logeren nadat hij uit Danby's was gezet. Het was een klein stadje. Iedereen wist alles van iedereen.

Maar zou hij hier lopend naartoe zijn gekomen? Waarschijnlijk niet. Het was een lange wandeling, waar je ook vandaan kwam. Maar hij had geen auto gehoord. Een fiets? Dan had hij in de nachtelijke stilte de banden op het grind moeten horen.

Robie liep snel naar de voorkant van het huis. Zijn huurauto en de Volvo stonden daar. Hij controleerde de Volvo. De portieren zaten niet op slot. Hij opende een portier en keek naar binnen. De auto was doorzocht. Dingen lagen overal verspreid. Hij ruimde de boel op en sloot het portier.

Robie controleerde zijn eigen auto. Die was nog steeds op slot en had ook een alarm. Hij zou het hebben geweten als iemand had geprobeerd er in te breken.

Hij keek weer naar het huis. Er brandde licht achter een van de bovenramen en hij zag haar heen en weer lopen.

Zijn stiefmoeder was vroeg op. Misschien om naar Ty te kijken? Of om een andere reden? Had dit iets te maken met die vent in de struiken?

Hij liep terug naar waar hij vandaan kwam, klom via de pilaar naar boven en stapte zijn kamer weer in. Hij keek op zijn horloge. Bijna vijf uur. In D.C. was het een uur later. Hij pakte zijn telefoon en toetste een nummer in.

Blauwe Man zei: 'Het verbaasde me dat je niet eerder belde.'

Robie vertelde hem wat hij tot nu toe had ontdekt. 'Kun je me misschien meer vertellen over wat de politie weet? Autopsierapport van Clancy? Alles over Janet Chisum? Bewijzen tegen mijn vader? Wat dan ook?'

'Dat zou natuurlijk tegen elke professionele code ingaan. Bovendien werken we niet in eigen land.'

'En ik heb twee hoofden. Kun je dat?'

'Ik zal zien wat ik kan achterhalen. Houd ondertussen jouw énige hoofd gedeisd en pas goed op jezelf. Het laatste wat ik kan gebruiken is dat jij je daar laat vermoorden.'

'Ik herinner me dat jij degene was die voorstelde dat ik hiernaartoe ging.'

'Toch moet je goed op jezelf passen.'

'Jessica?' vroeg hij.

'Nog steeds weg.'

Robie legde zijn telefoon neer en luisterde. Hij hoorde voetstappen op de overloop. Hij stond op, opende zijn deur en zag nog net dat Victoria de deur van haar slaapkamer opende. Haar kamer was naast de zijne. Ze droeg een korte kamerjas. De huid van haar lange benen was bleek en ze had blote voeten. 'Alles goed?' vroeg Robie.

'Ty was rusteloos. Alles goed met jou? Het is nog heel vroeg.'

'Ik moet nog even aan het tijdsverschil wennen.' Hij overwoog even om Victoria te vertellen over de man in de struiken en dat haar auto was doorzocht, maar besloot het niet te doen. Hij moest daar nog iets langer over nadenken. En hij wilde haar niet onnodig ongerust maken.

Ze zei: 'Goed, ik ga nog even slapen. Tot straks.'

Hij liep zijn kamer weer in en ging op zijn bed zitten.

Victoria had wat één ding betreft gelijk. Het was nog vroeg. En hij had nog tijd voordat hij in de rechtbank moest zijn. Hij kleedde zich aan, verliet het huis, stapte in zijn auto en reed weg.

19

Toen Robie wegreed, dwarrelde het stof op het asfalt omhoog en voor de ramen van zijn auto. De zon kwam op en verdampte de nevel die van de warmere aarde opsteeg. Hij passeerde de plaats waar Clancy met doorgesneden keel in zijn Bentley was gevonden, en reed door.

Aan de hand van de routebeschrijving die Taggert hem had gegeven, arriveerde hij ongeveer drie minuten later bij Clancy's huis. Er was geen twijfel over mogelijk dat dit zijn huis was, want het was precies zoals Taggert had gezegd: chic en er stond een hek omheen. Robie dacht dat dit in heel Cantrell waarschijnlijk het enige chique huis was met een hek eromheen.

Maar het hek stond open. Robie parkeerde zijn auto aan de overkant achter een paar struiken. Daarna sloop hij naar binnen en liep over de oprit naar het huis toe.

Het herenhuis was een allegaartje van steen en gevelplaten met schuine bakstenen voor een goed, architectonisch verantwoord uiterlijk. Het huis had drie verdiepingen en Robie schatte het woonoppervlak op zeker duizend vierkante meter.

Het huis leek donker. Er stond één auto voor, een Porsche met op de kentekenplaat PETE.

Sherman Clancy's zoon was dus niet erg subtiel, maar dat was geen verrassing. Robie had deze auto voor Danby's zien staan toen Pete en zijn vrienden hadden geprobeerd hem af te tuigen.

Toen hij langs de Porsche liep, legde hij zijn hand op de achterklep, waar de motor onder zat. Die was koud. Als Pete bij The Willows in de struiken had staan kijken, was het onwaarschijnlijk dat hij daar in zijn sportauto naartoe en vandaan was gereden.

Robie liep een rondje om het huis heen en kwam tot de conclusie dat het landgoed, hoewel het duidelijk heel veel geld had gekost, in een erbarmelijk slechte staat verkeerde. Het gras was lang en stond vol onkruid. Het zwembad en de talloze fonteinen op het terrein waren in slechte staat en smerig. De houten gevel was geschilferd en afgebladderd, en de stenen traptreden en tegels lagen ongelijk en brokkelden op heel veel plaatsen af. Ook de bijgebouwen vertoonden sporen van verwaarlozing, net als de garage voor vijf auto's. Een van de rolluiken hing uit de hengsels en drie van de vijf parkeerplekken lagen vol afval en troep. Daarnaast stonden de Bentley en een donkerblauwe Range Rover.

Robie liep de garage in, naar de Bentley. De motor was koud. Hij controleerde de Range Rover, met hetzelfde resultaat.

Hij liep terug naar de Bentley. Die zat niet op slot. Hij opende het chauffeursportier en keek naar binnen. Er was niet veel te zien, hoewel vage rode spetters op de rugleuning van de voorstoelen waarschijnlijk bloed was. De keel- en halsslagader waren de hoofdsnelwegen van de bloedsomloop. Het voorste deel van de Bentley was waarschijnlijk doorweekt geraakt van het bloed tot het hart ophield met pompen zodra Clancy was leeggebloed en gestorven.

Toen Robie vlakbij een geluid hoorde, hurkte hij en sloop naar de geopende garagedeur. Hij keek naar buiten, zich goed bewust van het feit dat hij zich op verboden terrein bevond en dat Pete Clancy alle recht had om hem dood te schieten. Maar Robie was niet van plan die klojo daar de kans voor te geven.

Clancy strompelde de achterdeur uit met een bierflesje in zijn ene en een sigaret in zijn andere hand.

Robie zag tot zijn voldoening dat Clancy's neus onder het verband zat en dat hij hinkte, dankzij de stomp tegen zijn nier.

Clancy keek om zich heen, haalde diep adem, draaide zich opzij en kotste de achtertrap onder. Hij ging zitten, dronk zijn bier op, tikte zijn sigaret weg en ging op zijn rug liggen. Even later hoorde Robie hem snurken.

Robie liep snel terug naar zijn auto. Toen hij wegreed begon het al licht te worden. Robie dacht niet dat Pete de man in de struiken was geweest; hij was duidelijk dronken en al die tijd hier geweest.

Hij wilde nog naar één andere plek.

Een paar minuten later stopte hij op de onverharde weg. Eerst keek hij naar de plek waar de Bentley vlak bij de Pearl had gestaan. Hij bleef om zich heen kijken en toen zag hij hem, hij stond tegen een boom.

Een oude fiets.

Robie stapte uit, liep ernaartoe en keek om zich heen. En luisterde.

Hij dacht dat hij tussen de bomen voetstappen hoorde en liep achter het geluid aan het bos in. Een paar minuten later kwam hij bij een andere open plek. Even later, en voor de tweede keer die ochtend, zag hij iets bewegen. Deze keer bleef hij kijken.

Het was een jonge vrouw, heel jong. Ze kon amper achttien zijn.

Toen ze hem zag, slaakte ze een gilletje.

Hij hief zijn hand op. 'Ik wilde je niet aan het schrikken maken. Sorry.' Hij bleef staan waar hij stond.

'Wie ben je?' vroeg ze. 'Wat doe je hier?'

'Ik ben Will Robie. En ik ben hier waarschijnlijk om dezelfde reden als jij. Om te zien waar Sherman Clancy is vermoord.'

Ze was tenger, had rood haar en een wipneus vol sproeten. Ze droeg een wijde spijkerbroek, sportschoenen en een strak roze T-shirt dat haar grote borsten accentueerde. Aan haar schouder hing een leren tas. 'Ik ben hier niet voor die lul!' riep ze uit.

'Waarom dan wel?'

'Wacht eens even. Robie? Ben jij familie van...'

'Hij is mijn vader.'

'Nou, dan heeft hij ons allemaal een dienst bewezen door die rotzak te doden.'

'Áls hij hem heeft gedood. Maar waarom zeg je dat?'

'Ik ben Sara Chisum. Janet was mijn grote zus.'

'Het spijt me,' zei Robie. 'Maar dan snap ik niet waarom je hier bent. Daar, op de onverharde weg, is de plek waar ze Clancy's lichaam in zijn auto hebben gevonden.'

Ze keek om zich heen, met een verwarde blik. 'Ik... dat wist ik niet. Janet en ik gingen altijd hiernaartoe.'

Robie leunde tegen een boom en sloeg zijn armen over elkaar. 'Waarom kwamen jullie hierheen?'

Sara Chisum keek even onzeker. Daarna keek ze hem uitdagend aan en vroeg: 'Wat heb jij daarmee te maken?'

Robie zei: 'Ik ben ook ooit jong geweest, en ik had ook vaste plekjes bij de Pearl waar ik naartoe ging om bier te drinken. En andere... dingen te doen.'

Deze opmerking leek haar alle vechtlust te ontnemen. Ze liet zich op een omgevallen boomstam zakken. 'Wij rookten hier ook hasj. Dat zouden onze ouders natuurlijk nooit begrijpen, maar er is hier gewoon niets te doen. Ik haat het hier.'

‘Waarom zijn jullie hier komen wonen?’

‘Werk. Voor mijn vader.’

‘Wat doet hij?’

Ze keek nerveus naar haar schoenen. ‘Hij is de predikant van de Jerusalem Baptistenkerk. We komen uit Mobile. Hij... hij weet niet wat we hier doen. Of déden,’ voegde ze er snel aan toe, met trillende lippen.

‘Ik zal je geheim aan niemand verklappen.’

Ze keek hem nieuwsgierig aan. ‘Woon jij hier niet?’

‘Nee, maar vroeger wel.’ Hij zweeg even en koos zijn volgende woorden zorgvuldig. ‘Ze zeggen dat je zus weleens tijd met Clancy doorbracht?’

Hij dacht dat ze misschien weer kwaad zou worden, maar dat was niet zo. Ze bleef alleen naar haar schoenen kijken, zelfs toen ze haar hand in haar tas stak en er een blikje Coors Light uit haalde. Ze maakte het open en nam een slok. ‘Hij gaf haar geld.’ Ze keek op. ‘Hij gaf mij ook geld.’

‘Dus hij vond het leuk om mensen geld te geven?’

Ze knikte. ‘Maar niet voor niets,’ zei ze langzaam. ‘Nee, niet voor niets. We moesten dingen voor hem doen.’ Zacht zei ze: ‘Met hem.’

‘Wisten jullie ouders dat?’

‘Pas nadat dat van Janet tijdens het proces allemaal bekend werd. Ik moest getuigen; dat was alsof ik mijn vader vermoordde. En toen hebben ze die klootzak niet eens veroordeeld!’

‘Omdat hij een alibi had.’

Ze nam weer een slok bier en bood hem het blikje aan. ‘Ook een slokje?’

‘Nee, dank je.’

‘Ja, hij had een alibi.’ Ze keek hem met een beschuldigende blik aan. ‘De vrouw van je pa gaf hem dat alibi. Zij was bij hem in de nacht dat Janet werd vermoord. Dat zei ze tenminste.’

‘Als dat echt zo was, betekent dat dat iemand anders je zus heeft vermoord. Heb je enig idee wie dat kan zijn geweest?’

‘Ik... daar kan ik niets over zeggen.’

‘Dat vroeg ik niet. Ik vroeg of je een idee had.’

Ze zei niets en Robie wachtte een minuut voordat hij zei: ‘Ik weet zeker dat je wilt dat de moordenaar van je zus gestraft wordt voor wat hij heeft gedaan.’

‘Natuurlijk wil ik dat!’ snauwde ze.

'Heeft de politie er met je over gesproken?'

'Nog niet, maar dat zullen ze nog wel doen. Ik denk dat ze zich nu op je pa richten voor de moord op Clancy. Zo groot is het politiekorps niet, weet je.'

'Je hebt nog een zus, hè?'

'Emma, maar die is nog maar dertien. Zij weet niets.'

'Heb je hier met haar over gepraat?'

'Ze weet niets, oké?'

Hij hief zijn handen, zogenaamd ter overgave. 'Oké.' Hij nam zich voor om uit te zoeken wat Emma Chisum misschien wel wist.

'Ik moet gaan,' zei Sara.

'Woon je hier in de buurt? Ik neem aan dat dat jouw fiets is, maar ik kan je wel een lift geven.'

'Nee, bedankt. Het is niet ver.' Ze keek hem argwanend aan. 'En ik ken je helemaal niet.'

'Nou, dan houd ik je niet langer op.' Hij draaide zich om om te vertrekken, maar zei nog: 'Als je je nog iets herinnert, vertel dat dan aan hulpsheriff Taggert. Zij zal je kunnen helpen.'

'Ik heb je al verteld dat ik niets weet, nergens over.'

'Herinneringen zijn vreemde dingen. Soms weet je meer dan je denkt te weten.' Hij haalde pen en papier uit zijn zak en schreef zijn telefoonnummer op. Hij gaf het papiertje aan haar en zei: 'Voor het geval dat.'

Ze nam het papiertje van hem aan en stopte het in haar zak.

Hij liep door het bos terug naar zijn auto en reed pas weg toen ze hem voorbij was gefietst.

20

Robie reed terug naar The Willows, nam een douche en kleedde zich om. Toen hij naar beneden wilde gaan, kwam Victoria Tylers kamer uit met de jongen op de arm. Ze had nog steeds haar kamerjas aan.

'Ga je nu al weg?' vroeg ze verbaasd. 'Het is nog vroeg.'

'Ik ga naar de stad voor een kop koffie en daarna naar de rechtbank. Ik denk niet dat er veel lege stoelen zullen zijn.' Hij keek haar onderzoekend aan. 'Weet jij al of je gaat?'

'Nog niet,' bekende ze. Ze ontweek zijn blik en veegde iets van Tylers wang. 'Priscilla kan wel een ontbijt voor je klaarmaken.'

'Hoeft niet.'

Hij liep naar buiten, stapte in zijn auto en startte de motor. Hij keek naar het huis en zag dat Victoria en Tyler door een van de bovenramen naar hem keken, en Priscilla door een raam op de begane grond.

Hij reed naar het centrum, vond een eethuisje, ging aan de bar zitten en bestelde twee koppen koffie, een kom grutten met boter en een vette koek. Hij checkte zijn berichten. Niets van Blauwe Man, maar Robie had hem nog maar een paar uur geleden gevraagd om informatie in te winnen, en zelfs Blauwe Man had wat tijd nodig om zijn tovertrucjes uit te halen.

Robie keek naar de andere gasten. Iedereen had naar hem gekeken toen hij binnenkwam, en de meesten hielden hem nog steeds in de gaten, stiekem, nieuwsgierig. De mensen waren meer gevarieerd dan Robie had verwacht: blanken, zwarten en een paar latino's. Het waren overwegend mannen, op een paar na allemaal in werkkleding. De mannen in pak, nam Robie aan, moesten misschien naar de rechtbank, werkten bij een bank of waren arts.

Pete Clancy en zijn vrienden zag hij niet, en dat was goed. De kans was groot dat ze voor het eerstvolgende gevecht een wapen zouden meenemen, en Robie had zijn wapens in de auto achtergelaten omdat hij hierna naar de rechtbank zou gaan.

Een van de mannen in pak stond op van een tafeltje achterin en liep langzaam naar de bar. Robie keek naar hem via de spiegel aan de achtermuur. Hij was ongeveer een meter vijfenzeventig en gezet, had kort, grijsbruin haar met een strakke scheiding, dat plat op zijn hoofd lag dankzij een laag haarlak. Hij droeg een driedelig pak en op zijn gesteven witte overhemd een felrode stropdas, waardoor het leek alsof zijn borstkas was opengesneden. Hij bleef onderweg een paar keer staan om mannen op de rug te kloppen, een hand te geven of met ze te kletsen. Niet veel mannen leken het prettig te vinden om de man een hand te geven.

Toen hij naast Robie bleef staan en een hand op zijn schouder legde, wist Robie wie het was. Eigenlijk had hij dat al gezien aan zijn arrogante loopje; dat was niet veranderd sinds high school.

'Hallo Aubrey,' zei Robie.

'Verdomme Will, leuk je te zien, man, leuk je te zien!' zei Aubrey Davis. Hij sprak zo overdreven nasaal dat Robie bijna zeker wist dat de man dit in het bijzijn van de locals deed om meer stemmen te krijgen als hij zich verkiesbaar stelde voor het Congres.

Davis ging op de kruk naast Robie zitten en knoopte zijn colbert los. Hij gebaarde naar de serveerster en even later werd er een kop zwarte koffie voor hem neergezet. 'Dank je wel, liefje,' zei Davis. Daarna draaide hij zich opzij op zijn kruk en keek Robie aan. 'Wat heb jij verdomme allemaal uitgespookt, Will?'

'Ach, van alles.'

'Je bent hier meteen na high school vertrokken, hè?'

'Ja, zoiets.'

'Je weet vast wat ik voor de kost doe,' zei Davis, niet heel erg bescheiden.

'Heb ik gehoord.'

'En ik neem aan dat het geen geheim is waarom je hier bent. Trieste dag voor de familie Robie, trieste dag. Ik ben de eerste die dat zal toegeven.'

Robie nam een slok koffie en keek recht voor zich uit. 'Dat hangt er volgens mij van af hoe het allemaal uitpakt.'

'Natuurlijk, natuurlijk. Het recht zal zijn loop hebben, o ja, dat zal gebeuren. Zeker zolang ik de openbaar aanklager ben van Cantrell, Mississippi.'

'Zal wel moeilijk voor je zijn om dit te doen, ik bedoel met een rechter voor wie je zo vaak hebt gestaan. Hoop niet dat je in gewetensnood komt.'

Davis glimlachte, hoewel de lach zijn ogen niet bereikte. Hij nam er even de tijd voor om een Marlboro zonder filter op te steken, die hij samen met een metalen aansteker met de initialen A.D. erop uit zijn zak had gehaald. Hij blies de rook uit zijn neusgaten en tikte de as op het schoteltje. 'Nou, het is maar goed dat ik altijd het grote geheel heb kunnen zien. Ik heb geen last van kleingeestigheid, absoluut niet. Ik vind het echt niet leuk om je pa aan te klagen, dat weet je vast wel. Maar het is mijn werk en ik zal mijn taak plichtsgetrouw uitvoeren.' Hij gebaarde naar de andere gasten in het eethuisje. 'Verdomme, dat verwachten al deze stemmers hier die me deze eervolle positie hebben gegeven.' Hij roffelde met zijn knokkels op de toonbank. 'En niets minder.'

'Ga je hem op borgtocht vrijlaten?'

'Dat kan ik natuurlijk niet met jou bespreken. Maar ik ben een eerlijke man, altijd geweest.' Hij blies nog meer rook uit en tikte nog meer as van zijn sigaret. 'Heb je je pa al gesproken?'

Iets in Davis' stem vertelde Robie dat hij allang wist dat zijn vader hem niet had willen zien.

'Ik zie hem vandaag.'

Davis' schrille stem daalde een octaaf, alsof hij iets vertrouwelijks wilde zeggen, en oprecht bezorgd was. 'Hoe gaat het met je stiefmoeder? Ik hoorde dat je bij haar logeert, en is dat niet geweldig? Ik weet zeker dat je steun wordt... gewaardeerd.'

Het netwerk hier is sneller dan het internet, dacht Robie. 'Ze houdt zich goed.'

'Uh-huh. Ze is een verdomd knappe vrouw. Dat weet iedereen. Ik ben al bijna vijftien jaar gelukkig getrouwd, maar er is niks mis met mijn ogen, nee hoor.' Hij lachte, maar werd weer serieus. 'Wat ik wil zeggen is dat als het niet goed gaat met je pa, en ik zeg niet dat dat gaat gebeuren, maar als dat wel zo is, dan komt het wel goed met haar. Ze is nog jong en zo. Ze vindt wel een ander.' Hij ging nog zachter praten en hij boog zich nog dichter naar Robie toe. 'Maar laat ik je één ding vertellen waar ik me zorgen over maak.' Hij zweeg even en schraapte zijn keel. 'Ze moet wel iets beter bepalen met wie ze tijd doorbrengt.' Hij vertrok zijn gezicht alsof hij iets smerigs doorslikte. 'Sherm Clancy? Nou, ik moet zijn moordenaar natuurlijk helemaal volgens de wet vervolgen, en dat zal ik ook doen. Maar dat betekent niet dat ik hem aardig moest vinden, want dat vond ik niet. Slechte keus van Victoria, slechte keus. Misschien moet je het daar eens met haar over hebben. Ik weet dat het je pa...' Hij zweeg en zuchtte diep. 'Nou, we hebben gezien wat dat met hem heeft gedaan. Zo triest, zo verdomde triest, en ik vloek bijna nooit. Verdomme, ik ben een doopsgezinde diaken.' Hij tikte Robie op de schouder en zei samenzweerderig: 'Nu we het toch over Clancy hebben, ik heb horen vertellen dat je met Pete en een paar van zijn jongens hebt gevochten. Daar hoef je je geen zorgen over te maken, hoor. Ik ken Pete. Hij kan een beetje een heethoofd zijn, maar als hij naar mij toe komt om jou ervan te beschuldigen dat je hem hebt aangevallen, moet je het maar aan mij overlaten. Ik regel het wel.'

Het viel Robie op dat de openbaar aanklager niet zei hóé hij dat zou regelen.

Davis ging rechtop zitten en rookte zijn sigaret op, zichtbaar tevreden met zijn monoloog.

Robie dronk zijn koffie op en vond dat elke reactie deze ontmoeting alleen maar zou rekken. Juristen waren er heel goed in om je woorden te verdraaien en je daar later mee lastig te vallen. Robie gebruikte kogels om te doden, maar deze man deed dat met zelfstandige naamwoorden, werkwoorden en af en toe een bijvoeglijk naamwoord.

'Hoe lang blijf je in onze mooie stad, Will?'

'Zo lang als nodig is.'

'Nou, we zijn hier gewend om de dingen snel te doen. Ik had die O.J. Simpson-zaak in twee dagen kunnen afhandelen, echt waar. Je hoeft dus niet heel lang te wachten, neem ik aan.'

'Dat is goed om te weten, zolang je het recht maar zijn loop laat hebben.'

Er werd meer rook geïnhaleerd en meer as afgetikt. Davis grijnsde. 'Herinner jij je dat staatskampioenschap nog?'

'Pas toen ik hier terugkwam.'

'Ons stadje mocht trots op ons zijn, nietwaar?'

Davis was een *third-stringer* van het footballteam geweest en had alleen de laatste paar minuten van de laatste wedstrijd meegespeeld. Cantrell had zo ver voorgestaan dat de coach het gepast vond om iedereen die nog niet in het veld had gestaan een kans te geven om mee te delen in de eer. Robie had dat geen enkel probleem gevonden. Ondanks de onevenwichtige eindstand had de zege veel moeite gekost, en zijn lichaam was een en al blauwe plek en kneuzing geweest. Pas later had hij gehoord dat hij de tweede helft had gespeeld met een hersenschudding en een gebroken duim.

'Ja, inderdaad.'

'Het gaat niet goed met de ouwe Billy Faulconer, herinner je je hem nog?'

'Beste left tackle van de staat. Ik ben van plan hem op te zoeken nu ik hier ben.'

'Prima, prima!' Davis drukte zijn sigaret uit en stond op. 'Nog een fijne dag, Will. Laten we een keer wat drinken samen, oké? Ik heb zelfgestookte whisky waar de tranen je van in de ogen springen, man!' Hij lachte en sloeg Robie op de rug, veel harder dan nodig was, en verliet het eethuisje, zwaaiend en glimlachend naar iedereen die hij voorbijliep.

Robie zette zijn kopje neer, betaalde zijn rekening en liep achter Davis aan naar buiten.

Hij trok zich geen zak aan van Davis' schimpscheuten. Hij dacht maar aan één ding.

Binnen heel korte tijd zou hij zijn vader zien, voor het eerst na tweeëntwintig jaar.

En dat joeg hem opeens angst aan; misschien wel meer dan hij ooit had gevoeld.

En dat wilde heel wat zeggen, voor Will Robie!

21

De rechtszaal was klein, eenvoudig en warm als een oven, maar zoemde van de onderdrukte opwinding. Robies voorgevoel dat het weleens moeilijk kon worden een zitplaats te bemachtigen bleek juist. De zaal was al bijna vol toen hij naar binnen liep, bijna een halfuur voordat de voorgeleiding zou beginnen.

Hij ging op een stoel aan het middenpad zitten, ongeveer midden in de rechtszaal. Daarna keek hij om zich heen.

Pete Clancy zat er, zonder zijn vrienden. Hij had zijn gezicht gewassen en het verband verwijderd. Maar de sporen van het pak slaag dat Robie hem had gegeven waren nog steeds duidelijk zichtbaar.

Sheila Taggert, in uniform, stond vlak bij een deur waarvan Robie dacht dat die waarschijnlijk naar de cel leidde waar de verdachten wachtten tot ze moesten voorkomen.

Little Bill Faulconer zat aan de andere kant van het middenpad, naast Robie. Hij wenkte hem en schoof een plek op, waarna Robie naast hem ging zitten.

Robie zei: 'Ik wil je pa vandaag opzoeken, als hij dat aankan.'

'Hij zal heel blij zijn dat te horen, meneer Robie. Ik zal het hem zeker vertellen.'

Robie keek om zich heen naar de andere mensen. 'Zijn hier nog meer Clancy's?'

Faulconer wees naar een groep voorin. 'Zijn drie zonen en een dochter uit zijn vorige huwelijk. En verdomd, zijn twee exen zitten naast elkaar.'

Robie keek naar de vier volwassen kinderen, die allemaal verdrietig leken. Toen viel zijn blik op de twee vrouwen. Eentje was ongeveer even oud als Sherman Clancy. *Cassandra Clancy*, dacht Robie. De andere was een jaar of twintig jonger. *De bimbo.* 'Het verbaast me dat ze allemaal bij elkaar zitten,' zei Robie.

'Tja, nu Sherm dood is, gaat het alleen maar om het geld, hè? Ze denken waarschijnlijk dat ze beter kunnen samenwerken dan erom vechten zodat het allemaal naar de advocaten gaat.'

'Je zult wel gelijk hebben.'

Little Bill grinnikte. 'Maar als ze toch gaan ruziën om het geld, krijgen we binnenkort misschien weer een moordzaak.'

Robie zag dat Sara Chisum bij een andere groep mensen zat: een man en een vrouw die waarschijnlijk haar ouders waren. Het jongere meisje naast Sara was ongetwijfeld haar zusje Emma. Little Bill bevestigde dit toen Robie hem dat vroeg.

'Ik heb naar Chisums preken geluisterd,' zei Little Bill. 'En toen ik daarna naar buiten liep, had ik het gevoel dat ik regelrecht onderweg was naar de hel, maakt niet uit wat ik de rest van mijn leven doe.'

Meneer Chisum droeg een zwart pak en een wit overhemd. Hij had een strenge, vrome uitstraling, vond Robie. Zijn vrouw was klein en muizig, en hoewel haar man alleen kwaad leek, sprak uit haar houding dat zij een volkomen verslagen vrouw was, zowel fysiek als mentaal. Sara keek naar de rug van degene die voor haar zat en haar zusje Emma hield haar blik op haar schoot gericht.

Twintig minuten later maakte Aubrey Davis zijn entree. Hij liep met dezelfde zwier als in het eethuisje. Hij had een dikke aktetas bij zich en zette die naast de tafel van de openbaar aanklager. Hij draaide zich om, legde zijn handen op het hekje dat de scheiding vormde tussen het voorste en achterste deel van de rechtszaal en bestudeerde het publiek. Iedereen keek nu naar hem en Robie kon aan Davis' tevreden blik zien dat de man intens genoot van alle aandacht.

Davis ging aan de tafel zitten, opende zijn aktetas, haalde er een paar papieren uit en begon er met een geconcentreerde en gewichtige blik in te bladeren.

Robie keek naar Pete Clancy en zag dat die hem vuil aankeek. De jongeman wees met zijn wijsvinger naar Robie en schoot Robie, met zijn duim als een denkbeeldige haan, in zijn hoofd.

Robie was niet onder de indruk en wendde zijn blik af. Door wat hij van de man had gezien, betwijfelde hij of Clancy ook maar iets kon raken wat verder dan dertig centimeter bij hem vandaan was; noch met zijn vuisten noch met een pistool.

Toen zag hij dat Sara Chisum naar hem keek, ongerust en een beetje smekend. Robie nam aan dat ze bang was dat alles wat ze hem had verteld binnenkort algemeen bekend zou zijn. Hij boog zijn hoofd een beetje, om haar gerust te stellen. Toen hij weer opkeek, zat haar vader naar hem te kijken. Hij keek van Sara naar Robie, en toen weer naar zijn dochter. Hij zei iets tegen haar. Ze werd bleek en sloeg meteen haar blik neer.

Meneer Chisum keek weer naar Robie, met een blik die, netjes geformuleerd, onbarmhartig was, vooral gezien het feit dat hij een predikant was.

Robie keek op toen Taggert de deur opende die ze bewaakte, en daar was hij.

Dan Robie droeg een oranje gevangenisoverall: dezelfde outfit als die hij in deze rechtszaal ongetwijfeld al heel veel andere gevangenen had zien dragen. Zijn grijze haar was netjes gekamd en zijn kin geschoren, en hij had nog altijd een enorm lichaam en een kaarsrechte houding, zelfs nu hij naar voren schuifelde met glimmende boeien om zijn middel, handen en voeten.

Taggert en een andere geüniformeerde agent begeleidden Dan Robie naar de tafel van de verdediging, deden zijn boeien af, en daar zat hij dan, alleen. Hij droeg een bril met een draadmontuur. Zijn zongebruinde, grote, geaderde handen waren gebald toen hij ze op de versleten houten tafel legde.

Robie zag dat Davis met een schuin hoofd naar de man keek die hij straks zou beschuldigen. Hij kon Davis' gezichtsuitdrukking niet zien, maar nam aan dat de man er moeite mee had om niet te laten blijken hoe blij hij was.

Taggert keek op haar horloge, stapte achteruit en zei: 'Iedereen opstaan voor de edelachtbare, Judith Bunson.'

Zodra iedereen was opgestaan, ging de deur achter de rechtersstoel open. De vrouw die binnenkwam was lang en breedgeschouderd, had kort, grijzend haar en droeg een bril met dikke glazen. Ze liep zelfverzekerd het trapje op naar de verhoogde rechtersstoel en ging zitten.

'U mag weer gaan zitten,' zei Taggert zodra de vrouw zat.

'Roep de zaak af, alstublieft,' zei Bunson op zakelijke toon.

Taggert pakte een klembord en riep: 'De staat Mississippi tegen Daniel Robie. Aangeklaagd voor moord met voorbedachten rade op Sherman Clancy. Dit is de voorgeleidingshoorzitting.' Ze legde het klembord neer en stapte achteruit.

Rechter Bunson keek eerst de rechtszaal in, en keek daarna naar Davis en toen naar Dan Robie. Ze leek verbaasd. 'Heeft de verdachte geen advocaat?' vroeg ze.

Davis stond op. 'Edelachtbare, ondanks felle bezwaren van de staat heeft de verdachte afgezien van het recht op een advocaat en wenst hij zichzelf te vertegenwoordigen.'

Daar leek Bunson niet blij mee. Haar blik dwaalde naar Dan Robie. 'Meneer Robie, u begrijpt dat de beschuldiging die tegen u is ingebracht ertoe zou kunnen leiden dat u de rest van uw leven gevangenzit of zelfs ter dood wordt gebracht?'

Dan Robie stond op. 'Dat begrijp ik.'

'En met dat feit in uw achterhoofd wilt u nog steeds geen advocaat?'

'Ik ben van mening dat ik zelf mijn beste advocaat ben, edelachtbare.'

'Ik twijfel niet aan uw juridische vaardigheden, maar ik wil dat u begrijpt dat ik er bij u op aandring dat u een onafhankelijke advocaat zoekt. Zoals u heel goed weet zal u, wanneer u zich geen advocaat kunt veroorloven, een advocaat worden toegewezen.'

'Dat begrijp ik, maar ik blijf bij mijn besluit.'

'We zullen deze vraag opnieuw stellen, meneer Robie, op een later tijdstip. Wat verklaart u, meneer?'

'Onschuldig,' zei Dan Robie meteen.

Bunson wendde zich tot Davis. 'Aanklager?'

Davis liep om zijn tafel heen, zodat iedereen hem beter kon zien. Met zijn handen in zijn zakken zei hij: 'Edelachtbare, iedereen hier kent Dan Robie. Hij is al heel lang lid van de Orde van Advocaten van Mississippi. En zoals u heel goed weet, heeft hij jarenlang de stoel bezet waar u op dit moment op zit.'

Bunson keek geïrriteerd. 'U mag deze geschiedenisles wel overslaan, meneer Davis. We zijn hier alleen maar voor de voorgeleiding. De verdachte heeft verklaard dat hij niet schuldig is. Laat me uw voorstel voor de borgsom maar horen.'

'Wij verzoeken u geen borgsom te bepalen, edelachtbare. In plaats daarvan vragen we de verdachte tot zijn proces in voorarrest te houden in de gevangenis van Cantrell.'

Ze keek hem wantrouwig aan. 'Ik realiseer me dat het een ernstige beschuldiging is, maar begrijp ik goed dat u helemaal geen borgsom voorstelt?'

'Ja, edelachtbare, dat doen we niet.'

Bunson keek naar Dan Robie. 'Meneer Robie, wilt u hierop reageren?'

Dan Robie schraapte zijn keel en zei: 'Ik heb het grootste deel van mijn leven in Cantrell gewoond, edelachtbare. Ik heb hier hechte banden. Mijn vrouw en zoontje wonen hier. Ik bezit hier een huis en ik heb hier een baan. Ik heb geen strafblad. Ik ben zelfs nog nooit bekeurd voor te snel rijden. Ik vorm geen vluchtrisico en ben dus van mening dat een redelijke borgsom gepast is en zou moeten worden vastgesteld, ongeacht de ernst van de aanklacht, waarover ik vandaag heb verklaard er onschuldig aan te zijn.'

'Meneer Davis?' zei Bunson. 'Wilt u daarop reageren?'

'Ik ben het op alle punten met de verdachte eens, edelachtbare. Misschien was ik niet duidelijk.'

'Kennelijk niet,' zei Bunson afkeurend.

'Ik beschouw de verdachte niet als vluchtgevaarlijk. Maar wij hebben begrepen dat het veiliger voor de verdachte zou zijn als hij tot zijn proces in de gevangenis blijft.'

Bunson trok haar wenkbrauwen op. 'Veiliger? Kunt u dat uitleggen?'

'Ik zal er maar open over zijn, edelachtbare, de verdachte is met de dood bedreigd.' Hij haalde een paar papieren uit zijn aktetas en vroeg toestemming om naar de rechtersstoel te komen. Nadat dat was toegestaan, liet hij haar de papieren zien.

Ze las ze langzaam door en gaf ze toen terug. 'Volgens u moeten we deze serieus nemen?'

'Inderdaad.'

'U begrijpt toch wel dat de verdachte, alleen omdat hij is bedreigd, niet noodzakelijkerwijs opgesloten hoeft te blijven? De staat heeft de plicht hem te beschermen tegen dergelijke illegale dreigementen, ongeacht de aanklacht tegen hem.'

'Natuurlijk begrijpen we dat, edelachtbare, maar we moeten ook praktisch zijn. We zijn geen grote stad met heel veel beschikbare agenten om de verdachte vierentwintig uur per dag in de gaten te houden. Ik wens oprecht dat hij in veiligheid is tot hij kan worden berecht voor de misdaden waarvan hij is beschuldigd. En ik wil niet dat het feit dat hij op borgtocht vrij is, een aansporing is voor anderen om dezelfde daad te begaan waar hij van wordt beschuldigd. Ik hoop dat u begrip hebt voor mijn dilemma.'

Voor het eerst leek Bunson onzeker. Ze keek naar Dan Robie. 'Meneer Robie, hebt u nog iets te zeggen?'

'Alleen dat ik wel op mezelf kan passen, edelachtbare. En iedereen die mij iets wil aandoen of degenen die me dierbaar zijn, zou er goed aan doen zich te bezinnen op een dergelijke daad, want dan zál dat eindigen op een andere manier dan ze voor ogen hadden.' Terwijl Dan Robie dit zei, draaide hij zich om en keek naar het publiek in de zaal. Toen hij zijn zoon zag, zweeg hij. Heel even maar. Daarna praatte hij door en draaide hij zich weer om.

Bunson knikte. 'Ik zal deze argumenten in overweging nemen. Tot ik een besluit heb genomen, blijft de verdachte in verzekerde bewaring bij de Staat van Mississippi.' Ze sloeg met haar hamer, stond op en vertrok door dezelfde deur als waardoor ze was binnengekomen, zonder Taggert zelfs maar de kans te geven te zeggen dat iedereen moest opstaan.

Dan Robie werd net de rechtszaal uit geleid op het moment dat Victoria binnenkwam. Ze was helemaal in het zwart gekleed, met een rok tot over haar knieën. Haar pumps hadden dezelfde kleur als haar kleren.

Alle hoofden draaiden zich naar haar om, ook dat van Dan Robie.

Man en vrouw keken elkaar even aan; daarna draaide hij zich om en was hij verdwenen. De deur ging achter hem dicht.

Davis stopte zijn papieren weer in zijn aktetas, draaide zich om en keek naar Victoria, die nog steeds in de deuropening stond en verbaasd leek dat de hoorzitting al afgelopen was. Davis keek even naar Robie en glimlachte.

Vlak voordat iedereen opstond en wilde vertrekken, sloeg Victoria op de vlucht.

Toen iedereen snel naar buiten liep, kwam Davis naar Robie toe. 'Nou, dat was interessant,' zei de enig overgebleven openbaar aanklager van Cantrell.

'Wat voor ernstige dreigementen?' vroeg Robie.

'Mag ik je echt niet vertellen. We onderzoeken ze, natuurlijk. Maar ik denk dat je pa in de gevangenis veel veiliger is dan daarbuiten.'

'Hij zou een advocaat moeten hebben,' zei Robie. Maar hij dacht aan de blik op zijn vaders gezicht toen hij zijn zoon had gezien. Die was anders dan hij had verwacht.

Onverschillig.

En dat deed meer pijn dan boosheid zou hebben gedaan. En toch had hij zichzelf wijsgemaakt dat het hem niets kon schelen wat zijn vader voor hem voelde.

Davis zei: 'Ik moet je gelijk geven. Natuurlijk heeft hij een advocaat nodig. Hij is stom bezig. Als dat je lukt, moet je hem overhalen er een te nemen. Dat kan hij zich echt wel veroorloven. Oké, ik moet weg. Laten we niet vergeten een keer samen wat te drinken.'

Davis liep weg, waarna Robie alleen in de rechtszaal achterbleef.

22

Door Pete Clancy's dreigende gebaar in de rechtszaal had Robie verwacht dat de jongeman hem buiten wel zou opwachten.

Dat deed hij niet.

Maar iemand anders wel.

Sara Chisums vader stond tegen de trapleuning van de rechtbank geleund en zette zich af toen Robie in de deuropening verscheen. 'Ik ben Lester Chisum,' zei hij en hij stak zijn hand uit.

De mannen gaven elkaar een hand.

'Ik begrijp dat u Will Robie bent, de zoon van rechter Robie.'

'Klopt.'

'Als man van God kan ik niet goedkeuren wat hij heeft gedaan.'

'Waar hij van wordt beschuldigd,' zei Robie.

'Waar hij van wordt beschuldigd. Maar als vader kan ik niet zeggen dat ik ongelukkig ben.'

'Maar het is nu duidelijk dat Sherman Clancy uw dochter niet heeft vermoord,' zei Robie.

'Is dat zo?'

Robie keek hem nieuwsgierig aan. 'Hij heeft een alibi.'

'En mensen liegen de hele tijd, meneer Robie. Dat zie ik in mijn werk. Mensen zijn kwetsbaar. Ze zoeken te vaak de gemakkelijkste uitweg. Liegen in plaats van de waarheid vertellen. De waarheid vertellen is moeilijk.'

'Waarom zou Victoria liegen? Dat moet heel gênant voor haar zijn geweest. Ze had alle reden om zich niet te melden. Ze had Clancy gewoon kunnen laten veroordelen. De waarheid vertellen was inderdáád moeilijk voor haar.'

'Tenzij er iets was wat haar dwong om dat te doen. Iets wat sterker was dan haar natuurlijke neiging om zich niet te melden, zoals u het noemt.'

'Wat zou dat dan kunnen zijn?'

‘Ik heb geen idee. Ik wijs alleen maar op een mogelijkheid.’

‘Ik begrijp dat uw dochter Clancy kende.’

‘Mijn dochter was een zondares. Een slet, als u het zo wilt noemen. Net zoals haar jongere zus. Dat is me nu wel duidelijk. Ik neem het hen niet kwalijk. Ik heb kennelijk gefaald als vader. Soms besteed ik te veel tijd aan mijn gemeente. Misschien heb ik ze te kort gehouden. Toen zij tekortschoten, schoot ik dus ook tekort. Daar heb ik over gebeden sinds Janet werd vermoord. Ik ben zelfs nog harder gaan bidden toen bepaalde feiten aan het licht kwamen waaruit bleek dat mijn dochter... medeschuldig was aan bepaalde verdorven dingen. Als uw vader of iemand anders Clancy niet had vermoord, had ik dat misschien wel gedaan.’

‘Laat Aubrey Davis dat maar niet horen.’

‘Ik weet dat het ongepast is voor een predikant om zulke dingen te zeggen, maar ik ben ook maar een mens. En je kind verliezen is niet natuurlijk. Kinderen horen hun ouders te begraven, niet andersom.’

Robie dacht even aan de dode Sasha, wier moeder haar moest begraven. ‘Daar kan ik niets tegen inbrengen.’

Chisum keek hem aandachtig aan. ‘Ik neem aan dat u bent teruggekomen in verband met uw vaders... situatie?’

‘Ja.’

‘Wij zijn hier pas drie jaar geleden komen wonen. Vanuit Mobile, hoewel ik geboren en getogen ben in Mississippi.’

Robie wilde zeggen dat Sara hem dat al had verteld, maar kon zich net op tijd inhouden. ‘Mobile is een leuk stadje.’

‘Nou, het is in elk geval groter dan Cantrell. Er is veel meer te doen. Maar ik kreeg hier mijn eigen kerk aangeboden. In Mobile zou ik mijn hele carrière lang een hulppredikant zijn gebleven.’

‘Dus u bent hier alleen voor uw carrière naartoe gekomen?’

‘Inderdaad. Terwijl ik aan mijn gezin had moeten denken.’

‘Het leven is ingewikkeld,’ zei Robie.

‘Het leven zou niet zo ingewikkeld moeten zijn als je naar God luistert.’

‘Ach, misschien wil Hij dat we fouten maken zodat we ervan leren.’

Chisum nam even de tijd om een antwoord te formuleren. ‘Misschien heeft Hij dat voor mij gewild.’

‘Bent u van plan in Cantrell te blijven?’ vroeg Robie.

‘Dat is hoogst twijfelachtig. We wachten natuurlijk tot we weten wat er met Janet is gebeurd, maar daarna gaan we denk ik weg. Naar een grotere stad. Zelfs als ik dan een van de twee predikanten ben. Ik heb nog twee dochters en ben niet van plan er nog een te begraven.'

'Grote steden bieden veel verleidingen,' waarschuwde Robie.

'En een hulppredikant heeft meer tijd om met zijn gezin door te brengen.' Hij knikte naar Robie, draaide zich om en liep weg.

Robie liep naar de straat en zag dat de gevangenisbus de hoek om kwam. De enige inzittende was Dan Robie. Hij was aan de achterste stoel gekluisterd en keek naar buiten toen de bus gas terugnam om de bocht te nemen.

Vader en zoon keken elkaar aan.

Deze keer wendde Will Robie zijn blik af, terwijl zijn vader naar hem bleef kijken, met een ondoorgrondelijke blik.

Toen waren de bus en zijn vader verdwenen.

Robie bleef doodstil staan kijken naar de plek waar hij het gezicht van zijn vader had gezien. Een deel van hem had het gevoel dat hij het leven van een ander leidde. Het was onmogelijk dat hij echt terug was in Mississippi. Hij was tweeëntwintig jaar weggebleven. Sommige mensen zouden denken dat geen enkele onenigheid binnen een familie zo ernstig zou kunnen zijn dat de zoon geen contact met zijn vader zou hebben opgenomen.

Nadat Robie aan de East Coast was beland, was zijn leven drastisch veranderd. Hij had gehoopt een nieuw leven te kunnen beginnen met Laura Barksdale. Dat was niet gebeurd. Hij was alleen bij dat nieuwe leven gearriveerd, en zowel verward als kwaad geweest.

Zijn leven en zijn toekomst waren gered door een samenloop van omstandigheden die hadden geleid naar het begin van de carrière die hij nu had. In de afgelopen jaren had hij verschillende keren aan zijn vader gedacht. Maar zijn werk had zo'n mate van geheimhouding vereist dat hij geen contact had kunnen opnemen met zijn vader en ook niet terug had kunnen gaan naar zijn oude huis.

Maar alles was veranderd. Het feit dat zijn vader van moord werd beschuldigd, was voor hem de katalysator geweest om in het reine te komen met een verleden waarmee hij waarschijnlijk al veel eerder de confrontatie had moeten aangaan. En hij was niet in staat geweest zijn laatste missie uit te voeren. Zijn vinger had de trekker niet kunnen overhalen. En het was niet het gezicht van dat meisje geweest wat hem daarvan had weerhouden.

Om verder te kunnen moet ik kennelijk teruggaan.

Daarom ben ik hier nu.

Ik heb in de loop der jaren heel veel missies uitgevoerd. Maar daar ben ik altijd aan begonnen met een plan.

Maar nu heb ik verdomme geen idee hoe ik dit moet aanpakken.

23

Tiara Street.

Er stonden allemaal kleine, vervallen huizen met modderige stukjes grond bij wijze van voortuin en zonder een sprankje hoop.

Robie had het altijd een slechte grap gevonden om die straat Tiara Street te noemen.

Bill Faulconers huis was even klein en vervallen als de andere huizen. Robie wist niet wat zijn vroegere teamgenoot had gedaan na de high school, maar kennelijk iets wat slecht verdiende. En toen hij kanker kreeg, had hij waarschijnlijk niet meer kunnen werken. Hij zou wel aan het verzuipen zijn in de schulden voor geneeskundige zorg. Dat was voor iedereen een ellendige situatie, maar zeker voor een man van begin veertig.

Robie klopte op de hordeur. Hij hoorde beweging binnen en even later verscheen een zwarte vrouw in de deuropening. Ze was lang, mager en afgetobd. Ze had lange, geaderde handen, korte nagels en pezige onderarmen. Haar donkere, kroezige haar begon al grijs te worden. De rimpels in haar gezicht waren het bewijs van haar zware leven in dit kleine stukje Mississippi.

'Wat kan ik voor u doen?' vroeg ze, terwijl ze haar handen aan een niet erg schone doek afveegde.

'Ik ben hier om Bill Faulconer te bezoeken.'

'Hij ontvangt niemand op dit moment. Hij voelt zich niet goed.'

'Dat weet ik. Dat heeft zijn zoon me verteld. Ik ben Will Robie.'

Ze sloeg haar hand voor haar mond en liet de doek vallen. De tranen sprongen haar in de ogen en ze pakte Robies hand. 'O mijn god, Little Bill vertelde al dat u in de stad was en misschien langs zou komen, maar ik had niet gedacht dat u dat echt zou doen.'

'Ik wil echt heel graag even met Billy praten.'

'Kom binnen, meneer Robie, alstublieft.'

'Zeg maar Will.'

'Ik ben Angie.'

'Hebben wij bij elkaar op school gezeten?'

'Nee, ik kom niet uit Cantrell. Billy en ik hebben elkaar in Oxford leren kennen. Hij was vrachtwagenchauffeur en lunchte in het eethuisje waar ik toen werkte. Hij kwam steeds terug en kort daarna zijn we getrouwd. En toen ben ik hier komen wonen.'

'Je was nog heel jong toen je je kinderen kreeg.'

'Nou, we hebben er maar eentje. Ik was twintig toen Little Bill werd geboren. We wilden er wel meer, maar God had andere plannen met ons.'

Terwijl ze praatten, ging ze hem voor door het kleine huisje en via de achterdeur naar buiten.

'Wanneer is Billy ziek geworden?'

'Een jaar geleden. Longkanker. Te veel sigaretten, denk ik.'

'Is hij bij dokters geweest?'

'Bij de dokter hier, ja. Die zei dat er niets meer aan te doen was.'

'Hebben jullie een second opinion gevraagd?'

Angie bleef staan en keek hem aan. 'Nee. Ik bedoel, de dokter hier zei dat de kanker al was uitgezaaid en dat was dat.'

'Is hij geopereerd? Heeft hij chemo gehad of is hij bestraald?'

'Niets van dat alles. Billy zei dat hij als een man wilde sterven. Hij wil het niet rekken, hij wil niet lijden en hij wil ons geen verdriet doen doordat we dat moeten aanzien. En dat kost allemaal geld. Geld dat we niet hebben.'

'Hebben jullie een ziektekostenverzekering?'

'Nee. Toen Billy zijn baan kwijtraakte, was hij ook niet langer verzekerd.'

'Jullie zouden je alsnog kunnen verzekeren. Ze mogen hem niet weigeren voor een al bestaande ziekte.'

Haar gezicht verstrakte en ze zei stijfjes: 'Ik denk dat we ons wel redden, Will. Maar bedankt voor je bezorgdheid.'

Inmiddels waren ze door de achtertuin gelopen en sloegen ze een hoek om.

Daar stond een gedeukte, oude Airstream-caravan.

Toen Robie naar Angie keek, ontweek ze zijn blik en zei snel: 'Billy is hier graag. Hij heeft die ouwe caravan van een vriend gekregen, hem opgeknapt en nu woont hij hier. Zegt dat ie hier zal sterven. We kunnen hem gewoon op slot doen en hem hier laten als het zover is. Tenminste, dat zegt hij.'

Ze zei het luchtig, maar Robie kon wel zien dat deze afschuwelijke gedachte de vrouw veel verdriet deed.

Ze liep voor hem uit het trapje van de Airstream op en klopte met haar knokkels op de deur. 'Billy, ik heb een verrassing voor je!' Ze draaide zich om en keek Robie glimlachend aan. 'Hier is iemand die je heel goed hebt gekend!'

Daarna opende ze de deur en gebaarde dat Robie door kon lopen. 'Fijn dat je bent gekomen, Will. Ik weet zeker dat hij dit geweldig vindt.' Ze draaide zich om en liep snel terug naar het huis.

Robie liep de Airstream in en keek eerst naar rechts en toen naar links.

Rechts was een tafeltje met vieze borden en kopjes erop.

Links was het vrij donker, maar toen hij ernaartoe liep werd het iets lichter.

'Wel verdorie, Will Robie!' zei een zwakke stem.

Robie liep door tot hij de man zag.

Billy Faulconer was vroeger een van de grootste mensen geweest die Robie ooit had gezien in zijn jeugd. Nu leek het alsof iemand hem had laten leeglopen tot een derde van zijn vroegere omvang. Zijn huid was veel donkerder dan die van zijn vrouw en zijn zoon. Toen ze nog tieners waren, gingen de inwoners van Cantrell naar elke wedstrijd om het team aan te moedigen en ze behandelden alle spelers hetzelfde, zwarte en blanke. Maar zodra het footballseizoen afgelopen was, werd alles weer als vanouds, wat betekende dat Billy gewoon weer zwart werd en dus door de blanken werd genegeerd.

Hij lag op een oude, gerafelde bank, met zijn hoofd op een vuilniszak waar iets in zat. Robie hoopte dat het iets zachts was. Hij droeg een oude, versleten kamerjas, waar zijn blote onderbenen en lange voeten onderuit staken. Zijn korte haar was al behoorlijk grijs, zijn gezicht was uitgemergeld en zijn ingevallen borstkas ging langzaam op en neer. Zijn huid was bezweet en zijn ogen stonden niet erg levendig. Hij had een slangetje in zijn neus dat verbonden was met een zuurstoftank op een verroest rolwagentje dat naast hem stond. Hij leek de zuurstof gretig in te ademen.

Robie keek om zich heen en ontdekte een krukje dat vol lag met troep. Hij legde alles op de vloer, zette het krukje naast Billy en ging zitten.

Hijgend zei Billy: 'Shit man, je ziet eruit alsof je nog steeds opgesteld kunt worden voor Cantrell High.'

'Daar hebben we allebei goed gespeeld.'

'Herinner je je die goal nog, in het tweede kwart van het staatskampioenschap?'

Robie dacht even na. '*Read option* rechts, zogenaamd een *handoff* naar Kenny Miller op de *A-gap*, zogenaamd een pitch naar Junior Deacon op de *end-around*. Jij ging neer op het eind en toen had je nog genoeg over om boven op de *outside linebacker* te duiken, en kon ik staand scoren. Precies zoals Coach op het bord had getekend.'

Billy glimlachte breeduit. 'Dat was geweldig. En toen in het derde kwart? Herinner je je dat nog?' vroeg hij. 'Weet je nog? Vertel op, man!'

Robie glimlachte toen hij daaraan terugdacht. 'Jouw moment van roem. Op de zijlijnen deden ze alles om de run te stoppen, en de *O-backer* en de *strong safety* bleven valsspelen in de box. Dus toen we weer op het veld waren, gooide je de bal terug naar de beschikbare *receiver*. Ik deed alsof ik naar DJ rende, haalde de bal uit zijn maag, draaide me om en gaf jou de mooiste pass in de *end zone* aan de andere kant. En jij ving die op met die enorme handen van je. En toen viel je op je kont!'

Billy grijnsde. 'En niet één verdediger bij me in de buurt. Ik dacht alleen maar: laat die bal niet vallen, verdomme!'

'Ik heb Little Bill gesproken. Je hebt hem duidelijk goed opgevoed.'

Billy verschoof zijn gekwelde lichaam een beetje, zodat hij zijn vroegere teamgenoot beter kon aankijken. Zijn vrolijkheid verdween en hij keek weer ernstig. 'Hij doet het goed. Maar hij zou hier weg moeten.'

'Denk je dat hem dat lukt?'

Billy knikte. 'Ik heb een levensverzekering. De premie is betaald, dus deze keer kunnen ze me niet naaien. Dan heeft ie wat geld. Angie ook. Dan komt het wel goed met ze.' Billy raakte zijn voorhoofd even aan. 'Little Bill is slim. Goed met computers en zo. Er is niets wat hij niet weet van computers. Geen idee van wie hij dat heeft. Ik weet niet eens hoe ik zo'n ding moet aanzetten.'

'Hier zit er nog zo een.'

Billy keek hem onderzoekend aan. 'Zo te zien heb je goed voor jezelf gezorgd. Waar woon je?'

'East Coast. Goeie baan, niets bijzonders. Ik ga naar een kantoor, schuif wat papieren heen en weer. Verdient redelijk.'

'Je bent hier vrijwel meteen na high school vertrokken.'

'Ik wilde gewoon wat anders.'

Billy keek om zich heen. 'Willen we dat niet allemaal?' Hij pakte een plastic emmer en spuugde er wat slijm in. Hij veegde zijn mond af aan de mouw van zijn kamerjas en keek Robie weer aan. 'Ik weet waarom je terug bent. Je pa.' Hij wees naar een stapel kranten op de vloer. 'Ik houd het allemaal bij. Heb verder niet veel te doen.'

'Geloof ik meteen. Angie lijkt erg aardig.'

Billy knikte en wendde zijn blik af. 'Ze wil dat ik in het huis kom wonen.'

'Waarom doe je dat niet?'

'Zodat ze elke dag naar mijn knappe kop kan kijken?' Hij ging met zijn hand door zijn haar en zei: 'Man, denk je dat ik wil dat zij zich mij herinnert zoals ik nu ben?' Hij begon zo hard te hoesten dat Robie hem hielp iets rechterop te gaan zitten en een glas water inschonk uit een karaf op het kleine aanrecht.

Nadat Billy water had gedronken en weer was gaan liggen, zei Robie: 'Als je niet lang meer te leven hebt, vind ik dat je die tijd zou moeten doorbrengen met de mensen die van je houden.'

Billy schudde zijn hoofd. 'Ik ben een last voor ze, Will. Zodra ik de pijp uit ben, kunnen ze weer door met hun leven.' Voordat Robie iets kon zeggen, vroeg hij: 'Hoe gaat het met je pa?'

'Nu hij in de gevangenis zit voor moord niet zo goed.'

'Herinner je je Sherm Clancy nog?'

'Ja, toen hij nog een arme boer was.'

'Hij heeft goed geboerd, heel goed.'

'Gas op zijn land?'

'Olie, gas, zoiets. Maar hij begon pas echt goed te verdienen toen die casino's hier kwamen.'

'Hoe kwam hij in contact met dat soort lui?'

Billy haalde zijn schouders op. 'Weet ik niets van. Maar hij kreeg het voor elkaar. Toen verdiende hij goudgeld. Liet dat huis bouwen. Kocht die auto. Die waar hij in doodging.'

'Doordat hij gekeeld werd, waarschijnlijk met een Ka-Bar.'

'Zo een als je pa ook had. Ik weet nog dat ik die heb gezien toen wij jong waren.'

'Goed geheugen.'

'Maar ik heb ook zo'n mes.'

Robie keek hem onderzoekend aan. 'Hoezo?'

'Mijn oom heeft als marinier in Vietnam gezeten. Hij liet hem aan mij na toen hij stierf.'

Robie knikte. 'Hebben ze het mes gevonden waarmee Clancy is vermoord?'

'Nee, voor zover ik weet niet. En ik lees er elke dag over. Zoals ik al zei, heb ik niets anders te doen.'

'Hoe zit het met Janet Chisum?'

Billy probeerde meer rechtop te gaan zitten. Robie stond op en hielp hem, en schudde ook het vuilniszakkussen op als steuntje voor hem.

'Wat is er met haar?'

'Als Clancy haar niet heeft vermoord, wie dan wel?'

'Hij neukte haar. Betaalde haar ervoor. Zeggen de kranten. Dat kwam naar voren tijdens zijn proces. Walgelijk! Hij was verdomme oud genoeg om haar opa te kunnen zijn!'

'En mijn stiefmoeder bezorgde hem het alibi.'

Billy knikte. 'En je pa heeft hem misschien vermoord om die reden.'

'Ken je Victoria?'

'Nee. Ik heb haar weleens gezien. Maar na je vertrek heb ik nooit meer met je pa gesproken. Hij hield min of meer op met leven. Zag niemand, werkte alleen maar en won die grote zaak. Toen kwam hij terug met Victoria en kochten ze The Willows. Iedereen hier stond er versteld van.'

'En ze hebben een zoontje.'

'Hij praat niet, zeggen ze.'

'Dat weet ik. Klopt.'

'Heb je al met je pa gepraat?'

'Volgens mij wil hij me niet zien.'

'Je bent al heel lang geleden weggegaan. Heb je hem in al die jaren ooit gesproken?'

'Nee.'

Billy zweeg en keek naar zijn oude vriend. 'Verdomme Will, mijn pa sloeg me ook. Dat doen heel veel vaders. Ik heb Little Bill ook een paar tikken op z'n kont gegeven toen hij nog klein was. Maar ik heb hem nooit met mijn vuisten bewerkt, nooit met een zweep of een tak geslagen, nooit een bierflesje op zijn hoofd kapotgeslagen. Dat deed mijn pa allemaal wel bij mij. En meer, veel meer. Ik had me voorgenomen dat nooit bij mijn eigen kinderen te doen.'

'Fijn dat te horen, Bill. Kinderen maken al genoeg ellende mee zonder dat iemand die van ze hoort te houden ze verrot slaat.'

'Dus was er nog iets anders, Will? Waardoor je wegging?'

Robie liet zijn blik over de zuurstoftank dwalen. 'Wie is de arts die zei dat je kanker hebt?'

'Dokter Holloway.'

'Is hij een oncoloog?'

Billy vertrok zijn gezicht. 'Een wat?'

'Een kankerspecialist.'

'O nee, dat niet. Maar hij is een goeie dokter. Heeft al die jaren goed voor ons gezorgd. Alles van een gebroken arm tot een paar van Angies vrouwenkwaaltjes. Hij is een soort manusje-van-alles.'

Maar hij kan niets, dacht Robie. 'Heb je iets nodig, Billy? Geld?'

Billy maakte een afwijzend gebaar. 'Ik heb niets nodig, Will. Maar bedankt.'

Robie stond op. 'Ik moet ervandoor. Het was fijn je te zien. Als je toch iets nodig hebt, wil je me dat dan laten weten? Ik logeer in The Willows.'

Billy knikte, keek peinzend. 'Hé Will, kun je misschien nog een keer langskomen, zodat we een paar biertjes kunnen drinken en nog wat over vroeger kunnen praten?'

'Dat lijkt me een goed idee, Billy. Dan neem ik het bier mee.'

24

Het was niet moeilijk ze te zien. Robie wist eigenlijk wel zeker dat ze wílden dat hij zag dat ze achter hem reden.

Er zaten drie mannen in de auto, maar Pete Clancy en zijn vrienden waren het niet. Deze mannen leken veel indrukwekkender. Ze waren ongeveer even oud als hij, droegen een pak en hadden een harde blik in hun ogen. En Robie vermoedde dat ze een wapen onder hun colbertje droegen.

Robie ging niet sneller of langzamer rijden en bleef in de achteruitkijkspiegel kijken. Hij reed op een met steenslag verharde weg die langs en door het bos liep. De weg was, op de twee auto's na, verlaten.

De andere auto ging sneller rijden, haalde hem in en kwam langzaam tot stilstand.

Robie had eromheen gekund en door kunnen rijden, maar besloot dat niet te doen. Hij stopte ook, vlak achter de andere auto.

De drie mannen stapten uit en liepen naar hem toe. Eén naar zijn kant van de auto, twee naar de andere kant.

Robie draaide het raampje naar beneden toen de man aan zijn kant zijn hand in de zak van zijn colbert stak. 'Staat het veldkantoor van de FBI niet in Jackson? Jullie zijn wel heel ver van huis.'

De man haalde zijn hand uit zijn zak, maar Robie stapte uit en zei: 'Nee, ga uw gang en laat me uw ID zien. Dan zal ik me een stuk beter voelen.'

Dat deed de man.

Special agent Jon Wurtzburger, las Robie.

'Hoe weet u wie we zijn?' vroeg Wurtzburger, terwijl de andere twee Robie ongerust aankeken.

Robie wees naar de auto. 'Als je echt niet wilt opvallen, moet je beginnen met die regeringskentekenplaten eraf te halen.' Daarna wees hij naar Wurtzburgers pak en stropdas. 'Standaard FBI-outfit, tot en met de dasspeld. En als jullie slechte jongens waren, hadden jullie me wel geramd toen jullie me inhaalden. Maar als jullie ook maar één deukje in die auto maken, zijn jullie een maand formulieren aan het invullen.'

Wurtzburger stopte zijn badge en identiteitskaart weer weg. 'Hoe komt het dat u zoveel van de FBI af weet?'

'Ik heb een paar vrienden bij het Bureau in D.C. We drinken een biertje, kletsen wat.'

'We hebben uw achtergrond nagetrokken, meneer Robie. Niet veel te vinden.'

'Nou, ik heb niet veel gedaan, dus dat klinkt logisch. Wat kan ik voor u doen?'

'Uw vader wordt beschuldigd van de moord op Sherman Clancy.'

'Dat weet ik.'

'Wij hebben belangstelling voor Clancy.'

'Waarom?'

'Hij heeft banden met een paar casino's.'

'En waarom is dat een probleem? Gokken is hier legaal.'

'U bent hier een buitenstaander, meneer Robie. Dat hebben we gecontroleerd. U bent hier al twintig jaar niet geweest. Dat is een van de redenen dat we op deze manier contact met u opnemen.'

Robie leunde tegen de bumper van zijn huurauto en keek de mannen onderzoekend aan. 'En waarom is dat belangrijk?'

'Gelooft u dat uw vader meneer Clancy heeft vermoord?'

'Dat weet ik niet. Zoals u al zei, ben ik hier nog maar net.'

'Nou, als hij het niet heeft gedaan, moet er een andere verklaring voor zijn.'

'Clancy's casinopartners, bedoelt u?'

Wurtzburger keek geïntrigeerd. 'Waarom zegt u dat?'

'Nou, u begon over de banden met die casino's. En ze hebben mij verteld dat het "zware jongens" zijn die meer dan genoeg redenen hadden om hem te vermoorden.'

'Wie heeft u dat verteld?'

'Weet ik niet meer. Maar ik denk dat zo ongeveer iedereen in Cantrell u datzelfde zal vertellen als u het ze vraagt.'

'Plaatselijke roddels dus?'

'Die vaak helemaal blijken te kloppen.'

Wurtzburger keek hem nieuwsgierig aan. 'En u bent hier in verband met uw vader?'

'Ja.'

'Maar u denkt dat hij Clancy wel had kúnnen vermoorden?'

'Ik ben tot de conclusie gekomen dat mensen, in de juiste omstandigheden, tot zo ongeveer alles in staat zijn.'

'Gebaseerd op de ervaringen in uw leven waarin u, om u te citeren, niet veel hebt gedaan?'

'Ik kijk graag naar mensen, agent Wurtzburger. Je kunt heel veel leren door je mond dicht en je ogen en oren open te houden.'

Wurtzburger knikte en gaf Robie een kaartje. 'Goed, als u iets hoort of ziet, wilt u me dan bellen?'

Robie nam het kaartje aan. 'U hebt me nog niet echt verteld waarom de FBI belangstelling heeft voor deze zaak.'

'U hebt gelijk, dat heb ik niet. Een fijne dag nog.'

Wurtzburger en zijn mannen liepen terug naar hun auto en reden weg, met een wolk Mississippi-stof achter zich aan.

Robie stapte weer in zijn auto en reed door.

Hij stopte bij The Willows, zag Victoria's Volvo staan en liep naar binnen.

Priscilla kwam hem tegemoet bij de voordeur.

'Waar is Victoria?'

'Boven, bij Ty. Hoe ging het in de rechtbank? Zij heeft er niets over gezegd.'

'Niet veel gebeurd. Hij verklaarde dat hij onschuldig was en de rechter wil dat hij een advocaat neemt.' Robie zei niets over de dreigementen jegens zijn vader.

Hij liep de trap op en zag Victoria net uit Tylers kamer komen toen hij bovenkwam. 'Ik zag dat je had besloten om wel naar de hoorzitting te komen.'

Ze stond als verstijfd in de deuropening. 'Ik was bijna niet gegaan. Daarom was ik zo laat. Ik zat buiten, in mijn auto.' Ze liep naar hem toe. 'Wat is er gebeurd?'

'Hij speelde zijn eigen advocaat, verklaarde dat hij onschuldig was en vroeg om een redelijke borgsom.'

'En, was die redelijk?'

'Dat had gekund, maar Aubrey Davis zei dat er ernstige dreigementen tegen hem waren geuit en dat hij daarom veiliger was in de gevangenis. De rechter neemt het allemaal in beraad, dus voorlopig blijft hij in de gevangenis.'

Victoria legde een hand tegen haar keel. 'Wat voor ernstige dreigementen?'

'Ik hoopte dat jij me dat kon vertellen.'

'Dan heeft me nooit verteld dat iemand hem bedreigde.'

'Tja, hij heeft wel een paar vijanden gemaakt met die olieplatformzaak die hij won.'

'Dat is jaren geleden.'

'Sommige mensen hebben een goed geheugen.'

En ik kan het weten, dacht Robie.

Victoria zei koppig: 'Dat kan ik niet geloven. Ze hebben talloze kansen gehad om hem iets aan te doen. Of ons. En dat hebben ze niet gedaan. En waarom zouden ze dreigen? We gaan je vermoorden als je... wat? Iets doet? Iets niet doet?'

Robie moest toegeven dat dit goede vragen waren. Hij wist ook dat hij, als hij een antwoord op deze vragen wilde, zou moeten doen waarvoor hij hiernaartoe was gekomen.

Zijn vader opzoeken.

Hij liep snel de trap weer af.

'Waar ga je naartoe?' riep Victoria hem achterna.

Robie gaf geen antwoord.

25

‘Het is tijd, hulpsheriff Taggert,’ zei Robie. Hij stond voor haar bureau in de gevangenis.

‘Robie, ik weet niet wat ik moet zeggen. Je pa...’

‘Hij zit in de problemen, mensen hebben hem bedreigd en hij gaat hier niet vandaan tot zijn proces afgelopen is. En ik denk dat ik hem kan helpen. Maar dat kan ik pas doen als ik met hem heb gepraat.’

‘Maar hij zei...’

‘Ik weet wat hij zei. Maar als het jouw vader was, wat zou jij dan doen? Het opgeven en met de staart tussen de benen naar huis gaan?’ Robie nam aan dat ze kwaad zou worden.

Ze trommelde met haar vingers op haar bureau, stond op, haalde een sleutelbos van haar riem en zei: ‘Als dit fout gaat, zal ik zeggen dat je me hebt overweldigd en geef jij dat toe, wat de gevolgen ook zijn. Begrepen?’

‘Begrepen.’

Ze deed een stalen deur van het slot en liet hem binnen in een smalle gang. Aan het eind was nog een deur, die ze met een andere sleutel openmaakte. Ze kwamen in een cellenblok. De deuren waren massief, zodat niemand naar binnen kon kijken. Ze bracht hem naar de laatste deur links en klopte op de deur. ‘Rechter Robie, u hebt bezoek.’

Ze keek naar Robie, trok haar wenkbrauwen op, wees naar hem en zei zacht: ‘Tien minuten. Meer niet.’

Ze opende de deur en Robie liep naar binnen. De deur werd meteen weer dichtgedaan en op slot gedraaid. Hij hoorde haar gelaarsde voetstappen teruggaan naar de gang.

Even later werd Robie tegen de muur geramd. Zijn wang raakte de stenen en hij voelde dat zijn wang dik werd.

‘Wat doe je hier, verdomme?’ brulde Dan Robie in het oor van zijn zoon.

Robie maakte zich met moeite los uit de greep van zijn vader, liep om hem heen, trok Dans arm naar achteren, maar niet ver genoeg om permanente schade aan te richten. 'Kun je een beetje rustig aan doen?' vroeg Robie zacht. 'Of moet ik hem breken?'

'Ik heb ze verteld dat ik je niet wilde zien.'

'Toch ben ik hier. Kunnen we dit uitpraten?'

'Je hebt me aangevallen.'

'Uit zelfverdediging. Jij begon. Oké, we kunnen hier stom blijven staan of iets nuttigs doen.'

'Nou, je zou verdomme kunnen beginnen met mijn arm los te laten!'

Robie liet zijn vader los en stapte naar achteren.

Dan Robie wreef over zijn arm en keek zijn zoon aan. 'Waarom ben je hier?' brulde hij.

'Ik hoorde dat je in de problemen zat.'

'Ik heb de afgelopen tweeëntwintig jaar heel vaak in de problemen gezeten, maar toen heb ik je ook niet gezien.'

Dan Robie ging op zijn brits zitten, zodat Will Robie de kans kreeg zijn vader iets beter te bekijken. De man was nu vierenzestig. Hij was nog steeds langer dan zijn zoon, nog steeds slank met brede schouders en stevige spieren. Zijn haar was helemaal grijs en begon dunner te worden, zijn gezicht was verweerd op een manier die alleen voorkomt bij iemand die vlak bij de oceaan woont.

'Nee, dat klopt,' zei Robie.

'Waarom nu dan wel?'

'Misschien heeft dat meer te maken met de fase van mijn leven waarin ik me nu bevind dan met jou.'

'Oké, je hebt me gezien. We hebben met elkaar gepraat. Ga nu maar weg.' Zijn vader draaide zijn rug naar hem toe.

'Heb je Sherman Clancy vermoord?'

Zijn vader zei niets.

'Als je dat niet hebt gedaan, en ik denk dat je dat niet hebt gedaan, loopt degene die hem wél heeft vermoord vrij rond. Misschien is dat dezelfde persoon die Janet Chisum heeft vermoord.'

Zijn vader bleef zwijgen.

'Ik dacht dat een marinier en een rechter nooit zouden willen dat één of meer moordenaars vrij rondlopen.'

'Dat wil ik ook niet. Maar het is niet mijn werk, wel? En ik ben niet bepaald in de positie om te achterhalen wie het is.'

'Daarom ben ik hier.'

Zijn vader draaide zich naar hem toe. 'Jij?' vroeg hij spottend. 'Waarom denk je dat jij daar iets aan kunt doen? Waar heb je gezeten? Wat heb je gedaan met je leven?'

'Dingen. Ik heb dingen gedaan met mijn leven.'

'Jij denkt dat je hier gewoon naar binnen kunt lopen en...'

Robie viel hem in de rede. 'Ik heb je een telefoonnummer gegeven waarop je me kon bereiken! Zodra ik wist waar ik naartoe ging. Tweeëntwintig jaar geleden.' Hij zweeg. 'Je hebt me nooit gebeld.'

'Waarom zou ik, verdomme? Jíj was weggegaan! Je verdween midden in de nacht, als een verdomde lafaard. Je hebt nooit iets onder ogen kunnen zien, jongen. Nooit.'

'Als ik het me goed herinner, verliet jij je ouderlijk huis toen je zeventien was, loog je over je leeftijd en ging je bij de marine. Ben jij ooit teruggegaan naar huis? Ik kan me niet herinneren dat je dat ooit hebt verteld.'

'Daar heb jij verdomme niets mee te maken!'

Robie negeerde die opmerking en zei: 'Ik vroeg me af waarom ik mijn opa nooit had gezien. Waarom je zelfs nooit over hem praatte. Sloeg hij jou verrot? Beledigde hij je elke dag van je leven? Want als hij dat heeft gedaan, hebben we heel veel gemeen.'

Dan Robie keek naar zijn zoon. 'Waarom ben je hier? Om mij te vertellen wat je dwarszit? Om mij te trotseren? Om me een pak op m'n donder te geven om te laten zien dat je jezelf een echte man vindt?'

'Ik weet dat ik een man ben. En ik hoef je niets te vertellen en je niet te trotseren.'

'Waarom ben je hier dan wel?' snauwde Dan.

'Omdat jij in de problemen zit. En omdat ik mensen help die in de problemen zitten. Zelfs als ze dat niet verdienen.'

'O, dus je bent een soort barmhartige Samaritaan?' vroeg zijn vader sarcastisch.

'Ik denk niet dat iemand die mij kent me op die manier zou omschrijven.'

Het bleef heel lang stil.

'Heb jij Sherman Clancy vermoord?'

'Als ik dat heb gedaan, is het niet erg aannemelijk dat ik dat tegenover jou zou bekennen.'

'Dacht je dat Victoria met hem naar bed was geweest?'

'Bemoei je verdomme niet met mijn leven!'

‘Ik logeer in The Willows.’

Dan Robie keek alsof hij zijn zoon opnieuw wilde aanvallen. ‘Dat doe je niet! Ik verbied je in mijn huis te logeren! Je hebt het recht niet om daar te zijn!’

‘Volgens mij heb je daar niet veel over te zeggen, nu je hier zit.’

‘Ik zal hier niet eeuwig opgesloten blijven.’

‘Nee, als je wordt veroordeeld, sturen ze je naar een staatsgevangenis. Het is daar vast niet zo aangenaam als hier. O ja, je hebt een advocaat nodig.’

‘Ik werk *pro se*. Weet je eigenlijk wel wat dat betekent?’

‘Ja, dat is Latijn voor “stomkop”. Ik zal eens informeren en iemand voor je zoeken.’

‘Dat doe je niet, zoon!’

‘En ik zal je gezin beschermen, zodat hen niets overkomt.’

Dan wilde iets zeggen, maar bedacht zich. Hij keek zijn zoon argwanend aan. ‘Wat bedoel je daarmee?’

‘Serieuze dreigementen? Ik heb hier al een paar lui ontmoet die die zouden kunnen uitvoeren. En ik heb ook een paar andere lui ontmoet die denken dat die ernstige dreigementen weleens afkomstig zouden kunnen zijn van een behoorlijk gevaarlijke bron. Als dat zo is, betwijfel ik of het ze iets uitmaakt wie ze vermoorden. Dus op wie wil je vertrouwen om ze te beschermen? Op de politie van Cantrell?’

‘En je denkt dat jij beter bent?’ vroeg zijn vader afwijzend.

‘Dat denk ik niet, dat wéét ik. Dat doe ik mijn hele leven al, váder.’ Hij rolde zijn mouw op om de brandwond te laten zien. ‘Soms wordt het een beetje gevaarlijk. En nu ik weet dat de kleine Ty mijn broertje is, zal er een leger nodig zijn om langs mij te komen.’

Zijn vader keek naar het slanke, gespierde lichaam van zijn zoon, maar was niet tevreden. ‘Verdomme, kun je eigenlijk wel met een vuurwapen omgaan? Want hier kan iedereen dat.’

Robie zei: ‘Jij bent de tweede in Cantrell die me dat vraagt. En ja, ik kan met een vuurwapen omgaan, zelfs beter dan wie dan ook ooit zal weten.’

26

‘Denk aan drie advocaten en vertel me dan wie jij zou willen inhuren als jouw leven op het spel stond.’ Robie keek Sheila Taggert aan die aan haar bureau zat.

Ze keek gelaten terug. ‘Je moet Toni Moses nemen.’

Robie vroeg sceptisch: ‘Toni Moses? Is dat een echte naam?’

‘Zou ik je niet kunnen vertellen. Maar als je een fantastische advocaat wilt, is zij het.’

‘Een vrouw dus?’

‘Een zwarte vrouw dus,’ verbeterde Taggert hem. ‘En wat ook geweldig is, is dat zij en Aubrey Davis elkaar niet kunnen uitstaan. Ik durf te wedden dat ze alles zal doen om deze zaak te krijgen.’

‘Is ze zo goed?’

‘Dertien moordzaken in de afgelopen twaalf jaar. Hier en in Biloxi en in Hattiesburg en zelfs eentje in Jackson. Ze heeft ze allemaal gewonnen. Je kunt wel zeggen dat dat verdomde goed is, zeker als je weet dat geen van haar cliënten eerlijke burgers waren en bijna allemaal dezelfde huidskleur hadden als zij. Wat in Mississippi niet gewoon goed is, maar een verdomd wonder. Dus ja, je kunt wel zeggen dat ze de juiste naam heeft, in elk geval qua achternaam. Mozes leidde zijn mensen naar het beloofde land.’

‘Waar kan ik haar vinden?’

‘Hiernaast. Ze zegt dat ze het prettig vindt naast de gevangenis, omdat ze er dan gewoon naartoe kan wandelen om cliënten te werven. Dat is haar enige lichaamsbeweging, dat zegt ze tenminste.’

‘Ken je haar goed?’

‘Zo goed als hier maar kan.’

‘Bedankt.’

‘Ik neem aan dat het goed is gegaan met je pa, omdat je nog leeft en zo.’

‘Het was even kantje boord.’

'Wil je iets voor je gezwollen wang waar hij je te grazen heeft genomen?'

'Niet nodig.'

Buiten keek Robie naar links en naar rechts tot zijn blik op het zwarte metalen bordje viel dat aan een klein, keurig, stenen pand hing dat spierwit geschilderd was.

Hij liep ernaartoe en keek wat erop stond: MR. TONI MOSES, ADVOCAAT.

Hij klopte op de deur en hoorde meteen een zoemer. Hij duwde de deur open en liep naar binnen.

In de kleine foyer zat een jonge vrouw aan een bureau. Op het bureau stond een moderne computer en er lag een nette stapel dossiermappen. De vrouw was achter in de twintig, schatte Robie, en had lang rood haar, sproeten en prachtige groene ogen. Ze stond op en liep naar hem toe. 'Kan ik iets voor u doen?'

'Ik ben op zoek naar Toni Moses.'

'Mag ik vragen wie u bent?'

'Will Robie. Ik ben hier om te vragen of ze mijn vader kan vertegenwoordigen.'

Haar blik maakte hem duidelijk dat ze precies wist wie zijn vader was. 'Als u even wilt wachten, meneer Robie.' Ze verdween in een klein kantoor. Ongeveer tien seconden later ging de deur open en zag Robie haar.

Toni Moses was net één meter vijftig lang, maar even breed als lang, met een enorme boezem. Haar donkere kroeshaar viel over haar schouders en ze droeg een bril aan een touwtje. Haar broekpak was een beetje te klein voor haar grote lichaam, en haar dikke voeten waren in pumps met een open neus geperst. Ze had een breed, gerimpeld voorhoofd en grote ogen die donkerder waren dan haar haar. Ze had een brede mond met zachtrode lippen en haar nagels waren lang en gemanicuurd. Maar zodra ze iets zei, vergat Robie meteen hoe ze eruitzag.

'Waar bleef je?' vroeg ze met een zachte stem die desondanks het effect had van een felle donderslag.

'Sorry?' zei Robie. Hij deinsde achteruit toen zij een stap naar voren zette.

'Waar bleef je? Eenvoudige vraag.'

'Ik kom net uit de gevangenis.'

'Uh-huh. Je was de countygrens nog geen tien seconden over toen ik alles al wist wat ik moest weten. Kom binnen. We moeten een paar dingen bespreken.'

Ze draaide zich om en liep haar kantoor weer in. Ze keek achterom en riep: 'Je pa zou ter dood veroordeeld kunnen worden. Dus tijd is absoluut van belang.'

De jonge vrouw was Moses' kantoor uit gestapt en keek met een meelevende blik naar Robie. 'Wilt u misschien een kop koffie?' vroeg ze.

'Nee. En geef haar ook niets, of niet meer.'

'Robie!' riep Moses. 'Kom als de sodemieter hier!'

Robie liep snel het kantoor in, waarna de jonge vrouw vlug de deur achter hem sloot.

Hij keek om zich heen in het kleine kantoor dat niet alleen werd gedomineerd door Moses, maar ook door een enorm bureau met stapels papieren erop.

'Ga zitten,' zei Moses en ze wees naar een stoel die vol lag met papieren. 'Leg die maar ergens anders neer, schat. Nee, daar, op de vloer,' zei ze toen Robie ze op een andere stoel wilde leggen. 'Ik moet de boel op orde houden.'

Hij ging zitten en keek naar haar. Ze keek terug. 'En?' zei ze. 'Ben je hier om me in te huren namens je pa?'

'Hij weet niet dat ik hier ben. Maar we hebben met elkaar gepraat.'

Ze wees naar de verse kneuzing op zijn wang. 'Ik zie dat jullie met elkaar hebben gepráát! Hoe vaak heb je hem terug kunnen slaan?'

'Hij heeft een advocaat nodig.'

'Inderdaad, verdomme! Zichzelf vertegenwoordigen? Stomme idioot! En dat heeft hij in zijn eigen rechtszaal tegen een heleboel mensen gezegd. Ik kan hem woordelijk citeren: "Proberen als uw eigen advocaat op te treden is als Russische roulette spelen met een kamer vol kogels. Dan maak je geen kans, alleen om te sterven."'

'Je bent me sterk aanbevolen.'

Ze hield haar hoofd scheef. 'Ik vroeg me al af wanneer je Sheila Taggert eindelijk om informatie over een advocaat zou vragen.'

'Ze heeft een hoge pet van je op.'

Moses knikte. 'Mijn voorwaarden zijn niet onderhandelbaar. Jij betaalt mijn uurloon, dat niet laag is, en ik werk me te pletter voor deze zaak en laat geen middel onbeproefd. Als ik win krijg ik niets extra.'

'En als je verliest?'

'Dan wordt mijn honorarium volledig betaald. Even goede vrienden.'

'Ik hoorde dat je heel veel ervaring hebt met moordzaken.'

'In Mississippi hebben ze heel veel wetten die je dood kunnen betekenen als je ze overtreedt. Ze executeren niet zoveel mensen als in bijvoorbeeld Texas of Florida, maar niet omdat ze dat niet proberen. De voornaamste reden dat ze niet méér mensen executeren, is dat de arme county's, waar we er hier heel veel van hebben, onvoldoende geld hebben om een pro-Deoadvocaat toe te kunnen wijzen aan onvermogende verdachten, waar we er hier ook heel veel van hebben. En zonder dat overleef je geen enkele beroepszaak. Dus veroordelen de rechtbanken de verdachte tot levenslang. En is iedereen tevreden,' voegde ze er op sarcastische toon aan toe.

'Trieste situatie,' zei Robie.

'Zo is het nu eenmaal. Maar goed, je pa heeft één groot voordeel, en dat is dat hij blank is. Mississippi executeert niet veel blanken, vooral niet als ze geld hebben of een respectabele baan, wat hij allebei heeft. Mississippi heeft de laatste tweehonderd jaar ongeveer achthonderd mensen geëxecuteerd, en tachtig procent van hen waren zwarte mannen. Je kunt dus wel zeggen dat de zaak er goed uitziet voor je pa.'

'Oké,' zei Robie langzaam.

'Goed, een moordproces bestaat uit twee delen. Het eerste deel is de rechtszaak om te bepalen of hij schuldig is. Als hij schuldig wordt bevonden, komen we bij het tweede deel, en dat is het vonnis. Dan wordt rekening gehouden met verzwarende en verzachtende omstandigheden. De enige verzwarende omstandigheid die ik bij je pa zie, is de omschrijving van de misdaad in de wet, die luidt dat de misdaad uitzonderlijk gruwelijk, monsterlijk of wreed was. Iemands keel doorsnijden? Misschien valt dat daaronder, misschien ook niet. Maar misschien stellen ze ook wel hogere eisen aan je pa, omdat hij rechter is, dat weet ik niet. Maar gelukkig zijn er ook heel veel verzachtende omstandigheden voor hem. De kans is dus groot dat hij de naald niet krijgt. Maar ze kunnen hem nog steeds een heel lange tijd laten opsluiten, en hij is niet zo jong meer. Dus dan is twintig jaar bijna hetzelfde als de doodstraf.'

'En als hij schuldig is?'

'Die vraagt interesseert me helemaal geen zak!'

'Waarom niet?'

'Omdat het Aubrey Davis' werk is om te bewijzen dat hij zonder enige twijfel schuldig is, aldus de Grondwet en het Hooggerechtshof van de Verenigde Staten. Hij heeft alle middelen van Cantrell en de machtige Staat van Mississippi tot zijn beschikking. Het enige wat je pa heeft ben ik, maar ik kan je wel vertellen dat ik een verdomde handvol ben in elke rechtszaal waar ik een voet zet. Mijn werk is ervoor zorgen dat Aubrey niet krijgt wat hij wil en dat is een veroordeling. Als hij die wel krijgt, is hij het volgende congreslid of zelfs de volgende senator van onze geweldige staat, en als dat ooit gebeurt, zal ik aan dit bureau zittend mijn polsen waarschijnlijk doorsnijden en doodbloeden.'

'Als ik het goed begrijp, kunnen jullie het niet met elkaar vinden?'

'Ik haat die vent, en hij mij. Als dat de invulling is van jouw definitie van het niet met elkaar kunnen vinden, dan nee, we kunnen het niet met elkaar vinden.'

'Je komt niet uit Mississippi, wel?'

'Nee. Maar ik ben hier nu wel, en daar mag je pa heel dankbaar voor zijn.'

'Waar kom je vandaan?'

'De drie H's.'

'Pardon?'

'Mijn leven kan worden omschreven met Howard, Harvard en Hard Knocks, maar niet noodzakelijkerwijs in die volgorde.'

'Je hebt op Harvard gezeten?'

'Rechtenstudie. Bachelorgedeelte aan Howard University, en de rest aan Hard Knocks.'

'Hoe ben je hier terechtgekomen?'

'Ik mag graag denken dat ik daar naartoe ga waar ik nodig ben. Het aantal zaken dat ik krijg, zegt me dat ik gelijk had.'

'Dus jij gaat mijn vader vertegenwoordigen?'

'Ik zit hier al de hele ochtend te wachten tot je eindelijk binnenkomt. Ik heb Sheila Taggert elke twintig minuten gebeld.'

'Jullie hebben dus een goeie band?'

'We zijn beiden verantwoordelijk voor de wetshandhaving, zou je kunnen zeggen. Zij zorgt ervoor dat de wetten worden nageleefd en ik zorg ervoor dat de wetten eerlijk en onpartijdig worden nageleefd, en niet gebaseerd op persoonlijke vooroordelen ten aanzien van een heleboel zaken, waarvan de belangrijkste te maken heeft met dezelfde huidskleur als de mijne. En ik kan je wel vertellen dat ik de meeste van die vooroordelen heb meegemaakt hier in Cantrell en andere plaatsen in het noorden, oosten, zuiden en westen van dit geweldige land. En die kunnen behoorlijk erg zijn.'

'Wat heb je van mij nodig?'

'Vijfduizend dollar en een schriftelijke overeenkomst die is ondertekend door jou en je pa, zodat als een van jullie me niet betaalt, de ander dat moet doen.'

'Mag ik je met mijn creditcard betalen?'

'Je mag me overal mee betalen, zolang het maar geaccepteerd wordt door de Second National Bank van Cantrell.'

'Dus mijn vader moet die overeenkomst ook ondertekenen?'

'Dat hoort erbij. Dat weet hij. Hoezo? Is dat een probleem?'

'Ik hoop van niet.'

Met een brede glimlach zei ze: 'Ik weet nu al dat jij en ik het uitstekend met elkaar zullen kunnen vinden, Will.'

27

‘Waar wás je, verdorie? Je ging er zomaar als een haas vandoor, zonder iets te zeggen!’ Victoria stond met haar handen op haar heupen op de veranda van The Willows toen Robie uit zijn auto stapte.

‘Ik moest een paar dingen doen.’

‘Wat voor dingen?’

Robie liep naar haar toe en ging met zijn rug tegen de leuning staan. ‘Ten eerste heb ik mijn vader opgezocht.’

Verbijsterd vroeg ze: ‘Echt waar? Hoe ging dat?’

Robie wees naar zijn gezwollen wang. ‘Hij kan nog altijd rake klappen uitdelen.’

Ze keek naar zijn wang. ‘O mijn god, zal ik wat ijs voor je pakken?’

‘Nee hoor, dat is niet nodig. Ik heb ook een advocaat voor hem geregeld.’

‘Wie?’

‘Toni Moses.’

‘Ik heb gehoord dat ze echt heel goed is.’

‘Volgens mij heeft hij ook een heel goeie nodig.’

‘Ging Dan daarmee akkoord?’

Robie haalde zijn schouders op. ‘Ja hoor, dat doet ie vast wel nadat ik hem heb verteld wat ik heb gedaan.’

‘Je hebt een advocaat ingehuurd zonder hem dat te vertellen?’ Ze schudde haar hoofd. ‘Nou, als ik jou was zou ik hem dat maar vertellen als je nog aan de andere kant van zijn celdeur staat.’

‘Hoezo, heeft hij je weleens geslagen?’

Ze keken elkaar aan.

‘Waarom vraag je dat?’ vroeg ze.

‘Je leek niet echt verbaasd over mijn vraag, Victoria.’

‘Dat gaat je niets aan.’

‘Net zoals waarom je een nacht met Sherm Clancy hebt zitten drinken. Ook dat gaat me niets aan, wel?’

Ze ging in een schommelstoel zitten. 'Ik zou het anders verwoorden: het gaat je verdómme niets aan!'

'Maar dat zou een perfect motief voor mijn vader zijn om die man te vermoorden.'

Ze sloot haar ogen en wreef over haar slapen. 'Ik heb alleen maar spijt van die nacht sinds het is gebeurd.'

'Tja, als het je man zijn leven kost, zou het je de rest van je leven ook móéten spijten.'

'Ik heb Dan echt niet gezegd dat hij die klootzak moest vermoorden!' snauwde ze.

Robie zei gedecideerd: 'Áls hij die klootzak heeft vermoord. Dus jij denkt dat hij het heeft gedaan?'

'Ik weiger te geloven dat hij er ook maar iets mee te maken heeft.'

'Hij heeft geen alibi. Jij was in Biloxi met Ty en Priscilla. Dus hij had de gelegenheid. Het wapen was net zo'n wapen als hij ooit had en waarmee hij Clancy vermoord zou kunnen hebben.'

'Dat wéét ik allemaal, Will. Denk jíj dat hij het heeft gedaan?'

Robie haalde zijn schouders op. 'Ik heb geen idee. Ik weet niet genoeg. Volgens mij weet niemand genoeg. Daarom wordt dat proces gevoerd.'

Victoria opende een tas op de tafel naast de schommelstoel, haalde er een pakje sigaretten uit, pakte een sigaret en stak hem op. Daarna bood ze Robie een sigaret aan.

Hij schudde zijn hoofd. 'Hoe gaat het met Ty?'

'Prima. Hij is bij Priscilla. Hoezo?'

'Serieuze dreigementen.'

'Daar hebben we het al over gehad. Wat voor dreigementen? Dan heeft geen vijanden.'

'Dat weet je nooit zeker. En als je je vergist?'

'Wat zouden we volgens jou dan moeten doen? Een gewapende bewaker inhuren?'

'Ik blijf hier bij je. Ik kan wel op je passen. Maar ik kan niet de hele tijd bij je zijn.'

'Neem jij dit echt serieus?'

'Vanochtend heel vroeg zag ik iemand in de struiken achter het huis. Ik heb geprobeerd hem achterna te gaan, maar hij was al weg toen ik buitenkwam. En je auto is doorzocht.'

Nu leek Victoria pas bang te worden. 'Was er vanochtend vroeg iemand hierbuiten?'

'Een lange man. Blank volgens mij. Enig idee wie dat geweest kan zijn?'

Ze schoot in de verdediging. 'Hoe zou ik dat moeten weten?'

'Ik stel alleen maar een paar vragen, in een poging om nuttige informatie te verzamelen. Waarom zou hij je auto hebben doorzocht?'

'Wat, ga je nu detective spelen of zo?' Ze zweeg even, keek hem onderzoekend aan. 'Je bent geen politieagent, toch?'

'Dat zou ik nu best willen zijn. Dit gaat mijn krachten een beetje te boven.'

'Toch snap ik niet wat je aan het doen bent. Zeg je nu dat je van plan bent de zaak te onderzoeken en dat je gaat proberen de waarheid boven tafel te krijgen?'

'Eigenlijk wel.'

'Waarom? En zeg maar niet dat je dat doet ter wille van je vader. Je bent langer weggeweest dan dat je hier hebt gewoond. En je hebt nooit contact met hem opgenomen. Dat zou Dan me hebben verteld.'

'Ik houd niet van vragen die onbeantwoord blijven.'

'Nou, dat is hier toch het geval, of je het nu leuk vindt of niet.'

Robies telefoon zoemde. Hij keek naar het scherm. Het was Blauwe Man. 'Ik moet dit gesprek aannemen.' Hij liep om het huis heen en nam op.

'Hoe is Mississippi?' vroeg Blauwe Man.

'Lang niet zo vriendelijk als in de reisgidsen staat, in elk geval niet voor mij.'

'Heb je je vader al opgezocht?'

'Ja.'

'Ging dat goed?'

'Nee.'

'Wil je hier nog steeds mee doorgaan?'

Wil ik hiermee doorgaan? dacht Robie. 'Ik zal wel moeten, of ik wil of niet.'

'Ik dacht wel dat je dat zou zeggen. Ik denk dat je gelijk hebt.'

'Wat heb jij ontdekt?'

'Niet zoveel als ik had gewild. Het was verdomde link, Robie. Jij gaat ernaartoe en opeens heeft de federale overheid belangstelling voor een moord in Mississippi. We moesten zorgvuldig handelen.'

'Dat begrijp ik, maar jullie moeten iets hebben ontdekt.'

'Sherman Clancy was dronken toen hij werd vermoord. Het alcoholgehalte in zijn bloed was twee keer de limiet.'

'Dat betekent dus dat hij zichzelf niet kon verdedigen?'

'Ja. Het moordwapen was een kartelmes. De politie denkt dat ze genoeg bewijzen hebben om te kunnen zeggen dat het een Ka-Bar was, maar ik betwijfel of ze dat tijdens een proces hard kunnen maken. Maar het was zeker een kartelmes.'

'Is er bewijs dat mijn vader met deze misdaad verbindt?'

'Nou, het motief was wel duidelijk.'

'Zijn vrouw was bij Clancy geweest en dat had hij ontdekt.'

'Ja. Heb je zijn vrouw, of eigenlijk je stiefmoeder, al gesproken?'

'Ja. Sterker nog, ik logeer in hun huis. Zij zegt dat ze alleen wat met Clancy heeft gedronken, meer niet.'

'En geloof je haar?'

'Ik geloof niemand. Wat is er nog meer dat hem met deze misdaad in verband brengt?'

'Dan Robie is gezien toen hij in zijn auto naar de plek reed waar de moord heeft plaatsgevonden.'

'Wie heeft hem gezien?'

'Een plaatselijke visser en zijn zoon.'

'Namen?'

'Tuck Carson en zijn zoon Ash. Zij hebben de politie verteld dat ze je vader hebben gezien toen hij in zijn Range Rover uit de richting van de plek kwam waar het lichaam werd gevonden, om een uur of één 's nachts. Dat is het tijdstip waarop de dood waarschijnlijk is ingetreden.'

'Wat deden ze daar op dat tijdstip?'

'Ze zeiden dat ze de volgende ochtend wilden gaan vissen en aas ophaalden.'

'Wat nog meer?'

'De forensische dienst vond aan de linkerkant van de auto een laarsafdruk die matcht met een van je vaders laarzen. De grond was vochtig en modderig, en het was een heel duidelijke afdruk. Verder hebben ze in de Bentley verschillende haren gevonden die volgens hen van je vader zijn.'

'Hij had misschien al eerder in die auto gezeten. Of die haren zijn daar neergelegd. En de laarsafdruk is aangebracht.'

'Ja, dat kan. Maar de getuigen hebben hem kennelijk rond dat tijdstip daar gezien.'

‘Nog meer?’

‘Je vader heeft Clancy in het openbaar bedreigd, voor een restaurant in Cantrell, twee dagen voordat Clancy werd vermoord. Verschillende mensen hebben dat gehoord. Je vader zei dat hij wist wat Clancy had gedaan en dat hij daarvoor zou boeten.’ Blauwe Man zweeg even. ‘Dus zelfs als je vader de moordenaar niet is, dan snap je nu natuurlijk wel waarom de politie hem heeft gearresteerd.’

‘Inderdaad,’ zei Robie. ‘Weet je al meer over Janet Chisum?’

‘Niet veel meer dan jij waarschijnlijk weet. Doodsoorzaak: kogel in haar hoofd. Lichaam in de rivier gegooid. Volgende dag stroomafwaarts uit het water gevist. Clancy heeft terechtgestaan voor die moord vanwege hun eh... relatie, maar werd vrijgesproken.’

‘Voornamelijk doordat mijn stiefmoeder hem een ijzersterk alibi verschafte.’

‘Datzelfde alibi zou weleens de reden kunnen zijn dat je vader hem heeft vermoord. En er zat niet veel tijd tussen oorzaak en gevolg. Vijf dagen nadat hij was vrijgesproken en uit de gevangenis kwam, was Sherman Clancy dood.’

‘Dus als Clancy Janet Chisum niet heeft vermoord, wie heeft het dan wel gedaan?’

‘Waarom maak jij je daar zo druk over? Dat heeft niets met je vader te maken.’

‘Dat weten we niet. Er zou een verband kunnen zijn.’

‘En er zou een monster van Loch Ness kunnen zijn, maar daar zou ik niets onder durven te verwedden. Nog meer?’

‘Jessica?’

‘Nog steeds weg. Luister Robie, ik begrijp waarom je daar doet wat je doet. Ik weet ook dat ik degene ben die zei dat je in het reine moest komen met je verleden. Maar je bent bijzonder waardevol voor onze regering. We hebben heel veel tijd en geld in je training gestoken. Het laatste wat wij willen, is dat je daar wordt vermoord vanwege een kwestie die het beste aan anderen kan worden overgelaten.’

‘Volgens mij zou je inmiddels moeten weten dat ik wel op mezelf kan passen.’

‘Het leven is ontzettend onvoorspelbaar. En de gevaren op de gevaarlijkste plaatsen ter wereld vallen soms in het niet bij de gevaren die in kleine plattelandsstadjes op de loer kunnen liggen. Vergeet dat niet.’ Blauwe Man verbrak de verbinding.

Robie stopte zijn telefoon in zijn zak en concludeerde dat Blauwe Man inderdaad een bijzonder wijze man was.

Hij bleef nog even in gedachten verzonken staan. Hij maakte een soort actielijstje, en daar kwamen heel veel dingen op te staan.

Hij zette ze in een bepaalde volgorde en stapte in zijn auto, om het eerste punt te kunnen afvinken.

De ooggetuigen.

28

Tuck Carsons huis stond aan de Pearl-rivier, een logische plek voor een man die de kost verdiende door daar zelf in te vissen en door mensen die wilden vissen er mee naartoe te nemen. Het was meer een schuur dan een huis. Erachter was een steiger van verduurzaamd hout, waar twee boten aangemeerd lagen. De ene was een gestroomlijnde *bassboat* die laag in het water lag, met een Yamaha-motor aan de achtersteven en een boeg-*thruster*. De andere boot was een zeven meter lange *hard-top* met twee motoren aan de achtersteven en hengels in houders aan de zijkant.

Het stonk naar visingewanden, merkte Robie toen hij uit zijn auto stapte en over het grindpad naar het huis liep.

Voordat hij bij de veranda was, ging de deur al open en kwam er een kleine, gedrongen man van een jaar of veertig met dikke onderarmen naar buiten. Zijn vette haar kwam onder een met olie doorweekt Briggs & Stratton-honkbalpetje uit. Hij droeg een smerig werkoverhemd waar zijn borsthaar bovenuit piekte, en onder zijn afgeknipte lange broek waren zijn O-benen zichtbaar, die zongebruind en gespierd waren. In zijn rechterhand had hij een fileermes en in zijn andere hand een geopend blikje bier.

'Wat kan ik voor u doen?' vroeg de man. 'We vertrekken om vijf uur 's ochtends en zijn om tien uur terug. De eerstkomende twee dagen zijn volgeboekt. Praat maar met mijn vrouw over een afspraak.'

'Ik ben hier niet om te vissen,' zei Robie.

De man greep zijn mes steviger vast. 'Waarom dan?'

'Ik ben Will Robie.'

De man keek hem met grote ogen aan, zoals Robie wel had verwacht.

'Bent u Tuck Carson?'

Carson stak de punt van het mes in de balustrade van de veranda en nam een grote slok bier. 'Ik heb alles wat ik te zeggen had al tegen de politie verteld.'

‘Dat geloof ik graag. Maar u zult in de toekomst moeten getuigen waar en wanneer u mijn vader hebt gezien.’

‘Volgens mij zou u hier niet moeten zijn, omdat u zijn zoon bent en zo.’

‘Ik wil alleen graag dat u me vertelt wat u hebt gezien.’

De hordeur ging open en een jongen van een jaar of dertien kwam naar buiten. Hij droeg een jeans, sportschoenen en een wit T-shirt dat dringend gewassen moest worden. Zijn haar was een wirwar van bruine en blonde strengen. Hij droeg een bril en had een blikje Pepsi in de hand. ‘Wat is er aan de hand, pa?’

‘Ben jij Ash?’ vroeg Robie.

De jongen bleef naar zijn vader kijken. ‘Wat wil hij?’

Carson nam nog een slok uit zijn blikje en wreef met de rug van zijn hand over zijn mond. ‘De man wil weten wat we die nacht hebben gezien.’

‘Waarom?’

‘Hij is de zoon van de rechter. Daarom.’

Ash zette een stap naar achteren en nam een slok Pepsi. ‘We zagen hem heel duidelijk. Hij reed in die Range Rover van hem. Niemand anders hier heeft zo’n auto.’

‘Niet waar, Sherman Clancy heeft er ook een,’ zei Robie.

De jongen keek even naar zijn vader.

‘Het was de auto van de rechter,’ zei Carson. ‘Bovendien zat Clancy toen in zijn oude Bentley. Dood!’

‘Oké, u zag die auto. Maar zag u ook dat mijn vader achter het stuur zat?’

‘Natuurlijk zagen we dat,’ gromde Carson. ‘Zoals de jongen al zei.’

‘Kunt u me vertellen waar dat precies was? Alstublieft?’

‘Weet u waar ze Clancy’s lichaam hebben gevonden?’ vroeg Carson.

‘Ja.’

‘Als je daarna links aanhoudt en ongeveer vierhonderd meter doorrijdt, daar hebben we hem gezien. We kwamen net terug van aas vangen voor de ochtend. We gaan naar vier of vijf plaatsen en dat is er altijd een van. Goed aas daar.’

‘Wacht even. Als u aas aan het vangen was, waarom zat u dan in een auto en niet in uw boot?’

‘Een van die plaatsen is een kleine inham. Daar kun je niet komen met een boot. Dus rijden we ernaartoe en parkeren vlak bij de oever.

Daar kunnen we ze prima vangen met onze netten.'

'Oké, wat gebeurde er toen?'

'Nou, hij komt aangescheurd over die weg, knalt bijna tegen ons op. Het stof dwarrelt op. Ik toeterde, maar hij reed gewoon door. Hij had ons bijna doodgereden.'

'Maar het was donker en de koplampen kwamen recht op u af. En het gebeurde heel snel, neem ik aan. Hoe kon u hem dan zien?'

'Ik was even dicht bij hem als mijn zoon nu bij mij is. Ik kon me niet vergissen, wel?'

Robie keek hem nieuwsgierig aan en keek toen naar Ash. 'En heb jij hem ook gezien?'

'Die jongen zat op de bijrijdersstoel.'

'Maar ik zag hem ook,' zei Ash. 'Heel duidelijk.'

'Maar het was donker,' zei Robie. 'En had je je bril op?'

Ash leek opeens onzeker en keek weer naar zijn vader.

Robie keek naar Carson, en toen naar zijn bier. 'En ik neem aan dat u niet had gedronken?'

Carson dronk zijn blikje leeg; zijn adamsappel ging met elke slok op en neer. Toen drukte hij het blikje plat tegen de balustrade van de veranda en smeet het in een plastic afvalbak bij zijn voeten die vol lag met platgedrukte bierblikjes. Carson trok zijn mes uit de balustrade, zette een stap naar Robie toe en zei: 'U kunt maar beter vertrekken. En kom niet terug, tenzij u problemen wilt of wilt vissen.'

'Bedankt dat u met me hebt gepraat,' zei Robie. Hij reed weg, en wist zeker dat deze twee 'ooggetuigen' helemaal niets hadden gezien.

Later stopte hij voor de Cantrell-gevangenis, gewapend met de overeenkomst die zijn vader moest ondertekenen. Hij had natuurlijk rechtstreeks van Moses' kantoor naar zijn vader moeten gaan, maar daar had hij toen de moed niet voor kunnen opbrengen.

Taggert zat aan haar bureau. 'Ik vroeg me al af wanneer je zou komen.'

'Waar heb je het over?'

'Ze zitten al een tijdje in bespreking.'

'Wie?' vroeg Robie geschrokken.

'Je vader en zijn advocaat.'

'Toni Moses zit bij mijn vader?'

'Ze laat nooit ergens gras over groeien.' Taggert ging hem voor naar het cellenblok, maar liep de cellen voorbij.

‘Waar gaan we naartoe?’ vroeg Robie.
‘Bezoekerskamer.’
‘Ik wist niet dat jullie die hadden.’
‘Waar zouden de bezoekers de gevangenen anders moeten spreken?’
‘Ik heb mijn vader in zijn cel opgezocht.’
‘Ja, omdat ik bang was dat hij gewelddadig zou worden.’
‘Hij wérd gewelddadig, Sheila.’
‘Zie je wel, het was dus maar goed dat ik jullie in zijn cel had gelaten.’ Ze maakte de deur aan het einde van de gang open, gebaarde Robie naar binnen en deed de deur achter hem dicht.

Toni Moses zat aan de kleine tafel die midden in het vertrek stond. Zijn vader zat tegenover haar; zijn boeien waren bevestigd aan een stalen ring in de vloer.

Moses keek op en leek niet erg verbaasd over Robies komst. ‘Fijn dat je d’r bent. Ga zitten.’ Naast haar lag een stapel dossiermappen. Ze had een schrijfblok voor zich liggen en was aantekeningen aan het maken.

Robie keek naar zijn vader, die nog niet naar hem had gekeken. ‘Ik dacht dat je zei dat hij de overeenkomst moest ondertekenen.’

Met haar vrije hand hield Moses een document omhoog. ‘Hij heeft die al getekend.’

‘Waarom zei je dan tegen mij dat ik ervoor moest zorgen dat hij tekende?’ vroeg Robie, terwijl hij probeerde niet boos te klinken.

‘Ik denk dat ik je een doel wilde geven, Robie. Ik verwachtte niet dat je dat echt zou halen, dus heb ik het zelf maar gedaan.’

Robie keek naar zijn vader. ‘Jij vindt nu dus ook dat je een advocaat nodig hebt?’

Dan Robie keek naar Moses. ‘Waarom is hij hier?’
‘Hij is een cliënt.’
‘Niet samen met mij, echt niet. En zijn aanwezigheid is een inbreuk op het advocaat-cliëntprivilege.’
Robie ging zitten. ‘Ik heb die overeenkomst ook ondertekend.’
‘Dan haal je je handtekening er maar weer af, anders vertegenwoordig ik mezelf.’
Robie keek naar Moses. ‘En als ik voor de verdediging ga werken?’
‘Wat bedoel je?’ vroeg ze belangstellend.
‘Als je onderzoeker.’
‘Lulkoek,’ zei Dan.
‘Zo iemand heb ik al,’ zei Moses.

'Ik ben op stap geweest om met Tuck Carson en zijn zoon te praten. Ik denk niet dat ze mijn vader die nacht konden zien, in een grote stofwolk en met koplampen die hun kant op kwamen. De jongen draagt een bril en die droeg hij die nacht waarschijnlijk niet. En de vader is gek op een biertje. Hij dronk een heel blikje bier leeg in de tijd dat ik met hem sprak. Dus ik denk niet dat hun getuigenverklaring standhoudt.'

Hij keek naar zijn vader. 'Tenzij je ons vertelt dat je daar die nacht op die plek met je Range Rover rondreed en bijna tegen de Carsons op botste.'

'Ik hoef je helemaal niets te vertellen,' zei de oudere Robie met een felle blik op zijn zoon.

Robie wendde zich weer tot Moses. 'Ik kan aan de zaak werken. Ik kan dingen uitzoeken, dingen opzoeken.'

'Ik neem aan dat je verwacht dat je daarvoor wordt betaald?' vroeg Moses.

'Nee, dat verwacht ik niet.'

'Nou, dan vind ik het prima. Als je maar weet wat je doet. We mogen geen fouten maken.'

'Ik wil niet dat hij meewerkt aan mijn zaak!' schreeuwde Dan.

Moses hief haar hand. 'Rechter Robie, met alle respect, u bent niet degene die dat soort beslissingen neemt. Dat ben ik.'

'En ik betaal je voor je diensten!'

'Ze heeft een voorschot van vijfduizend dollar op mijn creditcard opgenomen,' zei Robie.

'En dat heb ik haar laten annuleren en heb ik met mijn creditcard betaald,' zei zijn vader.

'Wat is je probleem, verdomme? Ik probeer je te helpen!'

'En ik kan me niet herinneren dat ik jou om hulp heb gevraagd, jongen.'

Moses stond op. 'Luister, stelletje stomkoppen, ik bereid een rechtszaak voor voor moord met voorbedachten rade.'

Tegen Dan zei ze: 'Je gaat verdomme de rest van je leven de gevangenis in! Neem me dus niet kwalijk dat ik alle hulp inschakel die ik kan krijgen om jou te verdedigen.'

Tegen Robie zei ze: 'Ik heb verdomme geen idee waarom je hier naartoe bent gekomen, behalve dat je een paar dingen met je pa moet zien uit te praten. Maar als je me helpt met deze zaak, doe je niets wat mijn verdediging in gevaar brengt, begrepen?'

'Begrepen.' Hij keek haar onderzoekend aan. 'Nu praat je alsof je uit Mississippi komt, niet van Harvard.'

'Verdomme schatje, als ik in die rechtszaal sta, zul je alleen maar Mississippi uit mijn mond horen komen!'

Ze ging zitten. 'Goed, wat je zei over de Carsons is interessant en nuttig. En het zou nog nuttiger zijn als je pa ons zou vertellen of hij die nacht wel of niet in zijn Range Rover rondreed.'

Robie keek zijn vader aan. 'Was dat zo?'

Dan Robie wendde alleen maar zijn blik af.

Robie zei tegen Moses: 'Kan ik een kopie van het dossier over deze zaak krijgen? Ik neem aan dat de aanklager zijn spullen aan jou heeft moeten doorgeven.'

'Aubrey Davis is keurig geïnformeerd over mijn inbreng en hij heeft beloofd dat zijn kantoor me hun bewijzen zal sturen. Daar kunnen we volgens mij lang op wachten. Maar zodra ik het krijg, krijg jij het ook.'

Robie knikte. 'Denk je dat je hem op borgtocht vrij kunt krijgen?'

Moses haalde haar schouders op. 'Tja, ik wil eerst die ernstige dreigementen waar Aubrey het over had weleens zien. Misschien willen we helemaal niet dat hij op borgtocht vrijkomt.'

'Wil je op borgtocht vrij?' vroeg Robie aan zijn vader.

Die zei niets.

Robie stond op. 'Nou, succes met je cliënt. Geef maar een seintje als je die informatie hebt.'

'Waar ga je naartoe?' vroeg Moses.

'Een paar dingen checken.'

'Goed, houd me op de hoogte van alles wat je ontdekt.'

Vlak voordat Robie de deur uit was, zei zijn vader: 'Als je dit doet om het weer goed te maken, laat dan maar zitten. Daar is het veel te laat voor.'

Robie keek naar zijn vader en zei niets. Hij ging gewoon weg.

Moses wendde zich naar Dan Robie. 'Of je deze zaak wint of niet, Dan Robie, laat me je één ding zeggen.'

'Wat dan?' snauwde de man.

'Je bent een verdomde stomkop!'

29

Het was één uur 's nachts en Will Robie was al op weg. Hij gaf er de voorkeur aan zijn werk 's nachts te doen.

Hij was teruggegaan naar The Willows en had gegeten met Victoria en Tyler. Tijdens het eten had de jongen alleen maar naar zijn grote broer gekeken. Robie had één keer gezien dat Tyler tegen hem glimlachte.

Na het eten had Victoria Robie laten zien wat Tyler had getekend: stokpoppetjes, één grote en één kleine, met een groot hart tussen hen in.

'Volgens mij wordt er nu officieel van je gehouden,' zei Victoria.

Robie had de tekening aangenomen, voorzichtig opgevouwen en in zijn zak gestoken.

Toen hij haar over de bespreking met Moses vertelde, vroeg ze: 'Denk je dat hij op borgtocht vrij wil komen?'

'Weet ik nog niet. We moeten eerst maar eens naar die ernstige dreigementen kijken.'

Nu keek hij omhoog naar Clancy's herenhuis: donker, en hopelijk verlaten. Een halfuur geleden had hij Pete Clancy zien wegrijden in zijn Porsche. Waarschijnlijk om iets met zijn vrienden te gaan drinken.

Robie liep er vanaf de achterkant naartoe. Hij had bordjes gezien waarop stond dat het huis voorzien was van een alarminstallatie. Hij betwijfelde of Pete gebruikmaakte van het ding, maar hij moest het wel controleren.

Robie kwam bij de achterveranda, waar Pete op had staan kotsen. Robie zag vol walging dat het braaksel, opgedroogd en hard geworden, er nog steeds lag.

Deze knaap was echt een goede partij voor een jonge vrouw.

Hij gluurde door het raam naar binnen en zag het alarmpaneel op een binnenmuur. Het groene lampje brandde, dus stond het alarm uit. Hij probeerde de deur. Op slot.

Hij haalde zijn inbrekerssetje tevoorschijn en even later zwaaide de deur open.

Zijn Glock zat in een riemholster, maar hij hoopte dat hij hem niet hoefde te gebruiken.

Hij was hier om een aantal redenen, maar vooral omdat wanneer zijn vader Sherman Clancy niet had vermoord, zijn zoon Pete een geweldig motief had om dat wel te doen.

Geld, of wat daarvan over was.

Hier waren misschien dingen die dit zouden bewijzen; hopelijk het Ka-Bar-mes met Sherm Clancy's opgedroogde bloed erop, en de vingerafdrukken van zijn zoon.

Het huis was opzichtig ingericht. Elke kamer stond boordevol meubels, voor elk raam hingen enorme gordijnen, elke tafel stond vol dure en lelijke rommel en elke muur was bedekt met niet erg smaakvolle olieverfschilderijen.

En omdat Pete nu de heer des huizes was, lag het ook vol troep. Overal lege wijn-, bier- en drankflessen. In de gootsteen een stapel aangekoekte borden waar kevers overheen liepen. De koelkast was bijna leeg.

Toch was Sherman Clancy nog niet eens zo heel lang dood. En het zwembad en het terrein waren duidelijk al veel langer verwaarloosd. Robie nam dus aan dat veel van dit alles al speelde toen de oude man nog leefde.

Raakte de pot met goud leeg? Zo ja, waarom? Taggert had gezegd dat Clancy met geld smeet. Was dat de reden? Of speelde er iets anders?

Het huis was groot en er waren veel plaatsen om te onderzoeken, en Robie werkte altijd systematisch. Na ongeveer een uur was hij klaar met de benedenverdieping en liep via de wenteltrap naar boven. Op de eerste verdieping waren alleen maar slaapkamers en badkamers. Hij doorzocht ze allemaal en vond niets nuttigs.

Er was nog een verdieping.

Daar waren vijf kamers. Eén was een recreatieruimte met een complete bar, een pooltafel, een stoom- en saunakamer, en een hottub die er schoon uitzag en leek te werken. Robie dacht dat Pete hier misschien weleens een vrouw mee naartoe nam voor een snel stoombad, een sauna, een duik in de hottub en waarschijnlijk nog wat meer. Hij hoopte maar dat er veel chloor in het water zat.

Eén kamer was ingericht als kantoor. Robie nam er alle tijd voor om dit vertrek te doorzoeken. Er stond een bureaulamp met een gerafeld snoer. Robie knipte hem aan en schoof hem dichter naar een paar papieren mappen die hij had gevonden. Hij verschoof een halfvol blikje Budweiser en maakte foto's van de dossiermappen.

Er stond ook een computer. Deze was beveiligd met een wachtwoord, maar Robie won de jackpot toen hij uiteindelijk 'Redneck' intypte. Pete had deze computer kennelijk gebruikt, want Robie zag dat er op Petes account e-mails waren binnengekomen en verzonden.

Hij zag dat Shermans zoon sinds de dood van zijn vader contact had gehad met verschillende mensen van een van de casino's in Biloxi, het Rebel Yell Grand Palace. Uit deze e-mails bleek dat Pete probeerde zijn vader te vervangen als zakenpartner voor deze mensen.

Dat zou een fantastisch motief zijn om zijn vader te vermoorden.

Robie kopieerde deze e-mails op een USB-stick die hij had meegenomen. Hij kopieerde ook andere e-mails die hij uit tijdgebrek niet kon lezen, maar die er wel interessant uitzagen. Die wilde hij later lezen.

De kamer ernaast was kennelijk Petes slaapkamer. Die zag er precies zo uit als je zou verwachten van een jongeman die alleen woonde.

Walgelijk.

Terwijl Robie de kamer doorzocht, vroeg hij zich af of zijn tetanusinjectie nog geldig was. Hij kon de vloer niet eens zien door alle rotzooi die er lag: vieze kleren, twee gitaren, tijdschriften, een geweer en twee pistolen, verpakkingen van videogames, borden, lege bierblikjes en drankflessen, een optrekstang en een paar gewichten. De muren hingen vol posters met als drie voornaamste onderwerpen muziek, sport en porno. Boven de deur hing een rij kleurrijke strings.

Inkepingen in de bedstijl, à la eenentwintigste eeuw.

Als hier ergens een bureau stond, dan kon Robie dat niet zien onder alle troep. Op het bed lag een koptelefoon die Robie eerder in een winkel had gezien. Die kostte ongeveer duizend dollar.

Toen zag hij het. Hij gleed bijna uit op de glibberige vloer en raapte de laptop op met zijn gehandschoende hand. Hier werkte hetzelfde wachtwoord.

Hij nam de documenten door en kopieerde alles wat relevant leek op zijn USB-stick. Hij was net klaar toen hij hoorde dat er beneden een deur werd dichtgeslagen.

Hij had geen auto horen aankomen. Maar kennelijk was Pete weer thuis.

Robie keek op zijn horloge. Het was bijna vier uur 's nachts. De tijd was voorbijgevlogen.

Robie liep naar de deur en keek door de hal.

Pete zou waarschijnlijk naar zijn kamer gaan om te pitten. Of misschien was hij niet alleen. Dan zou hij misschien naar de hottub gaan met degene die bij hem was.

Hoe dan ook, Robie moest deze kamer uit.

Hij sloop de gang op; hij wilde in een van de andere kamers wachten tot Pete en zijn eventuele gezelschap hem gepasseerd waren. Daarna zou hij ontsnappen.

Hij was net een andere slaapkamer binnengegaan, met de deur op een kier, toen hij de voetstappen naar boven hoorde komen.

En de stemmen hoorde.

Daardoor veranderde alles wat Robie van plan was geweest volkomen.

30

Pete Clancy was die avond inderdaad niet alleen. Maar aan zijn arm hing geen aangeschoten, halfnaakte vrouw die met hem wilde vrijen.

Er waren drie anderen bij Pete. En dat waren allemaal mannen.

Ze droegen een lange broek en een colbert, maar geen stropdas. Ze waren groot, zagen er stoer uit en waren dat waarschijnlijk ook. Twee van hen liepen aan weerszijden van Pete, die zich tevergeefs probeerde los te wringen. 'Laat me los! Alsjeblieft! Ik weet van niets. Dat zweer ik bij God!'

'Je zult God gauw genoeg zien, als je ons niet geeft wat we willen.' Dat zei de derde man, die vooropliep. Hij was iets kleiner dan zijn twee makkers, en zijn pak leek duurder. Hij had ook een gekleurde pochet. Zijn gezicht was gerimpeld en zijn haar was al een beetje grijs. De twee anderen waren in de dertig, kennelijk de sterke jongens.

'Alsjeblieft, wat willen jullie van mij? Ik weet van niets!' jammerde Pete.

De derde man draaide zich om en gaf Pete een vuistslag, recht tegen zijn kaak.

Pete zakte in elkaar en bleef alleen rechtop staan doordat de twee mannen hem vasthielden.

Toen Pete begon te huilen en bloed uitspuugde, zei de man die hem had geslagen: 'Nou, je gedraagt je alsof je wel iets weet, stomkop. Je stuurt shitberichten en gedraagt je als een grote vent, waardoor het lijkt alsof je helemaal op de hoogte bent. Dus als dat niet zo is, heb je pech, klootzak!'

Ze sleepten hem naar het kantoor, maar deden de deur niet achter zich dicht.

Robie keek of er niet nog iemand naar boven kwam, glipte de kamer uit en sloop geluidloos naar de deur van het kantoor. Hij keek naar binnen.

Ze hadden Pete gedwongen om aan het bureau te gaan zitten. De aanvoerder had zijn hand om Petes nek geslagen.

'Oké, kleine Pete, het enige wat je nu hoeft te doen, is ons laten zien wat je hebt. Of wat je pa had. En dan gaan we weg.'

'Bedoel je... bedoel je dat je me dan niets aandoet?'

'Nee, waarom zouden we? Jij geeft ons wat we willen en dan gaan we. Even goeie vrienden. Kunnen we allemaal weer doorgaan met ons leven.'

Robie kon wel aan Petes gezicht zien dat zelfs hij niet zo stom was om dit te geloven.

Pete riep: 'Jullie gaan me vermoorden, wát ik ook doe!'

'Jeetje Pete, je bent wél slim. Maar er zijn allerlei manieren om iemand te doden. De belangrijkste zijn snel en pijnloos, of het tegenovergestelde. Welke manier wil je? Want je pa had een koperen bad naast zijn slaapkamer, perfect voor een langzame dood in een zwavelhoudend bubbelbad. Dan blijft er geen druppel van je over, maar toch voel je het allemaal tot je het bijna niet meer kunt verdragen. Ik ken manieren om je bij bewustzijn te houden tot je huid bijna verdwenen is.' De man ramde Petes hoofd naar voren op zijn bureau. 'Wil je dat soms, hè, stomme lul?'

'Alsjeblieft, ik weet echt van niets!' riep Pete smekend.

'Oké, jij je zin.' De man trok een pistool.

Op dat moment stapte Robie de kamer in, met zijn pistool op het hoofd van de man gericht. 'Laat je pistool zakken. Stap achteruit, alle drie. Handen gevouwen achter je hoofd.'

Dat deden ze dus niet.

De man hief zijn pistool. Of dat probeerde hij, tot Robie het pistool uit zijn hand schoot.

'Verdomme!' schreeuwde de man en hij sloeg dubbel, zijn gewonde hand in zijn andere hand houdend.

De andere twee mannen stapten nu wel bij Pete Clancy vandaan.

Robie liep de kamer verder in.

De gewonde man ging langzaam rechtop staan en keek naar Robie. 'Oké, slijmbal. Ik zie dat je weet wat je doet, maar waarom steek je je neus in onze zaken, verdomme?'

'Ik weet niet wat jullie zaken zijn. Waarom vertel je me dat niet?'

'Waarom laat jij je pistool niet zakken, zodat we erover kunnen praten?'

'Pete, kom hiernaartoe, nu,' zei Robie met zijn blik op de drie andere mannen gericht.

De gewonde man zei: 'Zoals ik het zie, zijn wij met z'n drieën en ben jij alleen. Je zou twee van ons te pakken kunnen nemen, maar de laatste krijgt jou te pakken.'

'Nou, waarom zou ik mijn kansen dan niet een beetje vergroten?' vroeg Robie, en hij haalde met zijn linkerhand de andere Glock uit zijn riemholster en hield de mannen met beide wapens onder schot.

'Je hebt één dominante hand,' zei de man.

'Ik ben tweehandig, 't is maar dat je het weet. En bij een meter of vier is dat niet zo goed voor jou.' Hij keek naar Pete. 'Kom hier, Pete.'

De man legde zijn gewonde hand op Petes schouder. 'Ik denk dat ie hier moet blijven zitten.'

'Je doet net alsof jíj de wapens in handen hebt.'

'Misschien is dat ook wel zo.'

De man stootte met zijn elleboog het halfvolle bierblikje om. Het bier stroomde over de voet van de bureaulamp en over het gerafelde snoer. Een vonk en het licht ging uit. 'Schieten!' riep de man.

Zijn twee mannen trokken hun pistool en schoten in de richting van de deuropening.

Maar daar stond Robie allang niet meer.

De man rechts sloeg dubbel toen Robie hem in zijn ballen schopte. Daarna werd zijn rechterarm op zijn rug gedraaid en in een hoek gewrongen die loodrecht op zijn rug stond, waardoor de beide botten in zijn onderarm braken en zijn arm slap en onbruikbaar werd. En heel veel pijn deed. De man gilde toen Robie hem over het bureau duwde.

De andere man was zijn wapen aan het herladen toen Robie zijn elleboog tegen zijn onderrug ramde. De man schreeuwde het uit, deinsde achteruit en zwaaide met zijn vuist naar Robie.

Robie pakte de hand beet, wrikte de pols naar achteren en toen opzij, waardoor het bot brak en door de huid heen stak. Robie zwaaide de arm in het rond en ramde het blootliggende polsbotje in de buik van de man, die daarop achter het bureau in elkaar zakte.

De derde man had op zijn hurken gezeten. Toen hij opstond, had hij een pistool in zijn goede hand.

Robie ontwapende hem met een dubbele stoot: hij pakte de loop vast en duwde het pistool naar beneden, greep de onderarm vast en ramde zijn knie tegen de elleboog in een richting waar die botten normaal gesproken niet naartoe buigen. Het wapen viel weer op de grond en de man jammerde van de pijn.

Robie drukte de loop van zijn Glock midden op het voorhoofd van de man. 'Liggen. Nu!'

De man liet zich op zijn knieën zakken. 'Jezus christus,' riep hij. 'Wie ben je, verdomme?'

Robie sloeg de man met de kolf van zijn pistool tegen zijn slaap, waardoor hij bewusteloos raakte. Daarna greep hij Pete bij zijn haren en trok hem omhoog. 'Kom mee!'

'Maar...'

'Kom op! Nu!' Hij sleepte Pete mee de kamer uit.

'Volgens mij is mijn kaak gebroken,' jammerde Pete.

'Kan me geen zak schelen.'

'Waar gaan we naartoe?' schreeuwde Pete.

'Bij deze kerels en dat zwavelzuur vandaan!'

Zodra ze bij de achterdeur waren, trapte Robie die open.

Ze liepen naar buiten.

'Ik ga ervandoor!' riep Pete.

'Nee, je gaat met mij mee.'

'Waarom?!'

'Wat wilden die mannen van je? Wie waren dat?'

'Laat me verdomme met rust!'

Pete duwde Robie weg, maar Robie hervond zijn evenwicht en stak zijn voet uit, zodat Pete struikelde.

Pete rolde de trap af en bleef onderaan liggen. Hij staarde omhoog naar Robie. 'Ik vermoord je.'

'Tuurlijk.'

Pete sprong op en rende het donker in. Even later hoorde Robie dat de Porsche werd gestart, waarna de auto langs de zijkant van het huis scheurde. Pete zette hem in de tweede versnelling, de brede banden kregen grip op het asfalt en er kwam rook onder vandaan toen Pete hem in de derde versnelling zette en Robie voorbij scheurde die de trap af was gerend en zijn wapen richtte.

Maar hij zou niet schieten, want dan was de kans groot dat Pete de macht over het stuur kwijtraakte en tegen een boom botste. Verdomme, misschien gebeurde dat sowieso wel.

Robie stopte zijn wapen in de holster, controleerde of zijn andere Glock stevig achter zijn broeksriem zat en liep snel naar zijn auto. Hij reed weg, in de wetenschap dat hij vannacht een paar nieuwe vijanden had gemaakt. Alleen wist hij niet wie het waren.

Misschien had een van hen Sherman Clancy vermoord. Wat betekende dat zijn vader dat niet had gedaan en dus zou worden vrijgesproken.

Robie gaf gas en reed de weg op. Slierten Spaans mos aan bomen wapperden in zijn kielzog.

Robie wist niet goed waar hij naartoe ging.

31

Tegen de tijd dat hij terugging naar The Willows was het al vijf uur geweest en begon het iets lichter te worden.

Robie zat in zijn auto voor het huis, sloot zijn ogen en probeerde alles op een rijtje te zetten.

De mannen in Petes huis konden best weleens de zware jongens van die casino's zijn over wie hij had horen vertellen. Zij dachten dat Pete wist wat zijn vader had geweten, wat dat ook was. Pete had ze kennelijk berichten gestuurd waar ze woedend om waren geworden, met als gevolg hun 'ontmoeting' van vannacht.

Maar Robie had zich ermee bemoeid en Petes leven gered, waarbij hij zijn eigen leven had geriskeerd. Als bedankje was Pete ervandoor gegaan. De kans was groot dat hij al helemaal in Louisiana was, en misschien zou hij constant op de vlucht blijven.

Alleen zouden de jongens die Robie had uitgeschakeld niet vertrekken. Als ze niet hadden geweten wie Robie was, zouden ze dat al snel ontdekken. En hij wist zeker dat er andere zware jongens op pad zouden worden gestuurd om de klus af te maken.

Wat betekende dat Robie nu een doelwit was. Hij keek naar het huis. Hij had beloofd op Victoria en Tyler te passen, maar nu bracht hij hen misschien alleen maar in gevaar.

Robie haalde de USB-stick uit zijn zak en keek naar het kleine dingetje van plastic en metaal dat naar hij hoopte antwoorden bevatte op veel van zijn vragen.

Hij keek weer naar het huis.

Wat moet ik doen? Blijven of weggaan? En zelfs als ik wegga, zouden ze het verband kunnen leggen en hiernaartoe kunnen komen, hen iets kunnen aandoen of hen kunnen bedreigen om mij te vinden.

Hij stopte de USB-stick in zijn zak, stapte uit en liep naar de achterkant van het huis. Hij klom via de zuil naar de veranda op de bovenverdieping en liep naar zijn kamer.

Hij sliep een paar uur en nam daarna een koude douche, zodat hij klaarwakker werd. Er zat bloed op zijn kleren door het gevecht, maar daar zat geen bloed van hemzelf bij, het was allemaal van die andere mannen. Hij waste het bloed er zo goed mogelijk uit en stopte de vieze kleren onder in zijn sporttas.

Het was al bijna zeven uur.

Hij belde Blauwe Man op en vertelde hem wat er was gebeurd.

Blauwe Man was er natuurlijk niet blij mee. 'De zaak lijkt uit de hand te lopen, Robie. Ik wil dat je terugkomt. Nu.'

'Dat kan ik niet doen.'

'Ik geef je bevel terug te gaan naar D.C.'

'Ik heb verlof. Volgens mij kun je me helemaal geen bevelen geven.'

'Dit is veel gecompliceerder dan je denkt, Robie. Als de directeur hier lucht van krijgt...'

'Evan Tucker haat me toch al. Ik denk niet dat dit de zaak nog erger kan maken.'

'Daar kon jij je weleens heel erg in vergissen.'

'Ik waardeer je advies. Maar als je wilt dat ik ooit weer het veld in ga en dan wel in staat ben om de trekker over te halen, moet ik dit echt afmaken.' Hij verbrak de verbinding en smeet de telefoon op de stoel naast zich. Hij had niet gevraagd waar Jessica Reel was, omdat hij aannam dat het antwoord weer hetzelfde zou zijn.

Nog steeds weg.

En nu wilde hij haar niet in de buurt hebben. Na vannacht was alles veranderd en Robie had geen idee hoe de zaak zich zou ontwikkelen. Maar als hij op dit stukje land langs de Gulf Coast gelazer kreeg, dan wilde hij dat dat gelazer alleen bij hem terechtkwam, en niet ook nog eens bij haar. Zij verdiende het niet om onder zijn persoonlijke problemen te worden begraven.

Hij ontbeet samen met Victoria en Tyler. De kleine jongen keek steeds even naar Robie terwijl hij zat te eten.

Victoria leek afwezig, ver weg met haar gedachten. Toen ze bijna klaar waren, vroeg ze: 'Klopt het dat ik je vanochtend heel vroeg binnen hoorde komen?'

'Dat kan niet, ik lag heerlijk te slapen.'

Ze knikte. 'Misschien is die man die je hebt gezien teruggekomen.'

'Misschien wel,' zei Robie. 'Ik zal wel even rondkijken voordat ik wegga.'

‘Waar ga je naartoe?’

‘Naar mijn vader. Ga jij vandaag naar hem toe?’

‘Ik ga elke dag naar hem toe. En deze keer neem ik Ty mee.’

Robie keek naar de kleine jongen. ‘Dat zal hun allebei goeddoen, denk ik.’

Zacht vroeg ze: ‘Denk je dat? Als hij ziet dat zijn vader opgesloten is in een kooi?’

‘Hij hoeft toch niet te weten dat dat het is. Het zou gewoon een bezoekje kunnen zijn.’

Gefrustreerd wendde Victoria haar blik af.

‘Houd je telefoon bij de hand. Als er iets is, moet je me bellen.’

Ze keek op toen hij opstond. ‘Waarom zou er iets zijn?’

‘Je weet maar nooit.’

Priscilla liep achter hem aan naar buiten. ‘Waar was je vannacht? Want ik zag je om vijf uur vannacht naar boven klimmen.’

‘Gewoon een luchtje scheppen.’

‘Was er geen lucht in dit huis?’

‘Een ander soort lucht.’

‘En je vindt de trap maar niks?’

‘Gewoon mijn manier van lichaamsbeweging.’

‘Uh-huh. Werk je jezelf in de nesten, Will Robie?’

‘Niet als ik dat kan voorkomen.’

Hij stapte in zijn auto en reed weg.

En toen hoorde hij de sirenes.

Op de hoofdweg naar de stad reed een brandweerwagen hem voorbij. Daarachter reed een politieauto en daar weer achter een ambulance.

Robie was van plan geweest om rechts af te slaan, naar het centrum. In plaats daarvan ging hij linksaf en reed achter de auto’s van de hulpdiensten aan.

Twintig minuten later zag hij boven een stel bomen dikke, zwarte rookwolken opstijgen. Tien minuten daarna scheurden de auto’s van de hulpdiensten door het hek van het huis van de Clancy’s. De rook was zo dik dat Robie, toen hij aan de overkant van de weg stopte, niet verder kon kijken dan het hek.

Een paar minuten later hoorde hij water stromen; de brandweerlieden probeerden de brand te blussen. De politieauto had de ingang naar het huis versperd en reed alleen even opzij om nog een brandweerauto door te laten.

Robie stapte uit zijn auto en leunde tegen de voorbumper.

Even later stopte er nog een politieauto. Sheila Taggert stapte uit, keek naar Robie en snauwde: 'Je blijft waar je bent, Will Robie!' Daarna liep ze snel naar de politieauto aan de overkant. De agent die erin zat, draaide zijn raampje naar beneden, waarna ze even met elkaar praatten. Toen liep ze terug naar Robie. 'Wat doe je hier in vredesnaam?' vroeg ze.

'Ik kwam hierlangs en toen zag ik wat er aan de hand was. Van wie is dit huis?'

'Waarom denk ik dat jij allang weet van wie dit huis is?'

'Omdat je veel te argwanend bent misschien?'

'Het huis van de Clancy's. Of wat er nog van over is.'

'Gewonden?'

'Weet ik nog niet. En als ik het weet, ga ik jou dat niet vertellen. Je hoort het wel via het roddelcircuit, net als ieder ander hier.'

'Weet je de oorzaak al?'

'Zelfde antwoord als op je vorige vraag.'

'Nou, dan rijd ik maar weer door.'

Ze greep zijn arm. 'Robie, moet je me misschien iets vertellen?'

'Als me iets te binnen schiet, ben jij de eerste die het hoort, hulpsheriff Taggert.' Hij reed weg, keek in zijn achteruitkijkspiegel en zag dat ze hem stond na te kijken.

Er was één iemand met wie hij moest praten. En hij hoopte dat ze het geheim zou houden.

Als er al iets geheim bleef in Cantrell.

32

'Wat verschrikkelijk stom van je!' Toni Moses zat aan haar bureau en keek ongelovig op naar Robie die haar net had verteld wat er was gebeurd. Haar reactie was natuurlijk voorspelbaar geweest.

'Ik wist niet wat ik anders had moeten doen,' zei hij.

'Wat dacht je van 911 bellen? Verdomme, was dat geen beter plan geweest?'

'Leek op dat moment niet echt een goed idee, om allerlei redenen.'

Haar gezicht betrok. 'Je brengt me in een hachelijke situatie en ik houd er niet van om in hachelijke situaties te worden gebracht. Dat doe ik bij anderen, anderen doen dat niet bij mij. Vooral niet iemand die voor me werkt. Ik heb je expliciet gezegd dat je niets mocht doen wat mijn zaak in gevaar kon brengen!'

'Nou, aangezien je me niet betaalt, betwijfel ik eigenlijk of ik wel echt voor je werk.'

Ze stond op, en reikte amper tot zijn borst. 'Probeer je een juridische discussie aan te gaan met míj? Meen je dat nou? Want ik lul je binnen de kortste keren helemaal klem!'

'Luister, waar het om gaat is dat er andere mensen zijn die een geweldig motief hadden om Sherman Clancy te vermoorden.'

'Maar je weet niet wie ze zijn?'

'Dat kunnen we wel uitzoeken.'

'En je hebt Pete laten ontsnappen. Hij had ons dat allemaal kunnen vertellen.'

'We vinden hem wel.'

Ze ging weer zitten. 'Ik moet hierover nadenken, Robie. Ik moet hier echt eens goed over nadenken.'

'Maar je hoeft dit niet aan Aubrey Davis te vertellen, toch?'

'Misschien wel. Er zijn misdaden begaan. Mensen hebben geprobeerd Pete en jou te vermoorden.'

'En iemand heeft het huis in brand gestoken.'

'Dat hoorde ik zonet. Denk je dat het dezelfde lui zijn?'

'Ik heb ze geen van allen gedood. Ze zullen op een gegeven moment wel zijn vertrokken. En als ze hun sporen wilden uitwissen of iets willen vernietigen wat belastend kon zijn, zou dat daar een goede manier voor kunnen zijn.'

Ze keek hem argwanend aan. 'Jij hebt in je eentje drie gewapende mannen overweldigd?'

'Ik heb ze verrast. Je weet nooit hoe een beetje geluk kan uitpakken.'

'Nou, als je geluk op is, zullen ze je wel in een doodskist moeten stoppen.'

'Dat heb ik wel vaker gehoord.' Hij liet haar de USB-stick zien. 'Ik heb alles gekopieerd wat belangrijk en relevant leek.'

'En dat heb je verkregen door in te breken en een huis binnen te dringen. Dat is een misdrijf in Mississippi, en op elke andere plek in de geciviliseerde wereld ook. Ik betwijfel of het toelaatbaar bewijs is. Verrot fruit noemen ze dat.'

'Ook al is dat zo, we kunnen het misschien wel gebruiken om de waarheid boven tafel te krijgen.'

'Probeer je me kwaad te maken?'

'Was niet mijn bedoeling.'

'Bij wie horen deze mannen, denk je?' vroeg ze.

'Zo te horen waren het zakenpartners van Sherman Clancy.'

'Van het Rebel Yell-casino dus?'

Robie haalde zijn schouders op. 'Tenzij hij nog meer zaken had. En partners.'

'Ik heb verhalen gehoord.'

'Welke dan?'

'Dat dit casino veel meer winst maakt dan andere casino's.'

'Hoe dan?'

'Wie het weet, mag het zeggen. Drugs, wapens, mensensmokkel? Dat soort dingen gebeurt hier allemaal.'

'En de politie weet daar niets van?'

'Als dat wel zo is, doen ze niets om er een eind aan te maken.'

'Waarom niet?'

'Vooral niet vanwege het aantal banen. De Rebel Yell Casino and Gaming Company heeft drie casino's, twee resorts, een themapark en andere zakelijke belangen, waaronder film- en televisieprojecten. Ze hebben meer dan drieduizend hardwerkende inwoners van Mississippi in

dienst. Een van de grootste werkgevers in de staat, om precies te zijn.'
'En het maakt niet uit dat een deel van wat ze doen illegaal is?'
'Het zou weleens moeilijk kunnen zijn om dat te bewijzen. Het willen bewijzen lijkt onmogelijk. Als je die bedrijven sluit, zitten heel veel mensen zonder werk. En de staat heeft al meer dan genoeg werklozen.'
'Zo te horen heb je je al in ze verdiept.'
'Ik ken advocaten die voor ze werken. Mensen voor wie ik respect heb.'
'En wat vertellen ze jou?'
'Precies wat ik zou verwachten: niets. Ze verdienen goed, ze doen hun werk, ze gaan naar huis naar hun gezin en ze houden hun mond stijf dicht.'
'En dat vind je geen probleem?'
'Ik zei niet dat ik het geen probleem vind. Maar ik kan het wel begrijpen. Heel veel ondernemingen doen foute dingen. Sigarettenfabrikanten vergiftigen onze longen, kolen- en oliemaatschappijen vergiftigen ons land en onze lucht, levensmiddelenindustrieën vergiftigen wat we eten. Klojo's op Wall Street stelen ons geld en kopen daarmee vijf jachten en vier vliegtuigen en lachen zit rot. Het meeste wat ze doen is legaal, omdat ze de wetgevers hebben omgekocht om het legaal te máken. Maar sommige dingen zijn niet legaal. Maar ze hebben geld en banen, en advocaten en lobbyisten en politici in hun zak, dus pakt niemand ze aan. Datzelfde geldt voor de goede mensen bij het Rebel Yell. Welkom in Amerika, meneer Robie!'
'Oké. Ik denk dat ik het snap.'
'Weten ze wie je bent?'
'Inmiddels wel. En ze zullen me te grazen willen nemen.'
'Hoe wil je dat voorkomen?'
'Door te zorgen dat ik er klaar voor ben als ze komen.'
Ze legde haar handen op elkaar. 'Mag ik vragen wat je doet voor de kost?'
'Ja hoor, dat mag je wel vragen,' zei Robie.
'Maar dat kun je niet zeggen?'
'Kijk maar eens naar de documenten op die USB-stick en vertel me wat je denkt. Ik ga naar mijn vader.'
'Wat ga je hem vertellen?'
'De waarheid. En ik hoop dat hij in ruil daarvoor hetzelfde doet.'

Taggert was niet in de gevangenis, dus werd Robie naar achteren gebracht door dezelfde hulpsheriff die hem eerder door de metaaldetector had laten gaan.

Zijn vader zat op zijn brits. En deze keer viel hij zijn zoon niet aan.

Robie leunde tegen de muur en vertelde de man in rustige, korte zinnen wat er die nacht was gebeurd. Zodra hij uitgesproken was, bleef Dan Robie een paar minuten zwijgen. Zijn zoon dacht dat hij over alle mogelijke scenario's nadacht, zoals hij eerst als marinier en later als advocaat had gedaan.

Uiteindelijk schraapte hij zijn keel en zei: 'Ze zullen je willen doden voor wat je hebt gedaan.'

'Ik neem aan van wel.'

'Dat hoef je niet aan te nemen, dat is zo,' zei Dan Robie op scherpe toon.

'Ken je die mensen?'

'Van het Rebel Yell? Niet echt.'

'Toni Moses denkt dat ze zich met illegale zaken bezighouden.'

'Zou kunnen,' zei zijn vader. 'Dat gebeurt heel veel.'

'Wat betekent dat ze een geweldig motief hadden om Sherman Clancy te vermoorden. Na wat ik vannacht gehoord heb, heb ik het idee dat zij de belangrijkste verdachten zijn.'

'Bewijs dat maar eens.'

Robie hield zijn hoofd scheef. 'Dat hoeven we niet te bewijzen. We hoeven het alleen maar te gebruiken om redelijke twijfel te veroorzaken. Dan word je niet veroordeeld. Dat is toch de juridische gang van zaken?'

'Juridisch wel, maar praktisch niet.'

'Leg dat eens uit.'

'Dan word ik vrijgesproken op grond van wat volgens de mensen hier een technisch punt is. Dan blijven ze denken dat ik de man heb vermoord omdat mijn vrouw met hem naar bed is geweest.'

'Sinds wanneer kan het jou iets schelen wat mensen denken?'

'Het kan me écht iets schelen wat de mensen in Cantrell denken, omdat het mijn thuis is. Omdat ze mijn buren zijn, mijn vrienden.'

'Je echte vrienden zouden nooit geloven dat je iemand kunt vermoorden.'

'Zouden jouw "echte vrienden" geloven dat je iemand kunt vermoorden?' snauwde zijn vader.

'Nee,' zei Robie. *Die weten dat wel zeker*, dacht hij. 'Dus jij zegt dat jij wilt dat de uitkomst van dit alles voldoende bewijs van je onschuld is. Wat betekent dat je Sherman Clancy niet hebt vermoord.'

'Ik heb nooit gezegd dat ik hem heb vermoord.'

'Maar je hebt ook nooit gezegd dat je het niet hebt gedaan. En nu we het er toch over hebben, reed je die nacht inderdaad in je Range Rover rond?'

'Hoe gaat het met Ty?' vroeg zijn vader.

Robie haalde diep adem en wachtte een hele tijd voordat hij weer uitademde. Hij moest zichzelf eraan herinneren dat hij niet alles vandaag of morgen of overmorgen kon doen. Kleine stapjes, precies zoals wanneer hij een missie uitvoerde. Je werkt een punt af en begint dan aan het volgende. En daarna weer het volgende.

'Hij lijkt zich goed te houden. Victoria zei dat ze hem wilde meenemen als ze je weer kwam opzoeken.'

Voor het eerst zag Robie spanning bij zijn vader. 'Ik weet niet of dat wel een goed idee is.'

'Waarom niet?'

Zijn vader snauwde: 'Ik hoef jou echt niet alles uit te leggen. Ik weet verdomme niet eens waarom je hier eigenlijk bent!'

Robie kwam overeind. 'Ik moet nog wat dingen doen. Heb je nog iets nodig?'

Zijn vader leek nog iets te willen zeggen, maar schudde vervolgens zijn hoofd en wendde zijn blik af.

'Je arm doet toch geen pijn door mij, hè?' vroeg Robie.

'Ongeveer evenveel als jouw gezicht door mij, niet zoveel dus.'

Robie draaide zich om en wilde gaan.

'Pas op voor die casinojongens,' zei Dan Robie.

Will Robie draaide zich om, maar zijn vader keek niet naar hem. 'Zal ik doen,' zei Robie.

33

Toen Robie de gevangenis verliet, stonden ze hem al op te wachten.

'Agent Wurtzburger,' zei hij en hij knikte naar de FBI-agent en twee van zijn mannen, die in de auto naast de zijne zaten.

'We moeten praten,' zei Wurtzburger.

'Is dat zo?' vroeg Robie. 'Ik zei dat ik zou bellen als ik jullie iets te vertellen had. En dat heb ik niet.'

'We kregen een telefoontje over u uit D.C. Wilt u daar in de privacy van onze auto over praten of hier in het openbaar?'

Robie keek de drie mannen onderzoekend aan en stapte vervolgens achter in de auto. 'Wat voor telefoontje?' vroeg hij.

'Van een zuster-agency die officieel niet in het binnenland werkt.'

Robie vertrok geen spier, maar de term 'verdomme' schoot door hem heen. 'Over mij?'

'Specifiek over u. Ze zijn niet in details getreden, maar het was wel duidelijk dat u een waardevolle agent bent en dat ze liever niet zien dat u gewond raakt of dat u iets ergers overkomt. Ik heb tegen mijn superieuren gezegd dat ik mijn best zou doen, maar dat ik niet echt voor uw veiligheid kon instaan tenzij ik u kon dwingen dit stadje te verlaten of u ergens zou opsluiten.' Wurtzburger keek achterom naar Robie. 'En ik neem aan dat u weinig ophebt met die beide opties.'

'Klopt.'

'Mijn superieuren is ook verteld dat wanneer we zouden proberen u daartoe te dwingen, we dan een paar teams van special agents moesten sturen, omdat we anders niet in ons doel zouden slagen.'

Robie zei niets.

Wurtzburger zei: 'Ik heb de neiging mijn superieuren te geloven, dus dit wordt een vrijwillige samenwerking, Robie, en niets meer dan dat. Het laatste waar we behoefte aan hebben is dat federale agenten met elkaar op de vuist gaan.'

'Mee eens.'

'We hebben begrepen dat Sherman Clancy's huis vannacht of vanochtend vroeg in brand is gestoken.'

'Dat heb ik ook gehoord.'

'Hebt u nog meer gehoord?'

'Misschien wel.'

'Kunt u ons meer vertellen?'

'Pete Clancy probeert in zijn vaders voetsporen te treden met zijn casinopartners. Dat is bij een paar van hen niet in goede aarde gevallen. Ze zochten Pete op in zijn huis. Toevallig kwam ik toen ook langs. Ze pakten Pete hardhandig aan en toen heb ik ze vriendelijk gevraagd daarmee te stoppen.'

'En, deden ze dat?'

'Verrassend genoeg wel, ja.'

Wurtzburger keek Robie met een gezonde dosis scepsis aan. 'Juist. Hebt u een van die mannen gedood?'

'Nee. Als ik dat wel had gedaan, had ik het aan de politie moeten melden.'

'Hebt u een van hen verwond?'

'Niet permanent,' zei Robie. 'Op twee na misschien. Moeilijk te zeggen. Het was donker en alles gebeurde een beetje snel. Ik ben niet blijven wachten om ze te onderzoeken.'

'Dat begrijp ik. Waar is Pete Clancy nu?'

'Hij was niet zo dankbaar als je zou verwachten, dus hij ging ervandoor in zijn Porsche. Hij kan inmiddels al heel ver weg zijn. Als hij slim is, is dat zo. Maar misschien is hij niet slim.'

'En hebben die mannen het huis in brand gestoken?' vroeg Wurtzburger.

'Ik was er niet toen dat gebeurde, maar ik kan me voorstellen dat ze het huis in brand hebben gestoken toen ze klaar waren met zoeken naar wat ze wilden hebben.'

'En wat was dat?'

'Ze zeiden dat Pete ze een paar e-mails had gestuurd waaruit bleek dat hij dingen over hen wist die zijn vader had geweten. Daar waren ze niet blij mee. En dat lieten ze blijken ook. Ze wilden dat hij ze liet zien wat hij in zijn bezit had om zijn beweringen te staven. Ze bedreigden hem met een zwavelzuurbad als hij niet meewerkte.'

'En met een snelle kogel als hij wel meewerkte?'

'Ja.'

‘Zou u deze mannen kunnen identificeren?’

‘Misschien. Maar ik betwijfel of ze beschikbaar zijn voor een line-up.’

‘Kunt u ons een signalement geven?’

‘Jawel.’ Robie begon te vertellen, terwijl een van de agenten alles opschreef.

‘Naar wat voor dingen waren ze op zoek, denkt u?’ vroeg Wurtzburger toen Robie klaar was.

‘Waarschijnlijk naar alles wat met hun zaken te maken had. Het Rebel Yell maakt heel veel winst. Kennelijk veel meer dan de andere casino’s. Dus misschien hebben ze meer productielijnen dan alleen de kaarten en de chips.’

‘Plaatselijke roddels?’

‘Het is verbazingwekkend wat je hoort als je hier je oor te luisteren legt. De mensen zijn gek op roddelen.’

‘Hebt u dit nog aan iemand anders verteld?’

‘Nee,’ loog Robie.

‘Wat u hebt ontdekt zou weleens een geweldig motief kunnen zijn voor de moord op Sherman Clancy. Wat zou betekenen dat uw vader onschuldig is.’

‘Dat dacht ik ook al,’ zei Robie.

‘Maar vergeet niet dat die casinojongens wraak zullen willen nemen. En waarschijnlijk weten ze al wie u bent.’

‘Mee eens, met beide aannames.’

‘Wilt u bescherming? Ik kan wel een agent missen.’

‘Volgens mij hebt u uw handen al vol. Ik red me wel, bedankt.’

‘Als u zich bedenkt, belt u maar.’

‘Zal ik doen.’

Toen Robie uitstapte, zei Wurtzburger: ‘Ik heb gehoord dat u heel goed bent in wat u doet, maar niemand is onkwetsbaar.’

‘Dat heb ik ook nooit gedacht,’ zei Robie.

34

'Hallo?'

Wurtzburger en zijn mannen waren net weggereden. Robie draaide zich om en zag dat er een meisje naast zijn auto stond. Ze keek met een verloren blik op naar Robie.

Emma Chisum. Hij herkende haar van de voorgeleiding, toen had ze naast haar zus Sara gezeten.

'Kan ik iets voor je doen?' vroeg Robie en hij stapte naar haar toe. Toen realiseerde hij zich iets. 'Hoor jij niet op school te zitten?'

'Mama geeft me thuis les. Zij moest vanochtend iets doen.'

'Oké. Alles in orde?'

'Je hebt met mijn zus gepraat. Dat heeft ze me verteld.'

'Dat klopt, ja.' Robie zweeg even. 'Ik vind het heel erg van Janet.'

'Zij heeft haar eigen keuzes gemaakt, zegt papa. En toen betaalde ze de prijs voor die keuzes. Slechte keuzes.'

Robie schrok van die hardvochtige verklaring. Opeens viel hem op dat ze er helemaal niet verloren uitzag, alleen maar onverschillig.

'Wat kan ik voor je doen?'

'Sara zei dat je dingen wilde weten. Dingen die zij misschien wist.'

'Dat klopt. Weet jij het, van mijn vader?'

'Natuurlijk, dat weet iedereen in Cantrell.'

'Weet je er iets van?' vroeg Robie.

'Ja. En ik kan het je vertellen. Maar niet gratis, je zult ervoor moeten betalen.'

Robie knikte langzaam; hij vond het walgelijk dat de meisjes Chisum zo geobsedeerd waren door geld. Maar misschien hadden ze dat nooit gehad. Hij verwachtte niet dat een baptistenpredikant in een plattelandsstadje veel verdiende.

'Hoeveel?'

'Honderd,' zei ze meteen, alsof ze daar allang over had nagedacht.

'Dat is veel geld. Hoe weet ik of wat jij me kunt vertellen zoveel waard is?'

'Dat is het probleem, dat weet je niet. En ik wil het geld van tevoren. Daarna zal ik het je vertellen, en dan ga ik weg. Dat zijn de voorwaarden. Graag of niet.' Ze veegde haar lange haar uit haar gezicht en keek naar hem op met een kille, onaangename blik.

Robie keek om zich heen. 'Het zou wel heel vreemd overkomen als ik je hier zomaar geld zou geven.'

'Wil je echt liever naar een afgezonderd plekje? Jij met een jong tienermeisje?'

Tja, dacht Robie, *ze heeft wel een punt*. 'Wat vind je van dat café daar? Wil je wat drinken? Dan geef ik je het geld daar.'

'Oké,' zei ze. 'Ik moet over een uur thuis zijn.'

Ze kregen hun drinken; Robie een cola en Emma een kop koffie.

Robie zei: 'Koffie remt de groei.'

'Onzin!' zei ze en ze nam een slok. 'Wat had ik dan moeten bestellen volgens jou, een glas gezonde melk?'

Ze zaten aan een hoektafeltje achter in het café, dat op dit tijdstip vrijwel verlaten was.

Robie had vijf briefjes van twintig dollar uit zijn portefeuille gehaald, stopte ze in een servet en gaf ze aan haar.

Ze telde ze onopvallend en stopte ze in haar zak. 'Ik zou nu weg kunnen gaan en je helemaal niets kunnen vertellen. En als je zou proberen om me tegen te houden, zou ik zeggen dat je me geld gaf omdat je wilde dat ik je zou pijpen of zo.'

'Dat denk ik ook,' zei Robie op vlakke toon. 'En ik zou dat allemaal aan je vader kunnen vertellen. Hij vertelde me al dat Janet en Sara sletten waren. Waarom zouden jullie niet allemaal een slet zijn? Je bent dertien, hè? Ik weet zeker dat het heel prettig zal zijn om de komende vijf jaar met hem in één huis te wonen.'

Emma keek hem met een ondoorgrondelijke blik aan, nam een slok koffie en leunde naar voren. 'Janet vertelde me dat ze die nacht een afspraak met iemand had.'

'Met wie?'

'Dat heeft ze niet gezegd, gewoon met iemand. Maar ze dacht dat ze er heel veel geld mee kon verdienen. Genoeg zelfs om terug te gaan naar Mobile.'

'Was ze dat van plan?'

'Dat zijn we allemaal van plan, behalve papa. We hielden van Mobile. We haten dit stadje. Janet zou nog leven als we niet hier waren gaan wonen.'

'Ik denk dat je vader zich dat wel realiseert.'

'Hij realiseert zich niets.'

'Dat lijkt me onredelijk.'

'Wil je horen wat ik te zeggen heb of wil je ons verstoorde gezinsleven analyseren? Want ik heb geen zin in allebei.'

'Vertel.'

'Janet wist iets. Ik weet niet wat. Maar het was een groot geheim. Ze zei dat het te maken had met bepaalde belangrijke mensen in dit stadje.'

'En daar zou het geld vandaan komen?'

'Inderdaad.'

'Wist Sara dit ook?'

'Dat weet ik niet. Misschien.'

'Misschien heeft Sara het je verteld, niet Janet.'

'Waarom zeg je dat?'

'Zij waren ongeveer even oud. Ik durf te wedden dat ze meer tijd met elkaar doorbrachten. Jij was alleen maar hun kleine zusje aan wie ze niet alles vertelden.'

'Nou en!' snauwde ze. 'Ik kan wel dingen horen!'

'Ja, dat is waar. Wat nog meer?'

'Janet ging die nacht weg om een grote slag te slaan. Ze was gelukkig, keek er echt naar uit. En toen was ze dood.'

Robie nam een slok cola en dacht na over wat ze hem had verteld. 'Wat voor kleren droeg Janet die nacht?'

'Wat?'

'Wat droeg ze die nacht?'

'Wat heeft dat ermee te maken?'

'Vertel het me toch maar. Sexy kleren, zoals voor een date?'

'Nee, een spijkerbroek en een shirt met lange mouwen. En sandalen.'

'Goed geheugen.'

'Ik keek naar haar toen ze zich omkleedde. Dat waren haar lievelingskleren.'

Ze had dus geen date. Dit was geld voor iets anders.

'Oké. Zei ze waar ze naartoe ging voor deze afspraak?'

'Dezelfde plek, zei ze. Ik denk dat Sara wel wist wat dat betekende. Ik wist dat niet.'

'Weet je wat zij met Sherman Clancy deden?'

'Wat, denk je soms dat ik dat vreselijk vind, of zo? Ja, ik ben woedend omdat Janet dood is, hoewel ze net zo over me dacht als haar stomme zus. Maar ze hadden geld nodig en wat geeft het als Clancy ze dat wilde betalen?'

'Jij vindt dat dus niet verkeerd?'

'Seks met wederzijds goedvinden? Nee, niet echt. Dit is de eenentwintigste eeuw, als je dat nog niet wist.'

'Seks in ruil voor geld is illegaal.'

'Heel veel dingen zijn illegaal, maar daardoor zijn ze nog niet verkeerd.'

Robie wreef in zijn ogen. Hij had weinig ervaring met tieners, maar hij kon gewoon niet geloven dat hij dit gesprek voerde met een kind van dertien. Was de wereld echt zo erg veranderd?

Ze zei: 'Ik was ook kwaad, omdat ik niets van dat geld kon krijgen. Ik durf te wedden dat Clancy mij ook had willen betalen. Sara zei dat hij van jonge meisjes hield. En ik zou niets hebben gedaan waardoor ik zwanger kon raken. Ik ben niet dom.'

Oké, zo is het wel genoeg. Robie stond op. 'Juist, bedankt dat je met me hebt willen praten.'

Ze nam nog een slok koffie en stond ook op. 'Mijn god, ik had niet gedacht dat je zo frigide was.'

'Nee, ik ook niet.'

Ze liepen samen naar buiten en botsten bijna tegen Sara Chisum op.

Ze keek naar Robie en toen naar haar zus. 'Wat doen jullie?' vroeg ze.

'Gewoon praten,' zei Emma liefjes. 'Hij had een paar vragen en ik een paar antwoorden. En nu kan ik die schoenen kopen die ik wilde,' voegde ze er blij aan toe.

Sara keek kwaad naar Robie. 'Ik zei je toch dat ze niets wist! Laat haar met rust!' Ze pakte haar zusje bij de arm en trok haar weg. 'Laat ons allebei met rust!'

Emma keek achterom en riep: 'Het was fijn zakendoen met je.'

Robie keek achterom en zag dat Victoria aan de overkant naar hen stond te kijken.

Ze stond met Ty op haar heup voor de gevangenis. Kennelijk wilde ze haar man een bezoek brengen.

Robie liep snel naar haar toe.

'Wat was dat allemaal?' vroeg Victoria.

'Wat? De Chisums?'

'Ja, natuurlijk, de Chisums!'

‘Ik heb ze alleen maar gecondoleerd.’

Ze keek hem sceptisch aan. ‘Tuurlijk. Daar leek het ook echt op. Kom op, vertel me de waarheid.’

‘Emma had een beetje informatie over de nacht waarin Janet stierf. Dat ze iemand zou ontmoeten en daar veel geld voor dacht te krijgen.’

‘Echt? Wie was dat dan?’

‘Dat wist ze niet. Of dat wilde ze me niet vertellen. Ze is heel volwassen voor een kind van dertien.’

‘Verdomme, Robie! De meisjes hier trouwen als ze vijftien zijn, met toestemming van hun ouders. Wat dacht je dan?’

‘Ga je naar mijn vader?’ vroeg Robie.

‘Ja.’

‘Met Ty?’

‘Ja, dat had ik je toch verteld. Hoezo?’

‘Toen ik bij hem was, vertelde ik hem dat je dat van plan was en hij vond dat niet zo’n goed idee.’

‘Nou, of hij het leuk vindt of niet, wij gaan naar binnen.’

Ze draaide zich om en liep naar de deur van de gevangenis.

Robie keek haar na en toen hij zich omdraaide, zag hij een auto wegrijden.

Er zaten vier mannen in. Een van hen herkende hij: de man in Clancy’s huis, de man die hij in zijn hand had geschoten. Er zat verband op zijn gezicht op de plek waar Robie hem met zijn pistool had geslagen.

En ze hadden hem gezien met Victoria en Tyler.

Verdomme!

35

Robie belde Blauwe Man en vertelde hem over de laatste ontwikkelingen. 'Wurtzburger kwam langs. Hij zei dat ie een telefoontje had gekregen. Ik moet zeggen dat het me verbaasde dat de Agency zo open was met informatie over mij.'

'Als je echt verbaasd was, dan heb je niet begrepen wat ik tijdens ons laatste telefoongesprek allemaal heb gezegd. Nu lijkt het er ook op dat je bent gespot door die lui van het casino en ze willen ongetwijfeld wraak op je nemen.'

'Daar ben ik op voorbereid.'

'En als ze achter Victoria aan gaan? Of haar zoon?'

'Ik zei dat ik erop voorbereid ben.'

'Dat zeggen en dat echt zijn, is niet hetzelfde.'

'Waarom is Wurtzburger hier eigenlijk? Ik nam aan dat hij hier was in verband met die lui van het Rebel Yell en waar die zich ook maar mee bezighouden dat meer geld opbrengt dan gokken.'

'Dat weet ik niet en dat heb ik ook niet gevraagd. Ik was alleen gericht op de kant van de Agency, op jou dus. Wat ga je nu doen?'

'Dat weet ik niet zeker.'

'Nou, als ik jou was, zou ik proberen daar meer duidelijkheid over te krijgen. En hoe eerder hoe beter, Robie. Dat is mijn beste en láátste advies aan jou hierover.'

Deze keer was Blauwe Man degene die de verbinding verbrak, waarna Robie naar zijn telefoon keek en zich afvroeg of hij misschien een grote fout maakte.

Blauwe Man had nooit eerder iets laten blijken wat op woede leek. En Robie raakte er meer van slag door dan wanneer tien mensen tegen hem stonden te schreeuwen.

Hij dacht na over zijn volgende stap en nam een besluit.

Hij kocht zes blikjes bier en reed naar Billy Faulconers huis.

'Verdomme, dat is lekker!' Billy had net zijn eerste blikje bier leeggedronken en drukte het plat tegen zijn voorhoofd.

Dat probeerde hij tenminste. De grote man had niet meer de kracht om dat te doen en hij liet het blikje gedeeltelijk geplet op de grond vallen.

Robie zat tegenover hem in de Airstream en nam een slok bier. Hij keek om zich heen. Zo te zien had Angie de boel schoongemaakt. De vuile borden waren weg, er lag geen troep meer op de vloer en het aanrecht, en het rook er naar bleekmiddel en luchtverfrisser.

Billy maakte een nieuw bierblikje open.

'Zou je het niet iets rustiger aan doen?' vroeg Robie. 'Je slikt medicijnen, misschien heeft het in combinatie daarmee een vreemd effect.'

Billy keek hem verbaasd aan. 'Ik slik geen medicijnen, tenzij je die zuurstof meetelt.'

'Heb je dan niet veel pijn?'

Billy hield het bierblikje omhoog en glimlachte zwakjes. 'Daar is dit dus voor.' Hij nam een grote slok en drukte het blikje tegen zijn borst. 'Hoe gaan de zaken bij jou?'

'Oké. Heb je gehoord dat Clancy's huis is afgebrand?'

'Ja, dat heeft Little Bill me verteld. Zo'n brand hebben we al jaren niet meer gehad. Veel huis om te branden. Pete in orde?'

Robie haalde zijn schouders op. 'Weet ik niet. Ik heb hem niet gezien. Trouwens, mijn vader zei tegen de rechter dat ie onschuldig was. En hij heeft nu een advocaat, Toni Moses.'

'Ik heb gehoord dat ze heel goed is. En verdomd duur.'

'Ach, wat is de waarde van geld als je voor je leven moet vechten?' Robie had meteen spijt van zijn woorden.

'Heb je wel gelijk in, denk ik.' Billy leunde achterover op de bank en had meer moeite met ademen. 'Vechten voor je leven,' zei hij zacht. 'Alleen vecht ik niet meer, hè? Verdomme, het is afgelopen.' Hij probeerde te lachen, maar zijn lach bleef in zijn keel steken.

'Hoe heet je huisarts ook al weer?'

'Eh, dokter Holloway.'

'Waar is zijn praktijk?'

Billy keek hem aan. 'Hoezo, ben je ziek?'

'Ik heb iets aan mijn arm waar hij even naar moet kijken.'

'O ja, hij is heel goed. Hij zit aan Wright Street. Naast de Gulf Coast

Diner. Herinner je je die tent nog? Voor één dollar kon je net zoveel garnalen eten als je wilde.'

'Ja, dat weet ik nog. Hoe vaak hebben ze ons daar niet weggestuurd omdat we te veel hadden gegeten?'

'Zeker vijf keer. Maar ze lieten ons steeds weer binnen.'

'Omdat we wedstrijden bleven winnen. Die klojo's.'

Billy begon zo hard te lachen dat hij bijna stikte. Robie stond snel op en hielp hem weer gewoon te ademen.

'Je hebt dus een probleem met je arm?' vroeg Billy hijgend.

Robie knikte. 'Niets ergs. Ik word gewoon oud.'

'Klinkt goed, oud worden,' mompelde Billy. Toen dronk hij zijn tweede blikje bier in één keer leeg.

Een uur later vertrok Robie en ging naar dokter Holloway.

De arts was in de vijftig, klein en tenger, begon al grijs te worden en had blauwe ogen en een warrige snor en wenkbrauwen.

Holloway woonde nog niet in Cantrell toen Robie daar nog woonde, maar hij kende Robies vader, vertelde hij.

Robie liet hem zijn arm onderzoeken.

Holloway keek naar de brandwond en het littekenweefsel en zei: 'Je moet die arm laten opereren.'

'Kent u een goede chirurg?'

'Niet in Cantrell. Daarvoor moet je naar Biloxi. Ik kan je wel een verwijzing meegeven. Hoe kom je er eigenlijk aan? Dat is een nare brandwond.'

'Te dicht bij vuur geweest.'

Holloway keek hem minachtend aan. 'Ja, zoiets dacht ik al.'

'Ik was net bij Billy Faulconer. Heel erg om hem zo te zien.'

Holloway zette zijn bril af en maakte hem schoon met een papieren zakdoekje. 'Tja, de keuzes die mensen maken hebben invloed op hun gezondheid.'

'Longkanker dus? Door het roken?'

'Dat kan ik niet met u bespreken. Dat is vertrouwelijke informatie.'

'Tuurlijk, maar Billy zei tegen me dat het longkanker was.'

'Tja, als hij dat heeft gezegd, kan ik het niet ontkennen, maar ik kan er ook niet over praten.'

'Als hij eerder was gekomen en er röntgenfoto's, een PET-scan en een botscan waren gemaakt en er een biopt was genomen, had u het vast op tijd ontdekt. Maar ik neem aan dat uit al die onderzoeken is gebleken dat het longkanker was?'

Holloway schreef iets op een vel papier. 'Dit is de verwijzing voor de chirurg in Biloxi. U moet het wel schoonhouden en u niet inspannen. Zo te zien is er al iets van het littekenweefsel gescheurd.'

Robie nam het papier aan. 'Oké, bedankt.'

Hij liep naar buiten en bedacht dat Holloway zich of aan de regels hield door niet met hem over Billy's ziekte te praten of dat hij de onderzoeken niet had laten uitvoeren zoals had gemoeten om zeker te weten dat Billy ongeneeslijke longkanker had. Alleen had Robie geen idee wat hij daaraan moest doen.

Hij reed terug naar The Willows.

Victoria's Volvo stond er. Ze was dus al terug van haar bezoek aan de gevangenis.

Hij liep naar binnen en keek om zich heen.

Priscilla kwam de keuken uit en droogde haar handen aan een handdoek.

'Je zou die deur op slot moeten houden,' zei Robie.

'Sinds wanneer? Niemand in Cantrell doet zijn huis op slot. Zeker overdag niet. Stel dat je bezoek krijgt?'

'Dan kunnen ze aankloppen en kun je de deur van het slot halen.'

'Dat moet ik aan juffrouw Victoria vragen, hoor.'

'Laat maar. Ik praat er wel met haar over. Waar is ze?'

'In haar kamer.'

Hij liep naar boven en klopte op Victoria's slaapkamerdeur.

'Wie is daar? Priscilla?'

'Ik ben het, Will.'

'O, kom maar binnen.'

Hij deed de deur open en liep naar binnen.

Victoria lag op haar bed, haar schoenen stonden op de vloer. Ze kwam half overeind, haar gezicht was dik van de slaap. 'Ik ben zeker in slaap gevallen.'

Robie ging naast haar bed staan. 'Hoe was het in de gevangenis?'

Ze kwam nog wat verder overeind, wreef over haar gezicht en streek wat haren naar achteren. 'Ik zie er zeker niet uit.'

'Je ziet er prima uit. Hoe ging het met mijn vader?'

'Niet zo slecht. Hij was woedend op me omdat ik Ty had meegenomen, maar toen Ty naar hem toe ging en hem knuffelde, was alles weer oké.'

'Mooi zo.'

'Hij vertelde me over Pete Clancy en die mannen van het casino. Mijn god, Will, ze hadden je wel kunnen vermoorden!' Ze stak een trillende hand uit en pakte hem bij de arm.

'Daarom ben ik nu hier.' Hij ging op de rand van haar bed zitten. 'Je moet een paar voorzorgsmaatregelen nemen. Om te beginnen moet je de deuren op slot doen zodat niemand zomaar naar binnen kan wandelen.'

'Denk je echt dat die mannen iets zullen proberen?'

'Ze hebben me in de stad met jou zien praten. Ze zagen Ty.'

Nu zat Victoria rechtovereind. 'O, shit!'

'Ja. Dat was domme pech, maar daar kunnen we niets meer aan veranderen. Het is zoals het is.'

'Als ze ook maar één haar krenken van...'

Robie pakte haar bij de schouder. 'Dat gaat niet gebeuren, Victoria.'

'Dat weet je niet!'

'Heb je een pistool?'

'Iedereen in Mississippi heeft een pistool!'

'Dan moet je dat maar steeds meenemen en hier onder handbereik houden. Maar laat hem niet rondslingeren zodat Ty erbij kan.'

'Dat zou ik nooit doen, Will! Ik ben niet dom en ook niet onzorgvuldig.'

'Dat weet ik. Ik ben gewoon té voorzichtig.'

Ze haalde een paar keer diep adem. 'Ik ga maar even bij Ty kijken.'

'Het spijt me dat ik dit heb veroorzaakt.'

'Mij ook, Will,' zei ze, niet erg vriendelijk.

'Ik kan wel ergens anders logeren,' zei hij, als reactie op haar onuitgesproken commentaar.

'Nou, daar is het nu dus te laat voor. Ze hebben jou en ons samen gezien en zullen daar conclusies uit kunnen trekken. Verdomme, dat hebben ze waarschijnlijk al gedaan. Zijn die dreigementen ook van hen afkomstig?'

'Dat weet ik niet, omdat ik ze nog niet heb gezien. Davis heeft ze nog niet naar Toni Moses gestuurd.'

Ze stond op, trok haar schoenen aan en liep naar Ty's kamer.

Robie ging naar zijn eigen kamer en ging op de rand van het bed zitten, in gedachten verzonken. Hij had er nog niet eerder bij stilgestaan, maar realiseerde zich opeens dat dit Laura Barksdales vroegere kamer was. Dat had hij eerder moeten zien. Hij was al heel vaak 's avonds laat naar de veranda op deze verdieping geklommen en haar slaapkamer in geslopen.

Haar bed had ook op deze plek gestaan en dat was eigenlijk ook de meest logische plek. Haar bureautje had tegen die muur gestaan, met uitzicht naar buiten. Ze was een heel goede leerling geweest, in tegenstelling tot Robie. Maar hij had zijn cijfers goed genoeg gevonden, zeker gezien het feit dat hij het hele jaar sportte en niet bepaald een goed thuis had.

Robie stond op en liep naar het raam dat uitzicht bood op het terrein voor het huis. Achter dit raam had hij haar silhouet gezien. Hij dacht terug aan die avond tweeëntwintig jaar geleden. Dat was de grootste klap die hij ooit had gekregen: dat ze had besloten hier te blijven in plaats van met hem mee te gaan.

Als hij ooit de moeite had genomen bij zichzelf te rade te gaan, was hij misschien wel tot de conclusie gekomen dat zijn onvermogen om een nauwe band met andere mensen aan te gaan daardoor was ontstaan. Maar die moeite had hij nooit genomen en dus had hij die conclusie nooit getrokken.

Zijn telefoon zoemde. Het nummer op het scherm kende hij niet. 'Hallo?'

'Will Robie?'

'Ja, met wie spreek ik?'

'Sara Chisum.'

Hij verstijfde, heel even maar. Hij had nooit verwacht dat ze hem zou bellen, vooral niet na wat er eerder met haar jongere zus was gebeurd.

'Sara, wat is er?'

'Eh, je zei dat ik je moest bellen als ik me iets herinnerde.'

'En, heb je je iets herinnerd?'

'Eerlijk gezegd ben ik het nooit vergeten.'

'Wat dan?'

'Het heeft iets met Janet te maken. Met wie ze die afspraak had in de nacht waarin ze is vermoord.'

'Met wie dan?'

'Dat wil ik je niet over de telefoon vertellen.'

'Waarom niet?'

'Luister, Robie, Emma vertelde me wat je hebt gedaan.'

'Je bedoelt dat ik haar betáálde?'

'Ja.'

Nu begreep Robie waarom ze hem had gebeld. Het jongere zusje had geld gekregen en nu wilde de oudere zus ook geld zien. *Verdomme,* dacht Robie, *die Chisum-meiden zijn behoorlijk zakelijk.* 'Goed dan, waar en wanneer?'

'Waar we elkaar eerder hebben ontmoet. Vanavond, om een uur of elf.'

'Waarom zo laat?'

'Omdat ik niet weg kan voordat mijn ouders slapen. Mijn vader houdt me scherp in de gaten.'

'Oké, hoeveel?'

'Drie keer zoveel als je Emma hebt betaald.'

'En als dat wat jij je herinnert dat niet waard is?'

'Geloof me, dat is het wel.'

36

Robie was er al om tien uur, want hij hield er niet van als andere mensen bepaalden waar ze elkaar zouden treffen. Hij had zijn auto ongeveer vierhonderd meter verderop achtergelaten en was naar de afgesproken plaats gelopen.

Nu zat hij roerloos achter een boom en bekeek het terrein voor zich. Hij vond het niet prettig om hier 's avonds laat te zijn. Hier waren heel veel slangen, en de meeste waren giftig. Maar nog erger waren de krokodillen. In de Pearl leefden vrij veel van deze gevaarlijke beesten en hoewel krokodillen meestal bang waren voor mensen en hen altijd probeerden te ontlopen, kwamen beide soorten elkaar weleens onverwacht tegen. En de krokodillen kwamen bij de meeste van dit soort ontmoetingen als winnaar uit de bus.

In de jaren zeventig was de krokodil bijna uitgestorven in Mississippi. Om het aantal weer te vergroten, had de staat babykrokodillen uitgedeeld en de bevolking gevraagd die uit te zetten in de rivieren. Dat had succes gehad: nu waren er bijna veertigduizend. Het waren territoriale beesten, en ze jaagden meestal 's nachts.

Als tiener was Robie bijna een keer een been kwijtgeraakt toen hij in de avondschemering in de Pearl had gezwommen. Het enige wat hij nooit was vergeten van die ontmoeting was hoe groot die monsters waren. En hoe snel!

Nu had hij zijn beide pistolen bij zich en zou die zo nodig ook gebruiken, voor slangen, krokodillen of tweebenige monsters die hem bedreigden.

Hij bleef goed om zich heen kijken en luisterde of hij voetstappen of het geratel van slangen hoorde.

Om twee minuten over elf hoorde hij ze.

Voetstappen. Licht, onzeker, aarzelend.

Even later verscheen Sara Chisum op dezelfde open plek als waar ze Robie de vorige keer was tegengekomen, en waar Clancy was gestorven, en waar haar zus waarschijnlijk in de Pearl was gegooid met een gat in haar hoofd.

Sara droeg een afgeknipte spijkerbroek, tennisschoenen en een shirt met lange mouwen. 'Will Robie?' riep ze.

Robie stapte niet tevoorschijn. 'Ben je alleen?' vroeg hij.

'Ja,' antwoordde ze.

Iets te snel.

Robies hand ging naar zijn broeksriem en haalde een van de Glocks tevoorschijn. Er zat al een kogel in de kamer. Behalve zijn andere Glock had hij ook drie reservemagazijnen bij zich.

'Ga in het midden van de open plek staan,' zei hij.

Dat deed ze.

Net als de man, vlak achter Sara.

Het was dezelfde man als die van de vorige avond, die met het gezicht onder het verband, in de auto. Hij hield zijn rechterhand omhoog, die ook in het verband zat. Hij hield zijn pistool in zijn linkerhand. 'Hallo,' zei hij. 'Ken je me nog, meneer Robie?' De man straalde pure moordzucht uit.

Robie keek of hij de andere mannen ook zag. Deze vent was echt niet alleen gekomen. Ze omsingelden hem nu waarschijnlijk, en kwamen van alle kanten naar hem toe.

Pief-paf, je bent dood.

Stom van hem om hier vanavond in zijn eentje naartoe te gaan. Hij pakte zijn telefoon. Maar wie moest hij bellen?

Taggert? Wie weet hoe lang het duurde voor ze hier was? En als ze hiernaartoe kwam, zou ze in de minderheid zijn en net als hij doodgeschoten worden.

911? Hij herinnerde zich wat ze daarover had gezegd. Die zouden hier morgen pas naartoe komen om foto's van het lijk te maken. Of wat er nog van over was.

Hij stopte zijn telefoon weer in zijn zak.

'Je kunt maar beter tevoorschijn komen, Robie,' zei Sara, met enigszins trillende stem. 'Ze hebben je omsingeld,' voegde ze eraan toe. 'Je had me meer dan driehonderd moeten aanbieden!'

'Kop dicht, trut!' schreeuwde de man. Hij gaf Sara een klap met de kolf van zijn pistool. Ze gilde, viel op de grond en drukte haar hand tegen de plek waar hij haar had geslagen.

De man richtte zijn wapen op haar. 'Robie, kom tevoorschijn voordat ik tot vijf heb geteld, anders is ze dood.'

'Misschien ben jij dan ook wel dood,' zei Robie. Hij richtte zijn vizier op het gezicht van de man. Er was net genoeg maanlicht om hem gemakkelijk te kunnen raken.

'Er zijn nog veel meer pistolen op haar gericht, Robie. Zelfs als je mij doodt, is ze dood. En zodra je schiet, verraad je je positie. En dan ben jij dood.'

'Zo te horen ga ik sowieso dood, dus waarom zou ik jou dan niet meenemen, plus zo veel mogelijk van je mannen?'

'Omdat ik haar laat gaan als je tevoorschijn komt met je wapen op de grond gericht.'

'Lulkoek!'

'Alsjeblieft, Robie!' snikte Sara. 'Doe het alsjeblieft! Ze gaan me doodschieten!'

'Je was al dood op het moment dat je die deal met ze sloot.'

Ze gilde: 'Robie! Ik wil niet dood!'

Robie was al in beweging gekomen. Als de leider midden op de open plek stond, ging hij ervan uit dat zijn mannen er in een cirkel omheen stonden, dus ook rond de plek waar Robie had gestaan. Als ze van de kant kwamen waar Sara vandaan was gekomen, betekende dat dat de gewapende mannen die achter Robie moesten gaan staan het verst weg waren en waarschijnlijk nog onderweg waren naar hun positie. Hij wilde niet dat ze die bereikten.

De eerste schildwacht zag hij dertig seconden later.

De man had een pistool en een mes.

Robie pakte hem zijn pistool af en sneed met het mes zijn keel door. Hij legde hem zachtjes op de grond en liep naar links.

'Robie, ik schiet haar over drie seconden dood, tenzij je hiernaartoe komt.'

'Dan schiet je haar maar dood. Dan heb je geen troeven meer in handen en dood ik jullie allemaal. Gegarandeerd.'

De man pakte zijn wapen steviger vast en keek naar het donkere bos. Langzaam werd hij iets minder zelfverzekerd toen hij zich bewust werd van zijn vergissing. 'Eén...'

Robie sloop naar links, voorovergebogen langs een boom, ontdekte de tweede schildwacht in pak en glimmende schoenen die gespannen naar de open plek keek, en brak zijn nek. Ook deze man legde hij op de grond.

'Twee...'

'Robie, alsjeblieft!' gilde Sara.

'Oké,' zei Robie. 'Ik kom tevoorschijn.' Hij liep naar de open plek, zich ervan bewust dat zodra hij zich liet zien, er meerdere wapens op hem gericht zouden worden.

Hij had één pistool in de hand en zijn reservepistool achter zijn rug. En een mes, verborgen in zijn linkerhand.

Hij stapte de open plek op. Hij keek eerst naar de man en toen naar Sara. Het meisje trilde als een rietje. Toen ze Robie zag, zei ze: 'Goddank.' Ze wilde opstaan.

De man sloeg haar. 'Daar blijven.'

Ze ging snikkend zitten.

De man keek naar Robie. Ze stonden ongeveer drie meter bij elkaar vandaan. 'Laat je pistool vallen!'

Dat deed Robie.

'Volgens mij heb je nog meer wapens.'

'Misschien wel.'

De man richtte zijn wapen op Robie. 'Nu lijk je niet meer zo stoer.'

'De twee mannen die ik al heb uitgeschakeld ook niet. Je zult er meer moeten inhuren.'

'Geen probleem. Die baan betaalt goed. Dus, zal ik haar eerst doodschieten of jou?'

'Wát?' gilde Sara. 'Je zei dat je me zou laten gaan als hij zich overgaf.'

'Dat was een leugen, stomme trut! Denk je soms dat ik hem doodschiet en jou laat lopen zodat je het aan iedereen kunt vertellen? Jezus, wat ben je stom, zeg! Eigenlijk doe ik de mensheid een groot plezier door je dood te schieten.'

'O mijn god, o mijn god!' jammerde Sara.

Robie zag dat ze op het punt stond hysterisch te worden, wat betekende dat hij haar eerst zou doden. Hij pakte het mes goed vast. Drie meter, geen probleem. Richt op de hals, stap naar links, trek het reservepistool.

'Vaarwel, Sara,' zei de man en hij richtte zijn pistool op haar hoofd.

Ze gilde en schermde haar hoofd af met haar handen, alsof dat iets uitmaakte.

Robie trok zijn mes, richtte...

Het geluid van een schot weerklonk door de nacht.

De man die zijn pistool op Sara gericht had bleef even staan en realiseerde zich niet meteen wat er was gebeurd.

Dat hij zojuist was gestorven.

Hij viel eerst op zijn knieën, toen op zijn handen en ten slotte op zijn gezicht, of wat daarvan over was.

Sara gilde en rolde weg.

Robie stapte snel opzij en trok zijn reserve-Glock.

Overal werd geschoten. Kogels zoefden over zijn hoofd en sloegen overal in de bomen. Flarden boomschors vlogen alle kanten op, vogels fladderden de bomen uit, kleine dieren renden weg in het donker voor het gevecht van de mensen, de gevaarlijkste roofdieren ter wereld.

Het waren pistoolschoten, wist Robie.

Voornámelijk pistoolschoten.

Hij hoorde ook schoten uit een zwaar geweer. De kogel die de man had gedood kwam zeker weten uit een zwaar geweer. En steeds als hij weer een schot hoorde, hoorde hij een man kreunen en even later een lichaam op de grond vallen.

Robie rende naar Sara toe, greep haar bij de arm en duwde haar achter een paar bomen.

Hij ging achter een eik staan en keek om de stam heen, in een poging het slagveld te overzien.

Een kogel sloeg vlak bij zijn hoofd in. Hij glipte naar de andere kant van de boomstam en schoot terug naar de plaats waar het schot vandaan was gekomen.

Het vuurgevecht ging nog vijf minuten door. Robie had de munitie van zijn beide pistolen opgebruikt en ook al een paar kogels uit de reservemagazijnen afgeschoten. Hij had nog een derde man gedood, terwijl het geweer er volgens hem ook drie had uitgeschakeld.

Toen werd er niet meer geschoten.

Hij hoorde rennende voetstappen. De slechteriken trokken zich terug en lieten de doden achter.

Zodra ze weg waren, overzag Robie het slagveld met de lijken.

'O mijn god, o mijn god!' jammerde Sara. Ze stond helemaal in elkaar gedoken. 'Ik had wel dood kunnen zijn!'

Robie keek naar haar met een blik vol afkeer. 'Je had er helemaal geen probleem mee om die mannen hiernaartoe te brengen zodat ze mij konden doden!'

Ze gaf geen antwoord. Ze bleef maar jammeren.

Hij draaide zich vliegensvlug om toen hij het geluid hoorde. Twee voeten op droge aarde, alsof iemand zich uit een boom liet vallen.

'Niet schieten, ik geef me over,' zei een stem.

Een stem die Robie meteen herkende.

Hij stopte zijn pistool in de holster en keek om de boom heen.

Daar stond Jessica Reel, met haar geweer over de schouder. Ze zei: 'Ik ben nog geen vijf minuten het land uit en dan breng jij jezelf zo in de problemen dat ik hiernaartoe moet komen om je te redden?'

37

Reel stapte naar voren.

'Jessica, wat doe jij hier verdomme?' riep Robie.

'Blauwe Man haalde me terug van mijn missie. Hij stuurde een vliegtuig dat me rechtstreeks hiernaartoe bracht en zei dat je back-up nodig had in verband met een familiekwestie. Omdat ik me dat heel goed kon voorstellen, ben ik hier.'

'Wanneer ben je aangekomen?'

'Vanochtend vroeg. Ik heb je spoor opgepikt bij het huis waar je logeert. En vanaf dat moment ben ik je gevolgd.'

'Ik heb je niet gezien.'

Ze glimlachte. 'Had je dat verwacht dan?'

'Maar waarom heb je me niet verteld dat je hier was?'

'Blauwe Man gaf me opdracht om op je te passen. Als ik mezelf had blootgegeven, was dat misschien moeilijk geworden. Maar toen dit vannacht gebeurde, had ik geen keus.'

'Nou, zonder jou erbij zou het een beetje gevaarlijk zijn geworden.'

'Hé! Kunnen jullie later misschien even bijpraten?'

Ze keken naar Sara, die nog steeds in elkaar gedoken op de grond lag. Naast haar lag een beetje braaksel. 'Ik bloed, oké?' snauwde ze. 'Ik heb geneeskundige verzorging nodig. Nu!'

Reel zei: 'Ik weet het niet, Robie. Ze had je laten vermoorden door die mannen in ruil voor wat geld. Zullen we haar hier maar doodschieten en achterlaten als voer voor de krokodillen? Ik zag er eentje op de oever. Behoorlijk groot ook. Slikt haar waarschijnlijk in één keer door.'

Sara leunde tegen een boom. 'Dat... dat kun je niet maken.'

'Waarom niet?' vroeg Reel. 'Jij was bereid om mee te helpen bij de moord op mijn vriend hier. Waarom zou jij mogen blijven leven?' Ze keek naar het lichaam van de man die zijn wapen op Sara had gericht. 'Hij leeft ook niet meer.'

‘Ik ben nog maar een kind,’ jammerde Sara.

‘Nee, je bent een volwassene. Je hebt volwassen keuzes gemaakt. Behoorlijk kloterige keuzes.’ Ze keek naar Robie. ‘Wat vind jij? Eén precies tussen de ogen, zoals haar vriendje hier.’

Sara liet zich weer op haar knieën vallen. ‘O mijn god, o mijn god!’

‘Ik vind het een geweldig idee, maar ik denk dat we nu toch maar de politie moeten bellen,’ zei Robie, een glimlach verbergend.

Sara keek op. ‘Dus jullie gaan me niet doodschieten?’

Reel zei: ‘Hij niet, ik ben er nog niet over uit.’

Sara liet zich plat op de grond vallen. ‘O mijn god, o mijn god!’

Reel zei zacht: ‘Shit, ik heb zin om haar echt dood te schieten, alleen maar om te zorgen dat ze haar mond houdt.’

Taggert arriveerde een halfuur later. Ze was niet in uniform en haar haar zat vol klitten, maar ze had haar pistool in de hand. Toen ze bij de open plek kwam en Robie zag vroeg ze: ‘Wat is er verdomme aan de hand, Robie?’

Voordat hij antwoord kon geven, zag ze de dode man liggen. ‘Lieve help! Wie is dat?’

‘Hij is een dode man,’ zei Reel. ‘Een van meerdere dode mannen.’

Taggert keek haar aan en vroeg: ‘En wie ben jij?’

Robie antwoordde: ‘Ze is een vriendin van me en ze kwam me te hulp. Zonder haar waren Sara en ik nu dood.’

Sara wees naar Reel en schreeuwde: ‘Die trut wilde me vermoorden!’

Taggert keek van Reel naar Sara en toen weer naar Robie.

Reel zei: ‘Zij heeft Robie hiernaartoe gelokt, zodat deze kerels hem konden vermoorden.’

‘Niet waar!’ schreeuwde Sara. ‘Hij... hij had hier met mij afgesproken voor seks! Hij heeft me ervoor betaald. Die zieke klootzak!’

‘Hoe verklaar jij die dode man dan?’ vroeg Reel.

‘Hij... hij wilde ons hier beroven!’ zei Sara weinig overtuigend. ‘Terwijl we het deden. Ik schrok me dood. Ik was helemaal naakt en zo.’

‘Dus als we je onderzoeken, vinden we sporen van... Robie hier op je lichaam?’ vroeg Taggert.

Sara keek onzeker. ‘Eh, nou ja, daar waren we nog niet aan toe. We kusten elkaar alleen maar.’

‘Maar je zei net dat jullie het deden en dat je helemaal naakt was toen deze man met een pak aan en een stropdas om naar dit bos kwam om jullie te beroven,' zei Taggert.

'Dat is zo, ik bedoel...'

Taggert had er duidelijk genoeg van. 'Ga daar maar even op de grond zitten en houd je kop,' brulde ze. 'Voordat ik je arresteer voor het belemmeren van de rechtsgang en het verspillen van politietijd. Maar voornamelijk omdat je een stomme trut bent.'

Sara ging op de grond zitten, met een kinderlijk pruilmondje.

Taggert wendde zich tot Robie. 'Oké, vertel.'

Hij had vijf minuten nodig om haar alles uit te leggen. Ze liepen door het bos rondom de open plek en vonden nog zes lichamen. Allemaal mannen, allemaal in pak, allemaal met een pistool.

Robie zei: 'Ik heb er drie gedood. Reel hier heeft de andere vier doodgeschoten, waaronder de man daar die Sara dreigde dood te schieten. De rest is op de vlucht geslagen.'

'En jij denkt dat ze van het Rebel Yell zijn?'

'Dat weet ik niet, maar het waren dezelfde mannen als die die nacht in Clancy's huis waren.'

Taggert zei triomfantelijk: 'Je was daar dus wél bij betrokken.'

'Ja, dat klopt. Ik heb Petes leven gered. Ze wilden hem doden.'

'Dat had je me moeten vertellen,' zei ze boos.

'Ik heb het de FBI verteld.'

'De FBI!'

'In de persoon van special agent Wurtzburger uit Jackson. Ze zijn nu in de stad. Wist je dat?'

'Nee, dat wist ik niet. Waarom zijn ze hier?'

'Ik denk om een onderzoek in te stellen naar het Rebel Yell, voor allerlei verschillende overtredingen van federale wetten.'

Taggert krabde zich op haar hoofd en liet haar andere hand op de kolf van haar dienstwapen rusten, dat in de holster zat. Ze keek naar Sara. 'En ik begrijp dat jij tot over je oren bij deze ellende betrokken bent.'

'Vertel het alstublieft niet aan mijn pa! Alstublieft!'

'Als je denkt dat dat het enige is waar je je zorgen over moet maken, juffrouw, dan ben je nog dommer dan ik dacht,' snauwde Taggert.

Ze keek naar Reel en naar het geweer dat ze vasthield. 'En wat heb jij hiermee te maken?'

'Dat kan ik niet zeggen.'

‘Waarom niet?’
‘Dat is geheim.’
‘Jij hebt al die mannen doodgeschoten, in het donker?’
‘Ik zat in een boom. Daardoor had ik prima zicht.’
Taggert keek Robie aan. ‘En jij hebt de keel van één man doorgesneden en de nek van een andere gebroken? En ze waren allebei gewapend?’
‘Eh, ja.’
‘Wie zijn jullie, verdomme?!’ riep de duidelijk getergde Taggert.
‘Gewoon ongeruste burgers die zichzelf verdedigen,’ zei Reel. ‘Die wet hebben jullie hier toch?’
‘Ik moet de sheriff bellen, hier een paar hulpsheriffs naartoe laten komen om deze plaats delict af te zetten en te onderzoeken, en daarna gaan jullie allemaal een verklaring afleggen.’ Ze keek naar Sara. ‘Jij ook.’
‘Maar mijn pa!’
‘Ik heb helemaal geen boodschap aan je pa, oké? Dit hier is een plaats delict en deze zaak wordt op een professionele manier afgehandeld. Begrepen?’
Sara knikte uiteindelijk, hoewel ze keek alsof ze het liefst een pistool wilde pakken om zichzelf dood te schieten.
Taggert keek naar Robie en Reel. ‘En als jullie daar een probleem mee hebben, arresteer ik jullie nu en sluit jullie op.’
Reel keek Taggert aan alsof ze haar het liefst dood wilde schieten.
Dat leek de hulpsheriff zich te realiseren, want ze wendde zich tot Robie en zei snel: ‘Dat is mijn werk, oké?’
Robie knikte. ‘Dat weet ik. En we zullen meewerken.’
‘Voor zover we kunnen,’ voegde Reel eraan toe.
Taggert leek nog iets te willen zeggen, maar schudde toen slechts haar hoofd en pakte haar telefoon.
Toen ze wegliep, zei Reel zo zacht dat alleen Robie het kon horen: ‘Blauwe Man heeft me wel iets verteld, maar er is nog heel veel wat ik niet weet.’
‘Je komt het allemaal te weten, Jess, voor het ochtend is.’ Hij zweeg even. ‘Het is echt fijn je te zien. Er zijn een paar dingen waar ik met je over wil praten.’
‘Dat zei Blauwe Man ook.’
‘Heeft hij je alles verteld over... dat ene?’
‘Ik denk dat hij liever had dat jij het me vertelde, op je eigen manier.’

Robie leek opgelucht.
'En hoe was het, hier terugkomen?' vroeg Reel.
'Weet je nog hoe het voor jou was?' antwoordde hij.
'Zo erg dus?'
'Zo erg.'
Robie stak zijn hand uit en pakte haar bij haar keiharde schouder. 'Bedankt, Jess. Je hebt mijn leven gered vannacht.'
'Dan staan we bijna quitte,' zei ze. 'Hoewel dat nooit helemaal het geval zal zijn.'
'Ik weet alleen dat ik heel blij ben dat je hier bent.'
'Waar zou ik anders moeten zijn, Robie?'
'Hebben jullie een relatie?'
Ze keken naar Sara, die met lichte afkeer naar hen opkeek.
'En als dat zo is?' vroeg Reel.
'Nou, zijn jullie daar niet een beetje te oud voor?'
Reel hief haar geweer. 'Ga zo door, Sara, dan word je nooit zo oud als wij.'
Sara sloeg haar armen om zichzelf heen en begon te jammeren: 'O mijn god, o mijn god!'

38

Robie en Reel zaten tegenover sheriff Keith Monda in diens kantoor aan de hoofdweg van Cantrell, die maar net breed genoeg was voor twee auto's. Ze waren de hele nacht op geweest en nu was het al na elven.

Monda was een gezette man van in de vijftig met staalgrijs haar dat hij met gel strak achterover had gekamd. Hij droeg een uniform, had een onaangestoken cigarillo in zijn mond en keek dreigend.

Zijn kantoor was klein en benauwd, had muren van kalksteen en aan een van de wanden hing een ouderwetse kalender. Er stond geen computer op zijn bureau en er waren ook geen andere bewijzen dat de man de tweede helft van de twintigste eeuw, laat staan de eerste helft van de eenentwintigste eeuw was binnengetreden.

Toen hij achteroverleunde in zijn oude bureaustoel op wielen, kraakte die, net als zijn riem.

Taggert stond naast hem. Ze was nu in uniform en had een nerveuze blik op haar gezicht.

Monda haalde de cigarillo uit zijn mond en zei: 'Taggert hier heeft me alles verteld. En ik heb de FBI laten bellen, maar ze hebben me nog niet teruggebeld. Nu zou ik alles graag van jullie tweeën willen horen, want ik heb weinig op met mensen die hier een beetje gaan lopen schieten.'

Robie vertelde alles wat er tot dan toe was gebeurd.

Monda keek naar Reel. 'En wat is uw rol eigenlijk in dit alles?'

'Ik ben een collega van Robie.'

'Waar jullie geen van beiden iets meer over hebben verteld. Wat doen jullie eigenlijk voor werk?'

'Ik kan u een telefoonnummer geven dat u kunt bellen,' zei Robie.

De man fronste nog meer. 'Ik heb helemaal geen zin om wie dan ook te bellen. Ik wil het van jullie horen. Nu!'

Reel zei onverstoorbaar: 'Het is een nummer in Washington, van de federale overheid. Zij zullen u alles vertellen, voor zover ze dat willen.'

'En jullie doen dat niet?'

'Dat mogen we niet,' zei Reel. 'U kunt ons opsluiten als u wilt, maar dat zal er niets aan veranderen.'

Monda stopte de cigarillo weer in zijn mond en keek haar aan. 'Taggert hier zei dat u in het donker vier gewapende mannen met een geweer hebt doodgeschoten.'

'Nou, zij schoten op mij, en daar kan ik slecht mee omgaan.'

'Dat geloof ik meteen. Wat zijn jullie, Special Forces of zo?'

'Of zo,' zei Robie. 'Na dat telefoongesprek weet u meer.'

'Tot op zekere hoogte,' zei Reel.

Monda knikte, vroeg naar het telefoonnummer en toen Robie dat opnoemde, schreef hij het op. Hij zei: 'Oké, en voor alle duidelijkheid: we maken niet openbaar wat er is gebeurd. Ik wil geen paniek. Ik heb Sara Chisum verteld dat ze een groot probleem heeft als ze haar mond niet houdt. En jullie houden dit ook stil.'

'U kent Cantrell,' zei Robie. 'Klein stadje waar iedereen alles van iedereen lijkt te weten. Moeilijk om zoiets stil te houden.'

'Nou, we gaan het toch proberen.'

'Misschien moet u Chisum opsluiten, voor haar eigen veiligheid.'

'Ja, maar zodra ik dat doe, weet iedereen het.'

'Stel dat die kerels terugkomen?' vroeg Robie. 'Kunt u haar thuis geen bescherming geven?'

'Daar heb ik niet genoeg mensen voor. Maar ik zal mijn hulpsheriffs opdracht geven regelmatig even bij haar langs te gaan. Discreet.'

Robie was niet echt tevreden met dit antwoord, maar hij had niet veel in te brengen.

Monda leunde nog verder achterover in zijn stoel en zei: 'U bent de zoon van rechter Robie, heb ik begrepen. U was al vertrokken toen ik in Cantrell kwam. Tot een jaar of tien geleden zat ik in Hattiesburg.'

'Ik ben nu al meer dan twintig jaar weg.'

'En nu terug in verband met uw pa?'

'Ja.'

'Hij was een goede rechter. Lastig voor ons, de politie, maar wel eerlijk. Als hij Sherman Clancy niet heeft vermoord, hoop ik dat het allemaal goed uitpakt voor hem.'

'Ik ook.'

'Dus die dode mannen hadden belangstelling voor Pete Clancy?'

'Klopt. Zoals ik hulpsheriff Taggert al vertelde, deed zijn vader zaken met deze mensen. Pete probeerde kennelijk de plaats van zijn vader in te nemen, bij die mensen van het Rebel Yell. Dat konden ze niet echt waarderen. Ze wilden dat Pete hun informatie gaf die zijn vader, neem ik aan, had over die zaken. Daarna wilden ze hem vermoorden.'

'U denkt dus dat zij Sherman Clancy hebben vermoord?'

'Dat is zeker mogelijk. Zo te zien hadden ze een heel goed motief.'

'Ze hadden geen van allen een identiteitsbewijs bij zich. We checken hun vingerafdrukken en zo, maar die informatie is nog niet binnen. Probleem is dat we niet weten wie het zijn, en misschien zullen we dat ook wel nooit weten. En als dat zo is, kunnen we ze nooit aan het Rebel Yell linken.'

'Wat weet u eigenlijk precies van het Rebel Yell?' vroeg Robie. 'Ik heb alleen maar roddels gehoord.'

Met een gereserveerde blik trommelde Monda met zijn vingers op zijn bureau. 'Het is een groot bedrijf. Ze hebben een paar locals in dienst die een paar zaken voor ze afhandelen. Maar wie de echte eigenaren zijn is niet duidelijk. Misschien Chinezen, of Arabieren, geen idee.'

'En ze schijnen ongelofelijk veel winst te maken. Waardoor ze dit allemaal kunnen opzetten met hun cashflow.'

'Dat wordt wel gezegd, ja. Maar ze zijn een grote werkgever en betalen heel veel belasting. De politici in Jackson staan te dringen om ze te steunen. Het gaat om tientallen miljoenen dollars en duizenden banen, en dan is het moeilijk voor een stadje in Mississippi om problemen te schoppen.'

'Maar als ze iets illegaals doen?' vroeg Robie.

'Dan zullen we dat moeten bewijzen. En ik zie hier niets wat dat bewijst.'

'Daarvoor zult u moeten graven.'

'Daar heb ik niet genoeg mensen en middelen voor, tenzij er een duidelijke aanleiding is om die daar wel voor in te zetten.'

'Hebt u er bezwaar tegen als wij gaan graven?'

'Ik wil niet dat iemand iets overkomt, jullie ook niet.'

'Als het Rebel Yell een motief had om Sherman Clancy te vermoorden, helpt dat mijn vader bij zijn moordproces.'

'Daar ben ik me van bewust,' zei Monda. 'Maar wat ik jullie duidelijk probeer te maken, is dat wanneer jullie je neus in de zaken van bedrijven als het Rebel Yell steken, de politie van Cantrell jullie niet kan beschermen als er iets misgaat.'

'Dat verwachten we ook niet,' zei Reel met lichte afkeer. Ze stond op. 'Kunnen we nu gaan? Ik kan wel wat slaap gebruiken. Het is een lange nacht geweest.'

Monda keek naar haar op. 'Ik had niet verwacht dat ze vrouwen bij de Special Forces en zo toelieten. Meer een mannenwereld, toch?'

'Ach, u weet wat ze zeggen: "Als je het gedaan wilt krijgen, moet je een man sturen. Als je het góéd gedaan wilt krijgen, moet je een vrouw sturen."' Reel draaide zich om en verliet Monda's kantoor.

Taggert wendde haar gezicht af, zodat Monda haar glimlach niet kon zien.

Monda keek naar Robie: 'Is ze altijd zo...'

'... stellig? Ja.' Robie stond op. 'Als u ons ergens voor nodig hebt, kan Taggert contact met ons opnemen.'

'Robie, ik meende wat ik zei. Het is mijn werk om de wet te handhaven. Maar die lui van het Rebel Yell aanpakken? Tja, laat ik maar zeggen dat we daar niet voor toegerust zijn.'

'Ik begrijp het,' zei Robie. 'Maar het leven van mijn vader staat op het spel. Daarom ben ik bereid om alles te doen wat ik moet doen om zijn leven te redden, ook het Rebel Yell aanpakken.'

Nadat hij was vertrokken, keek Monda Taggert aan. 'Wat denk jij van dit alles, Sheila?'

Ze dacht hier even over na. 'Weet u, meneer, als ik die mensen was waar ze achteraan gaan, zou ik het denk ik in mijn broek doen van angst.'

39

'Ik hoef hier niet te logeren,' zei Reel. Zij en Robie stonden voor The Willows. 'En dit is net iets te chic naar mijn smaak,' voegde ze eraan toe. 'Ik heb meer met stapelbedden en potkachels. Vooroorlogse gebouwen en muntcocktails op het terras zijn niet echt mijn ding.'

'Victoria is aardig. En er zijn echt geen andere plekken in de buurt waar je kunt logeren.'

'Weet je zeker dat ze het goedvindt?'

'Wat goedvindt?' Victoria kwam om de zijkant van het huis gelopen, met Tyler achter zich aan. Het was heet, dus hij droeg een korte broek en een T-shirt, en zij een witte capribroek en een mouwloze, blauwe bloes.

'Dat mijn vriendin Jessica hier op The Willows logeert.'

Victoria liep naar hen toe en de twee vrouwen bekeken elkaar onderzoekend. 'Dus jij bent Wills vriendin?'

'Ja.'

'Net aangekomen?'

'Net.'

'Hoe lang blijf je?'

'Zo lang als Robie me nodig heeft.'

Victoria vroeg aan Robie: 'Nodig waarvoor?'

'Voor wat er speelt met mijn vader.'

'Maar wat kan zij dan doen? Is zij advocaat?'

'Nee, gewoon iemand met wie ik vroeger heb samengewerkt.'

Victoria knikte langzaam. 'Je was niet hier toen ik vanochtend beneden kwam, Will. Was je alweer vroeg op stap?'

'Ja, zoiets.'

'Weet je, als iemand bij mij logeert, verwacht ik wel enige beleefdheid. Je bent een volwassen man en je hoeft me niet te vertellen waar je allemaal naartoe gaat, maar ik maakte me zorgen om je. Door wat er allemaal aan de hand is. Ik wil niet dat ik je vader moet gaan vertellen dat jou iets is overkomen.'

‘Het spijt me, Victoria. Ik had je moeten bellen.’

Reel keek naar Tyler, die met een vinger in zijn mond naar haar opkeek. ‘En wie is dit mannetje?’ vroeg ze.

‘Dit is Tyler, Wills stiefbroertje.’

Reel keek Victoria aan. ‘Wat betekent dat jij...’

‘Zijn stiefmoeder bent? Ja, dat klopt. Maar ik ben niet verdorven. Tenminste, volgens mijn vrienden niet.’

Robie ontweek Reels starende blik. ‘Je vindt het dus goed dat ze hier logeert? Ze kan ons helpen met waar we het over hadden.’

‘Met de beveiliging, bedoel je?’ vroeg Victoria met een sceptische blik op Reel. ‘Kan ik niet beter een paar grote, stevige mannen inhuren?’

‘Als je een paar reservefootballspelers wilt, ga je je gang maar,’ zei Reel nuchter.

‘Jessica kan ons helpen,’ zei Robie. ‘Ik bedoel, ons écht helpen.’

‘Als jij het zegt,’ zei Victoria schouderophalend. Ze tilde Tyler op. ‘Nu moet ik zijn lunch klaarmaken. Hebben jullie zin om mee te eten? We zitten in het paviljoen, daar waait een briesje en dat kunnen we wel gebruiken op zo’n warme dag als vandaag.’ Ze liep weg.

Reel keek naar Robie. ‘Stiefmoeder? Wist je dat voordat je hier kwam?’

‘Nee.’

‘Was zeker een grote schok?’

‘Klopt.’

‘Leuk joch.’

‘Hij praat niet. Heeft problemen.’

Reel keek Victoria en Tyler na die het huis binnengingen. ‘Jammer.’

Robie leunde tegen de voorbumper van zijn huurauto. ‘We moeten Pete Clancy vinden.’

‘Misschien is ie wel dood.’

‘Denk het niet. Hij is op de vlucht.’

Reel zei: ‘Nou, dan kon hij weleens heel ver weg zijn.’

‘Wat denk je, zou Blauwe Man ons kunnen helpen?’

‘Ik denk dat je eens moet ophouden met misbruik maken van Blauwe Man.’

‘Zei hij dat?’ vroeg Robie.

‘Nee, maar dat heb ik geconcludeerd. Je hebt mij. Ik denk dat je het daar maar mee moet doen. Hij wil niet eens dat jij hier bent.’

Robie slaakte een zucht en keek omhoog naar The Willows.

Reel volgde zijn blik. 'Wat is er?'
'Ik heb herinneringen aan dit huis. Een... meisje.'
'Vertel.'
Robie vertelde haar over Laura Barksdale en over de nacht waarop hij Cantrell voorgoed had verlaten. Dat had hij in elk geval gedacht.
'Dus Romeo raakte zijn Julia kwijt?'
'Zoiets, ja.'
'Wat is er met de Barksdales gebeurd?'
'Weet ik niet.'
'Nou, misschien moet je dat eens uitzoeken.'
Hij keek haar aan. 'Waarom, maakt dat iets uit?'
'Het maakt jou iets uit, dat zie ik aan je. En aangezien je terug bent in je geboortestad, kun je dat probleem net zo goed de wereld uit helpen, nu je de kans hebt. Misschien komt er geen volgende keer.'
Robie keek haar verbaasd aan. 'Weet je dit uit ervaring?'
'Hoe anders?'
'Ik zou niet weten waar ik moest beginnen.'
'Bij je vader misschien?'
'Mijn vader? Ik weet niet goed of ik daar wel met hem over kan praten.'
'Robie, mijn vader was iemand met wie je nergens over kon praten. Maar tenzij je pa net als de mijne een racistische moordenaar is, denk ik dat je misschien wel met hem kunt praten.'

40

Tijdens de lunch op het terras keek Tyler steeds van Robie naar Reel en andersom.

Victoria zag dat en zei: 'Hij vraagt zich af waarom je hier bent.'

Reel legde een hand op Robies schouder. 'Ik ben Wills vriendin.'

Robie knikte.

Tyler drukte meteen zijn hand op zijn hart en wees naar Reel.

Ze leek hier erg van te schrikken en keek naar Victoria.

'Gefeliciteerd, je bent officieel geïntroduceerd in Tyler Robies Paleis van Liefde.'

Reel keek meteen naar haar bord.

Victoria keek aandachtig naar haar en vroeg: 'Heb jij kinderen, Jessica?'

Robie keek meteen naar Reel, maar zei niets.

Reel keek Victoria aan en zei: 'Nee.'

'Nou, het is nog niet te laat voor je. Kijk maar naar mij, volgens mij zijn we ongeveer even oud.'

'Ja,' zei Reel gespannen. 'Ongeveer.'

Na de lunch ruimde Priscilla de tafel af. Victoria was naar binnen gegaan met Tyler, zodat Robie en Reel als enigen nog aan tafel zaten.

'Je blijft hier dus logeren?' vroeg Priscilla aan Reel.

'Een tijdje, ja.'

'Dan maak ik een slaapkamer voor je klaar.'

'Doe alsjeblieft niet te veel moeite. Ik heb weinig nodig.'

'Is geen moeite, hoor.' Ze veegde een paar kruimels van de tafel en zei: 'Ik hoorde dat er vannacht wat problemen waren.'

'Van wie hoorde je dat?' vroeg Robie.

'Weet ik niet meer. Vannacht waren kennelijk een paar mannen in het bos ten noorden van de stad op krokodillen aan het jagen.'

Robie en Reel keken elkaar aan.

Priscilla zei: 'Maar daar weten jullie natuurlijk niets van.'

‘Wij jagen niet op krokodillen,’ zei Reel.
‘Wel op mensen? Jagen jullie daar wel op?’
‘Nou, dat zou illegaal zijn,’ zei Reel.
‘Uh-huh,’ zei Priscilla niet overtuigd en ze stapelde de borden op elkaar.
Robie stond op. ‘Ik help je wel even.’
‘Nee, nee, blijf jij maar lekker zitten en geniet van de heerlijke hitte en vochtigheid van Mississippi.’ Ze liep snel naar binnen.
‘Volgens mij zijn we erbij,’ zei Reel.
‘Klein stadje,’ zei Robie. ‘Maar ik ben nooit eerder aangezien voor een krokodillenjager.’
‘Waarom gaan we je vader niet bezoeken in plaats van dat we van dit heerlijke weer in Mississippi genieten?’
‘Laten we eerst maar naar zijn advocaat gaan. Ik wil weleens horen of ze iets heeft ontdekt in de dossiers die ik in Pete Clancy’s huis heb gevonden.’
Toen ze naar de voorkant van het huis liepen, vroeg Reel: ‘Wat is die advocaat voor iemand?’
‘Toni Moses? Nou, laat ik alleen maar zeggen dat het woord “natuurkracht” te zacht uitgedrukt is voor deze dame.’
‘Ik kan niet wachten om haar te leren kennen,’ zei Reel. ‘Al was het alleen maar omdat ik nog nooit zo iemand heb ontmoet.’

Moses ontving hen in haar kantoor. Nadat Robie de twee vrouwen aan elkaar had voorgesteld, was Moses meteen met hem in discussie gegaan. ‘Die dossiers die je me hebt gebracht?’
‘Nuttig?’ vroeg Robie.
‘De informatie over het geld was helder. Sherman Clancy verdiende heel veel geld. En hij gaf heel veel geld uit. En hij noteerde elke cent.’
‘Nog meer? Iets over het Rebel Yell?’
‘Dat weet ik bijna wel zeker, als ik het kon lezen.’
‘Wat bedoel je daarmee?’
Ze draaide haar computerscherm zo dat ze het allebei konden zien en ze keken naar het scherm.
Reel zei: ‘Dat lijkt wel een soort code.’
‘Dat dacht ik ook,’ zei Moses.
Robie leunde weer naar achteren. ‘Ik vraag me af of we iemand kunnen vinden die die code kan kraken.’

'Zoals?' vroeg Moses.

'De FBI misschien? Die zijn hier bezig met een onderzoek.'

'Dat lijkt me niet verstandig,' zei Moses.

'Waarom niet?'

'Jij hebt dit gestolen uit het huis van de Clancy's. Wat betekent dat het illegaal is. Feitelijk kan de FBI er dus niets mee. Ik betwijfel of ze er zelfs naar willen kijken. Dat zou ze weleens in de problemen kunnen brengen. Wordt beschouwd als een ernstig misdrijf.'

Robie keek naar Reel. 'En onze eigen mensen?'

'Weet je nog wat ik zei? Zou ik niet doen. Ken je hier geen nerds die het zouden kunnen?'

Robie dacht hierover na. 'Misschien wel.' Tegen Moses zei hij: 'Maar we moeten je iets vertellen.'

Het kostte een paar minuten om Moses te vertellen wat er de vorige nacht was gebeurd. Haar mond viel open van verbazing en toen hij was uitgepraat, keek ze naar Reel. 'Wie zijn jullie in vredesnaam?'

'Eerlijk gezegd ben je niet de eerste die dit vraagt,' zei Reel.

'En het antwoord is?' vroeg Moses.

'Dat kunnen we je niet vertellen,' zei Robie.

'Jullie bezorgen me nog een hartaanval, weet je dat?'

'Niet met opzet. Heb je mijn vader vandaag gezien?'

'Ik was vanochtend bij hem. Ga je naar hem toe?'

'Ja, zo meteen. In wat voor bui is hij?'

'Ik kan wel zeggen dat die niet is veranderd,' zei ze, en na een korte stilte: 'Nou ja, misschien toch wel.'

'Hoe dan?' vroeg Robie.

Ze keek hem aan. 'Hij lijkt, nou ja, erin te berusten.'

'Waarin, in zijn lot?'

'In iets.'

'Dat begrijp ik niet.'

'Luister Robie, dat heb ik vaker zien gebeuren. Soms sluiten mensen zich gewoon af en laten het proces op zijn beloop. En soms doen ze dat omdat...'

'Waarom?'

'Misschien uit schuldgevoel.'

'Dus jij zegt dat hij Clancy heeft vermoord? Ik dacht dat dat jou niets kon schelen!'

'Het kan mij ook niets schelen. Mij niet. Maar hem misschien wel.'

41

Ze verlieten het kantoor van Moses met een USB-stick met een kopie van de dossiers op Clancy's computer.

'Wat gaan we daarmee doen?' vroeg Reel.

'Ik ken iemand die heel goed is met computers. Misschien kan hij die code kraken.'

'Hoe zit het met je pa?'

'Hem moet ik ook spreken. En daarna moet ik met een arts praten. Zijn praktijk is hier een paar straten vandaan.'

'Een arts? Ben je ziek?'

'Nee, maar een vriend van me wel.'

'Luister, jij wilt je vader opzoeken en naar die arts. Zal ik dan naar die computerman gaan? Dan zien we elkaar hier straks weer.'

'Zeker weten?'

'We zijn met z'n tweeën. Waarom zouden we daar geen gebruik van maken?'

'Ben je gewapend?'

'Verdomme, moet je dat echt vragen?'

Hij gaf haar de naam en het adres, en zij reed weg.

Robie liep naar de gevangenis, waar Taggert al op hem zat te wachten.

'Er wordt al gepraat over wat er is gebeurd,' fluisterde ze, zodat de andere bezoekers in de wachtkamer het niet konden horen.

'Had je dan echt verwacht dat je dat stil kon houden? Priscilla wist het ook al.'

'Shit! Je wilt zeker naar je vader?' vroeg ze.

'Ja. Ik begreep dat Toni al is geweest?'

Taggert knikte. 'Ja, maar ze keek niet blij toen ze vertrok.'

Hij en zijn vader werden naar de bezoekerskamer gebracht. Taggert boeide de gevangene niet aan de haak in de vloer en Robie keek haar dankbaar aan.

De twee mannen zaten tegenover elkaar. De oudere Robie leek magerder en gekweld, en had grijze stoppels op zijn kin.

'Hoe gaat het?' vroeg Robie.

Zijn vader haalde zijn schouders op. 'Naar omstandigheden goed.'

'Er zijn dingen gebeurd die je moet weten.'

Dat trok de aandacht van zijn vader en Robie vertelde hem alles wat er de vorige nacht was gebeurd.

'Dus die Jessica Reel heeft je leven gered?'

'Niet voor het eerst.'

'Jullie twee in uniform?'

'Dat niet precies.'

'Wat dan wel precies?'

'Wij dienen ons land op een andere manier.'

Dan Robie leek hiervan te schrikken en keek naar de arm van zijn zoon. 'Ben je gewond geraakt terwijl je je land diende?'

'Ja, inderdaad.'

De man knikte langzaam. 'Waarom gaan jij en je vriendin dan niet terug naar wat jullie deden? Er is geen enkele reden om hier te blijven.'

'Geen enkele reden? Behalve dat je terechtstaat voor moord?'

'Waarom maak jij je daar druk over?'

'Omdat ik dat nu eenmaal doe.'

'Laten we niet doen alsof we van elkaar houden, oké? Dat is alleen maar tijdverspilling, voor ons allebei.'

Robie keek kwaad. 'Waarom maak je dit zo moeilijk? Ik ben hier, ik ben helemaal hiernaartoe gekomen.'

'Dat was jouw keus, niet de mijne.' Voordat Robie iets kon zeggen, hief zijn vader een hand. 'Ik ben blij dat je niet dood bent. Ik ben blij dat je vriendin Jessica daar was om je te helpen. Maar gezien de omstandigheden lijkt het me het beste dat jullie vertrekken.'

'En Victoria en Tyler dan?'

'Ik ga ook tegen haar zeggen dat ze moeten vertrekken.'

Robie keek geschokt. 'Wát?'

'Ik heb er goed over nagedacht. Tot dit proces afgelopen is en alles weer normaal is. Hoewel ik ervan overtuigd ben dat er geen enkele reden voor ze zal zijn om terug te komen. Zij kan het huis verkopen en ergens anders gaan wonen. Doorgaan met haar leven.'

'Heb je het hier al met Victoria over gehad?'

'Nog niet.'

'Ze gaat je echt niet verlaten, ik hoop dat je dat weet.'

'Ik zorg wel dat ze daar het nut van inziet.' Met een grimmige blik op zijn zoon voegde hij eraan toe: 'Ik heb er nooit moeite mee gehad mezelf duidelijk te maken, is het wel?'

'Toch zal ze niet weggaan.'

'Nou, dat is mijn probleem, niet het jouwe.'

'Je praat onzin.'

'En jij luistert niet. Net zoals toen je nog jong was. Je luistert niet, Will, nergens naar!'

Will Robie leunde naar achteren en sloeg zijn armen over elkaar. 'Dat geldt voor ons allebei, nietwaar? Dat niet luisteren.'

'Ik was de ouder, jij was het kind. Het was mijn taak om jou te vertellen wat je moest doen en het was jouw taak dat te doen.'

'Nee, ik was je zoon, niet een of ander groentje bij de marine dat je in een moordmachine probeerde te veranderen. En ik kon toch zeker niet opgroeien als je zoon en niet leren om alles ter discussie te stellen? Precies zoals jij altijd deed?'

Dan Robie wilde iets zeggen, maar bedacht zich. Hij snoof en wendde hoofdschuddend zijn blik af.

'Ik ga niet weg,' zei Robie zacht. 'Ik heb één les onthouden die jij me hebt geleerd: laat nooit een klus onafgemaakt.'

Zijn vader keek naar hem. 'Dien je ons land echt?'

'Ja.'

'Ben je er goed in?'

'Ja, sommigen zeggen dat ik de beste ben. Net als Jessica.'

'Dat is interessant. Een vrouw die doet wat traditioneel een mannenbaan is.'

'Misschien is ze zelfs wel beter dan ik ben. En kortgeleden heb ik een vrouw uit een ander land ontmoet die vijf ervaren soldaten zou aankunnen en ze allemaal zou kunnen doden voordat ze zelfs maar begrepen wat hun overkwam.'

'Meen je dat?'

'Dat meen ik.'

Zijn vader zweeg.

Robie keek aandachtig naar hem. 'Waardoor ben je veranderd? Waar is de vechter in je gebleven?'

'Er moet wel iets zijn wat de moeite waard is om voor te vechten.'

'En jouw leven is dat niet?'

Zijn vader haalde zijn schouders op.

Robie realiseerde zich dat hij hier niets mee opschoot en besloot een ander onderwerp aan te snijden. 'Wat is er met de Barksdales gebeurd?'

Dan Robie keek op. 'De Barksdales?'

'Ja.'

'Hoezo?'

'Vroeg ik me gewoon af. Ik logeer in hun vroegere huis.'

Zijn vader knikte, met een bezorgde blik.

'Wat is er?' vroeg Robie.

'Jij en Laura. Dat was een vergissing, weet je?'

'Wat bedoel je daar verdomme mee?'

Zijn vader zei: 'Jij had een totaal andere achtergrond. Dat was nooit een succes geworden.'

'Dat weet je niet!'

'Dat weet ik wel. En het is ook geen succes geworden, toch?'

'Ik ga geen tijd verspillen door met jou in discussie te gaan,' snauwde Robie.

'Je wilt gewoon niet luisteren?' zei zijn vader vol afkeer.

Robie brulde: 'Wat is er met de Barksdales gebeurd? Ik weet dat je The Willows niet van hen hebt gekocht.'

'Dat klopt. Toen waren ze allang weg.'

'Waar naartoe?'

Dan Robie haalde zijn schouders op. 'Weet ik niet. Ze waren van de ene op de andere dag verdwenen. Net als jij.'

'Wanneer?'

'Dat weet ik niet meer precies. Dat is al lang geleden.'

'Hoe lang na mijn vertrek?'

Zijn vader dacht hier even over na. 'Niet zo lang, eerlijk gezegd.'

'Je hebt ze dus niet meer gesproken voordat ze vertrokken?'

'Nee, zoveel contact had ik niet met ze. Zij waren de adel van Cantrell en ik was maar een eenvoudige advocaat. Het verbaasde me dat ze het goedvonden dat je met hun kostbare dochter omging. Henry Barksdale was zo verdomde trots op zijn afkomst. Hij had het idee dat zijn familie over water kon lopen, dat zijn stront niet stonk. Ik vond hem een opgeblazen stomkop.'

'Ze hadden heel veel geld,' zei Robie.

'Daaruit blijkt maar weer dat je met geld geen klasse kunt kopen.'

'Dus jij behandelde hun juridische zaken niet?'

'Echt niet! Daar was ik niet chic genoeg voor. Dat deed Parnell &

Longstreet. Zit hier al eeuwen en de oprichters zijn allang dood. Stuart Longstreet is trouwens nog wel onder ons. Hij behandelde hun zaken toen ze in Cantrell woonden.' Zijn vader keek hem aandachtig aan. 'Vanwaar al die vragen over de Barksdales? Wat is er aan de hand?'

'Dat is heel eenvoudig: het maakt niet uit wat jij dacht, maar ik hield van Laura. En ik wil gewoon graag weten wat er met haar is gebeurd.'

'Nou, daar wens ik je veel succes mee. Het zal haar wel niets kunnen schelen. Jij bent gewoon vertrokken en liet ons immers allemaal in de steek? Haar toch ook?'

Robie stond op. 'Oké pa, houd goede moed. Je weet maar nooit, misschien word je wel vrijgesproken.'

42

'Is Little Bill thuis?' vroeg Reel aan Angie Faulconer. De twee vrouwen stonden op de voorveranda van het huis van de Faulconers. 'Ik ben een vriendin van Will Robie, hij wilde dat ik hem iets gaf.'

'Hij is aan het werk.'

'Kunt u me vertellen waar?'

'Waar gaat dit over?' vroeg de vrouw wantrouwend.

'Robie zei dat uw zoon heel goed is met computers. Hij heeft een klus voor hem. Een betaalde klus,' voegde Reel eraan toe toen ze zag dat het huis in slechte staat was.

'O, oké. Dan is het goed. Hij werkt in het winkelcentrum, in een gamestore.'

'Ik wist niet dat jullie hier een winkelcentrum hadden.'

'Ach, eigenlijk is het een winkelstraat. De helft van de winkels is gesloten, maar kinderen zijn gek op videogames.' Ze vertelde Reel hoe ze er moest komen en zei dat ze haar zoon zou bellen zodat hij wist dat ze eraan kwam.

Reel reed er in ongeveer vijfentwintig minuten naartoe, voornamelijk via kronkelige wegen door bossen en langs moerassen.

Zoals Angie al had gezegd, was de helft van de winkels dichtgespijkerd. De stoepen brokkelden af en in de scheuren groeide gras. Het asfalt van de parkeerplaats was hobbelig en het aantal geparkeerde auto's was op twee handen te tellen. Maar ze stonden allemaal voor de gamestore, waar het erg druk leek.

Toen ze naar binnen liep, rinkelde de bel aan de deur. Reel keek goedkeurend om zich heen. De winkel was schoon, de rekken waren opvallend en de spellen stonden netjes geëtaleerd. Er waren ongeveer twintig klanten in de winkel; vooral tieners, maar ook een paar volwassenen.

Een lange, gedrongen jongeman liep naar haar toe. 'Ben jij Jessica?'

'Ja, dan ben jij Bill.'

'Mijn moeder belde. Ze zei dat je een computerprobleem hebt?'

'Will Robie heeft een computerprobleem. En dat betekent dat het ook mijn probleem is.' Ze keek om zich heen. 'Maar zo te zien heb je het druk. Komt het nu wel uit?'

'Ja hoor, ze weten allemaal wat ze willen. Ze zitten gewoon wat tijd te verlummelen en spelletjes te spelen. En hoe langer ze blijven, hoe meer ze meestal kopen. En er zijn nog twee andere medewerkers. Kom maar mee naar achteren.'

Hij liep voor haar uit naar de achterkant van de winkel, waar een paar bureaus, rekken en stapels dozen stonden. Op elk bureau stond een glanzende Apple-computer.

'Wat is het probleem?' vroeg Little Bill.

Reel haalde de USB-stick uit haar zak. 'Hier staat informatie op die we nodig hebben, maar die lijkt gecodeerd te zijn. Ik weet wel dat het niet echt een computerprobleem is, maar we dachten dat we het je toch konden vragen.'

'Mag ik even kijken?'

Ze gaf de stick aan hem.

Little Bill ging zitten en stopte de stick in de USB-poort van zijn computer. Met een paar muisklikken opende hij de map. 'Eh, mijn moeder zei dat jullie me hiervoor wilden betalen?'

'Wat denk je van tweehonderd dollar?'

'Verdomme, dat klinkt goed!'

'Weet je iets van coderingen?' vroeg Reel, die over zijn schouder meekeek.

'Ik weet hóé ik moet coderen. Dat is natuurlijk niet hetzelfde, maar heel veel spellen die we hier verkopen hebben codes die je moet kraken, dus daar weet ik wel iets van.' Hij bekeek de files en opende er een.

'Voor mij is het abracadabra,' zei Reel.

'Waar komt dit vandaan?' vroeg Little Bill.

'Dat zeg ik liever niet.'

Hij keek haar aan. 'Waarom niet?'

'Op die vraag geef ik liever ook geen antwoord.'

'Is dit iets illegaals?'

'Het is iets waardoor de waarheid aan het licht kan komen,' was Reels diplomatieke antwoord.

'Heeft dit iets met Will Robies pa te maken?'

'Misschien wel.'

'Het zou nuttig kunnen zijn als je me vertelde waar het vandaan komt.'

'Waarom?'

'Dat is gewoon zo.'

Reel dacht na en zei toen: 'Pete Clancy.'

Little Bill glimlachte. 'O, maar dan denk ik dat ik er wel iets logisch van kan maken.'

'Hoezo?'

'Omdat Pete een van mijn beste klanten is. En dit "abracadabra" lijkt op een tactische code van een van de spellen die ik hem heb verkocht.'

'Tactische code?'

'Ja. Pete is lui. Hij zou nooit de tijd nemen om zijn eigen code te creeren en heeft gewoon die van een ander gebruikt.'

'Waar is *Pac-man* gebleven?'

'Die hebben we ook, staat in de afdeling met klassiekers. Heeft een compleet nieuwe interface en een paar fantastisch snelle graphics.'

'Bedankt, maar het was een retorische vraag.'

Little Bill keek weer naar het scherm.

'Hoeveel tijd heb je nodig om dit te kraken, denk je?'

'Een uur moet wel genoeg zijn. Wil je weg en straks terugkomen?'

'Nee, ik blijf hier zitten terwijl je ermee bezig bent. En Bill?'

'Ja?'

'Vergeet alles wat je in deze files ziet staan.'

'Waarom?'

'Het zou niet goed zijn voor je gezondheid als ons plannetje mislukt.'

'Dank u wel dat u me wilt ontvangen, meneer Longstreet.' Robie zat tegenover de advocaat in diens grote, gelambriseerde kantoor.

Stuart Longstreet was in de zestig, had lichtblond haar, een gladgeschoren kin, een slome blik in zijn blauwe ogen en een dikke buik die tussen de panden van zijn colbert uitstak, dat eruitzag alsof het op maat was gemaakt voor zijn weke lichaam. Zijn uitdrukking was er een van bevoorrechte tevredenheid.

'Het is echt een tragedie wat er met uw vader is gebeurd,' zei hij op een toon waaruit Robie opmaakte dat de man het eigenlijk wel leuk vond.

'Nou, ik hoop maar dat het recht zijn beloop krijgt.'

'Ja, ja natuurlijk,' zei de man vlug en zonder ook maar een beetje oprecht te klinken. Zijn houding leek uit te stralen dat hij dit gesprek snel wilde afronden. 'Goed, u hebt een juridische kwestie?'

'Eigenlijk is het meer een informatieve kwestie.'

'Is dat zo?' zei Longstreet en hij keek Robie nieuwsgierig aan.

'De Barksdales?'

De blik van bevoorrechte tevredenheid verdween en maakte plaats voor een blik van groot wantrouwen. De lusteloze blik in de blauwe ogen veranderde in een felle, doordringende blik. Robie kon de hersens van de man bijna horen kraken. 'De Barksdales, zegt u?'

'Ik kende dat gezin toen ik hier opgroeide. Ik had verkering met Laura Barksdale en ik vroeg me af wat er met hen is gebeurd. Zoals u weet, heeft mijn vader hun vroegere huis gekocht.'

'The Willows ja,' zei Longstreet afwezig. 'Nog altijd een heerlijk huis. Zelfs met de veranderingen die ze hebben doorgevoerd.' Hij snoof afkeurend. 'Ik was verbijsterd, net als veel andere... mensen uit mijn kringen toen hij het kocht.'

'Dat geloof ik graag.'

'Die olieplatformzaak.'

'Ja.'

Er verscheen een harde blik op Longstreets gezicht. 'Heeft Cantrell heel veel banen gekost. Er zijn mensen die zeggen dat die zaak de stad heeft geruïneerd.'

'De mannen die het leven hebben gelaten, zouden dat ongetwijfeld anders zien. Net als degenen die het hebben overleefd.'

'Ja, natuurlijk. Nee, ik moet wel bewondering hebben voor zijn eh... professionele hardnekkigheid.'

En jij zou in je schulp zijn gekropen zodra de zware jongens van dat bedrijf je kantoor binnenkwamen en boe riepen, dacht Robie.

Hij zei: 'Maar de Barksdales? Ik begreep dat u hun juridische zaken behandelde?'

'Wie heeft u dat verteld?'

'Klopt het niet?'

Robie zag dat de advocaat zijn vuisten zo stevig balde dat zijn wijsvinger paars werd doordat de bloedsomloop werd afgeknepen.

'Nee, nee. Onze firma was er trots op dat we de zaken van de Barksdales ruim een eeuw mochten behartigen. Mijn grootvader deed dat al, net als zijn overgrootvader.'

'Maar nu niet meer?'

‘Nee, ze wonen hier niet langer.’

‘Daarom ben ik dus hier. Weet u wat er met hen is gebeurd?’

‘Nee, dat weet ik niet,’ zei de man, en hij wreef over zijn neus.

Liegen veroorzaakt een fysiologische reactie die de bloedstroom naar de haarvaten op het puntje van de neus afsnijdt. En dat heeft een tintelend gevoel tot gevolg dat er meestal voor zorgt dat de leugenaar eroverheen wrijft.

Dat wist Robie.

Longstreet kennelijk niet.

‘Ik hoorde dat ze van de ene op de andere dag waren vertrokken. En dat niemand ze ooit heeft teruggezien.’

‘Is dat zo?’ vroeg Longstreet.

‘Is dat ook volgens u gebeurd?’

‘Dat zou ik niet kunnen zeggen.’

‘Hebt u voor hun vertrek iets van hen gehoord?’

‘Als dat zo was, en ik zeg niet dát het zo was, zou dat vertrouwelijke informatie zijn en zou ik dat niet mogen vertellen.’

‘Ik dacht dat u niet mocht vertellen wat u met uw cliënten bespréékt, niet of u iemand simpelweg hebt gezien of gesproken.’

Longstreet keek Robie met een neerbuigende blik aan. ‘Tja, ik zou natuurlijk met u over de wet kunnen discussiëren, maar omdat u kennelijk zelf geen jurist bent, zou dat debat oneerlijk zijn tegenover u. Goed, kan ik verder nog iets voor u doen?’

Robie stond op. ‘Nee, ik denk dat u me alles hebt verteld wat ik wilde weten. Bedankt.’

Longstreets blauwe ogen fonkelden even, maar werden al snel weer dof.

Toen Robie het gebouw verliet, vroeg hij zich af of Longstreet nu de telefoon pakte om iemand te bellen.

Er leek wel heel erg veel aan de hand te zijn in dit kleine, slaperige stadje.

Zijn telefoon zoemde.

Het was Reel. ‘Little Bill is even goed als wordt beweerd,’ zei ze.

‘Wat staat er in die files?’

‘Iets wat je nooit zult geloven.’

‘Vertel.’

‘Nee, je moet het echt zíén, Robie!’

43

Robie zat naast Reel in de auto en keek naar de laptop. 'Ik snap dit niet,' zei hij.

'Je bent niet de enige. Ik dacht dat we te maken hadden met drugs- of wapensmokkelaars, of met mensensmokkelaars. Maar niet met dit.'

'Dit' waren een paar foto's van een man van in de veertig met heel jonge kinderen in gruwelijk perverse seksuele situaties.

'Wie is die klootzak?' vroeg Robie.

'Weet ik niet. Maar ik zou heel graag een kogel door zijn hoofd jagen.'

'Die kinderen zijn allemaal zwart of latino.'

Reel knikte. 'Ik vraag me af waarom.'

'Maar waarom zouden deze foto's op Sherman Clancy's computer staan? Chantage?'

Reel knikte. 'Die vent is toch niet Clancy, of wel?'

'Nee, hij lijkt er niet eens op.'

'Dan zou het heel goed chantage kunnen zijn. Misschien waren die kerels die achter Pete aan zaten hier wel naar op zoek. Maar toen had jij dit al op een stick staan.'

'Maar misschien weten zij dat niet. Misschien denken zij dat zij nu de laptop en alle files in hun bezit hebben.'

'Waarom zouden ze dan proberen je in de val te lokken, met dat meisje als lokaas?'

'Omdat ik ze heb verslagen en ze uit wraak een kogel door mijn hoofd wilden schieten,' zei Robie, hoewel hij wist dat dit waarschijnlijk niet zo was. Ze hadden het risico genomen om achter hem aan te gaan en daar Sara Chisum voor gebruikt. Daar moest een dringender reden voor zijn dan alleen wraak. Deze mannen waren geen straatboefjes zoals Pete.

Plotseling schoot hem iets te binnen. 'Is er een manier om te weten te komen of een file van een computer is gekopieerd, zoals ik met deze files heb gedaan?'

'Dat heb ik Little Bill ook gevraagd en volgens hem was dat inderdaad zo. Een paar toetsaanslagen en je weet of deze files naar een ander opslagmedium zijn gekopieerd.'

'Dan is dát het antwoord: ze weten dat ik kopieën heb gemaakt.'

'Nou, ze weten dat íémand kopieën heeft gemaakt. Ze kunnen niet zeker weten dat jij dat was. Maar daar moeten ze wel rekening mee houden. Ze denken misschien dat Pete nog meer kopieën heeft.'

'En daarom is hij ervandoor gegaan,' zei Robie.

'En daarom is hij ervandoor gegaan,' beaamde Reel.

'Dus waarschijnlijk troggelde Sherman Clancy geld van deze man af.'

'Denk je dat de man op deze foto's iets te maken heeft met die mensen van het Rebel Yell-casino?'

'Waarschijnlijk wel.'

'Wanneer raakte Clancy bij dat casino betrokken?'

'Dat weet ik niet precies. Ik hoorde dat hij geld heeft verdiend door de verkoop van de minerale rechten op zijn land en dat geld heeft gebruikt om zich in het Rebel Yell in te kopen.'

'Wie heeft je dat verteld?'

'Meer dan één iemand, eerlijk gezegd. Het lijkt dus een geaccepteerd feit.' Robie leunde achterover in zijn stoel, fronsend.

'Die blik ken ik,' zei Reel. 'Wat gaat er om in dat hoofd van je?'

'Minerale rechten,' zei Robie.

'Wat?'

'We moeten iets checken.'

'Wat is dit voor plek, Robie?'

Ze hadden een lange rit gemaakt over stoffige achterafwegen en stonden nu voor een huis dat, zelfs voor Cantrell, in the middle of nowhere stond. En nu stonden zij ook in the middle of nowhere.

'Dit is, of eigenlijk was, de boerderij van Sherman Clancy.'

'Zo te zien heeft de wildernis die weer opgeëist.'

'Lijkt er wel op.'

Nadat ze een halfuur over het terrein hadden rondgelopen, ging Robie op een omgevallen boomstam zitten.

Reel ging voor hem staan. 'En?' vroeg ze.

'Hier is al heel lang niets aan gedaan. De akkers zijn overwoekerd. De boerderij en schuren zijn min of meer ingestort. Het enige wat intact is gebleven, is die schuur helemaal achter op het land.'

‘Oké, wat had je verwacht te vinden?’

‘Ik had verwacht bewijzen te vinden van boringen naar olie of gas. Die laten sporen achter, zelfs als ze al jaren geleden hebben plaatsgevonden. Ik zie niet eens sporen van een toegangsweg voor de zware apparatuur die ze hiernaartoe moeten hebben gebracht.’

‘Nou, misschien hebben ze hier niets gevonden.’

‘Dan zouden er nog steeds sporen moeten zijn van proefboringen en zo. En mij is verteld dat Clancy heel veel geld had gekregen voor dit boerenbedrijf. Geen enkel energiebedrijf zal veel dollars betalen, tenzij ze verdomd zeker weten dat waar ze naar op zoek zijn er ook echt is. Meestal sluiten ze een onderzoekscontract af om dat te controleren. Of ze vragen toestemming om vanaf een aangrenzend stuk land te boren. Maar hier ís eigenlijk helemaal geen aangrenzend stuk land. Alles hieromheen is bos. Toen ik hier opgroeide en omging met de Clancy’s, was hier maar één weg en die is er nog steeds. De weg die we hebben gebruikt om hiernaartoe te lopen, omdat we er niet meer overheen konden rijden. En die weg is lang niet breed of stevig genoeg voor het soort machines dat ze hiernaartoe moeten hebben gebracht om naar olie of gas te boren.’

Reel ging naast hem zitten. ‘Jij denkt dus dat dat verhaal over de verkoop van minerale rechten alleen maar een dekmantel was voor de manier waarop hij echt aan zijn geld kwam? Een betaling voor die foto’s?’

‘Ik kan geen enkele andere logische verklaring bedenken. Dan had Clancy dat geld kunnen gebruiken om zich in te kopen in het Rebel Yell.’

‘We moeten dus uitzoeken wie die man op de foto’s is. Hij had misschien een motief om Clancy te vermoorden en dan zou je vader niet langer een verdachte zijn. Trouwens, wanneer ga ik hem ontmoeten?’

‘Wil je mijn vader leren kennen?’

‘Jij hebt de mijne ook leren kennen.’

‘Hij zat in de gevangenis,’ begon Robie. Maar toen Reel hem met opgetrokken wenkbrauwen aankeek, zweeg hij.

‘Ik ben gek op ironische gelijkenissen,’ zei ze.

44

Onderweg had Robie Toni Moses gebeld en zij zat samen met Dan Robie al in de bezoekersruimte van de gevangenis op hen te wachten.

Dan Robie keek nieuwsgierig naar Reel. 'Jij hebt Wills leven gered?'

'Zo zou je het kunnen noemen,' zei ze zakelijk.

Dan keek naar de muur. 'Goed dat je er was om zijn puinhoop op te ruimen.'

'Nou, omdat hij daar was om jouw puinhoop op te ruimen, hebben ik júllie puinhopen dus opgeruimd.'

Dan keek even naar haar, terwijl Moses naar hen allebei keek. Ze zei: 'Voordat we te ver afdwalen, hebben jullie ontdekt wat er in die files stond?'

'We hebben ontdekt wat er in die files zát,' verbeterde Robie haar. Hij klapte zijn laptop open en opende een foto.

'Verdomme!' zei Moses. 'Wat is dat verdomme?'

Robie keek zijn vader aan. 'Herken je die man?'

Dan schudde zijn hoofd en keek alsof hij het scherm aan diggelen wilde slaan. 'Ik ken geen pedofielen,' snauwde hij.

'Wij denken dat Clancy deze man chanteerde. Dat daar al zijn geld vandaan kwam en niet doordat hij land aan een energiebedrijf had verkocht.'

Nu keek Dan Robie geïnteresseerd. 'Waarom denk je dat?'

'Iedereen vertelde me dat Clancy stinkend rijk was geworden doordat er gas of olie in zijn land zat. Alleen kon niemand me vertellen of het olie was óf gas. Ook niet welk energiebedrijf het was. Jessica en ik hebben vandaag over dat land gelopen, maar daar is nergens te zien dat iemand ooit heeft geprobeerd er olie of gas aan te boren.'

Dan Robie leunde achterover in zijn stoel. 'En deze foto's werden gebruikt om die vent te chanteren die deze kinderen heeft misbruikt. En dat was Clancy's jackpot?'

'Ja,' zei Robie.

'Verdomd goed motief om hem te vermoorden,' zei Moses. 'Aubrey Davis zal wel stevig balen als ik dit aanvoer.'

Reel zei: 'Maar als Clancy deze foto's al die tijd in zijn bezit had en die man nooit eerder heeft geprobeerd hem te vermoorden, waarom wilde hij Clancy nu dan wel vermoorden? Wat was er veranderd?'

Robie zei: 'Misschien bleef Clancy die man afpersen en kreeg die daar genoeg van. Misschien was hij bang dat Clancy de boel verklootte en ze per ongeluk aan iemand liet zien. Van wat ik in dit stadje heb horen vertellen, ging het al jaren steeds slechter met hem. Hij was bijna altijd dronken.'

'Nou, het lijkt erop dat het deze vent wel moet zijn, of in elk geval zijn mannen,' zei Moses. 'Ze wilden Pete vermoorden, omdat ze ervan uitgingen dat hij het wist van die foto's. Die wilden ze terug. Dus misschien had die man er écht genoeg van dat Sherm hem afperste. En was hij absoluut niet van plan ook maar één cent aan diens zoon te betalen.'

'Wat ons weer terugbrengt bij die man,' zei Robie. 'Wie is hij? Hij moet rijk zijn, want hij kon het zich permitteren om Clancy heel veel geld te betalen.'

'Misschien kan de FBI ons hierbij helpen,' zei Reel. 'Zij zouden deze foto's door hun database kunnen halen voor gezichtsherkenning.'

'En dan gaan we deze man een paar vragen stellen,' zei Moses. 'Zoals of hij Sherman Clancy heeft vermoord, of dat heeft laten doen.'

'Heel jammer dat we die kerels hebben doodgeschoten,' zei Reel. 'Ik had een van hen gewoon moeten verwonden, zodat hij onze vragen kon beantwoorden.'

Moses keek haar met grote ogen aan. 'Ik ben blij dat ik je vijand niet ben, meid.'

'Denken jullie dat Sara Chisum ons iets over ze kan vertellen?' vroeg Robie. 'Zij hebben haar meegenomen. Ze dacht dat ze een deal met haar wilden sluiten. Misschien heeft zij iets gezien of gehoord.'

'Kunnen we proberen,' zei Reel. 'Hoe wil je dat aanpakken?'

'Subtiel.' Hij keek naar zijn vader. 'Wil je mijn vraag nu wél beantwoorden?'

'Welke vraag?'

'Reed jij in je Range Rover in de nacht waarin Sherman Clancy werd vermoord?'

'Doe jij maar wat jij moet doen,' zei zijn vader grimmig. 'Dan doe ik wat ik moet doen.'

'Hij is heel anders dan ik me hem had voorgesteld,' zei Reel.

Ze zaten voor de gevangenis in Reels auto.

'Hoe had jij je hem dan voorgesteld?' vroeg Robie.

'Dat weet ik niet. Maar niet zo.'

'Hij wil me hier niet hebben. Hij zei dat ik moest teruggaan naar waar ik vandaan kwam.'

'Ja, wat had je dan verwacht, Robie? Dat hij je na twintig jaar met open armen zou verwelkomen? Verdomme, je hebt nooit iets over je familie gezegd. Ik wist niet eens dat je vader nog leefde.'

'Maar ik ben wel teruggekomen. En ik probeer hem te helpen. Dat zou in zijn ogen toch de moeite waard moeten zijn?'

'Vind je dat echt belangrijk?'

Robie keek haar even aan. 'Wat bedoel je daarmee?'

'Ik bedoel, gaat dit om je vader of om je onvermogen om de trekker over te halen om je doelwit te doden doordat je per ongeluk een klein meisje hebt gedood en je daarna inbeeldde dat je een jongetje zag voor je volgende doelwit?'

'Ik begrijp dat Blauwe Man je inderdáád alles heeft verteld.'

'Had je soms verwacht van niet?'

'Wat is de echte reden dat je hier bent?'

'Mijn missie, die ik heb geaccepteerd, was om hiernaartoe te gaan om jou te helpen.'

'Maar je had niet verwacht in een vuurgevecht betrokken te raken.'

'Nee, dat was slechts de kers op de taart.'

Hij glimlachte zwakjes om haar woordgrapje en leunde achterover in de autostoel. 'Het is een beetje een warboel in mijn hoofd, Jess.'

'Dat ken ik. En er is een weg terug.'

'Daarom bleef ik Blauwe Man maar vragen wanneer je terugkwam. Ik... ik dacht dat we over dingen konden praten. Dat je het zou begrijpen.'

'Elke situatie is anders. En ik ben geen gekwalificeerde psychiater. Maar ik kan je wel helpen met mijn ervaring, Robie.'

'Het is ingewikkeld.'

'Natuurlijk is het dat. Het zit in je hoofd. Hoe zou het dan niet ingewikkeld kunnen zijn?'

'Je hebt gelijk. Ik ben meer voor mezelf teruggekomen dan voor mijn vader.'

'Oké.'

'Ik had het gevoel dat ik dingen moest afsluiten.'

'Dat begrijp ik. Jij hebt mij geholpen om met mijn verleden in het reine te komen.'

Robie wreef over zijn slapen. 'En nadat ik dat jongetje in mijn vizier zag, begon ik te denken dat ik terug moest gaan om vooruit te kunnen, als je begrijpt wat ik bedoel.'

'Ik begrijp je.'

'Vlak voor mijn schot tijdens mijn laatste missie... klopte er iets niet. Ik dacht dat ik, ik weet het niet, een hartaanval had of zo.'

'Of een paniekaanval.'

'Ik kon niet schieten, Jess. Zelfs als ik had geschoten, zou ik hebben gemist.'

'Dus om je werk wél weer te kunnen doen, moet je Mississippi eerst afhandelen?'

'Helaas wel. Dit is geen vreedzame wandeling door oude herinneringen om mijn hoofd weer helder te maken. Mijn vader staat terecht voor moord. En mensen schieten op ons.'

'Je neemt het leven zoals het is, en dat is zelden perfect.'

'Maar de relatie tussen mij en mijn vader wordt er niet beter door.'

'Weet je dat zeker?'

'Je hebt hem toch zelf gezien vandaag?'

'Ik zag een man die ongelofelijk in de war is en niet goed weet wat hij moet doen. En ik heb het niet alleen over jou.'

'Weet je dat zeker?' vroeg Robie sceptisch. 'Wij allebei?'

'Ja, jullie allebei. Vertel me nu maar eens wat er is gebeurd dat dit allemaal heeft veroorzaakt.'

Robie haalde diep adem. 'Het was niet één gebeurtenis, maar een jarenlange reeks van gebeurtenissen. Mijn vader had in Vietnam gevochten. Hij was een van de stoerste mannen die je ooit zult ontmoeten; vroeg nooit iets en gaf nooit iets. Hij sloeg me verrot om de kleinste dingen. Maar het was niet zijn vuist of zijn riem die het meeste pijn deed.'

'Maar zijn woorden,' zei Reel.

'Ja. Hij gaf me het gevoel dat ik waardeloos was, dat ik nooit iets zou bereiken. Wat ik ook deed om hem een plezier te doen, het was nooit genoeg. Uiteindelijk trok ik me er niets meer van aan. Ik voelde niets meer voor hem. Hij was mijn vader niet, maar een man bij wie ik moest wonen tot ik oud genoeg was om dat niet langer te hoeven. Ik kon niet wachten om Cantrell te kunnen verlaten.'

'En je moeder?'

Robie haalde oppervlakkig adem. 'Dat was het andere. Hij joeg haar weg. Ze hield van me, maar ze haatte hem nog meer. Zij was de enige persoon die mijn leven een beetje draaglijk maakte. Na haar vertrek...'

'Heb je haar ooit teruggezien?'

'Nee,' zei Robie kortaf.

'Heeft ze nooit geprobeerd om contact met je op te nemen?'

'Nee.'

'Je hebt dus het gevoel dat ze je in de steek liet?'

'Natuurlijk niet,' snauwde Robie. 'Dat kwam door mijn vader.'

'Maar ze liet je wel in de steek.'

'Doordat mijn vader haar daartoe dwong.'

'Weet je dat zeker?'

Robie ging rechtop zitten. 'Luister, we moeten ons met andere dingen bezighouden. We moeten met Sara Chisum praten. We moeten Pete zoeken. We moeten die vent op de foto's identificeren. Laten we maar met Sara beginnen.'

'Als jij dat wilt,' zei Reel, met een bezorgde blik.

Robie deed zijn gordel om. 'Dat wil ik.'

45

'Waar is ze dan?' vroeg Robie.

Ze stonden voor het huis van de Chisums, ongeveer drie kilometer buiten het centrum van Cantrell. Lester Chisum, Sara's vader, stond voor hen, bleek en nerveus.

'Dat weet ik niet. We hebben haar niet meer gezien nadat we gisteravond naar bed gingen. Ze moet daarna het huis uit zijn geslopen.'

'Ze is inderdaad het huis uit geslopen,' zei Robie. 'Maar ze is ook weer teruggekomen, en kennelijk weer vertrokken.'

'Hoe weet u dat?' wilde Chisum weten.

Robie negeerde deze vraag en vroeg: 'Dus u hebt haar niet gezien toen ze vannacht thuiskwam?'

'Nee, maar Emma zei vanochtend dat Sara er afgepeigerd uitzag. Bang zelfs.'

'Heeft ze iets tegen Emma gezegd?'

'Dat weet ik niet.'

'Waar is ze?'

'Binnen.'

'We moeten met haar praten,' zei Robie.

'Waarom? En waarom zijn jullie hier eigenlijk?' vroeg Chisum. 'Wat hebben jullie hiermee te maken?'

'Sara heeft zich ernstig in de nesten gewerkt, meneer Chisum. Er is inderdáád iets gebeurd vannacht. Er zijn mensen gedood. Ik was erbij. Ik heb het leven van uw dochter gered.'

Robie vond het niet nodig de man te vertellen dat Sara hem erin had geluisd en vervolgens zelf was bedrogen.

Haar vader leek verbijsterd door wat Robie had verteld. 'Ik... dat geloof ik niet.'

'Dan moet u hulpsheriff Taggert maar bellen, of sheriff Monda. Zij zullen het u wel vertellen. U zou ze sowieso moeten bellen en moeten vertellen dat Sara verdwenen is. Want dit is niet best, niet na vannacht. Ik weet zeker dat de politie Sara vannacht naar huis heeft gebracht nadat haar verwondingen waren behandeld. Het was niet de bedoeling dat ze weer wegging.'

'O mijn god,' zei Chisum. Hij zocht steun tegen de leuning van de veranda. 'Ze heeft ons niet wakker gemaakt. Ze heeft niets gezegd.'

'Ze had opdracht om haar mond te houden. Kunnen we nú met Emma praten?' vroeg Robie.

Chisum knikte langzaam en liet hen binnen.

Een paar minuten later liepen Robie en Reel achter Emma aan via de achterdeur naar de kleine tuin, waar eigenlijk alleen een met Spaans mos begroeide eik stond, midden in een gazon van dood gras.

Ze gingen aan een oude, verrotte picknicktafel zitten en Emma keek hen rustig aan, met haar handen voor zich gevouwen.

Robie keek haar aandachtig aan. 'Wat kun je ons over Sara vertellen?'

'Wat wil je weten?'

'Alles wat je ons kunt vertellen. Heb je haar gezien of haar horen weggaan?'

'Nee, maar toen ze vannacht thuiskwam, zag ze er bang uit. En het leek wel alsof ze geslagen was. Ze had een verband op haar hoofd.'

'Zei ze iets tegen je?'

'Alleen dat ik mijn bek moest houden toen ik haar vroeg wat ze had gedaan.'

'Waarom was je wakker toen ze thuiskwam?' vroeg Reel.

Emma keek snel naar Reel. 'Informatie is niet gratis, weet je.'

'Je zus zou weleens ernstig in de problemen kunnen zitten,' zei Robie.

'Oké, maar het is nog steeds niet gratis.'

'En dat geld dan, dat ik je laatst heb gegeven?'

'Dat was voor wat ik u laatst vertelde.'

'Houd je soms niet van de enige zus die je nog hebt?' vroeg Robie.

'Tuurlijk, evenveel als zij van mij houdt, heel weinig dus. Datzelfde geldt voor Janet. Het zou ze geen zak kunnen schelen als ik doodging. Waarom zou het míj dan iets kunnen schelen? Ze haatten me! Behandelden me als oud vuil!'

Robie haalde vijf briefjes van twintig tevoorschijn. 'Dan moet je ons maar eens vertellen wat je weet.'

Emma stak haar hand uit om het geld aan te pakken, maar Robie hield het vast. 'Deze keer,' zei hij, 'besluit ík of de informatie dat geld waard is.' Hij keek naar Reel. 'En zij is mijn getuige dat er niets onbetamelijks gebeurt.'

Reel trok een wenkbrauw op toen hij dit zei, maar zweeg.

Emma zei spottend: 'Nou, misschien wil ze een triootje. Vind je dat soms onbetamelijk?'

'Nee,' zei Reel rustig. 'En je verspilt onze tijd.'

'Oké, willen jullie nou weten wat ik weet of niet?' snauwde Emma.

'Dat willen we,' zei Robie.

Emma keek triomfantelijk, tot Reel haar mond opendeed.

'Kom op, Robie, we hebben haar niet echt nodig.'

'Wat?' zei Robie verbaasd.

'Laten we dit eens logisch bekijken. Zij hebben Janet vermoord en Sara meegenomen omdat zij denken dat zij iets weet wat Janet wist. Als ze ontdekken dat Sara niets weet, komen ze terug voor haar zusje Emma. We houden Emma in de gaten en als ze komen en haar ontvoeren, volgen we ze. En als ze haar de keel doorsnijden of een kogel door haar hoofd jagen, kunnen we ze oppakken en dan hoef jij geen honderd dollar uit te geven.'

'Denk je dat echt?' vroeg Robie.

'Dit zijn mannen en alle mannen denken dat meisjes elkaar alles vertellen. Ze komen dus zeker terug voor Emma.'

'Je probeert me alleen maar bang te maken,' zei Emma schrander.

Reel haalde haar schouders op. 'Dat hoef ik helemaal niet te doen. Ze hebben al een van je zussen vermoord. Nu hebben ze Sara waarschijnlijk te pakken. Ze gaan haar ook vermoorden, net zoals ze vannacht al hebben geprobeerd.'

'Wát?' vroeg Emma geschrokken.

'Robie, kom mee. We gebruiken haar wel als lokaas om die kerels te pakken te krijgen. Net zoals ze Sara vannacht hebben gebruikt om jou te kunnen vermoorden. Ik zou zeggen: laten wij dat ook doen. Jij hebt er vannacht maar drie gedood en ik heb er nog vier doodgeschoten, maar er zijn er ook nog een heleboel ontsnapt.'

'Jullie... hebben... mensen vermoord...' zei Emma langzaam.

Robie keek even naar Emma en zei op scherpe toon tegen Reel: 'Houd je mond over hen. Je weet wat de politie zei.'

'Luister, ik probeer je gewoon een plezier te doen en je wat geld te besparen. Ze is het niet waard om je leven voor haar in de waagschaal te stellen, dat weet ik wel zeker. Ze is gewoon lokaas. Ze gaat dood, maar dan doden wij hén!'

'Ik weet het niet, hoor,' zei Robie aarzelend.

Emma zei geschokt: 'Jullie praten over dat jullie mensen gaan doden en mij dan laten sterven als... als...'

'Alsof je niet belangrijk bent,' maakte Reel haar zin af. 'Ja, dat klopt. Want dat ben je ook niet.' Ze stond op. 'Ik houd als eerste de wacht, Robie. Ik betwijfel of ze overdag iets proberen, maar je kunt nooit weten.'

Robie stopte het geld weer in zijn zak. 'Oké, je hebt wel gelijk, denk ik.' Hij wilde ook opstaan.

'Wacht! Wacht!' riep Emma.

Ze keken naar haar.

Reel zei: 'Wat?'

'Jullie kunnen ze me niet gewoon laten meenemen!'

'Waarom niet?'

'Ik ben nog maar een kind.'

'Maakt me geen zak uit,' zei Reel. 'Toen ik zo oud was als jij vond niemand mij belangrijk. Waarom zou jij anders zijn?'

Emma's harde buitenkant barstte. 'Alsjeblieft, ik kan jullie alles over Sara vertellen!'

Reel hief haar hand. 'Laat maar. Ik heb lang genoeg naar je onzin geluisterd. Je weet helemaal niets, alleen hoe je iemand geld afhandig moet maken. En we betalen geen cent.'

Ze draaide zich om en wilde weglopen, maar Emma greep haar arm. 'Ik weet dingen. Ik weet wat Sara van plan was. Ik heb haar gehoord.'

Reel maakte Emma's vingers los van haar arm en ging tegenover haar zitten. 'Oké, ik luister. Dit is je laatste kans. Als je ons nu probeert te belazeren, gaan wij weg en ga jij dood. Begrijpen we elkaar?'

Emma's lippen trilden, maar ze knikte.

Reel keek naar Robie.

Zachtjes vroeg hij: 'Wat heb je gehoord, Emma?'

'Ze praatte met iemand aan de telefoon. In haar slaapkamer.'

'Hoe kon je haar dan horen?' vroeg Reel op scherpe toon.

'Omdat ik me in haar kast had verstopt.'

'Doe je dat vaker?' vroeg Robie.

'Ik was daar om wat van haar hasj te pikken, maar toen kwam ze eraan. Dus verstopte ik me in haar kast.'

'Vertel verder,' zei Robie. 'Wat heb je gehoord?'

'Ze praatte tegen iemand.'

'Weet je wie?'

Emma schudde haar hoofd. 'Ze heeft geen naam genoemd. Maar ik hoorde wel wat ze zei. Ze spraken af elkaar te ontmoeten. Vannacht.'

'Waar en wanneer precies?' vroeg Reel.

'Waar ze altijd naartoe gingen. Zij en Janet, bedoel ik.'

'Vlak bij de plek waar Sherman Clancy's lichaam werd ontdekt?' vroeg Robie.

Ze knikte. 'Ja.'

'Hoe laat?'

'Middernacht.'

'Waarom zouden ze elkaar ontmoeten?' vroeg Reel.

'Sara wilde geld, in ruil voor iets wat ze had. Iets wat die ander wilde, denk ik.'

'Weet je wat dat was?' vroeg Robie.

'Nee.'

Robie en Reel keken elkaar aan.

'Hoeveel geld?' vroeg Robie.

'Genoeg om ergens anders naartoe te gaan.'

'Slimme meid,' zei Robie.

46

'Nou, ons "goede agent, slechte agent"-toneelstukje had effect,' zei Reel toen zij en Robie bij het huis van de Chisums wegreden. 'Maar wat een trut zeg! Ik had zin om haar een klap in haar gezicht te geven.'

'Ze is in de war,' zei Robie. 'Maar ja, dat geldt voor heel veel mensen.'

'Ook voor jou?' vroeg Reel.

'Zeker weten.'

'Als Sara door deze persoon werd gebeld, kan de politie dat telefoongesprek misschien traceren,' zei Reel.

Robie pakte zijn telefoon, belde Taggert en gaf deze informatie door, zonder haar te vertellen wat Emma hun had verteld over de geplande ontmoeting van de komende nacht.

'Ze trekt het na,' zei Robie.

'We hebben nog veel tijd tot middernacht. Waar gaan we nu naartoe?'

Robie pakte een kaartje. 'Eerst moet ik hen bellen.'

'Wie?'

'De FBI.'

Ze troffen elkaar vijftien kilometer van Cantrell.

Special agent Wurtzburger was er, met twee van zijn mannen.

Robie stelde Reel en de agenten aan elkaar voor.

Wurtzburger keek haar aan. 'Dus jij werkt met Robie hier?'

'Dat voorrecht heb ik, ja.'

Wurtzburger knikte. 'Zelfde organisatie?'

Ze haalde haar schouders op.

'Goed genoeg,' zei Wurtzburger met een strakke glimlach.

Robie liet een afdruk zien van de foto van de man en de kinderen en vertelde Wurtzburger hoe hij eraan was gekomen.

Wurtzburger bekeek hem aandachtig. 'We kunnen deze wel door onze gezichtsherkenningsdatabase halen, zien wat eruit komt. Een pedofiel dus?'

'Lijkt er wel op,' zei Robie. 'Dat zou iets met het Rebel Yell te maken kunnen hebben.'

Wurtzburger stopte de foto in zijn zak. 'Ik waardeer dit heel erg, Robie. En daarom zal ik ook iets opener zijn dan ik tot nu toe ben geweest.'

Robie keek hem waarderend aan. 'Openheid is goed,' zei hij.

'Ik vertelde je dat we hier waren om een onderzoek in te stellen naar casino's, maar dat was niet helemaal waar.'

'Wat is dan wel helemaal waar?' vroeg Reel op scherpe toon.

'Ik houd me bezig met ViCAP.'

'Het Violent Criminal Apprehension Program,' zei Robie.

'Ja.'

Reel zei: 'Maar dat gaat vooral om seriemoordenaars.'

'Onder andere, ja.'

'Je zegt dus dat jullie hier op een seriemoordenaar jagen?' vroeg Robie.

'Dat kun je wel zeggen, ja.'

'Kun je ons meer vertellen? Waarom hier?'

'Sherman Clancy en Janet Chisum.'

'Wat is het verband?' vroeg Reel.

'De afgelopen negen jaar zijn er in vier verschillende staten acht andere moorden gepleegd.'

'Oké, maar wat is het verband met de moorden in Cantrell?'

'Ze zijn ruwweg in tweetallen met dezelfde achtergrond vermoord: oudere man, jonger meisje. De oudere man betaalde voor de seks, zit daarna in zijn auto en dan wordt zijn keel doorgesneden. Het meisje krijgt een kogel in haar hoofd en wordt in het water gegooid.'

'Waar waren die andere moorden?' vroeg Reel.

'Eén in New York. Eén in Pennsylvania. Eén in Tennessee. Eén in Arkansas. En nu waarschijnlijk de vijfde set moorden hier.'

Robie zei: 'De moordenaar trekt dus van oost naar west? In een periode van negen jaar? Is dat gebruikelijk?'

'Ik kan niet zeggen dat het ongebruikelijk is. Ik heb met seriemoordenaars te maken gehad die tientallen jaren actief waren.'

'Wanneer waren die moorden in Arkansas?'

'Vier jaar geleden.'

Nadat Reel even had gerekend, zei ze: 'Dus tussen die andere moorden zat ongeveer anderhalf jaar?'

'Klopt,' zei Wurtzburger.

‘Het gat van vier jaar zou dus iets kunnen betekenen,’ zei ze.

‘Zou kunnen, ja. Er kan sprake zijn geweest van een gedwongen onderbreking. Misschien zat diegene in de gevangenis, dat gebeurt best vaak.’

‘Als dat zo is, is hij nu vrij en weer begonnen?’ vroeg Robie.

‘Lijkt er wel op, ja.’

‘Ik heb niets gehoord over zulke moorden,’ zei Robie.

‘We hebben besloten om er niets over te publiceren. We willen niet dat de moordenaar weet dat wij denken dat er een verband is. Diegene zou weleens kunnen onderduiken als die informatie bekend wordt.’

‘Weet je zeker dat de moorden hier in het patroon passen?’ vroeg Reel.

‘Dat kunnen we niet zeker weten, dat begrijp je wel. Maar ik heb aan veel van dit soort zaken gewerkt en de overeenkomsten zijn behoorlijk overtuigend.’

‘Toch had mijn vader een motief om Sherman Clancy te vermoorden,’ zei Robie.

‘Maar niet wat betreft Janet Chisum,’ zei Wurtzburger.

‘Zat er bij die andere zaken veel tijd tussen de moord op het meisje en de moord op de oudere man?’ vroeg Reel.

‘Niet zo lang als hier.’

‘Maar hadden het meisje en de oudere man bij die andere zaken iets met elkaar te maken? Ze hadden seks. Tegen betaling?’

‘Ja. De moorden in New York vonden tegelijk plaats en de lichamen werden samen gevonden. Bij de andere zaken vonden de moorden niet tegelijk plaats, bij één zaak zaten er zelfs drie weken tussen.’

‘Dus hetzelfde, maar toch anders,’ zei Robie.

‘Denk je dat dat belangrijk is?’ vroeg Reel nieuwsgierig.

Wurtzburger zei: ‘Ik weet uit ervaring dat wanneer een seriemoordenaar de moeite neemt om een patroon te ontwikkelen, hij wel een heel goede reden moet hebben om van dat patroon af te wijken.’

Robie zei: ‘Oké, we hoeven alleen maar te ontdekken wat die heel goede reden is. En als we die weten, vinden we onze seriemoordenaar misschien.’

47

Robie zat tegenover Reel in zijn kamer in The Willows.

Het was bijna tijd voor het avondeten, en in de keuken beneden hoorden ze Priscilla rommelen met potten en pannen.

Ze hadden Victoria en Tyler nog niet gezien.

Buiten hoorden ze krekels tjirpen. Het was warm en klam, en in het westen ging de zon al onder, maar het werd nog niet minder vochtig.

Reel zag dat Robie om zich heen keek in de kamer. 'Wat is er?' vroeg ze.

Hij keek op en zag dat ze naar hem keek.

'Ik ken die blik, Robie. Je denkt ergens aan.'

'Dit was haar slaapkamer.'

'Van Laura?'

'Ja.'

'Je had kunnen proberen om met haar te praten voordat je voor altijd verdween, weet je.'

'Dat had toch geen zin? Ze had kennelijk al een besluit genomen.'

'Ik zal je je naïviteit vergeven, aangezien je toen nog maar achttien was.'

'Wat bedoel je daar verdomme mee?'

'Ik zou het je wel kunnen uitleggen, maar omdat het al ruim twintig jaar te laat is, weet ik niet zeker wat daar het nut van zou zijn.'

Zichtbaar gefrustreerd door haar antwoord, begon Robie over iets anders. 'Hoe zou jij dat gedoe met Chisum vannacht willen aanpakken?'

'Heel eenvoudig eigenlijk: we gaan er vroeg naartoe en nemen wat en wie daar komt te pakken.'

'En als het een seriemoordenaar is?'

Reel haalde haar schouders op. 'Ik discrimineer niet: dan neem ik die ook te pakken.'

'Denk je echt dat dit het werk is van een seriemoordenaar?'

'Ik weet het niet. Wurtzburger kwam met een behoorlijk aannemelijk scenario. Maar zoals jij al zei, zijn er deze keer verschillen.'

'Iets zit me nog steeds niet lekker.'

'Wat dan?'

'Dat mijn vader niet wil zeggen of hij die nacht in zijn Range Rover reed.'

'Is dat echt belangrijk? Denk je dat hij Clancy heeft vermoord?'

'Als hij dat niet heeft gedaan, waarom wil hij dan niet vertellen of hij wel of niet in de Range Rover rondreed?'

'Hij is een gecompliceerde man. Zo vader zo zoon. We moeten Pete nog steeds zien te vinden.'

Robies telefoon zoemde.

Het was Taggert. Ze vertelde dat het telefoongesprek niet te traceren was en vroeg hoe belangrijk het was.

Robie zei: 'Ik weet niet of het belangrijk is, maar het blijkt nu een dood spoor.' Hij verbrak de verbinding en keek Reel aan.

'Misschien moeten we de politie op de hoogte brengen,' zei ze.

'Taggert is goed, maar van de rest weet ik dat nog niet zo zeker. En ik wil niet dat dit wordt verpest. Misschien is dit onze enige kans.'

'Oké,' zei Reel.

Er werd op de deur geklopt en Robie deed open.

Victoria stond voor de deur, in jeans, een witte bloes met korte mouwen en pumps. 'Hebben jullie tijd voor een drankje voor het avondeten?' vroeg ze. 'Of blijven jullie samenzweren met de deur dicht?'

Ze liepen achter haar aan naar de achterveranda, waar al een kan wodka-martini klaarstond.

Victoria dronk haar glas leeg, Robie nam kleine slokjes en Reel hield het hare alleen maar in de hand.

'We hebben mijn vader vandaag opgezocht,' zei Robie.

Victoria keek naar Reel. 'Wat vond jij van hem?'

'Ik had niet echt tijd voor een psychoanalyse.'

'Je eerste indruk.'

'Goeie vent, stoer, trots, onbuigzaam. Kan slecht tegen domme mensen.'

Victoria leek onder de indruk. 'Goeie eerste indruk.'

'Ik heb veel ervaring.'

'Denk je dat jij kunt achterhalen wat er echt is gebeurd met Sherman Clancy?'

'Ik hoop van wel.'
'Maken jullie al vorderingen?'
'Beetje bij beetje.'
Victoria dronk nog een glas wodka-martini leeg.
'Waar is Tyler?' vroeg Reel.
'In zijn kamer. Hij was moe vandaag. Volgens mij door de hitte. Ook al zijn we eraan gewend, je kunt er behoorlijk moe van worden. Daarom gaat het leven hier een stuk langzamer. Als mensen te snel bewegen, smelten ze gewoon.'

Na het avondeten ging Reel naar haar kamer en maakten Robie en Victoria een wandeling over het terrein. Daarna gingen ze bij het zwembad in een terrasstoel zitten.
'Jessica lijkt iemand op wie je kunt vertrouwen,' zei Victoria.
'Dat is ze ook. En dat doe ik.'
'Hebben jullie een hechte band?'
'Hechter dan met wie dan ook.'
'Uitstekend Will, zo iemand hebben we allemaal nodig.'
'Heeft mijn vader je verteld wat hij graag wil?'
'Je bedoelt dat Tyler en ik zo snel mogelijk ervandoor gaan?'
'Ja.'
'Gaat niet gebeuren en dat heb ik hem ook verteld. Ik ben hier en ik blijf hier, wat er ook gebeurt.'
'Ik zei al tegen hem dat je dat zou zeggen.'
Ze glimlachte. 'O, dus je denkt dat je me goed kunt inschatten, Will Robie?'
'Dat beweer ik niet, maar je leek me niet iemand die een ander zomaar in de steek laat.'
Even ontspande haar gezicht, maar toen vermande ze zich weer. 'Dat ben ik ook niet,' zei ze stellig. 'Ik zou willen dat andere mensen die ik heb gekend daar ook zo over hadden gedacht. Dat ze evenveel ruggengraat hadden.'
'Je bent dus in de steek gelaten?' vroeg Robie.
'Op een bepaalde manier zijn we dat allemaal, nietwaar? Sommige mensen zijn zich daar alleen niet van bewust.'

48

Twee uur voor middernacht vertrokken Robie en Reel.

Het was bewolkt, af en toe donderde het zacht, het briesje was heet en de luchtvochtigheid zo hoog dat een tropische regenbui onvermijdelijk leek.

Ze lieten de auto ongeveer vierhonderd meter verderop achter en liepen de rest van de weg. Toen ze de afgesproken plek bereikten, begonnen ze ieder op een andere plek met hun wacht.

Ze waren gewapend en hadden ieder een nachtkijker, die Reel had meegenomen. Ze stonden ook in radiocontact met elkaar.

Robie zat gehurkt achter het struikgewas. Vóór hem was de plek waar hij Sara voor het eerst had gezien. In zijn oortje hoorde hij Reels stem.

'Ik zit vrij hoog,' zei ze. 'Zodra ik iets zie, geef ik je een signaal.'

'Begrepen.'

Hij verstopte zich nog iets beter en liet zijn blik systematisch over zijn deel van het terrein dwalen. Door zijn nachtkijker zag hij alles in vage groene kleuren. Hij had geen idee wat ze vannacht zouden meemaken. Ze hadden een flinke klap uitgedeeld aan wat waarschijnlijk het leger van het Rebel Yell was. Deze mannen waren van plan geweest om Sara Chisum te doden nadat ze haar als lokaas hadden gebruikt om Robie te pakken te nemen. Hij dacht niet dat de jonge vrouw zo stom was om dat vanavond weer te proberen. Maar ja, sommige mensen waren nu eenmaal ongelofelijk stom.

Hij keek op zijn horloge. Nog twee minuten. Hij ademde langzaam uit. Hij zou nu geen volledige cold zero bereiken, maar hij wist ook iets anders: *Ik ben in mijn element. Dit is wat ik doe.*

Robie hoorde dat er in de verte een auto aankwam. Die zou de onverharde weg op gaan en zo ver mogelijk doorrijden. En degene die erin zat, zou vervolgens moeten uitstappen en de rest van de weg moeten lopen, net als Robie had gedaan toen hij hier voor het eerst naartoe ging en Sara tegenkwam.

Maar waar was Sara?

Hij nam aan dat ze hier lopend of op de fiets naartoe zou komen.

Hij vroeg in zijn microfoon: 'Hoor je dat?'

'Ja.'

'Zie je iets?'

'Ik kan hiervandaan de weg niet zien. Wil je dat ik me verplaats?'

'Nee, blijf daar. Ze zouden elkaar op deze open plek ontmoeten. De chauffeur zal uit zijn auto moeten stappen en hiernaartoe moeten lopen.'

'Denk je dat Sara met de auto komt?'

'Betwijfel ik.'

Hoewel hij hem nog steeds niet kon zien, hoorde Robie dat de auto stopte. Hij wist dat hij hierna zou horen dat de motor werd afgezet, het portier openging en voeten de aarde raakten.

Maar dat hoorde hij dus allemaal niet.

Het schot verscheurde de nachtelijke stilte.

Robie zei in zijn headset: 'Zag je waar dat schot vandaan kwam?'

'Mondingsvuur uit het westen.'

Dat was direct vóór hen. Daar waar de auto vandaan was gekomen.

Robie kwam achter de struiken vandaan, gebukt, zodat zijn silhouet zo klein mogelijk was, en hield zijn pistool voor zich.

Even later zei Reel in zijn oor: 'Ik ben links van je. Op acht uur.'

Robie liep meteen in de richting van waar het schot vandaan was gekomen. Hij wilde dit niet overhaasten en wist dat Reel dat ook niet wilde doen. Ze zouden zich moeten inhouden.

Maar zodra hij de automotor hoorde brullen, begon hij te rennen. Toen hij het bos uit kwam, keek hij naar links.

Reel kwam ook net het bos uit, links van hem, ongeveer tien meter bij hem vandaan. Ze had haar sluipschuttersgeweer in de hand, droeg een nachtbril en keek naar Robie.

Hij zwaaide en wist dat ze dat door haar bril kon zien. Hij wachtte niet tot ze het had bevestigd. Hij begon te rennen, sloeg links af en kwam op de onverharde weg terecht.

Daar zag hij twee dingen.

Het eerste was Sara Chisum die links van de weg lag. Ze lag op haar rug in het korte gras.

Het tweede waren twee achterlichten, die al bijna verdwenen waren.

Hij hief zijn pistool en schoot zes keer op de vluchtende auto.

De kans dat hij op deze afstand, en onder deze omstandigheden, iets zou raken was klein. Maar hij dacht dat hij misschien wel een keer geluk had. Hij hoorde tenminste metaal tegen metaal slaan.

Reel kwam een seconde later de weg op rennen en hief haar geweer. Haar kans om de auto te raken was veel groter, maar voordat ze kon schieten, sloeg de auto een hoek om en was helemaal uit het zicht verdwenen.

En ook al was Jessica een uitstekende schutter, ze kon de kogel niet dwingen om de zwaartekracht te trotseren en een hoek van vijfenveertig graden te maken om een doelwit te raken.

'Verdomme!' brulde ze.

Robie was al bij Sara Chisum. Hij drukte zijn vinger op haar halsslagader, op zoek naar een hartslag.

Die vond hij niet.

Hij haalde een zaklamp uit zijn zak en in het licht daarvan keek hij naar haar. Hij zag bloed aan de linkerkant van haar hoofd, vlak bij haar oor.

Hij knielde dichterbij, ervoor zorgend dat hij het lichaam niet aanraakte, en onderzocht de wond in het licht van zijn zaklamp.

Reel rende naar hem toe en hurkte naast hem neer. 'Dood?'

Hij knikte. 'Schot tegen de rechterslaap. Ze moet onmiddellijk dood zijn geweest. Geen uitgaande wond. De kogel zit nog in haar.' Hij sloeg met zijn zaklamp tegen de palm van zijn hand. 'Ik geloof dit gewoon niet! Dit was niet de afgesproken plek!'

'We konden er niets aan doen, Robie. Misschien hadden ze iets anders afgesproken. Of de chauffeur en Sara kwamen tegelijk aan. Waar het om gaat is dat ze een beslissing heeft genomen en dat die haar haar leven heeft gekost.'

Hij keek haar aan. 'Heb je een kenteken gezien?'

'Nee.'

'Ik heb hem misschien één keer geraakt.'

'Dan zouden we hem kunnen herkennen. Heb je gezien welk merk het was?'

Robie schudde zijn hoofd. 'Ik zag alleen de rode achterlichten. Te ver weg en te donker om de vorm te zien, maar volgens mij was het een SUV.'

'Wat doen we nu?'

Robie stak zijn hand uit en sloot Sara Chisums ogen. Toen haalde hij zijn telefoon tevoorschijn.

'Nu bellen we de politie en moeten we maar hopen dat ze ons niet arresteren.'

'Als ze dat wel doen, kunnen jij en je vader nog wat qualitytime met elkaar doorbrengen.'

'Ik betwijfel of dat ooit zal kunnen.'

49

Sheriff Monda keek naar Sara Chisums lichaam, dat nog precies op dezelfde plek lag. Ze wachtten op de lijkschouwer die haar zou onderzoeken. En omdat de stedelijke lijkschouwer ook de eigenaar was van de plaatselijke begrafenisonderneming en niet in dienst was van de staat, was hij naar een conferentie in Louisiana toen hij werd gebeld. Hun was verteld dat zijn komst nog een paar uur op zich kon laten wachten.

Chisums fiets stond tegen een boom. Ze was geluidloos gearriveerd, en ook zo gestorven.

Monda liep naar Robie en Reel toe, die met Taggert stonden te praten. Hij zei: 'Oké, als ik het goed begrijp kwamen jullie hier dus naartoe in de hoop te ontdekken van wie Sara geld hoopte te krijgen?'

'Dat klopt,' zei Robie.

'En het is niet bij jullie opgekomen om ons te bellen?' vroeg Monda geïrriteerd.

'Eerlijk gezegd niet,' antwoordde Robie. 'We wisten absoluut niet of Emma Chisum de waarheid vertelde. Ik wilde de politie er niet bij betrekken en jullie tijd en geld verspillen voor wat weleens niets zou kunnen blijken te zijn.'

Monda keek weer naar het lichaam. 'Nou, het bleek wel iets te zijn, nietwaar?'

'Dat kan ik niet ontkennen, sheriff.'

'Dus jij denkt dat het een SUV was?' vroeg Taggert.

Robie knikte. 'En ik weet vrijwel zeker dat ik hem heb geraakt. Dus dat is iets wat jullie kunnen onderzoeken.'

'Heb je enig idee wat Sara diegene wilde vertellen? Ik neem aan dat diegene haar gewoon vermoordde in plaats van met haar te praten?'

'We hebben niemand horen praten,' zei Reel. 'We hoorden dat er een auto aankwam en toen werd het schot afgevuurd. We hebben Sara niet horen aankomen. Wij wachtten in de buurt van die open plek. Dus of de moordenaar heeft de locatie veranderd of het was een ongelukkige timing van Sara. Ik weet het niet.'

Robie zei: 'Misschien zou u de rest van de familie Chisum voor hun eigen veiligheid ergens moeten opsluiten.'

Monda knikte. 'Dat is in deze situatie wel een goed idee. Denkt u dat Emma enig idee heeft wat hier aan de hand is?'

'Ze zweert van niet,' zei Reel. 'Maar ik geloof haar niet.'

'Nog iets?' vroeg Monda.

'Hebt u al contact gehad met de FBI?'

Monda knikte. 'Ze lieten ons weten dat ze in de buurt zijn.'

'Hebben ze u verteld waarom ze hier zijn?'

'Nee. Weet u waarom?'

'Als zij het u niet hebben verteld, is het zeker niet aan mij om dat wel te doen.'

'Luister Robie, ik wil verdomme weten wat er aan de hand is in Cantrell!' brulde Monda.

'Dan stel ik voor dat u agent Wurtzburger belt en eist dat hij het u vertelt. Dat zou ik doen als ik u was.' Hij keek naar Sara's lichaam.

Monda volgde zijn blik en zei: 'Deze keer konden jullie haar kennelijk niet redden.'

'Kennelijk niet,' zei Robie.

Robie en Reel zwegen bijna de hele rit terug naar The Willows. Hun missie was niet geslaagd en er was iemand dood. Dat zat hen allebei dwars.

Reel was degene die de stilte verbrak. 'Sara was onze beste kans om verder te komen en die hebben we verknald. Oké, ze was niet bepaald aardig, maar dat geeft niemand het recht haar zomaar dood te schieten.'

'We hebben nog een optie: Pete Clancy.'

'Alleen is hij verdwenen en weten we niet waar hij is.'

'Ik zei ook niet dat het gemakkelijk zou worden.'

'Waarom heb je Monda niets verteld over die seriemoordenaar?'

'Omdat hij die informatie van Wurtzburger moet krijgen, niet van ons.'

'Denk jij dat onze seriemoordenaar vannacht in die SUV zat?'

'Dat weet ik niet. Misschien.'

'Als je die SUV met een pistoolkogel hebt geraakt, zal dat te zien zijn.'

'Zeker weten. Maar waar moeten we beginnen met zoeken? In elke garage en in elk moeras in Cantrell?'

'Als Sara daar was om een deal te sluiten met haar moordenaar, wat was dan de tegenprestatie?' vroeg Reel.

'Ze hebben haar kleren doorzocht,' zei Robie. 'En niets nuttigs gevonden. Haar telefoon zat erin. Misschien kunnen ze controleren of ze kortgeleden weer is gebeld. Hoewel ze dat andere telefoontje niet konden traceren.'

'Maar misschien zat de informatie in haar hoofd. Of was ze slim genoeg om dat wat ze had niet mee te nemen. Ze krijgt betaald en vertelt diegene dan pas waar het is.'

'Ik vraag me af of de moordenaar daar begrip voor had kunnen opbrengen.'

'Hoe zit het dan?'

'Geen idee,' zei Robie. 'De zaak is nog ondoorzichtiger dan toen ik hier arriveerde. En dat zegt wel iets, want toen ik in Cantrell aankwam, was alles even modderig als de Mississippi-delta.'

'Clancy dood. Janet dood. Nu Sara dood.'

Robie schudde zijn hoofd. 'Ik weet wat Wurtzburger zei, maar waar zou Sara met een seriemoordenaar over moeten onderhandelen?'

'Nou, óf Wurtzburger zit helemaal fout óf een andere moordenaar doet dit óf zijn seriemoordenaar is er wél bij betrokken. En dat betekent dat Sara iets over hem wist, alleen weten we niet wat.'

'Nou, ik geloof er niets van.'

'Ik ook niet, dat zeg ik ook niet. Maar we hebben amper aanwijzingen om te checken. En de aanwijzingen die we hebben, worden vermoord of raken vermist.'

Robie keek omlaag naar zijn telefoon, waarop hij een van de foto's van de man met de kleine kinderen had geopend. Hij had een foto gemaakt van het origineel dat hij aan Wurtzburger had gegeven voor zijn gezichtsherkenningsonderzoek.

'Wat?' zei Reel, terwijl ze met een blik vol walging naar de foto keek.

'Ik dacht opeens ergens aan.'

'Nou, vertel het dan!'

Robie hield zijn telefoon omhoog. 'Wie heeft deze foto verdomme gemaakt?'

50

Het was bijna elf uur toen Robie en Reel weer bij The Willows waren.

Terwijl ze de oprit op reden, hoorden ze achter het huis mensen lachen.

Ze liepen er even later naartoe en toen ze de hoek om kwamen, zagen ze de vrijstaande garage waar Victoria's Volvo en Dan Robies Range Rover in stonden. Naast een van de auto's stond een grote emmer met zeepsop erin en een spons ernaast. Voor de auto's stond Victoria. Met een tuinslang spoot ze lachend Tyler nat, die met een brede glimlach op zijn gezicht rondjes rende.

Toen Victoria Robie en Reel zag, draaide ze de kraan dicht. 'Zo, ik zag dat jullie al voor zonsopkomst vertrokken waren,' zei ze, zichtbaar verbolgen.

'We moesten een paar dingen uitzoeken,' zei Robie. Hij besloot haar niet te vertellen dat ze zelfs de hele nacht op pad waren geweest. Hij keek naar de emmer en de doorweekte Tyler. 'Hij vermaakt zich goed.'

'We waren gewoon wat klusjes aan het doen toen ik besloot dat dit ventje een beetje afkoeling nodig had.'

'Dat zie ik,' zei Robie en hij keek geamuseerd naar Tyler.

Tyler wees naar de slang en daarna naar zichzelf.

'Volgens mij wil hij weer nat gespoten worden,' zei Reel.

Victoria spoot Tyler weer nat en hij begon weer rondjes te rennen. *Als hij kon praten*, dacht Robie, *zou hij het nu vast uitgillen van plezier*. Het was al heel warm en het water was ongetwijfeld heel koud.

Robie keek naar zijn vaders Range Rover en naar de New Orleans Saints-sticker op de achterklep. Hij wist nog steeds niet of zijn vader in de nacht van de moord op Sherman Clancy in deze Range Rover had gereden. Doordat zijn vader weigerde te zeggen of hij dat wel of niet had gedaan, dacht Robie dat hij dat wél had gedaan. Als dat zo was, waar was hij op dat tijdstip dan vandaan gekomen of naartoe gegaan?

'Zo, vroege vogels, wat hebben jullie gedaan?' vroeg Victoria.

Robie keek naar Reel, die haar schouders ophaalde.
'Eerlijk gezegd zijn we de hele nacht weggeweest,' zei hij.
'Wat?'
Robie vertelde haar wat er was gebeurd, maar zacht, zodat Tyler het niet kon horen.
Victoria liet de tuinslang vallen, liep naar haar zoon toe, tilde de drijfnatte Tyler op en drukte hem tegen zich aan. 'Ik... ik begrijp het niet, wat is er aan de hand?' vroeg ze schor.
'Wij begrijpen het ook niet,' zei Robie. 'Het ziet ernaar uit dat elke keer als we iets ontdekken, we die voorsprong meteen weer kwijtraken. Eerst verdwijnt Pete en nu dit.'
Victoria streelde Tylers hoofd. 'Wat gaan jullie nu doen?'
Robie schudde zijn hoofd. 'Weet ik nog niet.'
'Denk je dat Dan beter in de gevangenis kan blijven?' vroeg ze. 'Daar kan niemand hem tenminste iets aandoen,' zei ze, met een blik op Tyler.
'Dat is misschien wel het beste,' zei Robie.
Victoria liep met Tyler naar een klein rood karretje en zette hem erin. 'We gaan zo naar binnen, liefje, en dan maak ik je helemaal droog.'
Ze draaide zich weer om naar Robie en Reel. 'Dus als Dan Sherman Clancy niet heeft vermoord, dan heeft degene die de meisjes Chisum heeft vermoord dat misschien gedaan?'
'Dat is zeker mogelijk. We weten dat mijn vader Sara Chisum niet kan hebben vermoord. Hij zat opgesloten. Dus als de moorden verband met elkaar houden, is hij vrijgepleit.'
Victoria knikte peinzend, nog steeds met een bange blik op haar gezicht. 'Nou, dat is zeker iets om dankbaar voor te zijn, maar...'
'Maar dat betekent dat de moordenaar nog steeds vrij rondloopt,' zei Reel.
Victoria knikte. En toen pakte ze de handgreep van het karretje en trok Tyler langzaam naar het huis.
'Die vrouw is bang,' zei Reel.
'Die vrouw móét ook bang zijn!' zei Robie.

51

Het was al diep in de nacht toen Robie het hoorde en zijn ogen opende. Hij knipperde een paar keer en ging rechtop zitten, zijn lichaam gespannen, zijn geest alert en waakzaam.

Daar was het weer.

Buiten.

Nee, binnen.

Nee, het was buiten én binnen.

Even begreep hij het niet, maar toen wel.

Twee geluiden, binnen en buiten.

Twee oorzaken van die geluiden.

Hij stond op, trok zijn broek aan en pakte zijn wapens.

Hij besloot van binnen naar buiten toe te werken.

De overloop was verlaten.

Robie hurkte naast zijn deur en bewoog zijn pistool van links naar rechts.

Hij wachtte, luisterde. Hij draaide zijn hoofd naar links toen hij het geluid weer hoorde.

Gehuil.

Iemand huilde.

Reel was het niet, dat wist hij. Die vrouw huilde niet.

Tyler was het ook niet, want het was duidelijk een vrouw en Tyler maakte helemaal geen geluid.

Het zou Priscilla kunnen zijn, maar haar kamer was beneden en aan de andere kant van het huis.

Dus bleef Victoria over.

Hij sloop naar haar deur en klopte aan. 'Victoria?'

Het gehuil hield meteen op.

'Wat?' vroeg een schorre stem.

'Gaat het wel?'

'Ja hoor, pri... Nee, het gaat niet.'

Robie stopte zijn pistool achter zijn broeksband tegen zijn onderrug. 'Mag ik binnenkomen?'

Hij hoorde voetstappen, en even later werd de deur geopend.

Victoria stond in de deuropening, gekleed in een T-shirt en een zijden pyjamabroek. Haar ogen waren gezwollen en haar haar zat in de war.

'Huilde jij?' vroeg hij.

Ze gaf geen antwoord, maar draaide zich om, liep naar het bed en ging op de rand zitten.

Robie sloot de deur, trok een stoel bij een kaptafeltje vandaan en ging tegenover haar zitten. 'Wil je erover praten?'

'Dat heeft toch geen zin?' snauwde ze. 'Mijn leven is klote. Einde verhaal. Waarschijnlijk blijf ik de rest van mijn leven huilen.'

'Dat weet je niet, Victoria.'

Ze pakte een tissue uit een doosje op haar nachtkastje en snoot haar neus. 'Dat weet ik wél. Dat wéét ik gewoon. Zelfs als Dan vrijkomt, wat dan? De mensen hier zullen altijd twijfels houden. Dat betekent net zo goed zijn dood als wanneer hij schuldig wordt bevonden en naar de gevangenis wordt gestuurd.'

Robie dacht hierover na. Dat had zijn vader ook tegen hem gezegd. Misschien had hij datzelfde tegen zijn vrouw gezegd.

'Je moet nu bij de dag leven. Niet te ver vooruitdenken. Denk er niet te veel over na. Dan wordt het je te veel.' Hij zweeg even. 'En je hebt Tyler.'

Ze knikte, nog steeds met tranen in haar ogen. 'Als ik hem niet had, zat ik denk ik al in het gekkenhuis.'

'Maar je hebt hem wel. En je hebt mij ook.'

Ze keek naar hem op. 'Jouw aanwezigheid hier heeft echt geholpen, Will. Dat meen ik, echt waar.'

Ze boog naar voren, omhelsde hem en drukte een kus op zijn wang. Daarna depte ze haar ogen droog met de tissue en zei: 'Bedankt dat ik mijn hart even kon luchten. Morgenochtend ziet alles er vast beter uit.'

'We zúllen de waarheid ontdekken, Victoria. Dat beloof ik je.'

Ze keek hem aan, met rode ogen. 'En als de waarheid je niet bevalt, wat dan?'

'Dat zie ik dan wel weer.'

Ze snoot haar neus nog een keer. 'Dat geldt voor ons allemaal, denk ik.'

'Welterusten, Victoria.'

'Welterusten, Will. Je zou even moeten slapen. Sorry dat ik je wakker heb gemaakt.'

Hij verliet de kamer en deed de deur achter zich dicht. Zijn vader was getrouwd met een goede vrouw, een sterke vrouw. Dat zou hij nodig hebben, dat zou hij allemaal nodig hebben.

En toen herinnerde hij het zich weer.

Het geluid van buiten.

Toen hoorde hij iets bewegen op de overloop.

Hij draaide zich om, trok zijn wapen en wees ermee in de richting van het nieuwe geluid.

Jessica Reel stond naar hem te kijken, met haar wapen in de hand. Ze zei: 'Wat is er aan de hand?'

'Ik hoorde een geluid.'

'Ik ook, buiten.'

'Laten we gaan kijken.'

'Ik dacht ook dat ik iemand hoorde huilen. Jij ook?'

'Dat was Victoria. Ze moest gewoon even met iemand praten. Het werd haar allemaal een beetje te veel.'

'Wat heb je haar verteld?'

'Dat we de waarheid zullen achterhalen. Dus laten we daar maar eens mee beginnen door te kijken wat er buiten aan de hand is.'

52

Het geluid herhaalde zich niet.

Tenminste, niet meteen.

Maar Robie en Reel waren geduldig. Ze konden uren, dagen of weken wachten op wat zeker zou komen en moest worden gedood.

En ten slotte werd hun geduld beloond.

Het gekraak van een tak.

Het geritsel van bladeren aan een struik.

Adem die te snel werd uitgeademd om niet te worden gehoord.

Ze kwamen onmiddellijk tevoorschijn, met hun wapen op hun prooi gericht.

'Niet schieten! Lieve god, schiet alsjeblieft niet!' Pete Clancy stak zijn handen omhoog, liet zich op zijn knieën vallen en maakte zich klein.

Robie en Reel keken elkaar aan en lieten hun wapens zakken.

'Wat doe je hier, Pete?' vroeg Robie. 'En waar heb je verdomme gezeten?'

Pete liet zijn handen zakken en keek naar hen op. Hij vermande zich en zei: 'Op de vlucht, man. Je weet wel waarom.'

'Sta op,' zei Reel.

Toen hij stond, fouilleerde ze hem en haalde een mes met een kort lemmet uit zijn broekzak. 'Wat, geen pistolen?' vroeg ze.

'Ik ben niet zo gek op pistolen,' zei Pete gegeneerd. 'Die heb ik alleen omdat dat hier zo hoort.'

Ze stopte het mes in haar jaszak en stapte achteruit.

Robie vroeg: 'Wie waren die mannen in je huis?'

'Ik hoorde dat jullie ze later hebben gedood. In het bos.'

'Van wie heb je dat gehoord?'

Pete haalde zijn schouders op. 'Van iemand,' mompelde hij. 'Maakt dat iets uit?'

'Misschien,' zei Robie. 'Maar laat dat eerst maar zitten. Wie waren die mannen? Van het Rebel Yell?'

Pete leek verbaasd door die vraag. 'Het Rebel Yell? Dat casino?'

Reel en Robie keken elkaar weer aan.

'Ja,' zei Robie.

'Nee, dat waren ze niet.'

Robie zei: 'Oké, wie waren het dan wel? En we weten van die foto's op je computer. De man en die kleine kinderen?'

Pete leek eerst te schrikken, maar knikte toen langzaam. 'Zo verdiende mijn pa zijn geld. Toen heeft hij dat geïnvesteerd en verdiende hij nog veel meer bij het Rebel Yell.'

'Dus geen olie- en gasdollars voor zijn land?'

'Hij vertelde me dat dat alleen maar een dekmantel was.'

'Oké, nog een keer: wie waren die mannen?'

'Dat weet ik niet zeker, maar je hebt die foto's toch gezien?'

'Dat vertelde ik je net,' zei Robie geïrriteerd. 'Wie is de man op die foto's?'

Pete mompelde: 'Weet ik ook niet. Heeft m'n pa nooit gezegd.'

'Waar kwamen die kinderen vandaan?'

'Weet ik niet.'

'Is er een reden voor dat al die kinderen zwart zijn of latino?' vroeg Reel.

Pete riep: 'Dat weet ik niet, oké? Ik kwam pas heel laat in het spel.'

'Waarom zou hij je hier iets over vertellen?' vroeg Robie zich af.

Pete snoof. 'Waarom denk je? Hij was ladderzat.'

'Maar die mannen wisten kennelijk dat je iets wist. Waarom kwamen ze anders langs?'

Pete zei niets.

Robie zei: 'Je kwam samen met hen naar je huis. Hoezo dat?'

'Ze grepen me vast toen ik een bar uit kwam.'

'En toen namen ze je mee naar je huis om dat wat jij op je computer had mee te nemen,' zei Reel. 'Hoe wisten ze daar eigenlijk van af?'

Weer haalde Pete zijn schouders op.

Robie duwde hem hardhandig tegen een boom. 'Met schouderophalen kom je er niet, Pete! En met eromheen draaien ook niet! Ze wisten dat, omdat jij ze onder druk had gezet. Om dat te kunnen doen, moest je iets weten. Dus, voor de laatste keer: wie is die man op die foto's?'

Toen Pete niets zei, drukte Robie zijn pistool tegen Petes voorhoofd. 'Laatste kans.'

Pete snoof. 'Je schiet me toch niet dood. Dat zou moord zijn. Dan zou je de rest van je leven in een gevangenis in Mississippi zitten.'

Reel zei: 'Robie, als je dat wilt doen, moet je deze gebruiken.' Ze haalde een geluiddemper uit haar zak en gooide hem naar Robie.

Robie ving hem en draaide hem op de loop van zijn pistool.

Reel zei: 'We kunnen hem ook doodsteken en dan in dat moeras gooien waar we net langsreden. Geen longen die opzwellen, dus blijft het lijk op de bodem liggen. Daarna mogen de krokodillen hem hebben. Of wat er nog van hem over is. Ga je gang dus maar en dood hem. Nog even, dan is het licht en we hebben wat tijd nodig om hem te dumpen.'

'Jullie zijn moordenaars!' schreeuwde Pete.

'Verdomd, je bent een genie,' zei Reel.

Robie drukte de geluiddemper tegen Petes voorhoofd en zijn vinger gleed naar de trekkerbeugel.

'Nelson Wendell,' riep Pete in paniek.

'En wie is Nelson Wendell?' vroeg Robie.

'De vent op die foto's met die kinderen!'

'En?'

'Hij was de CEO van Coastal Energy. Kolen, gas, olie, noem maar op. Een van de rijkste mannen van Mississippi, verdomme, van het hele zuiden van de VS! Je hebt vast wel van hem gehoord.'

'Nee, maar hij houdt dus van kinderen?' zei Reel.

'Kennelijk wel.'

'En hoe kwam je pa aan die foto's?'

Nu keek Pete heel zenuwachtig. 'Dat wil ik niet zeggen.'

'Nou, daar zul je je overheen moeten zetten,' zei Robie en hij drukte de geluiddemper steviger tegen het voorhoofd van de jongeman.

'Oké, oké. Hij had een schuur helemaal achter op zijn land.'

'Dat weet ik, ik heb hem gezien. Staat er nog.'

'Klopt. En hij lag afgelegen. Hij... hij liet die man de kinderen daarnaartoe brengen.'

'Daar werd hij voor betaald?'

'Ja.'

'Waarom zou een rijke vent zichzelf op die manier aan je vader overleveren?'

'Hij zei tegen mijn pa dat hij daar zijn vriendinnetjes mee naartoe nam. Dat was niet zo erg, denk ik. In die tijd neukten mannen er altijd op los. Ik bedoel, dit is al heel lang geleden.'

‘Ze neuken er nog altijd op los, eerlijk gezegd,’ zei Reel.

‘Maar toen ontdekte je pa dat hij geen seks had met volwassen vrouwen die dat ook wilden?’

‘Hij hield de schuur in de gaten. Hij zag de kinderen. Kreeg een paar foto’s te pakken. Toen begon hij die vent te chanteren.’

‘En hij kreeg genoeg geld om zaken te kunnen doen met die lui van het Rebel Yell-casino?’

‘Ja, zo zat het wel ongeveer,’ gaf Pete toe.

‘En zijn eerste vrouw? Die ene die in de rechtszaal zat?’ vroeg Robie. ‘Wist zij dat?’

‘Weet ik niet, dat heeft m’n pa nooit gezegd. Dat zweer ik!’

‘Maar ze moet hebben geweten dat het geld niet afkomstig was van olie- of gasrechten op hun land. Omdat niemand daar ooit ergens naar heeft geboord.’

‘Daar heb je waarschijnlijk gelijk in.’

‘En je moeder, wist zij dit?’

‘Daar hebben we het nooit over gehad. Maar volgens mij wist ze er niets van. Dat zou mijn moeder niet prettig hebben gevonden. Ze is een goed christen. Gaat elke zondag naar de kerk.’

‘Nou, misschien wist ze het wel en zijn ze daarom gescheiden,’ zei Robie.

‘Kan zijn,’ zei Pete.

‘En dat brengt ons terug bij de foto’s. Hoe kwam je pa in contact met iemand als Wendell?’ vroeg Robie. ‘Hij is rijk en je pa was toen arm.’

‘Nou, in die tijd was Wendell nog niet zo rijk. Hij en mijn pa hebben elkaar ergens ontmoet. Mijn pa wilde niet zijn hele leven boer blijven en was op zoek naar manieren om rijk te worden. En Wendell had geld, familiegeld.’ Hij keek op naar The Willows. ‘Net als de mensen van wie dit huis was.’

Robie volgde zijn blik. ‘De Barksdales?’

‘Ja.’

‘Weet jij wat er met hen is gebeurd?’

‘Niet echt. Ik weet nog dat mijn pa het een paar keer over ze heeft gehad. Hij zei dat ze zomaar waren vertrokken. Niemand wist dat ze weg waren tot het huis te koop stond.’ Hij keek om zich heen. ‘Staat behoorlijk afgelegen. Hier komt niemand, tenzij ze op bezoek komen, en kennelijk kwamen maar weinig mensen bij de Barksdales op bezoek.’

'Kende jij ze toen? Laura en haar broer Emmitt?' vroeg Robie. 'Heb je ze weleens in de stad gezien?'

'Nee, volgens mij waren ze al weg voordat ik geboren was.'

'Kende je vader Henry Barksdale, de vader?'

'Als dat zo was, heeft hij me dat nooit verteld.'

'Hoe kwam je pa aan die foto's?'

Pete wendde zijn blik af.

Robie hief zijn pistool weer, waarop Pete meteen zijn handen in de lucht stak. 'Oké, oké. Pa vertelde me dat hij een deal had met de man die die foto's had genomen.'

'Wat voor deal?'

'Hij zou mijn pa die foto's geven als hij nooit zou vertellen dat hij betrokken was bij al... die dingen.'

'Dus die vent hield ook van kinderen?' vroeg Reel.

'Ja, denk het wel.'

'En hij gaf Sherman Clancy foto's van Nelson Wendell met de kinderen, zodat Clancy niemand zou vertellen wat hij deed?'

'Inderdaad.'

Robie dacht hierover na en vroeg: 'Weet je wie die andere man was?'

'Heeft mijn pa nooit gezegd.'

'Ik vraag het je nog één keer: weet je wie die andere man was?'

'Nee, ik zweer het, dat weet ik niet! Ik wou dat het wel zo was, maar ik weet het niet. Ik wist het alleen van Wendell.'

'En je nam contact op met Wendells mensen omdat je wilde dat het geld binnen bleef stromen, nietwaar?' vroeg Robie.

'Je hebt het huis en zo toch gezien? Alles gaat naar de kloten! Pa's bankrekeningen zijn leeg. Die klootzak gaf elke cent uit die hij had. Ik kan de benzine voor mijn Porsche niet eens meer betalen. Wat moest ik anders doen?'

'O, dat weet ik niet, hoor. Wat denk je van een baan zoeken?' zei Reel vol afkeer.

Pete zei kwaad: 'Hé, ik ben als rijk kind opgegroeid. Dat heeft me niet voorbereid op een werkzaam leven. Dat is niet mijn schuld!'

Reel keek naar Robie. 'Mag ik hem niet gewoon doodschieten?'

Robie zei: 'Waar kunnen we Nelson Wendell vinden?'

'Op een begraafplaats in Tupelo.'

Robie keek verbaasd. 'Hij is dus dood?'

'Ja, ongeveer een maand voordat mijn pa stierf.'

'Je had dus geen contact met Wendell? En het was dus niet Wendell die die mannen op je af heeft gestuurd. Wie dan wel?'

'Coastal wil naar de New York Stock Exchange.'

'Hoe weet je dat?' vroeg Robie.

'Heb ik opgezocht.' Pete voegde er uitdagend aan toe: 'Ik heb een semester bedrijfseconomie gedaan. Ik ben niet dom!'

'Oké, meneer de econoom, wat heeft dat hiermee te maken?'

'Nou, Nelson Wendell was tot zijn dood de hoogste baas van Coastal. Dus ging ik ervan uit dat het bedrijf niet wilde dat al die rotzooi over Wendell bekend werd. Dan ging de deal misschien niet door en dat zou de familie miljarden kosten en een publiek schandaal veroorzaken.'

'Dus de familie zit achter je aan?' zei Reel.

'Ik neem aan dat ze niet over mijn voorstel te spreken waren. Ze dachten zeker dat ze de foto's in handen konden krijgen en mij naar het hiernamaals konden sturen zonder mij een cent te betalen, stelletje hufters!'

Reel zei vol ongeloof: 'En die mogelijkheid was niet bij je opgekomen?'

'Luister, dat chantagegedoe is nieuw voor mij, oké? Toen mijn pa het deed, leek het heel gemakkelijk.'

Reel zuchtte en keek Robie aan. 'Wat moeten we in vredesnaam met hem doen?'

Robie vroeg: 'Waarom kwam je hiernaartoe, Pete?'

'Ik hoorde dat je hier was. Ik heb bescherming nodig.'

'En waarom is dat ons probleem?'

Pete begon sneller te praten. 'Ik ben een belangrijke getuige. Ik kan dingen vertellen waardoor je pa vrijkomt. Heel veel mensen hadden redenen om mijn pa te willen vermoorden. Maar als ik word vermoord, gaat dat dus niet door.'

Nu was Robie degene die zuchtte. 'Oké, we brengen je naar het politiebureau, waar je een volledige verklaring kunt afleggen en dan kunnen zij je beschermen.'

'Maar ik kom niet in de problemen, toch?'

'Dat is niet aan mij, maar ik neem aan dat ze bepaalde dingen door de vingers zullen zien als je meewerkt.'

'Luister man, ik ga echt de bak niet in. Ik kan er niet tegen om opgesloten te zitten!'

‘Dan heb je geluk dat je niet in een doodskist ligt,’ zei Reel. ‘Wat ben jij dom, zeg!’

‘Schelden doet geen pijn,’ zei Pete zelfvoldaan.

Reel drukte de loop van haar pistool tegen zijn voorhoofd, waarop de zelfvoldane grijns verdween. Ze zei: ‘Ik zal heel duidelijk tegen je zijn: het kan me geen zak schelen of je wordt gedood. Misschien ben ik zelfs wel degene die de trekker overhaalt. Maar je zit hier tot over je oren in. Dus je kunt die arrogante houding maar beter laten varen en laten merken dat je wéét dat dit een kwestie is van leven of dood. En in jouw geval wed ik op dood.’ Ze stapte achteruit, stopte haar wapen in de holster, draaide zich om en liep weg.

Pete Clancy bleef achter, en keek alsof hij moest overgeven.

53

'U bedoelt dat u niet eens met hem gaat praten?' Robie keek sheriff Monda aan.

Pete had zijn verklaring afgelegd en ondertekend. Hij zou nu voor zijn eigen bescherming worden opgesloten, en in Cantrell betekende dit dat hij in een gevangeniscel kwam te zitten. Hij had het geen fijn idee gevonden, maar Robie had hem verteld dat dit beter was dan dood zijn.

Taggert stond naast haar baas, met een bijzonder nerveuze blik op haar gezicht.

Reel stond tegen de muur geleund, met haar armen over elkaar geslagen naar iedereen te kijken.

'Weet u wie Nelson Wendell is, of was?' vroeg Monda.

'Ja, een of andere veel te rijke klootzak die het lekker vindt om op een uiterst ongepaste en illegale manier met kleine kinderen te spelen.'

'Alleen maar gebaseerd op Pete Clancy's woorden en zijn bekentenis dat hij heeft geprobeerd deze mensen te chanteren.'

'We hebben foto's.'

'Van een jongere man die Nelson Wendell wel of niet zou kunnen zijn.'

'Als Nelson zo bekend was, denk ik dat we wel mensen kunnen vinden die kunnen zeggen of hij de man is op deze foto's,' zei Reel. 'Weet u zeker dat ú hem niet herkent, sheriff?'

Monda keek haar strak aan. 'Nee, ik herken hem niet. Ik heb die man nooit ontmoet. En verder is dit allang verjaard en dat betekent dat hij hier niet voor zou kunnen worden vervolgd, zelfs niet als hij nog leefde.'

Reel zei: 'U vergeet de mannen die Pete en Sara hebben ontvoerd, en mij en Robie bijna hebben vermoord. En zij hebben Sara misschien ook vermoord. Dat zijn allemaal nieuwe misdaden.'

'We hebben helemaal geen bewijzen dat deze mannen iets met de familie Wendell te maken hebben,' zei Monda.

‘Maar als u een onderzoek instelt, vindt u die bewijzen misschien wel,’ zei Robie.

‘Weten jullie wel hoeveel invloed die familie Wendell heeft in Mississippi? Verdomme, misschien zelfs wel tot in Atlanta? Ze bezitten miljarden en daar geven ze heel veel van weg. En alles bij elkaar zorgen ze voor meer dan honderdduizend goedbetaalde banen.’

‘Dat is allemaal geweldig, maar geen reden om misdaden te plegen,’ zei Robie kortaf.

Monda hees zijn broek op. ‘Nou, ik heb geen gerede aanleiding om waarvoor dan ook een onderzoek naar hen in te stellen. Ik word waarschijnlijk ontslagen als ik dat zou doen.’

‘Geef de zaak dan aan de staatspolitie.’

‘Zelfde probleem. Zij zijn ook niet bereid hiervoor op hun bek te gaan, alleen maar op basis van een paar oude foto’s. Verdomme, misschien zijn ze wel bewerkt, weet ik veel!’

‘Hoe zit het dan met Pete Clancy?’

‘Pete Clancy is een leugenaar. Ik ben niet van plan mijn carrière op het spel te zetten voor iets wat hij beweert. En de advocaten van de Wendells zouden hem afmaken in de getuigenbank.’

‘En de FBI dan?’ vroeg Reel. ‘Ik kan me niet voorstellen dat het hen iets kan schelen hoe rijk die Wendells zijn.’

‘Vraag het ze maar als u wilt, ik ga het niet doen.’

‘Is er iets wat u ons niet vertelt?’ vroeg Robie.

Monda ontweek zijn blik, maar Taggert zei: ‘Zijn vrouw, zijn broer en zijn zoon werken voor Coastal.’

‘Dat heeft er niets mee te maken, Sheila!’ brulde Monda woedend.

‘Weet u dat wel zeker?’ vroeg Robie.

‘Verdomd zeker. Maar als jullie me bruikbare bewijzen kunnen leveren, bedenk ik me misschien.’ Hij wees naar Robie. ‘Voor u is het geen probleem om achter die lui aan te gaan, maar u woont hier niet. U verdwijnt straks gewoon weer. Maar dat kan ik niet doen, dit is mijn thuis.’

Robie keek naar Taggert en toen weer naar Monda. ‘Nou, dan zullen we eens zien of we voldoende kunnen vinden om u van gedachten te laten veranderen, sheriff.’

‘Oké, maar vergeet niet dat als de Wendells achter u aan komen, u niet bij mij moet aankloppen voor hulp. Niet tenzij u heel sterk bewijs hebt dat zij hier iets mee te maken hebben.’

‘Uitstekend, dat begrijp ik,’ zei Robie, terwijl Taggert hem met een meelevende blik aankeek.

Robie en Reel verlieten het kantoor.

Buiten haalde Taggert hen in. ‘Monda is een goede vent, Robie. Maar hij zit tussen twee vuren.’

‘Dat snap ik, Sheila. Maar kennelijk moeten wij zijn werk doen.’

‘Wat gáán jullie doen?’

‘De Wendells natrekken. Kun jij ons daarmee helpen?’

‘Officieel wonen ze in Jackson, maar ze hebben ook een huis aan de Gulf, vlak bij Biloxi, waar The Willows bij in het niet valt.’ Ze gaf hun het adres. ‘Daar zijn ze in deze tijd van het jaar.’

‘Weet je iets over die familie?’

‘Norma Jean is de moeder, de weduwe van Nelson. Er is een heel stel volwassen kinderen en kleinkinderen. Ik heb gehoord dat Bobby Wendell, de oudste zoon, de zaak nu leidt. Hij is de enige zoon. De anderen zijn dochters. Zij krijgen allemaal heel veel geld en leiden een comfortabel leven, maar hebben niets met het bedrijf te maken.’

‘Dus Bobby is degene die het bedrijf naar de beurs wil brengen?’

‘Klopt.’

‘Hoe komt het dat je zoveel van hen af weet?’ vroeg Reel.

‘Iedereen hier weet alles van de Wendells. In het hele zuiden staat hun naam op ziekenhuizen en musea en scholen. Goede mensen, ze doen veel aan liefdadigheid en ze zorgen voor heel veel banen.’

‘Waarom help jij ons dan?’ vroeg Reel wantrouwend.

‘Ik ken niemand die ik de moeite waard vind die voor Coastal werkt. En ik houd er niet van als mensen niet bestraft worden voor hun fouten, hoe rijk ze ook zijn. Vooral niet als er kinderen bij betrokken zijn.’

‘Mee eens,’ zei Reel.

Ze lieten Taggert achter en liepen terug naar hun auto.

‘Hoe wil je dit aanpakken?’ vroeg Reel.

Robie leunde tegen de bumper. ‘Ze moeten weten dat hun mannetjes zijn gedood. En de mannen die zijn gevlucht, zijn waarschijnlijk allang verdwenen. Als ze van buiten kwamen, kunnen we misschien geen enkele link vinden, tenzij we in het bezit komen van bewijzen dat er geld aan hen is overgemaakt.’

‘En zelfs als we toegang kunnen krijgen tot hun financiële administratie, heeft Coastal waarschijnlijk heel veel geheime potjes om geld uit te halen zonder dat het te traceren is.’

'Klopt. En ondanks wat ik tegen Monda zei, betwijfel ik of de FBI bereid is om ze na te trekken op basis van het weinige wat we ze kunnen vertellen.'

Reel zei: 'Wurtzburger zit achter een seriemoordenaar aan, niet achter een rijke zakenman die iets fout heeft gedaan.'

'Als de politie die dode mannen niet aan Coastal kan linken, loopt dat spoor dood. Zelfs met Petes getuigenverklaring. Monda heeft gelijk: Pete zal niet worden beschouwd als een geloofwaardige getuige. Als een chanteur: ja. Als een eerlijke burger die de waarheid vertelt: nee.'

'Wat me terugbrengt bij mijn vraag: hoe pakken we dit aan?'

'Soms werkt de directe benadering het best.'

'We gaan dus naar Bobby Wendell?' zei Reel.

'Ja.'

'Waarmee?'

'Met het enige pressiemiddel dat we hebben.'

'En dat is?'

'Foto's van zijn lieve pa die met kindertjes speelt.'

54

Bobby Wendell keek naar hen op. ‘Normaal gesproken ontvang ik geen bezoek zonder afspraak.’

Robie en Reel waren in de vorstelijke retraite van de familie Wendell aan de Gulf Coast, die meer op een resort van Ritz-Carlton leek dan op een woning. De rijken verschilden niet alleen veel van andere mensen, maar ze woonden kennelijk ook op een totaal andere planeet.

‘En toch zijn we hier,’ zei Robie.

‘Tja, jullie bericht was... uitdagend.’

Bobby Wendell was langer dan Robie, slank met lang grijzend haar en een hoekige kaak. Hij keek zijn gasten met een doordringende blik in zijn donkergroene ogen aan terwijl hij op een bank zat die een prachtig uitzicht bood over het water.

Robie en Reel waren door een gezette bewaker geëscorteerd nadat ze Wendell bij het hek van het landgoed een boodschap van vier woorden hadden gestuurd: *Uw vader op foto’s.*

‘Ja, dat klopt. Dat was de bedoeling.’

Zonder op een uitnodiging te wachten, ging Robie tegenover Wendell zitten. Reel bleef staan. Ze hadden hun wapens in de auto gelaten, omdat ze ervan uitgingen dat ze anders in beslag zouden worden genomen. Maar de bewakers bij het hek bleken niet zo goed in fouilleren en hadden dingen gemist: een mes in Robies riem en een wurgkoord in Reels mouw.

‘Waarom dan?’

‘Dode mannen in moerasland in Cantrell.’

Wendell haalde zijn schouders op. ‘Wat heeft dat met mij te maken?’

‘Als ze voor u werkten, heeft dat alles met u te maken.’

‘Er werken heel veel mensen voor mij. Maar niemand is dood.’

Robie zei: ‘Ik had wel verwacht dat u dat zou zeggen. Laten we het dus maar over die foto’s hebben.’

‘Ik luister.’

'We hebben Pete gesproken.'

'Welke Pete?'

'Aardige vent,' zei Reel.

Wendell keek naar haar op. 'U ziet er bijzonder serieus uit. Heel professioneel.'

'Dan is uiterlijk dus níét bedriegelijk.'

Wendell keek weer naar Robie. 'Foto's?'

'Uw vader. Met zijn jónge vriendjes.'

Wendell kromp in elkaar, wendde zijn blik af en wreef met zijn wijsvinger over zijn mond. 'Ik hoop dat jullie betere chanteurs zijn dan die kleine rotzak was.'

'Is dat een bekentenis?' vroeg Reel.

'Wat willen jullie?'

'Er zit op dit moment een man in de gevangenis, wegens de moord op Sherman Clancy.'

'Oké. Wat heeft dat met mijn situatie te maken?'

'Dat heeft er heel veel mee te maken, als u Sherm hebt laten vermoorden. Want dat zou betekenen dat die andere man onschuldig is.'

Wendell leunde naar voren en zei: 'Voordat mijn vader overleed, wist ik niet eens wie Sherman Clancy was. Sterker nog, ik wist niet eens wie Pete Clancy was tot hij probeerde me te chanteren.'

'Dus u geeft toe dat u weet wie Pete is?' vroeg Robie.

'Geloof me, ik wilde dat het niet zo was.'

'Maar u was op de hoogte van uw vaders, eh... probleem?'

'Dat hij van kleine kinderen hield? Nee, daar had ik geen idee van tot Pete me die foto's liet zien.'

'U zegt dus dat u Sherman niet hebt laten vermoorden?'

'Als dat wel zo was, waarom zou ik dat dan in vredesnaam tegenover jullie bekennen? Maar nee, ik had geen idee dat mijn vader ergens mee werd gechanteerd. Toen ik die foto's zag...' Zijn stem stierf weg en hij stond op, liep naar het raam en keek naar buiten.

'We hebben 147 olie- en gasplatforms in de Gulf,' zei hij. 'We zijn niet zo groot als ExxonMobil, maar we doen het heel goed. Mijn vader was een briljant zakenman; de beste volgens mij. Ik kan niet in zijn schaduw staan als het gaat om deals afsluiten en geld verdienen. Ik denk dat dat komt doordat ik geen psychopaat ben. Hij was dat blijkbaar wel. Maar ja, dat geldt voor meer kapitalisten.'

Hij draaide zich weer om om hen aan te kijken. 'Maar toen ik die foto's zag, kon ik wel kotsen. Ik had mijn vader wel kunnen vermoorden.'

'Hoe is hij eigenlijk gestorven?' vroeg Robie.

'Op de operatietafel. Hij had een aneurysma. Er is geen twijfel over hoe hij is gestorven. Ze hebben niet eens een autopsie uitgevoerd. En ik zag die foto's pas nádat hij dood was.'

'En toen hebt u mensen ingehuurd om die foto's van Pete terug te krijgen?'

Wendell haalde zijn schouders op. 'Ik ben dan misschien niet even slim als mijn vader, maar ik ben niet dom. Dus nee, ik heb geen idee waar jullie het over hebben.'

'Er zijn mensen ontvoerd en mensen gedood,' zei Robie.

'Ik weet niet wat ik moet zeggen.'

'U wilde naar de beurs met uw onderneming?'

'Dat gaan we doen.'

'U hebt dus veel te verliezen als dit bekend wordt,' zei Robie.

'Als je naar het grote geheel kijkt niet. Mijn vader heeft zich de laatste vijf jaar teruggetrokken uit de zaak. De mensen zouden dus met mij in zee gaan, niet met hem. Hij is dood, ik niet. Zelfs als hij een pedofiel was, zou Wall Street zich daar niet druk over maken. Het enige wat zij belangrijk vinden, is dat we heel veel winst maken. We hebben goed geïnvesteerd, we hebben een aandeel in de beste locaties, we hebben de recessie overleefd en toen iedereen verkocht, hadden wij het kapitaal om tegen weggeefprijzen te kopen. Het is alleen maar positief bij ons, een geweldig verhaal. De IPO gaat gewoon door, met of zonder negatief nieuws over mijn pa.'

'Waarom maakt u zich dan druk over die foto's?' vroeg Reel.

Toen Wendell niets zei, gaf Robie antwoord: 'Omdat zijn moeder Norma Jean nog leeft.'

Wendell wendde zijn blik weer af. 'Mijn pa was een klootzak. Behandelde mij en mijn zussen als oud vuil. Ik leid het bedrijf nu, maar dat is voornamelijk omdat mijn vader het te druk had met zijn decadente leventje.'

'Met kleine jongetjes spelen?'

'Ik dacht altijd dat hij met andere vrouwen op stap was. Was dat maar zo! Nu weet ik beter.'

'En uw moeder?'

'Een hart van goud. Zo onschuldig als maar kan. Misschien ook zo naïef als maar kan. Het zou haar dood betekenen als ze die foto's zag.' Hij keek hen weer aan. 'Haar dóód! En daar kan ik dus niet mee leven.'

'Dus u wilde die foto's terugkrijgen?'

'Logisch toch?'

'En u blijft bij uw verhaal dat u Sherman Clancy niet hebt laten vermoorden?'

'Zoals ik al zei had ik geen idee wie Sherman Clancy was tot zijn zoon zich meldde. Toen heb ik de financiën van de onderneming doorgespit en vond ik een geheime bankrekening die al heel lang geleden was geopend. In de loop van tientallen jaren was daar geld op gestort en van overgemaakt. Miljoenen dollars, misschien wel tientallen miljoenen. Ik heb geprobeerd om uit te zoeken waar dat geld naartoe was gegaan, maar dat was een zwart gat. Ik heb er zelfs mijn accountants op gezet, maar die kregen het ook niet voor elkaar. Zoals ik al zei, was mijn vader heel slim. Toen meldde Pete zich en begon te praten over foto's en geld. Toen heb ik één en één bij elkaar opgeteld.'

'Maar dat was pas na de dood van Sherman Clancy?'

'Ja, en ook na de dood van mijn vader. Ik had geen enkele reden om naar dat deel van zijn leven te kijken voordat die klojo verscheen en mijn familie probeerde te chanteren. Ik denk dat hij dacht dat, toen mijn en zijn vader dood waren, hij de geldstroom moest laten vloeien. Dat liet hij in elk geval doorschemeren.'

'Dus u hebt hem persoonlijk ontmoet?'

'Ja, in dit kantoor zelfs.'

'Vanwege die foto's?'

'Ik herkende mijn vader. Dat was voldoende.'

'En kende u de kinderen op die foto's?'

Wendell schudde zijn hoofd. 'Nee. Dat leken gewoon... kinderen.' Hij sloeg zijn ogen neer, werd bleek.

'Ze waren geen van allen blank, meneer Wendell,' zei Robie. 'Het waren zwarte en latinokinderen. Ik vraag me af of dat iets betekent.'

'Wat bedoelt u?'

'Ik bedoel dat we daaruit misschien kunnen opmaken waar ze vandaan kwamen.'

'Tja, nou, ik weet daar niets van.'

Robie zei: 'Ik was in Petes huis toen hij binnenkwam met die mannen. Zij waren daar om die foto's op te halen en Pete te vermoorden. Ze zeiden dat ze hem in een bad met zwavelzuur zouden zetten.'

'Misschien is dat zo, maar misschien ook niet. Dat kan ik u niet vertellen. Misschien probeerden ze hem alleen bang te maken, zodat hij de foto's zou geven en zich nooit meer zou laten zien.'

'U geeft natuurlijk niet toe dat u ze op Pete hebt afgestuurd?'

'Nee, inderdaad niet. Daarom heb ik een heel kantoor vol advocaten. En ik weet dat jullie geen microfoontje dragen. Dan had de sensor in het deurkozijn dat wel opgepikt.'

Robie keek naar de deur. 'Uw werk?'

'Nee, van mijn vader. Zoals ik al zei: slim. En paranoïde.'

Robie keek hem onderzoekend aan. 'U en uw zussen? Heeft hij ooit...?'

'Nooit!' snauwde Wendell. 'Tenminste niet bij mij. En volgens mij ook niet bij mijn zussen.' Hij zweeg even. 'Maar dat heb ik ze nooit gevraagd nadat ik die foto's had gezien. Maar... maar zouden ze dan niet verknipt zijn of zo als dat ze was overkomen? Als hun eigen vader dat met hen had gedaan?' Hij keek hen smekend aan.

'En zijn ze niet verknipt?' vroeg Reel.

'Dat hebben ze nooit gezegd,' zei Wendell.

'Tja, misschien zeg je zoiets niet zomaar,' zei Robie.

'Ik heb Sherman Clancy niet vermoord. En ik heb het ook niemand anders laten doen. Ik wilde alleen niet dat mijn moeder die foto's ooit zou zien. En als die mannen Pete hebben bedreigd of bepaalde grenzen hebben overschreden, was dat niet in opdracht van mij. Ik wilde niet dat ze het zo zouden doen, ik wilde alleen die foto's hebben.'

'En als de FBI uw bankrekeningen controleert, ontdekken ze dan dat er geld is overgemaakt aan bepaalde geheimzinnige contractanten? Zoals de mannen die zijn gedood?'

'Ik ben een voorzichtige man. Dat mag u interpreteren zoals u wilt.'

'De foto's die we hebben gezien,' zei Robie, 'zijn door iemand gemaakt. Heeft Pete u ooit verteld wie dat was?'

Wendell leek oprecht verbaasd over die vraag. 'Verdomme, ik dacht alleen maar aan het feit dat het mijn vader was op die foto's, nooit aan wie die foto's had gemaakt. U bedoelt dat er een andere volwassene bij betrokken was?'

'Dat bedoel ik inderdaad.'

'Wie dan? Wie is die zieke klootzak? Was het Sherman Clancy?'

'Wist ik het maar,' zei Robie.

'En die foto's?'

'Die zal ik alleen gebruiken als het moet. Bereid u er echter op voor, meneer Wendell, dat het misschien wel allemaal bekend wordt.'

55

Robie en Reel zaten in de auto voor Wendells huis aan de Gulf Coast. Hij had Wendell zijn telefoonnummer gegeven voor het geval dat de man nog eens met hem wilde praten.

Robie had iets opgezocht op zijn telefoon en las voor: '"Nieuws: oliemiljardair en filantroop Nelson Wendell overleden op de operatietafel na spoedoperatie om een aneurysma in zijn aorta te repareren." Precies zoals Bobby zei, was hij eerder dood dan Sherman Clancy.'

'Je gelooft het verhaal van zijn zoon dus?' vroeg Reel.

'Ja, inderdaad. Hij wilde zichzelf natuurlijk nergens van beschuldigen, maar wat hij ons over zijn vader vertelde klonk oprecht.'

'Ja, vond ik ook.'

'Dus moeten we nu uitzoeken wie die foto's heeft gemaakt.'

'Waarom? Heeft dat iets met de recente moorden te maken, denk je?'

'Denk jij dat niet dan?'

'Nou, die foto's zijn heel lang geleden gemaakt. De moord op Clancy en de twee zusjes Chisum zijn heel recent. Misschien is er geen verband, vooral niet als we Bobby Wendell geloven als hij zegt dat hij Sherman Clancy niet heeft vermoord.'

Robie schudde zijn hoofd. 'Ik denk dat die drie moorden met elkaar in verband staan; de moord op Clancy en op de zusjes Chisum.'

'En je vader wordt erin geluisd? Waarom?'

'Ik denk dat hij er inderdaad in wordt geluisd, alleen weet ik niet waarom.'

'Ik ben helemaal niet overtuigd, Robie.'

'Oké, maar zie jij soms een andere aanwijzing die ik over het hoofd zie?' vroeg Robie kortaf.

'Nee, ik probeer alleen het grote geheel te zien.'

'Het grote geheel omvat volgens mij iemand die hierbij betrokken is, ook al weten we nu nog niet wie dat is. Een onbekende factor die dit allemaal regelt.'

'Oké, dat Clancy dood is snap ik: hij chanteerde Wendell. Maar als Wendells zoon hem niet heeft vermoord, wie dan wel?'

'Stel dat het de man was die de foto's heeft gemaakt?'

'Nou, dat klinkt inderdaad logisch. Pete Clancy zei dat zijn pa de deal met die man sloot, maar daar is hij misschien van teruggekomen. En dat heeft Clancy misschien met de dood moeten bekopen. Maar de zusjes Chisum dan? Hoe konden zij hier iets vanaf weten?'

'Daar heb ik over nagedacht. Volgens mij door *pillow talk*.'

'Wat?'

'Pillow talk, intieme gesprekjes na de seks. Ze hadden allebei seks met Clancy. Hij was toen waarschijnlijk dronken. Volgens Pete was zijn vader bijna altijd dronken. Hij heeft seks met die meisjes en hij kletst, zegt dingen die hij normaal nooit zou zeggen. Je hebt die meisjes meegemaakt, die waren ongelofelijk opportunistisch. Ze wisten dat die informatie hun misschien geld zou opleveren. Geld dat ze nodig hadden om Cantrell zo snel mogelijk te kunnen ontvluchten. Ze hebben het risico genomen en dat heeft hun het leven gekost.'

Reel knikte peinzend. 'Dat klinkt aannemelijk. Janet Chisum spreekt af met die persoon om haar geld te krijgen en wordt doodgeschoten en in de rivier gegooid.'

'Wacht eens even,' zei Robie. 'Emma Chisum vertelde ons dat Janet iets wist over één of meerdere belangrijke personen. Dat ze daarmee heel veel geld kon opstrijken.'

'De Wendells dus? Misschien heeft Bobby ons allemaal onzin verteld.'

'Misschien. Ik neem aan van wel, als Janet die foto's ook had.'

Reel knikte. 'En als zij dood is, neemt Sara de plaats van haar zus in en gaat ook dood. Hoewel het behoorlijk stom van haar was om in de middle of nowhere met die persoon af te spreken na wat er met haar zus was gebeurd, vind je niet?'

'En Sara was niet dom. Wat betekent dat er iets niet klopt. Ik weet alleen niet wat.'

'Misschien ontbreken er een paar stukjes van de puzzel,' zei Reel.

'Dat denk ik ook. Maar hoe ontdekken we welke het zijn?'

'Door detective te spelen. En dat is ook alles wat we doen: spelen. Want wij zijn geen detectives, Robie.'

'Ik ga hier niet weg voordat ik het weet.'

'En als je niet alles te weten komt?'

'Wat bedoel je?'

'Misschien ontdek je wie wie heeft vermoord. Maar dat is niet je einddoel, toch?'

'Wat is mijn einddoel dan wel?'

Ze raakte zijn trekkervinger aan. 'Zorgen dat deze het weer doet. Dat wil je toch?' Toen hij niets zei, vroeg ze: 'Dat wil je toch?'

'En als ik die vraag niet kan beantwoorden?'

'Dan is dat op zich al een antwoord, volgens mij.'

'Waarom doe je dit?'

'Wat?'

'Al die vragen over mij stellen?'

'Dat is wel duidelijk, volgens mij. Ik probeer uit te vissen wat er precies in je hoofd omgaat. Dat is niet gemakkelijk, Robie. Het was ook niet gemakkelijk toen ik dat bij mezelf moest doen. Maar je moet het doen. Je had gelijk. Om vooruit te kunnen, moet je eerst achteruit. Je moet terug naar af, dat is je basis. Dan kun je vooruit. Maar tot die tijd kun je niets.'

'Dit is allemaal begonnen met een mislukte missie. Doordat ik dat meisje doodschoot.'

'Volgens mij was dit anders ook wel gebeurd. Op het moment dat je hoorde dat je vader in de gevangenis zat voor moord.'

'Dat kun je niet zeker weten.'

'Waarom niet? Duidelijke zaak, volgens mij.'

'Luister, houd nu maar op met in mijn persoonlijke leven wroeten. Daar heb ik geen behoefte aan. Niet nu. Niet door jou.'

'Oké, wil je dan dat ik wegga?'

Robie zei niets, heel lang niet.

Reel wachtte, en bleef hem aankijken.

'Nee, ik wil niet dat je weggaat. Ik heb je nodig.'

'Weet je dat zeker, Robie? Je kwetst me echt niet hoor, als je zegt dat ik moet oprotten. Ik ben een grote meid, ik kan dat wel hebben.'

'Ik wil niet dat je weggaat, Jessica,' zei hij langzaam.

'Oké, dan blijf ik. Wat gaan we nu doen?'

'We moeten de man vinden die die foto's heeft gemaakt.'

'Oké, maar hoe?'

Robie ademde langzaam uit. 'Als ik dat wist, had ik hem al gevonden.'

56

Victoria was niet thuis toen ze terugkwamen.

Priscilla, die op Tyler paste, zei: 'Ik weet niet waar ze naartoe is en ook niet wanneer ze terugkomt.' Dat was alles wat de anders altijd zo breedsprakige Priscilla over dat onderwerp wilde zeggen.

Robies telefoon zoemde.

Het was Toni Moses. Ze wilde hen zien.

'Is mijn pa oké?'

'Met hem gaat het prima. Maar ik heb Aubrey Davis gesproken en we moeten echt even in overleg met de keurige, eerlijke aanklager. Kunnen jullie hier binnen een halfuur zijn?'

'Ja.'

Reel reed en de rit kostte haar achtentwintig minuten, hoewel hun auto onder de modder zat tegen de tijd dat ze de stad binnenreden. Reel parkeerde de auto voor het kantoor van Moses en ze stapten uit.

'Hé, meneer Robie.'

Robie keek om en zag Little Bill, met een plastic tasje van de plaatselijke supermarkt in de hand.

Ze liepen naar hem toe.

Robie zei: 'Bedankt voor je hulp met de computer. Mijn partner hier zegt dat je heel goed bent.'

Little Bill zei: 'Ach, het gaf me iets te doen naast het verbeteren van mijn scores bij *Kill or Be Killed*.'

'Heb je ooit een carrière in de internetbeveiliging overwogen?' vroeg Reel.

Grijnzend zei hij: 'Ik kom uit Cantrell. Eerlijk gezegd heb ik nooit nagedacht over wat voor carrière dan ook.'

Ze keek hem zo aandachtig aan dat zijn grijns verdween. Ze zei: 'Je hebt er duidelijk de technische aanleg voor. Maar heb je er ook de drive voor?'

Little Bill keek eerst naar Robie en toen naar Reel. 'Mijn pa is heel ziek.'

'Maar we hebben het niet over je pa. We hebben het over jóú!' Ze gaf hem haar kaartje. 'Denk er maar over na en als je hier iets mee wilt doen, moet je me bellen.'

Little Bill pakte het kaartje aan. 'Werken jullie voor de regering?'

Reel antwoordde: 'Niet voor de schurken, dus maakt het dan uit voor wie we werken?'

'Denk het niet.'

'Denk erover na,' zei Reel.

Robie zei: 'Hoe gaat het met je pa?'

'Hetzelfde.'

'Ik kom hem gauw weer opzoeken.'

'Oké, bedankt.'

Hij bekeek Reels kaartje, terwijl zij wegliepen.

Robie zei tegen Reel: 'Je moet voorzichtig zijn met wie je dat soort dingen aanbiedt.'

'We willen nog altijd de beste en de slimste, toch?'

Robie haalde zijn schouders op en even later zaten ze in de kleine spreekkamer van Toni Moses.

Aubrey Davis zat tegenover haar. De aanklager van Mississippi keek alsof iemand al zijn speelgoed had gestolen, maar de man probeerde duidelijk een pokerface te laten zien.

'Hallo Will, hoe gaat het? We moeten nog steeds eens wat drinken samen.'

Robie en Reel gingen naast Moses zitten, die papieren en dossiermappen voor zich op tafel had gelegd.

Robie keek Moses aan. 'En, wat is er aan de hand?'

'Wat er aan de hand is, is dat het, gezien alles wat ik met mijn collega daar heb gedeeld, de hoogste tijd is dat hij zijn zaak ernstig heroverweegt. En ik wilde jullie hierbij hebben om mij te helpen hem daarvan te overtuigen.'

Davis begon te protesteren. 'Luister, Toni, de verdachte is in staat van beschuldiging gesteld en het is mijn taak om...'

'Om wat?' viel Moses hem in de rede. 'Je kans te verkloten om congreslid te worden voor de prachtige staat Mississippi? Want dat doe je dus als je deze zaak laat voorkomen en verliest. Daarna kun je niet eens meer de verkiezing van zatlap van de stad winnen!'

Davis zei verontwaardigd: 'Ik neem aanstoot aan de beschuldiging dat ik eventuele politieke ambities laat prevaleren boven...'

Ze viel hem alweer in de rede. 'Aubrey, wil je de echte moordenaar wel of niet vinden?'

'Natuurlijk wil ik dat! Hoe dúrf je iets anders te suggereren?'

'Laten we ons daar dan op richten. Wat doen we met mijn cliënt?'

'Hij wordt nog altijd beschuldigd van moord,' zei Davis meteen. 'En hij is de enige geloofwaardige verdachte die we hebben.'

Moses keek Robie aan. 'Wat heb jij daarover te zeggen?'

Robie keek naar Davis. 'Er zijn behoorlijk veel mensen gedood,' begon hij. 'Waaronder bijna mijn partner en ik. Ik ben ervan overtuigd dat de moorden op Sherman Clancy en de meisjes Chisum door dezelfde persoon zijn gepleegd.'

'Wat betekent dat Dan Robie onschuldig is, omdat hij in de cel zat toen Sara Chisum werd vermoord,' zei Moses meteen.

'Áls ze door dezelfde persoon zijn vermoord,' zei Davis. 'En volgens mij is dat een heel grote áls.'

Robie vertelde hem over de vermoedelijke seriemoordenaar over wie special agent Wurtzburger hun had verteld.

'Waarom is hij verdomme niet naar mij toe gekomen met dat verhaal?' brieste een zichtbaar geïrriteerde Davis.

'Geen idee,' zei Robie. 'Verder is het ook nog eens zo dat Clancy iemand chanteerde, wat een goed motief is voor moord.'

'Wie chanteerde hij?'

'Ik begrijp dat je nog niet met sheriff Monda hebt gepraat,' zei Robie.

'Wat bedoel je daarmee?'

'Daarmee bedoel ik dat we hem al hebben verteld dat Clancy Nelson Wendell chanteerde.'

Davis hapte naar adem. 'Lulkoek! Nelson Wendell! Die is kortgeleden gestorven.'

'Dat weet ik. We hebben net met zijn zoon gepraat, Bobby Wendell.'

'Maar dat is een van de meest vooraanstaande families in Mississippi. Verdomme, in het hele zuiden!'

Moses keek Davis ernstig aan. 'Vertel me nu niet dat de Wendells je kandidatuur voor het Congres steunen?'

'Ik heb nog niet eens besloten óf ik me wel verkiesbaar stel,' snauwde Davis. Tegen Robie zei hij: 'En wat heeft Bobby Wendell jullie verteld? Waarmee werd zijn pa gechanteerd?'

Robie haalde de foto's tevoorschijn en liet ze aan Davis zien.

De man keek ernaar en kromp in elkaar. 'Wat is dit verdomme!'

'Sherman Clancy's chantagemiddel.'

Davis keek op. 'Pedofilie?'

Robie knikte.

'Bedoel je dat dit Nelson Wendell is?'

'Ja. Bobby Wendell heeft bevestigd dat dit zijn vader is. De foto's zijn natuurlijk al jaren oud.'

Davis bekeek de foto aandachtig en zei gelaten: 'Mijn god, geld en afkomstig zijn uit een goede familie zeggen dus helemaal niets.'

Reel zei: 'Voor de goede orde: uitschot vind je overal: bij de rijken, de middenklasse en de armen.'

Robie voegde eraan toe: 'En hoewel hij het natuurlijk niet wil toegeven, is het vrijwel zeker dat Bobby een stel schurken achter Pete Clancy aan heeft gestuurd nadat deze na de dood van zijn vader had besloten dat hij ook wel wat van dat chantagegeld kon gebruiken. Toen ontvoerden ze Sara Chisum en gebruikten haar als lokaas om mij en mijn partner hier te kunnen doden.'

Davis knikte langzaam, met zijn doordringende blik op Robie gericht. De 'bescheiden' houding van de man was volledig verdwenen. En in die blik meende Robie te zien dat de onuitstaanbare man in wezen een argwanende openbaar aanklager was. 'Heeft Bobby Wendell Sara Chisum laten vermoorden?' vroeg Davis.

'Dat denk ik niet, maar dat weet ik niet zeker. Zelfde antwoord op de vraag of hij Clancy en Janet Chisum heeft laten vermoorden.'

'Wie dan wel? Is deze seriemoordenaar toevallig hier en begint hij mensen te vermoorden die rijke mensen chanteren? En Clancy snap ik wel, maar hoe raakten de meisjes Chisum hierbij betrokken?'

'Clancy heeft ze dit waarschijnlijk verteld toen hij dronken was en seks met ze had,' antwoordde Robie.

Davis schudde zijn hoofd. 'De duivel komt in je, ongeacht de problemen waarin je verzeild raakt. Dus die meiden waren ook op geld uit? En namen te veel hooi op de vork? Maar eigenlijk denk je dus niet dat de Wendells die meiden hebben laten vermoorden?'

'Nee, dat denk ik niet. Bobby probeerde die foto's terug te krijgen en stuurde er een paar mannen op af. Een paar van hen hebben wij gedood. Maar aangezien Sara eerder al bijna door die mannen was vermoord, betwijfel ik of ze zou hebben afgesproken om ze midden in de nacht in het bos te treffen.'

‘Maar dan blijft alleen die seriemoordenaar over,’ zei Davis.

‘Nee,’ zei Reel en ze tikte op de foto. ‘Dan blijft alleen de persoon over die deze foto heeft gemaakt.’

‘En hoe moeten we die persoon vinden?’ vroeg Davis.

‘Zijn we mee bezig,’ zei Robie.

‘Je zei dat jullie met sheriff Monda hebben gesproken?’

‘Klopt. En omdat we alleen het woord hebben van Pete de chanteur, is hij niet bereid om de Wendells aan te raken, zelfs niet met een drie meter lange stok.’

‘Maar je vertelde dat Bobby Wendell zei dat dit zijn vader is.’

‘Ja, maar daarmee kunnen we niet alles bewijzen. En inmiddels heeft hij waarschijnlijk al zijn advocaten al opgetrommeld, zodat niemand meer met hem kan praten.’

Davis leunde achterover. ‘Shit,’ mompelde hij. ‘Denk je dat alles lekker duidelijk is en voor je het weet is het allemaal één grote warboel.’

‘Tja, wie had gedacht dat het leven niet zwart-wit was,’ zei Moses.

Davis keek haar aan. ‘Oké, Toni, oké, ik begrijp wat je wilt zeggen.’ Hij keek naar Robie. ‘Wat gaan we nu doen?’

‘De moordenaar loopt nog altijd vrij rond en we hebben geen idee wie het is.’

‘Maar wat doen we met je pa?’ vroeg Moses.

Davis zei: ‘Ik zou hem in de gevangenis laten. Daar is hij veiliger, maar...’

‘Maar wat?’ vroeg Robie op scherpe toon.

Moses antwoordde: ‘Dat was de andere reden waarom ik wilde dat jullie hiernaartoe kwamen. De rechter heeft een borgsom bepaald voor je vader. En die heeft hij betaald. Wat betekent dat hij over twintig minuten vrijkomt.’

57

'Hij komt eraan,' zei Robie. Hij en Reel zaten tegenover de gevangenis in de auto.

De deur van de gevangenis ging open en Taggert kwam naar buiten. Vlak achter haar liep Dan Robie, die waarschijnlijk de kleren droeg waarin hij was gearresteerd: kakibroek, wit overhemd en lage schoenen.

Robie was net uitgestapt toen er een Volvo door de straat scheurde en met piepende remmen voor de gevangenis stopte. Victoria sprong eruit, rende naar haar man toe en sloeg haar armen om hem heen.

Reel zei: 'Als ik dit zo zie, ben jij niet de enige die zich schuldig voelt.'

'Kennelijk niet,' zei Robie. Hij stapte weer in en sloot het portier.

Victoria nam haar man mee naar de Volvo. Ze stapten in en reden weg. Taggert liep weer de gevangenis in en deed de gepantserde deur achter zich dicht.

Reel vroeg: 'Wat doen we nu? Ik neem aan dat ze teruggaan naar The Willows.'

'Dan doen wij dat ook,' antwoordde Robie.

'Dat zou weleens interessant kunnen worden,' zei Reel.

Toen Robie en Reel bij The Willows aankwamen, stond de Volvo er al. Ze liepen de trap op en gingen via de voordeur naar binnen.

Priscilla kwam hen in de hal tegemoet, met Tyler in haar kielzog. 'Ze zijn naar boven gegaan,' zei ze.

Robie zei: 'Ik neem aan dat ze niet hebben kunnen...'

'Nou, die man heeft zijn vrouw al heel lang niet gezien,' zei ze kortaf.

Robie keek naar boven. Toen hij achteromkeek, zag hij dat Reel naar hem stond te kijken. Priscilla was met Tyler naar buiten gegaan. Hij rende de trap op.

Reel rende achter hem aan. 'Robie, je gaat toch niet...'

'Natuurlijk niet!'

Hij sloeg links af, liep naar zijn kamer en deed de deur achter zich dicht. Hij hoorde dat Reel even voor zijn deur bleef staan, maar toen naar haar eigen kamer liep en de deur daarvan dichtdeed.

Robie zat op zijn bed, met zijn hoofd gebogen. Opeens sprong hij op en begon door de kamer te lopen. Daarna vertraagde hij zijn pas en bleef bij het raam staan. Hij keek naar buiten en dacht terug aan die avond, aan de laatste avond waarop hij Laura Barksdale zou zien. Hij had omhooggekeken naar dit raam en haar silhouet voorbij zien komen. Daarna, volkomen gedesillusioneerd, was hij in zijn auto gestapt en weggereden naar zijn nieuwe leven, alleen.

In de maanden daarna had hij haar meerdere keren geschreven. Hij had ook opgebeld en boodschappen ingesproken. Hij had haar gevraagd waarom ze die nacht niet naar hem toe was gekomen, waarom ze zich niet aan haar belofte had gehouden. Daarna waren zijn brieven en boodschappen bozer geworden. Ten slotte was hij gewoon opgehouden met schrijven, en met bellen.

Hij verliet zijn kamer en ging naar buiten. Hij ging bij een vijver zitten en keek naar een paar eenden die erin zwommen.

Een halfuur later viel er een schaduw over hem heen.

Victoria.

Haar haar was vochtig en ze rook naar doucheschuim. Ze droeg een korte broek en een tanktop. Ze had blote voeten, en sproeten op haar schouders.

'Hoe gaat het met hem?' vroeg hij.

'Nu beter,' zei ze met een tevreden glimlach.

'Toni vertelde me dat hij op borgtocht zou vrijkomen,' zei hij, haar blik negerend.

'Ze hadden hem sowieso al nooit mogen opsluiten.'

'Nou, ze hadden een behoorlijk goede zaak.'

Ze ging naast hem op de grond zitten. 'Hadden? Er zijn dus nieuwe ontwikkelingen?'

'Er is reden voor hoop dat de beschuldiging wordt ingetrokken, ja.'

Ze keek hem onderzoekend aan en wendde haar blik af. 'Hij heeft niemand vermoord.'

'Dat weet ik. Alleen moeten we daar ieder ander nog van overtuigen. Zodat niemand er nog aan twijfelt,' voegde hij eraan toe, refererend aan hun eerdere gesprek. 'Zodat hij met opgeheven hoofd in Cantrell kan blijven.'

'Zoals jij het zegt klinkt het belachelijk. Dat is het niet. Tenminste, niet voor hem.'

'Sorry, zo bedoelde ik het niet.'

'Ik hou van je vader.'

'Dat geloof ik graag.'

'En ik ben geen slet. Ik heb hem nooit bedrogen. Ik weet wat de mensen zeggen over mij en Clancy, maar ik ben nooit met die man naar bed geweest.'

'Maar je hebt ook nooit uitgelegd waarom je die nacht bij hem was. Je zei dat je iets met hem moest bespreken, maar je hebt nooit verteld wat dat was.'

Ze fronste en keek naar het water. 'Hij chanteerde me.'

Robie schrok. 'Hij chanteerde je? Waarmee?'

'Voordat ik je vader leerde kennen, had ik wat problemen.'

'Wat voor problemen?'

'Een drugsprobleem. Ik was verslaafd aan pijnstillers als gevolg van een ongeluk. Toen raakte ik verslaafd aan zwaardere middelen en moest ik stelen om die te kunnen betalen. Ik zocht hulp, ging naar een afkickcentrum, kickte af en begon opnieuw met mijn leven.'

'En Clancy kwam daarachter? Hoe dan?'

'Dat heeft hij nooit verteld. Kennelijk verdiende hij de kost met dat soort dingen.'

'Waarom zeg je dat?'

'Door dingen die hij eruit flapte.' Ze keek hem aan. 'Geloof je me wel?'

'Ja. We hebben ontdekt dat Clancy nog meer mensen chanteerde. Wat deed je dan tijdens die ontmoeting?'

'Hem betalen. Hij eiste dat ik dat persoonlijk kwam doen.'

'Maar je bent heel lang bij hem gebleven. Als je hem alleen maar hoefde te betalen, waarom bleef je dan uren met die vent drinken? Waarom ging je niet meteen weg nadat je hem had betaald?'

'Omdat dat een andere voorwaarde van hem was, Will. Hij wilde dat ik bleef en iets met hem dronk. En hij wilde dat ik met hem naar bed ging. Dat weigerde ik, ik zei dat ie de pot op kon. Daarna vroeg hij het niet meer, maar ik moest wel blijven en iets met hem drinken. Dat wilde hij, ik denk omdat hij het later aan iedereen wilde vertellen en het Dan onder de neus wilde wrijven zodat Dan dacht dat we met elkaar naar bed waren geweest. Maar op dat moment kon me dat niets schelen, ik wilde niet dat Dan te weten kwam wat ik had gedaan. Dat gedoe met Clancy was veel minder belangrijk, want ik wist dat Dan nooit zou geloven dat ik met die vent naar bed was geweest.'

'Maar misschien geloofde hij het wel,' zei Robie. 'Hij heeft Clancy in het openbaar bedreigd.'

'Dat was gewoon haantjesgedrag, hij wilde zijn territorium verdedigen. Ik vertelde hem dat ik niet met Clancy had geslapen en volgens mij geloofde hij me. Maar ik vertelde hem niet dat ie me chanteerde, alleen dat we elkaar waren tegengekomen en samen wat hadden gedronken. Aan de andere kant wist Clancy nare dingen uit mijn verleden en dreigde hij ze aan Dan te vertellen. Dat kon ik niet laten gebeuren, je vader zou ze niet hebben begrepen.'

'Hoeveel moest je hem betalen?'

'Vijftigduizend dollar.'

'Contant?'

'Zo wilde hij het. En ik eerlijk gezegd ook. Ik wilde niet dat er een geldspoor van mij naar hem leidde.'

'Hoe kwam je aan vijftigduizend dollar in contanten?'

'Ik had een leven hoor, voor Dan,' zei ze. 'Mijn bedrijf, waarmee ik conferenties organiseerde, draaide heel goed en ik had het meeste opgespaard, omdat ik te hard werkte om vrij te nemen. Daar heb ik wat van opgenomen.'

'Je had naar de politie kunnen gaan.'

'Ja, dat had ik kunnen doen, maar dat heb ik niet gedaan.'

Een paar minuten zaten ze zwijgend naast elkaar.

'Dit is zo'n puinhoop allemaal,' zei ze schor.

'Ja, waarschijnlijk in meer opzichten dan je weet.'

Ze keek achterom naar het huis. 'Die Laura Barksdale?'

'Wat is er met haar?'

'Heb je haar nooit meer teruggezien?'

'Nooit.'

'Maar je dacht wel aan haar?'

'Ja, ik dacht wel aan haar.'

'Dan was ze dus heel belangrijk voor je.'

'Klopt.'

'Net zoals je vader belangrijk is voor mij.' 'Denk het. Maar hij is bij jou. Laura niet bij mij.'

'Als hij naar de gevangenis gaat, is hij niet meer bij mij.' Ze keek hem even aan. 'En ook niet bij jou.'

58

De avondmaaltijd verliep gespannen, vreemd en ongemakkelijk voor iedereen.

Alleen Tyler leek geen last te hebben van de sombere stemming. Elke paar minuten raakte hij zijn vaders wang even aan.

Robie kon zich niet herinneren dat hij toen hij klein was zijn vader ooit zo had zien glimlachen. Maar hij misgunde Tyler zijn positieve invloed op hun vader niet. Hij merkte dat hijzelf ook glimlachte toen Dan Robie zijn hand uitstak en Tylers haar streelde.

Eén keer viel het hem op dat Victoria naar hem keek, maar toen hij haar aankeek, liet ze vlug de schalen rondgaan.

Reel zat alles in zich op te nemen, zag elke beweging, hoorde elk woord en leek bijzonder ontevreden over het resultaat.

Dan Robie nam een slok thee, zette zijn glas neer, depte zijn mond en zei: 'Toni heeft me alles verteld voordat ik de gevangenis verliet.' Hij keek eerst naar Reel en daarna naar zijn oudste zoon. 'Ik heb waardering voor al het werk en alle risico's die jullie hebben genomen. Zonder dat was ik nu waarschijnlijk ook op borgtocht vrij, maar ik denk niet dat mijn zaak er zo goed zou hebben voorgestaan als nu, zonder jullie werk. Sterker nog, dat weet ik wel zeker.'

'Gerede twijfel,' zei Reel.

Dan wees naar haar. 'Inderdaad. Alternatieve verklaringen en motieven.'

'Ik dacht dat je ieders twijfel zou willen wegnemen, niet alleen die van de juryleden maar van iedereen in Cantrell,' zei Robie.

'Dat wil ik ook, maar op dit moment accepteer ik wat ik krijg.' Hij keek naar Tyler en toen naar Victoria. 'En daar zijn twee redenen voor.'

Tyler stak zijn armen uit, waarop zijn vader hem voorzichtig optilde en op zijn schoot zette. Hij kuste Tyler op zijn hoofd en keek naar Victoria. 'Je ziet er moe uit. Slecht geslapen de laatste tijd?'

Victoria hoestte. 'Inderdaad. Je begrijpt wel waarom.'

'Ik hoop dat je vannacht beter slaapt.'

'Ik weet zeker dat dat gebeurt. Als jij weer naast me ligt.'

'Wil je Ty meenemen naar de keuken en kijken of Priscilla ijs voor hem heeft, lieverd?' vroeg Dan aan zijn vrouw. 'Ik wil een paar minuutjes met Will en Jessica praten.' Zachter voegde hij eraan toe: 'Niet voor Tylers oren bestemd.'

Victoria tilde Tyler op en nam hem mee naar de keuken.

Zodra de deur achter hen dicht was, trok Dan zijn stoel dichterbij. 'Bobby Wendell zit diep in de problemen.'

Robie zei: 'Als hij die mensen heeft ingehuurd om te doen wat ze hebben gedaan, dan zit hij dat zeker. Maar dat moet nog wel worden bewezen.'

'Jullie denken dus niet dat hij iemand heeft laten vermoorden? Clancy? De zusjes Chisum?'

'Nee, wij denken van niet,' zei Robie.

'Aubrey Davis is vastbesloten om mijn proces voort te zetten, tenzij we kunnen bewijzen dat iemand anders verantwoordelijk was voor die moord.'

'Ik had niets minder van hem verwacht.'

'Vertel eens wat meer over die seriemoordenaar.'

Robie en Reel vertelden om beurten wat Wurtzburger hun had verteld.

Dan wreef over zijn kaak. 'Weet je, het lijkt mij sterk dat hier toevallig een seriemoordenaar bezig is en drie mensen heeft vermoord die, door hun daden, andere mensen een motief hebben gegeven ze te vermoorden.'

'Wij dachten hetzelfde,' zei Reel.

'Hoe verklaar jij de forensische bewijzen tegen jou op de plaats delict?' vroeg Robie.

'Expres aangebracht.'

'Dan geloof ik niet dat onze rondreizende seriemoordenaar er verantwoordelijk voor was. Waarom zou hij jou erin willen luizen?'

'Dat zou hij niet willen,' zei Dan. 'Geen enkele reden voor. Daarom denk ik dat jullie FBI-vriendje het verkeerde spoor volgt.'

'Wat ons terugbrengt naar vraag één: wie heeft ze vermoord?'

'Als het maar één iemand is,' zei Reel. 'Clancy en Janet Chisum, misschien dezelfde persoon. Maar het zou goed kunnen dat iemand anders Sara Chisum heeft vermoord.'

'Dat is mogelijk,' beaamde Dan langzaam. 'Maar dan wordt het wel heel erg ingewikkeld, misschien te ingewikkeld. Mijn juridische ervaring is dat de meeste moorden nogal ongecompliceerd zijn en dat al snel duidelijk is wie er verantwoordelijk voor is.'

'Waarom ben je niet in de gevangenis gebleven?' vroeg Robie. 'Daar ben je veiliger.'

'Ja, dat is inderdaad wat iemand zou zeggen die niet in een gevangeniscel zit. Dat is niet echt leuk. Bovendien ben ik liever vrij zodat ik mijn familie kan beschermen, stel dat er inderdaad een gek rondloopt die het op mij heeft gemunt.'

'Daarom zijn wij hier.'

'Maar toch. Zij zijn mijn verantwoordelijkheid.' Hij zweeg even. 'Ik weet dat dit alles een verrassing voor je was. Dat ik getrouwd ben. En een zoontje heb. Ik hoop dat jij en Victoria het goed met elkaar kunnen vinden. Ik zou het begrijpen als er wat wrijving zou zijn.'

'Het gaat prima,' zei Robie. 'Ze is erg aardig. Ik weet dat ze veel van je houdt. En ze is een geweldige moeder voor Tyler.'

'Dat is zo. Ik prijs mezelf heel gelukkig. Ik had nooit verwacht dat ik een tweede kans op geluk zou krijgen.' Hij grijnsde als een schooljongen.

Reel zei: 'Dan, je hebt onze belangrijkste vraag nog steeds niet beantwoord.'

Dan keek haar aan. 'Laat me raden: of ik die nacht wel of niet in de Range Rover reed.'

'Je krijgt een tien met een griffel. Maar een antwoord zou nog beter zijn.'

'De waarheid is dat ik het me niet kan herinneren.'

Robie en Reel keken elkaar aan.

'Jullie geloven me niet?' vroeg Dan.

Robie zei: 'Het is niet belangrijk of wij je geloven, maar nee, wij geloven je niet. Het is alleen belangrijk of de jury je gelooft. En geen enkel jurylid zal geloven dat jij niet meer weet of je die nacht wel of niet in de Range Rover rondreed.'

'Bescherm je iemand?' vroeg Reel.

Dan keek haar fel aan. 'Wie bijvoorbeeld?'

'Dat weet ik niet, daarom vraag ik het dus. We weten dat Victoria, Tyler en Priscilla niet in de stad waren. Voor wie zou je dan dit risico willen nemen?'

'Voor niemand, omdat ik niemand bescherm. Misschien was ik die nacht op stap. Of misschien hebben die twee getuigen niet gezien wat ze dachten te zien. Ik ben niet de enige met een Range Rover in Cantrell. Clancy had er ook een.'

'Verdomme!' mompelde Robie en hij stond abrupt op.

Reel ook.

Ze liepen samen weg.

Dan riep hen achterna: 'Waar gaan jullie verdomme naartoe?'

Niemand gaf antwoord.

59

Robie en Reel lieten hun auto aan de overkant van de weg staan en liepen naar de voorkant van Clancy's afgebrande herenhuis. De brandgeur hing nog steeds in de lucht. Ze glipten door de gedeeltelijk openstaande poort en liepen over de oprijlaan.

Hij zei: 'Ik weet niet waarom ik één en één niet eerder bij elkaar heb opgeteld.'

'De Range Rovers. Lijkt deze veel op die van je vader?'

'Heel veel, als ik het me goed herinner. Ik heb hem maar één keer gezien, toen ik hier de eerste keer was.'

Ze hadden pas laat gegeten en waren daarna hiernaartoe gereden, wat betekende dat het al bijna donker was. Terwijl ze naar de garage liepen, hoorden ze het zachte gezoem van insecten, de ritselende bewegingen van dieren in het bos hier vlakbij, een enkele keer het geblaf van een vos en de geluiden van iets groots wat niet zo heel ver weg in het water plonsde.

Toen ze de garage in liepen, zei Reel: 'Dus dat is de Bentley waarin hij is gestorven?'

Robie knikte. 'En dat daar is de Range Rover.'

Ze liepen naar de achterkant van de SUV.

Robie had gelukkig een zaklamp bij zich, want ze ontdekten dat het licht in de garage het niet deed.

'Daar is het,' zei Reel en ze wees naar het gat.

Robie knielde en bekeek het gat nauwkeuriger. 'Dit lijkt inderdaad op een kogelgat. En het is niet eens zo oud, helemaal geen roest.'

'Dus dít is de auto die wegscheurde nadat Sara Chisum was doodgeschoten.'

Robie opende de achterklep van de Rover met zijn jas om eventueel aanwezige vingerafdrukken niet te bezoedelen en zag dat de kogel er dwars doorheen was gegaan. 'Laten we eens kijken of we hem kunnen vinden.'

Ze zochten een halfuur lang zo voorzichtig mogelijk om geen forensische bewijzen te vernielen, maar vonden de kogel niet.

'Dat betekent dat degene die in deze auto reed, wist dat ik de Rover heb geraakt, en de kogel heeft gezocht en gevonden toen hij hier terug was.'

'Maar hij heeft niet de moeite genomen het gat af te dekken,' zei Reel.

Robie deed de achterklep dicht en knikte. 'Tja, dan moet je de auto naar een garage brengen. En die zouden de politie misschien inschakelen.'

'Dus zet hij hem hier gewoon neer in de hoop dat niemand het ziet?'

'Waarschijnlijk,' zei Robie.

'Volgende vraag: wie zat achter het stuur? Want diegene heeft Sara Chisum vermoord.'

'Pete?' Robie keek om zich heen, alsof de jongste Clancy zomaar de garage in zou kunnen wandelen.

'Zo ja, waarom?'

Robie zei: 'Hij ontdekte dat zij wist dat zijn vader die mensen chanteerde. Misschien chanteerde zij hem, of ze eiste een deel van het geld. Hij wordt kwaad, stapt in zijn Rover en vermoordt haar.'

'Dat is één theorie,' zei Reel, kennelijk niet overtuigd. 'Hoewel hij zei dat ie niet van wapens hield.'

'Geloofde je dat?'

'Niet echt, nee.'

'Wat dan?'

'We weten nog steeds niet wie je vader beschermt. En ik geloof niet dat het Pete Clancy is.'

Robie zei: 'We moeten sheriff Monda op de hoogte stellen van dit kogelgat. Dat is materieel bewijs in een moordonderzoek.'

'Klopt. We moeten wel afwachten of die man dit kan onderzoeken zonder het in zijn broek te doen. Maar Pete heeft helemaal geen geld, dus misschien wordt de goede sheriff niet zo bang zoals bij de Wendells.'

Robie liep naar de Bentley en keek naar binnen.

Reel kwam naast hem staan en keek over zijn schouder naar binnen. 'De vingerafdrukken, haren en een laarsafdruk van je vader in de modder naast deze auto?'

'Ja.'

'Vingerafdrukken zijn een probleem. Het is echt niet zo gemakkelijk om die expres aan te brengen als de tv en de films het doen voorkomen.'

'Hij had al eerder in Clancy's auto kunnen zitten.'

'Maar ze waren niet bevriend.'

'Maar ik denk ook niet dat ze elkaars vijand waren, tot wat er met Victoria gebeurde.'

'Heeft Victoria je ooit verteld hoe dat zat? Tussen haar en Clancy?'

Robie vertelde haar wat Victoria hem eerder had verteld.

'Nou, ik denk dat ik dat wel kan begrijpen. Het minste van twee kwaden. Ze wilde niet dat je vader wist van haar verleden en dus voldeed ze aan Clancy's eisen. Verdomme, wat een hufter was dat, zeg!'

'Nou, dat heeft hem ten slotte de das omgedaan.'

Reel trommelde op het dak van de Bentley. 'Denk je echt dat Pete Sara heeft vermoord?'

'Iedereen had de Range Rover kunnen meenemen. De garagedeur zit niet op slot en de autosleutels hingen waarschijnlijk aan een haakje in de keuken of zelfs ergens hier in de garage. Maar nee, ik heb niet de indruk dat Pete slim of zorgvuldig genoeg is om dat allemaal te doen. Zijn vaders keel doorsnijden? Twee meisjes vermoorden? Mijn vader erin luizen? Ons allemaal leugens op de mouw spelden? Verdomme, hij kon Wendell niet eens chanteren zonder bijna vermoord te worden. Daarna slaat hij als een bang kind op de vlucht en komt met de staart tussen de benen terug en smeekt om bescherming. Als hij erachter zit, heeft die vent ongelofelijk veel mazzel gehad.'

'Toch zou hij het kunnen zijn.'

'Of hij is onschuldig en weet er niets van,' zei Robie.

'Nou, hij zit nu in de cel. Waarom vragen we het hem niet?'

'Denk je echt dat hij ons de waarheid zal vertellen?' vroeg Robie sceptisch.

'Hangt ervan af hoe we het hem vragen.'

Ze verlieten de garage en liepen naar het huis, dat nu grotendeels uit een paar omgevallen muren en een gedeeltelijk ingestort dak bestond.

'Hoe groter ze zijn, hoe harder de val,' zei Reel. 'Daarom heb ik nooit rijk willen zijn. Te veel shit om je druk over te maken. En uiteindelijk maakt het allemaal niets uit, wel?'

'Bedoel je dat je het niet mee kunt nemen?'

'Nee, ik bedoel dat je oud wordt en iemand, meestal je familie, probeert om het van je af te pakken terwijl je nog leeft. Zo zou ik mijn oude dag niet willen slijten.'

‘Nu doe je het alweer, praten over met pensioen gaan.’

Reel keek hem aan. ‘Waarom niet? Denk je soms dat we dit werk altijd kunnen blijven doen?’

‘Ik in elk geval niet, zeker weten.’

‘En wie weet, misschien worden we wel vervangen door drones.’

‘Zelfs sluipschutters kunnen de technologie niet tegenhouden,’ zei Robie sarcastisch.

‘Met pensioen dus?’

‘Of een voortijdige dood.’

‘Je moet iets optimistischer worden, Robie.’

‘Zeg dat nog maar een keer als we Mississippi hebben verlaten.’

Zijn telefoon zoemde. Hij haalde hem uit zijn zak en keek naar het scherm. ‘Ik ken het nummer niet.’

‘Ik zou opnemen.’

Dat deed hij.

Bobby Wendell klonk geagiteerd. ‘Meneer Robie, we hebben een probleem.’

‘Wat voor probleem?’

‘Nou, op dit moment is het meer uw probleem dan het mijne.’

‘Waar hebt u het over?’

‘De mannen die ik wel of niet heb ingehuurd om die kwestie op te lossen?’

‘Wat is daarmee?’

‘Ze zijn woedend om wat u en uw partner hebben gedaan. En ze hebben versterking opgeroepen, kennelijk nog ergere boeven dan zij zijn. En ze zijn onderweg om actie te ondernemen.’

‘Wie zijn het?’

‘Dat weet ik niet.’

‘Hoe weet u dan dat ze ons te pakken willen nemen?’

‘Ik werd gebeld door iemand, een vriend. Hij is op de hoogte en heeft het me verteld. Deze groep dacht dat de klus gemakkelijk zou zijn. Pete de duimschroeven aandraaien. Maar toen kwam u en verpestte de boel. Zij willen hun deel van de buit, meneer Robie. En de buit, dat zijn u en uw partner. Dat is de reden dat ik nu meteen met mijn gezin het land ga verlaten.’

‘Waar zijn ze nu, weet u dat?’

Reel tikte Robie op de schouder en wees naar voren. ‘Ze zijn hier,’ zei ze zacht.

60

Reel had de koplampen gezien van twee auto's die door het hek kwamen.

De SUV's reden snel en de chauffeurs vonden het kennelijk volkomen onbelangrijk wie hoorde dat ze eraan kwamen. Ze stopten naast het huis.

Robie en Reel trokken hun pistool en glipten achter de garage.

Hij had zijn 9mm en zijn mes.

Zij had haar pistool en nog eentje aan haar enkel. En haar wurgkoord in haar mouw.

Robie toetste een nummer in op zijn telefoon.

Taggert nam na de tweede keer al op en hij vertelde wat er aan de hand was. 'Ik kom zo snel mogelijk met zo veel mogelijk gewapende agenten naar je toe,' zei ze gespannen en ze verbrak de verbinding.

'Ze komen,' zei Robie en hij stopte de telefoon in zijn zak.

De portieren gingen open.

Reel keek om de garage heen en toen naar de openstaande deur van de garage. 'Gigantisch hiaat in onze verdediging. Als ze zich verspreiden en ons van achteren besluipen, zitten we klem.' Ze tikte heel zacht tegen een van de houten wanden. 'Of ze schieten hier gewoon doorheen tot ze ons raken.'

Hij knikte, was het met haar eens. 'Dan moeten we maken dat we wegkomen,' zei hij. Hij keek naar de Bentley en toen naar de Range Rover. De Rover was nog maar een paar jaar oud, schatte hij, dus veel moeilijker zonder sleutels te starten. Maar de Bentley was oud, dus stapte hij in en ging achter het stuur zitten.

Ze hoorden voetstappen richting de garage komen. Kennelijk wisten ze precies waar ze waren.

'Dek ons,' zei Robie, en hij dook onder het stuur en ging aan het werk met de draden.

Reel liep naar de zijkant van de openstaande garagedeur. Haar ademhaling vertraagde. Ze hield haar wapen op dezelfde manier vast als altijd, zodat het meer een verlenging van haar hand was dan een pistool. Ze luisterde aandachtig, probeerde te horen wat ze aan het doen waren.

Ze keek naar Robie. Zodra de motor aansloeg, zouden de mannen aanvallen. Dat was een gegeven. Ze bleef stilstaan toen ze de stem hoorde.

'We weten dat jullie daarbinnen zijn. Jullie zijn omsingeld en kunnen niet ontsnappen. Als jullie je nu overgeven, ga je snel. Als jullie dat niet doen, ga je langzaam.'

Robie ging door met wat hij aan het doen was.

Ondertussen dacht Reel na over een mogelijke kans. Ze sloop naar Robie toe en vertelde hem wat ze dacht.

Hij knikte, gaf haar zijn pistool en zei: 'Doe het!'

Ze liep naar de plek die ze in gedachten had: een smalle opening tussen allerlei troep, vanwaaruit ze door de geopende deur naar buiten kon kijken.

Reel schatte in hoeveel tegenstanders ze hadden. Er waren twee grote SUV's de oprit op gereden, die hadden maximaal acht zitplaatsen. Dus konden het zestien man zijn. Misschien meer als er een paar helemaal achterin in de laadbak hadden gezeten. Maar ze zouden geweren bij zich hebben, en die namen ruimte in. Dus misschien toch 'slechts' zestien.

Robie riep zacht: 'Klaar.' Hij had twee draden in zijn hand en stond op het punt ze tegen elkaar aan te houden.

Reel haalde haar nachtbril uit haar rugzakje, zette hem op en deed hem aan. Ze liet de lopen van haar pistolen op een metalen afvalbak rusten.

Dezelfde stem zei: 'Jullie hebben tien seconden om een besluit te nemen. Daarna hebben jullie geen keus meer.'

'Drie... twee... één,' zei Robie. Hij hield de twee draden tegen elkaar aan, waarop de grote Bentley brullend tot leven kwam. Robie was blij dat degene die de auto had geparkeerd hem met de neus naar voren had gezet. Deze situatie was al lastig genoeg zonder een U-bocht te hoeven maken.

De mannen renden al schietend naar de garage en verraadden daardoor hun posities.

Reel schoot; systematisch, ongehaast en met een ongelofelijke accuratesse.

Vier mannen, die hun locatie hadden verraden door hun mondingsvuur, vielen dood neer, terwijl de anderen dekking zochten.

'Rennen, Jess!' riep Robie.

Ze rende door de garage, terwijl de kogels door de lucht vlogen, sprong op de passagiersstoel van de Bentley en kroop meteen door naar de achterbank. Ze liet beide raampjes zakken, met in elke hand een pistool. 'Geef gas!' riep ze.

Robie zette de Bentley in de versnelling en gaf plankgas. De grote auto schoot naar voren en reed dwars door de garagedeur, waardoor er grote stukken hout door de lucht vlogen.

Ze hoorden een gil en een bons en toen viel er nog een lichaam, waarschijnlijk door de botsing met een deel van de garagedeur of de auto.

De Bentley zigzagde over de oprit. Ze werden nu van alle kanten beschoten. Robie zat onderuitgezakt in zijn stoel, zijn hoofd stak net boven het dashboard uit. Hij was blij dat de oude Bentley was gebouwd als een tank, met dikke metalen zijpanelen. Hij trok het stuur naar rechts en reed een man omver die zijn wapen herlaadde. De man vloog door de lucht en landde tegen een stapel spullen die waarschijnlijk door de brandweerlieden uit het huis waren gedragen.

Reel schoot door de beide geopende achterramen. Ze schoot niet in het wilde weg, maar ook niet echt op doelwitten. Ze wilde alleen dat zij en Robie hier wegkwamen.

De achterruit explodeerde toen er een kogel doorheen vloog. Kogels raakten een voorband en een achterband, die daardoor aan flarden scheurden. Toch hield Robie het gaspedaal diep ingedrukt en bleef hij doorrijden, hoewel niet meer zo soepel.

De voorruit explodeerde toen die door verschillende kogels werd geraakt. Robie bukte net op tijd, maar hij hoorde dat Reel achterin kreunde. 'Ben je in orde?' riep hij.

'Gewoon doorrijden!' riep ze terug.

Robie rukte aan het stuur om een van de SUV's te ontwijken, maar daardoor botste de Bentley tegen de andere auto. De zware auto duwde de SUV ver genoeg opzij om erlangs te kunnen en het voorwiel van de SUV te verbuigen, zodat er niet meer in gereden kon worden.

Een paar seconden later waren ze het hek door. Op de weg sloeg Robie links af, de gehavende Bentley reed hobbelend door.

Robie keek achterom en zag bloed op Reels gezicht. 'Hoe erg?'

'Niet erg.' Ze zweeg even en vroeg toen: 'Maar het loopt in mijn ogen. Zit er een verbanddoos in deze wagen?'

Robie maakte het handschoenenkastje open, haalde er van alles uit en gooide het op de stoel naast zich. Eindelijk sloten zijn vingers zich om een klein, plastic doosje. 'Hier,' zei hij en hij gooide het verbanddoosje naar haar toe.

Robie keek achterom en toen viel zijn blik op iets op de stoel naast hem.

Even bleef hij ernaar kijken.

Een foto. Gevouwen en verkreukeld.

Hij pakte hem op.

En herkende het gezicht meteen.

Laura Barksdale.

Hij stopte de foto in zijn zak.

Toen hoorde hij Reel sissen: 'Robie, ze komen eraan!'

61

Robie had een fout gemaakt. Met de Bentley als stormram had hij één SUV onklaar gemaakt, maar de andere intact gelaten.

Die fout zou uiteindelijk hun dood tot gevolg kunnen hebben. Hij kon het begrijpen dat hij fouten maakte als hij detective speelde, maar dit soort dingen waren nota bene zijn werk! Hij was zijn magische krachten dus echt kwijt, en misschien kreeg hij nu nooit meer de kans om die terug te krijgen.

De SUV reed vlak achter hen en begon in te lopen doordat de gehavende Bentley op zijn kapotte banden maar langzaam vooruitkwam.

'We rijden al bijna op de velgen,' zei Robie. 'En ik ruik benzine.'

'Ik weet het,' zei Reel, die achterin heen en weer werd geschud.

De volgende serie kogels verbrijzelde de achterkant van de Bentley.

Reel dook net op tijd naar de bodem, voordat glas, metaal en leer door de auto vlogen.

Robie werd ergens door geraakt en voelde dat er bloed over zijn gezicht stroomde. Hij veegde het bloed weg en keek in de achteruitkijkspiegel. De SUV reed vlak achter hen en hij zag mannen uit de ramen hangen.

'Ze hebben MP5's!' riep Reel, die dit ook zag.

Toen hoorden ze sirenes gillen en motoren brullen.

'De cavalerie is onderweg!' riep Reel.

Robie knikte. Alleen zou de cavalerie qua vuurkracht ver in de minderheid zijn. Hij bleef plankgas rijden, maar wist dat dit niet genoeg was. 'Pas op!' zei hij tegen Reel terwijl hij zijn gordel omdeed. 'En gooi een pistool naar me toe.'

Reel ging op de achterbank zitten, gaf hem haar Glock, deed haar gordel om en zette haar voeten tegen de rugleuning van de stoel voor haar.

Robie liet de Bentley een bocht van honderdtachtig graden maken, en de ooit statige auto verloor daarbij wieldoppen, meer rubber en andere onderdelen. Toen trapte hij het gaspedaal weer helemaal in en reden ze recht op de SUV af.

Nu ging het erom wie als eerste bang werd.

Robie richtte zijn pistool op de voorruit van de SUV en schoot zijn hele magazijn leeg.

De ruit verbrijzelde en bloed spatte tegen het glas, terwijl de SUV rechts langs de Bentley schoot.

Robie rukte aan het stuur, zodat de Bentley naar rechts zwenkte.

De auto's reden zo dicht langs elkaar heen dat de zijspiegels elkaar raakten en eraf vlogen.

Robie zag dat de chauffeur van de SUV over het stuur hing en de man naast hem ook slap vooroverhing.

Twee mannen doken op bij de achterramen en wilden hun MP5's afvuren.

Eerst verstijfde de ene man en daarna de andere toen ze door Reels kogels werden geraakt.

Toen was de Bentley de stuurloze SUV gepasseerd, die de berm in reed, over de kop sloeg, tegen een boom botste en ontplofte.

'Robie, we staan in brand!'

Robie keek in de achteruitkijkspiegel en zag uit de achterkant van de auto vlammen omhoogschieten. Hij trapte op de rem, maakte zijn gordel los en schopte het portier open.

Reel riep: 'Mijn gordel zit vast!'

Robie leunde naar achteren over zijn stoel heen.

'Ga weg, Robie, rennen!'

Hij negeerde haar en probeerde niet naar de vlammen te kijken die langs de kofferbak omhoogkropen. Als de benzinedampen vlam vatten, waren ze dood.

Robie haalde zijn mes uit zijn riem, zette de snijkant onder Reels gordel en sneed hem door, maar net niet helemaal.

'Maak alsjeblieft dat je wegkomt!' schreeuwde Reel. 'Nog even en de auto ontploft!'

'Houd je mond,' snauwde Robie. Hij sneed nog een keer en toen was de gordel helemaal doormidden. Nadat hij Reel op de voorstoel had getrokken, vluchtten ze allebei de auto uit.

Ze waren zeven meter bij de Bentley vandaan toen de benzinedamp vlam vatte. De explosie blies hen omver, waarna ze over de ongelijke bodem rolden en vlak bij de bosrand tot stilstand kwamen.

Daar bleven ze roerloos liggen.

'Robie? Robie!'

Er werd iets tegen zijn gezicht geslagen.

Langzaam opende Robie zijn ogen.

Taggert keek op hem neer. 'Ben je dood of zo?' vroeg ze op vlakke toon.

Robie ging langzaam rechtop zitten, kromp in elkaar van de pijn en greep naar zijn arm.

'Heb je een kogelwond?' vroeg Taggert.

Hij schudde zijn hoofd, knoopte zijn overhemd open en trok hem uit. Het littekenweefsel op zijn arm was helemaal opengescheurd, net als misschien een paar andere weefsels.

'Verdomme!' zei Taggert. 'Dat doet vast pijn.'

Hij trok zijn overhemd weer aan. 'Is waarschijnlijk gebeurd toen de auto explodeerde.'

Hij keek opzij naar Reel, die bij bewustzijn kwam en rechtop ging zitten. 'Alles oké?' vroeg hij.

'Oké?' riep Taggert uit. 'Verdomme, jullie zien er allesbehalve oké uit!'

Naast haar stonden twee soldaten in volledige gevechtsuitrusting.

Robie zei: 'Die andere kerels zien er slechter uit. Ze zijn vrijwel zeker dood.'

'Dat zijn ze, in elk geval de mannen in die truck daar. Helemaal verbrand.'

'Nou, we hadden de meesten al doodgeschoten voordat dat gebeurde,' zei Reel.

Een van de soldaten vroeg: 'Bedoel je toen jullie nog reden?'

Reel keek hem aan. 'Nou, ze waren niet zo beleefd om te stoppen zodat ik ze terwijl ze stilstonden kon doodschieten.'

Robie zei: 'Dit begon allemaal bij Clancy's huis. Daar liggen nog meer mannen.'

Taggert keek naar de soldaten. 'Ga maar even kijken. Ik blijf hier bij hen. En roep nog wat versterking op. Dit is verdomme geen plaats delict, maar een oorlogsgebied.'

De soldaten vertrokken snel en Taggert keek weer naar Robie en Reel. 'Ik kan een ambulance bellen.'

'Wie heeft er een ambulance nodig?' vroeg Reel.

'Verdomme, jullie zouden jezelf eens moeten zien! Jullie zitten onder het bloed!'

'Allemaal oppervlakkige wonden.'

'Nou, als jullie daar geen bezwaar tegen hebben, wil ik dat graag even laten bevestigen.'

'Later, Taggert,' zei Robie.

'Oké, maar vertel eens wat jullie bij Clancy's huis deden.'

'Dat is een lang verhaal,' zei Robie.

Taggert hurkte naast hem neer. 'Nou, ik heb alle tijd.'

62

Eventuele overlevenden bij Clancy's huis waren kennelijk te voet ontsnapt, want de beschadigde SUV stond er nog steeds.

Robie en Reel vertelden Taggert wat er allemaal was gebeurd.

Zodra Monda er was, liet Robie de sheriff en Taggert het kogelgat in de Range Rover in de garage zien.

'Dus dit was de auto waar u op hebt geschoten?' vroeg Monda, terwijl hij over het beschadigde metaal streek.

'Ja. En dat betekent ook dat de moordenaar van Sara Chisum hierin reed.'

'Ik zal het forensisch team oproepen om dit te onderzoeken,' zei Monda. 'Wat nog meer?'

'Bobby Wendell waarschuwde ons dat deze mannen ons wilden doodschieten.'

Dat verbaasde Monda. 'Hij geeft dus min of meer toe dat hij er iets mee te maken heeft?'

'Misschien minder dan meer. Maar inmiddels heeft hij samen met zijn gezin het land verlaten.'

'Wát!' riep Monda uit.

'Hij maakte zich zorgen over de veiligheid van zijn gezin,' vertelde Robie. 'Ik weet niet of hij terugkomt, maar ik denk niet dat hij iemand heeft vermoord. Dus hij mag wel wegblijven.'

'Verdomme, Robie!' zei Monda. 'Ik moet verantwoording afleggen aan bepaalde mensen!'

'Eerder was u niet eens bereid om hem na te trekken.'

'Nou, de situatie is veranderd. Ik zit hier met allemaal lijken en dat bevalt me niet, dat bevalt me helemaal niet!'

Robie wreef over zijn gewonde arm. 'Ik kan niet zeggen dat het me ook maar iets kan schelen.'

Taggert zag hem wrijven en zei: 'Oké, jij en Reel moeten je laten onderzoeken.'

Monda zei: ‘Ik breng jullie wel. Dan kunnen we onderweg nog even praten.’

‘Bedankt, sheriff, maar onze auto staat hier. We rijden zelf wel.’

‘Ik zal dokter Holloway bellen,’ zei Monda. ‘Hij staat altijd vroeg op. Weet u waar zijn praktijk is?’

Robie knikte.

Reel en hij stapten in hun auto en reden weg.

Reel reed, omdat Robie last had van zijn arm. ‘Is het erg?’ vroeg ze.

‘Mijn oude wond is nu erger geworden.’

‘Die ene was mijn schuld. Maar je had er allang naar moeten laten kijken.’

‘Beroemde laatste woorden.’ Hij stak zijn hand in zijn zak en haalde de foto eruit.

Reel keek ernaar. ‘Wie is dat?’

‘Laura Barksdale.’

‘Je oude vlam? Hoe kom je daaraan?’

‘Lag in het handschoenenkastje van de Bentley.’

‘Hoe komt ie daar, denk je?’

‘Geen idee, maar er moet een reden voor zijn dat ie daar lag.’

‘Denk je dat dit iets te maken heeft met alles wat er nu gebeurt?’

‘Nogmaals: geen idee. Maar we moeten het wel uitzoeken.’

‘Sherman is dood.’

‘Maar Pete niet.’

‘En misschien bestuurde hij de Range Rover wel. Maar je denkt niet dat hij Sara Chisum heeft vermoord?’

‘Dat dacht ik niet, maar nu weet ik dat niet meer zo zeker. Maar ik wil hem iets vragen over deze foto.’

‘Heb je ooit ontdekt wat er met de Barksdales is gebeurd?’

‘Alleen dat ze kennelijk spoorloos verdwenen zijn uit Cantrell.’

‘Hoe kan een gezin een klein stadje verlaten zonder dat iemand het weet?’

‘Nou, dat is kennelijk toch gebeurd.’

‘Je vader zou het moeten weten, ja toch? Ik bedoel, hij was hier toen, en hij kende hen.’

‘Hij zegt dat hij niet weet wat er van hen is geworden.’

‘Geloof je hem?’ vroeg Reel.

‘Misschien word ik een beetje cynisch op mijn oude dag, Jess, maar zo langzamerhand geloof ik niemand meer.’

'Goed zo, ik geloof al jarenlang niemand meer. Soms geloof ik mezelf niet eens.'

Ze reden door.

Dokter Holloway zat al op hen te wachten, gekleed in een wit overhemd, een stropdas en een witte doktersjas.

Zijn assistente was er niet. Zij kwam pas om negen uur, vertelde hij, en het was nog niet eens zeven uur.

Eerst onderzocht hij Reel, maakte de wonden en sneden schoon die waren ontstaan door alles wat er dankzij de afgevuurde kogels door de lucht was gevlogen. 'Hebt u verder nog ergens pijn?' vroeg hij nadat hij een snee in haar hals had gehecht.

'Niets ernstigs,' zei ze.

'Hoe komt u hier eigenlijk aan?' vroeg hij.

'Een snel leven.'

Daarna was Robie aan de beurt en zijn prognose was minder goed. 'Het littekenweefsel is helemaal opengescheurd en daardoor zijn een paar bindweefselbanden gescheurd en is er nog meer inwendige schade ontstaan,' zei Holloway. 'De andere delen kan ik wel hechten, maar dit deel moet geopereerd worden.' Langzaam bewoog hij Robies arm op en neer.

Robie verging bij elke beweging van de pijn.

'Ik zal uw arm in een mitella doen. U moet die arm zo min mogelijk bewegen. Maar u moet u laten opereren, meneer Robie, anders zou er weleens blijvende schade kunnen ontstaan.'

'Begrepen, dokter. Bedankt.'

Holloway maakte Robies andere wonden schoon en hielp hem met het aantrekken van zijn overhemd. Daarna maakte hij de mitella voor Robies arm. Holloway keek hem aan toen hij zijn instrumenten en andere spullen opruimde. 'U en uw vriendin zijn behoorlijk druk bezig geweest in ons stadje.'

'We zouden hier niet zijn als het niet nodig was,' zei Robie.

'Nee, ik heb begrepen dat u hier bent in verband met uw vader. Ik hoorde dat hij uit de gevangenis is.'

'Op borgtocht.'

'Wanneer begint het proces?'

'Misschien komt er geen proces.'

'O, waarom niet?' vroeg Holloway argwanend.

'Als wij ontdekken wie Sherman Clancy echt heeft vermoord.'

'Ik heb begrepen dat de bewijzen verdomd duidelijk naar Dan Robie wezen.'

'Bewijzen zijn vreemde dingen. Hangen helemaal af van het perspectief.'

'Werkt u zelf bij de politie?'

'Zo zou je het wel kunnen noemen.'

'Clancy en die twee meisjes Chisum, drie moorden in relatief korte tijd. Dat zijn we hier niet gewend.'

'Ik hoop dat de meeste plaatsen daar niet aan gewend zijn.'

'Denkt u dat één iemand dat allemaal heeft gedaan?'

'Dat weet ik niet,' zei Robie en hij keek de arts onderzoekend aan. 'Wat denkt u?'

'Ik ben maar een dokter, geen rechercheur.'

'Maar een dokter is wel een soort rechercheur: symptomen onderzoeken en de waarheid achterhalen over wat iemand mankeert.'

'Dat doen we inderdaad het grootste deel van de tijd.'

'Nu we het toch hebben over wat iemand mankeert: hebt u Billy onlangs nog bezocht?'

'Billy Faulconer bedoelt u?'

'Ja.'

'Dat heb ik inderdaad.'

'En hoe gaat het met hem?'

'Hij is stervende, meneer Robie. En daar kan niemand van ons iets aan veranderen.'

'Nou, dat lijkt voor heel veel mensen in Cantrell te gelden!' snauwde Robie.

63

'Je ziet er hondsberoerd uit,' zei Reel toen ze Holloways praktijk verlieten.

Robie keek naar de hechtingen in haar hals, het verbandgaas op haar gezicht en het verband op haar beide armen. 'Nou, dan passen we uitstekend bij elkaar, want jij ziet er ook niet uit.'

Ze reden terug naar The Willows.

Dan Robie kwam hen op de veranda tegemoet. 'Mijn god,' zei hij toen hij hen goed kon zien. 'In Vietnam heb ik soldaten na een vuurgevecht gezien die er beter uitzagen dan jullie.'

'Het was ook niet fijn,' gaf Robie toe.

'Taggert belde me,' zei Dan. 'En heeft me een beetje verteld.' Hij keek naar Robies arm in de mitella. 'Is dat ernstig?'

'Dat zal ik nog wel een keer laten herstellen.'

'Binnenkort,' zei Reel. 'Anders ontstaat er permanente schade.'

Robie keek haar aan.

'Ik stond aan de andere kant van een deur die op een kier stond toen Holloway dat tegen je zei. Ik ben van nature heel nieuwsgierig.'

Dan nam hen mee naar binnen en wilde per se hun ontbijt klaarmaken.

Priscilla was met Tyler naar de kapper, zei hij, en Victoria lag nog op bed met migraine.

Eieren, bacon, gort, koekjes en verse koffie werden opgediend en daarna vielen ze er allemaal op aan.

'Vertel maar eens wat er is gebeurd,' zei Dan.

Robie en Reel brachten hem op de hoogte.

Dan schudde zijn hoofd. 'Dus Clancy's Range Rover werd gebruikt toen Sara Chisum werd vermoord. Ik dacht al dat het zoiets moest zijn toen jullie wegrenden nadat ik die opmerking had gemaakt.'

'Die zette me aan het denken,' zei Robie. 'En ondertussen zijn wij bijna vermoord. Maar het kogelgat was er.'

Dan vroeg: 'En de Wendells? Wie zou hebben gedacht dat zij iets te maken hadden met zulke criminelen?'

'In allerlei families gebeuren nare dingen,' zei Reel.

'Dat weet ik, maar ik had verwacht dat Bobby Wendell slimmer was. Boeven inhuren om dit probleem op te lossen? Tja, als je met slangen speelt, kun je erdoor gebeten worden.'

'En hij is zeker gebeten,' zei Robie en hij zette zijn koffiekopje neer. Toen haalde hij de foto van Laura tevoorschijn en schoof hem over de tafel naar zijn vader.

Dan pakte de foto en keek ernaar. 'Waar heb je die vandaan?'

'Uit Sherman Clancy's Bentley.'

'Waarom zou die daar hebben gelegen?'

'Dat vraag ik me ook af.'

Door de manier waarop Robie dat zei, keek zijn vader op. Grimmig vroeg hij: 'Waarom zeg je niet gewoon wat je denkt, jongen, in plaats van er zoals gewoonlijk omheen te draaien?'

'Wat is er met de Barksdales gebeurd?'

'Ik heb je al verteld dat ik dat niet weet.'

'Ik zal er niet omheen draaien: ik geloof je niet.'

'Je zegt dus dat ik lieg?'

'Noem het zoals je wilt,' zei Robie op vlakke toon.

Dan stond op en vroeg dreigend: 'Wil je dit buiten uitvechten, jongen?'

'Ik ben geen jongen.'

'En hij is een beetje te gewond voor een vechtpartij, Dan,' zei Reel. 'Het feit dat hij een paar keer bijna is vermoord terwijl hij je probeerde te helpen zou toch voor hem moeten pleiten, vind je niet?'

Dan keek haar aan, zijn gezicht veranderde van kleur, hij ging abrupt weer zitten en keek naar het tafelblad.

'De Barksdales?' drong Robie aan.

Zijn vader gromde: 'Dat is meer dan twintig jaar geleden. Wat maakt het uit?'

'Omdat het iets te maken kan hebben met wat er nu gebeurt.'

Dan keek hem aan. 'Waarom denk je dat?'

'Clancy had deze foto in zijn bezit. Clancy was een chanteur. Ik kan geen enkele andere reden bedenken waarom hij deze foto zou hebben. Volgens mij kende hij de Barksdales niet eens. Ze waren allebei van een totaal andere maatschappelijke klasse.'

'Dat is waar. En in Mississippi gaan die klassen meestal niet met elkaar om.'

'Maar misschien is dat toch gebeurd. Wij hebben gehoord dat Nelson Wendell een schuur op het land van Sherman Clancy gebruikte voor zijn gezellige ontmoetingen met kleine jongetjes. Daardoor wist Clancy wat Wendell in werkelijkheid deed en begon hij hem te chanteren.'

Dan zei vol walging: 'Wat een smeerlap. Hij had naar de politie moeten gaan.'

'Hij wilde geld zien, niet het juiste doen,' zei Reel.

Robie zei: 'Pete zei dat zijn vader dacht dat Wendell die schuur gebruikte voor afspraakjes met vrouwen. Hij had hem waarschijnlijk sowieso gechanteerd. Dat gedoe met die kinderen was echter veel erger dan wanneer hij er minnaressen op na had gehouden. Maar terug naar de Barksdales.'

Dan vroeg: 'Dus jij denkt dat hij hen ook chanteerde?'

'Kon hij ze ergens mee chanteren?'

'Hoe moet ik dat weten? Indertijd werkte ik als eenvoudige advocaat voor de inwoners van Cantrell en ik ging, net als Clancy, nooit om met mensen als de Barksdales. Dat heb ik je al gezegd!'

'Maar ik had een relatie met Laura. Sterker nog, ik wilde er met haar vandoor gaan.'

Vader en zoon zaten tegenover elkaar en keken elkaar aan, terwijl Reel naar hen keek.

'Dus dát is er gebeurd,' zei Dan beschuldigend. 'Fijn dat je me dat eindelijk een keer vertelt.'

'Dat is dus níét gebeurd, want Laura besloot te blijven. Dus ben ik alleen weggegaan.'

Dan keek hem fel aan. 'Waarom deed je dat? Je had verdomme een footballbeurs voor Ole Miss. Natuurlijk was je iets te klein om quarterback te kunnen zijn, maar je had lef. Dan had je kunnen studeren, iets van jezelf kunnen maken.'

'Ik héb iets van mezelf gemaakt.'

'Maar niet hier,' zei zijn vader. 'Je moest weglopen om dat te doen. Mij en je moeder buitensluiten.'

'Zij was al weg, pa. Zij was toen allang weg. Daar heb jij voor gezorgd.'

Reel stond op en ze keken allebei naar haar. 'Ik denk dat wat jullie nu gaan bespreken iets is wat alleen jullie aangaat. Ik wacht buiten, Robie, tot je klaar bent.' Ze zweeg even en keek hen een voor een aan. 'Moet ik controleren of jullie gewapend zijn?' Dat was niet helemaal grappig bedoeld.

'Niet nodig,' zei Robie.

Ze keek hen met een veelbetekenende blik aan en liep weg.

Robie keek zijn vader weer aan. 'Ik moest weg uit Cantrell.'

'Waarom?'

'Je weet verdomd goed waarom. Omdat jíj daar was.'

'Is dat zo?' snauwde zijn vader. 'Je bent zonder een woord vertrokken.'

'Jij bent van huis weggelopen. Ik ook. Waarom mocht jij dat wel en ik niet?'

Dan ontplofte bijna. 'Mijn pa was een...'

Robie viel hem in de rede: 'Wat was je pa? Een klootzak die het leven van zijn zoon tot een hel maakte? Die alles zo erg maakte dat zijn eigen vrouw niet met hem kon samenleven, ten slotte vertrok en haar zoon bij hem achterliet?'

'Je haalt twee levens door elkaar, Will. Mijn leven en jouw leven,' zei zijn vader.

'Kennelijk waren ze identiek!' kaatste Robie terug.

'Dat kun jij niet begrijpen. Je weet helemaal niets over...'

'Waarom leg je het me dan niet uit, pá? Want ik ben hier nú! En ik luister.'

'Wat ik te zeggen heb, wil je helemaal niet horen!'

'Wel waar, want dat is de reden dat ik ben teruggekomen.'

'Lulkoek!'

Robie praatte door, op een vlakke en rustige toon. Het was alsof hij zijn hele volwassen leven had gerepeteerd wat hij nu zou gaan zeggen. 'Ik heb een baan, pa. Een complexe baan waarbij ik volkomen perfect moet zijn in wat ik doe. Maar tijdens mijn laatste twee missies was ik niet perfect. Verre van zelfs.' Robie zweeg even, en toen hij weer begon te praten klonk zijn stem gespannen. 'Ik heb iemand gedood die ik niet had mogen doden. En tijdens de daaropvolgende missie zag ik iemand die er niet eens was: een klein jongetje en zijn vader. Maar ze waren er niet. Ze zaten alleen in mijn hoofd.' Hij probeerde nog iets te zeggen, maar de woorden buitelden over elkaar heen in zijn hoofd. Hij had heel vaak gedacht aan wat hij tegen zijn vader wilde zeggen. En nu hij daar de kans voor had, kon hij het gewoon niet.

De klok in de hal tikte door, terwijl de twee mannen elkaar aankeken.

Het leek wel een eeuwigheid, misschien zelfs langer.

Ten slotte zei zijn vader: 'Ik heb Laura verteld dat je zonder haar was vertrokken.'

Robie had het gevoel alsof iemand een kogel in zijn hersens had geschoten. 'Wat?' vroeg hij zacht. Hij probeerde dat wat hij vanbinnen voelde in te houden, omdat hij niet zeker wist wat er zou gebeuren als hij dat niet deed.

'Ik heb haar verteld dat je elders een nieuw leven wilde beginnen.'

'Wanneer?'

'Ze kwam een paar dagen na je vertrek langs. Ze wilde weten waar je was. Ik had gezien dat je spullen weg waren, net als die ouwe auto. Ik wist wat er was gebeurd. Ook al had je verdomme niet eens de moeite genomen om een briefje voor me achter te laten. Er had je van alles kunnen overkomen. Van alles!' Dan sloeg met zijn vuist op tafel.

'Je had het recht niet haar iets te vertellen!'

'Daar had ik elk recht toe! Jij was mijn zoon! Zelfs al was je weggelopen. En je had haar niet meegenomen en dus dacht ik dat je... haar gewoon niet wilde. Dus heb ik dat tegen haar gezegd.'

'Wat deed ze toen?'

'Ze rende huilend weg.' Dan boog zijn hoofd, zijn woedende blik was verdwenen.

Robie voelde dat hij juist woedend werd. Een fractie van een seconde stelde hij zich voor dat hij zijn pistool trok...

'Je had haar niet nodig,' zei Dan.

'Houd je mond, pa,' zei Robie, fluisterend bijna.

'Ze zou je alleen maar voor de voeten hebben gelopen. Jij wilde weg uit Cantrell? Nou, dan moest je er ook helemaal afscheid van nemen. En die vader van haar...'

Robie stond op. 'Houd je mond, pa.'

Dan keek naar hem op, met een woedende blik op zijn gezicht, tot hij de blik op het gezicht van zijn zoon zag. En toen, misschien wel voor het eerst in zijn leven sinds Vietnam, leek Dan Robie te vrezen voor zijn leven.

Voordat Robie iets deed waar hij spijt van kon krijgen, draaide hij zich om en liep naar buiten.

64

'En, hoe ging het?' vroeg Reel.

Robie en zij zaten op de achterveranda van The Willows.

'Ik wil er niet over praten,' snauwde Robie. Zijn hart ging tekeer, zijn bloeddruk was gigantisch hoog en hij dacht dat hij moest overgeven. Hij was in de tegengestelde toestand van cold zero, een fysiologisch niveau dat hij misschien nooit meer zou bereiken.

Langzaam haalde hij de foto van Laura Barksdale tevoorschijn.

'Kon hij je daar meer over vertellen?' vroeg Reel.

Robie knikte. 'Op een manier die ik nooit had verwacht.'

'Wat bedoel je daarmee?'

Maar Robie schudde zijn hoofd. 'Niet nu, Jess.'

Reel nam de foto van hem aan en bekeek hem onderzoekend. 'Ze was heel knap.'

'Ja, dat was ze.'

'Ik kan me goed voorstellen dat een jongeman stapelgek op haar werd.'

'Ja,' zei Robie en hij pakte de foto weer van haar terug.

'Je kwam hier dus heel vaak in die tijd.'

'Nee, niet zo vaak.'

'Waarom niet?'

'Dat zouden haar ouders niet hebben goedgekeurd.'

'Wat, had je niet genoeg blauw bloed?'

'Ze vonden het geweldig dat ik de startende quarterback was bij de staatskampioenschappen, maar behalve dat, nee, behalve dat had ik niet genoeg blauw bloed.'

'Toen we met Pete praatten, zei je toch dat ze een broer had?'

'Ja, hij was een paar jaar ouder. Emmitt Barksdale.'

Reel keek om zich heen. 'Dus een prominent gezin verdwijnt zomaar en niemand in Cantrell weet daar iets van?'

Robie zei: 'Kennelijk.'

'Nou, ze hebben het huis toch verkocht?'

'Ja, maar niet aan mijn vader. Er is kennelijk nog een eigenaar geweest.'

'Waarom vraag je het dan niet aan de makelaar die de verkoop heeft geregeld? Of kijk het na in het kadaster. Als je een huis verkoopt, wordt dat immers ergens vastgelegd.'

Robie keek haar aan. 'Dat is waar.'

'En terwijl jij dat doet, ga ik iets anders doen.'

'Wat dan?'

'Met je ouwe vriend Pete Clancy praten en hem iets vragen over dat kogelgat in zijn Range Rover.'

Ze vertrokken ieder met een andere auto.

Voor een raam dat uitkeek op de voorkant van het huis stond Victoria hen na te kijken.

Dan Robie kwam achter haar staan en sloeg zijn armen om haar heen, terwijl ze beide auto's onder het bladerdak van de moerasdennen zagen verdwijnen.

Pete Clancy zat aan de tafel en balde zijn vuisten en ontspande ze weer.

Taggert en Reel zaten tegenover hem, in de bezoekerskamer van de gevangenis.

Pete droeg zijn eigen kleren, omdat hij feitelijk geen arrestant was. Taggert had hem eraan herinnerd dat dit zomaar kon veranderen.

'Laten we dit nog een keer doornemen,' zei Reel geduldig. 'Waar was je in de nacht waarin Sara Chisum werd vermoord?'

'Ik heb jullie al verteld dat ik me dat niet herinner. Waarschijnlijk dronken. Ik was op de vlucht, en doodsbang.'

'Je bent dus doodsbang, je wordt dronken en je kunt jezelf niet verdedigen of helder nadenken omdat...?' vroeg Reel.

'Omdat ik stom ben, neem ik aan,' zei Pete. Hij liet een glimlach zien die volgens hem waarschijnlijk vleiend was en die waarschijnlijk werkte bij de meeste vrouwen die hij tegenkwam, van wie de meesten waarschijnlijk ook dronken waren.

Toch verdween die glimlach als een lekgeprikte ballon toen hij naar de strenge gezichten keek van deze vrouwen.

'Niet goed genoeg, Pete,' zei Taggert. 'Er zit een kogelgat in je auto.'

'Dat is niet *míjn* auto, oké? Hij was van mijn pa. Ik heb nooit in dat verdomde ding gereden. Ik heb mijn Porsche.'

‘Waar werden de autosleutels bewaard?’

‘Weet ik veel. Ergens in huis, denk ik. Iedereen had die auto kunnen meenemen. Ik deed die verdomde deuren nooit op slot.’

‘Je hebt dus geen alibi voor het tijdstip waarop Sara Chisum is vermoord,’ zei Taggert nuchter.

‘Als ik dat wel had, zou ik het je vertellen, maar ik heb het niet. Mag ik nu terug naar mijn cel? Ik moet nog wat slaap inhalen. En hé, kan ik daar een biertje krijgen? En misschien wat gegrild vlees?’ Hij maakte aanstalten om op te staan, maar Reel stak haar hand uit en duwde hem weer in zijn stoel.

‘Je kunt nog niet weg, want we zijn nog niet klaar met je.’

‘Ik wil een advocaat.’

‘Daar heb je geen recht op,’ zei Taggert.

Pete wees naar haar. ‘Je kunt me niks wijsmaken, ik kijk naar de tv, dus als je zegt dat je een advocaat wilt, moeten jullie me als de sodemieter met rust laten en mogen jullie me geen vragen meer stellen.’

‘Daar heb je geen recht op,’ zei Reel, ‘omdat je niet gearresteerd bent.’

Taggert knikte. ‘Dat klopt helemaal.’

‘Wat is dit voor onzin?’ brulde Pete. ‘Dan wil ik hier als de sodemieter vandaan!’

Reel zei: ‘Prima. De mannen die je bijna hebben vermoord, staan volgens mij nog steeds voor de deur te wachten. Doe ze de groeten maar van mij.’

‘Dit is verdomme ongelofelijk!’ schreeuwde Pete.

‘Ach, de wereld is nu eenmaal niet perfect,’ zei Reel rustig. ‘Haal dus even diep adem, beheers je, graaf even in je geheugen en vertel ons waar je was in de nacht waarin Sara werd vermoord.’

‘Ik heb jullie al verteld...’

Reel stak haar hand uit en greep hem bij de pols. ‘Haal diep adem, beheers je en probeer het je te herinneren, want dan mag je terug naar je cel. Dat is de worst die we je voorhouden, Pete. Pak hem dus maar, anders ben je de hoofdverdachte voor de moord op Sara.’

Ze liet hem los en Pete viel terug in zijn stoel en streek door zijn verwarde haar. Hij haalde diep adem en werd rustig. ‘Oké, wanneer is ze ook al weer vermoord?’

Dat vertelde Reel hem.

‘Oké.’ Pete boog zich naar voren en zijn wenkbrauwen raakten elkaar bijna terwijl hij zich concentreerde. Toen glimlachte hij. ‘Verdomme, ik weet het! Ik was in New Orleans. In de OK Corral Bar aan Bourbon Street. Daar ben ik verdomme vijf keer van de elektronische stier gedonderd.'

'Hoe laat kwam je daar aan en hoe laat ben je vertrokken?' vroeg Taggert.

'Ik kwam om een uur of elf 's avonds en vertrok rond vier uur 's nachts.'

'Kan iemand dat bevestigen?'

'Mijn vriend is een van de barkeepers daar. En dan is er nog die meid die ik daar ontmoette. Ze is met mij meegegaan.' Hij glimlachte. 'Als je begrijpt wat ik bedoel.'

'Namen en telefoonnummers alsjeblieft,' zei Taggert.

'Mijn vriend heet Kyle. Als je die bar belt, vind je hem wel. Hij heeft me mijn laatste drankje gegeven, daarom weet ik het nog.'

'En dat meisje?'

Pete zocht in zijn zakken tot hij een stukje papier vond dat wel folie leek en schoof het over de tafel. In zwarte viltstift stonden er een telefoonnummer en een naam: *LuAnne.*

Beide vrouwen keken ernaar, maar raakten het niet aan.

'Dat is een condoomverpakking,' zei Taggert walgend.

'Dat weet ik. Dat was het enige wat ik kon vinden waar ze het op kon schrijven.'

Reel zei: 'Nou, je vrijt in elk geval veilig. Ik ben officieel verbaasd.'

'Ik wil echt geen papa worden. Weet je wel wat kinderen kosten? Dat is verdomd schandalig!'

Taggert zuchtte en vertrok om de telefoontjes te plegen, terwijl Pete terugging naar zijn cel.

Een halfuur later ongeveer kwam Taggert terug en ging naast Reel zitten. 'Oké, Kyle van de bar kan zich Pete nog goed herinneren. Hij zei dat hij tegen halfelf binnenkwam. Hij had namelijk op de klok gekeken en wilde Pete net een sms sturen toen hij binnenkwam. En hij verliet de bar pas vlak voor vieren, dus dat komt overeen met Petes verklaring. En niet dat we het hoefden te weten, maar ik heb met LuAnne gepraat en zij zei dat Pete en zij samen waren tot ongeveer acht uur 's ochtends, toen hij wegging om koffie en broodjes te halen en nooit meer terugkwam. Omdat ik een dame ben en dat soort taal niet gebruik, zal ik je niet vertellen hoe ze hem noemde, maar het klinkt als kozak!'

'Dus hij kan onmogelijk Sara hebben vermoord of in die Range Rover hebben gereden?'

‘Onmogelijk,’ beaamde Taggert. ‘Zelfs niet als hij een privévliegtuig had.’

‘Dus iemand anders heeft die Range Rover gepakt en Sara vermoord.’

‘Lijkt er wel op.’

‘Dat betekent dat we in een kringetje ronddraaien,’ zei Reel met een zucht.

65

Robie sloeg het zware boek dicht. Hij was in de rechtbank, op de kadasterafdeling. Niet alle informatie was al gedigitaliseerd, had de klerk hem verteld, dus had hij zijn onderzoek op de ouderwetse manier uitgevoerd: door in de stoffige oude boeken te bladeren die ze voor hem had verzameld.

Op de documenten stonden de handtekeningen van de partijen, en Robie had de handtekeningen bestudeerd van Henry en Ellen Barksdale. Hij kon niet zweren dat het echt hun handtekeningen waren, maar deze documenten waren ingeschreven en dus notarieel bevestigd, en hij nam aan dat degenen die de handtekeningen hadden gezet zich hadden moeten identificeren. Hoewel iedereen in deze omgeving de Barksdales van gezicht zou hebben gekend.

Verder was er de transactie van toen zijn vader en Victoria het huis hadden gekocht van de familie die The Willows van de Barksdales had gekocht. Hij keek naar de zorgvuldige handtekening van zijn vader, even kaarsrecht als de man zelf was. Ernaast stond Victoria's handtekening, losjes en vloeiend.

Robie stopte even bij de klerk voordat hij vertrok. Ze was een dikke vrouw van in de zestig met dunner wordend haar dat donkerrood was geverfd. Robie wist niet of dit de bedoeling was geweest of dat het een mislukt experiment was, maar de vrouw was vrolijk en behulpzaam.

Ze vertelde hem dat The Willows iets meer dan twintig jaar geleden door de Barksdales was verkocht. Het was gekocht door een zakenman en zijn vrouw uit Baton Rouge. Ze hadden er jaren gewoond, maar toen ze op leeftijd kwamen en kleiner wilden gaan wonen, hadden ze The Willows aan de Robies verkocht. Ze dacht dat ze naar Alabama waren verhuisd. 'Ik kan me die verkoop nog herinneren omdat het in die tijd de grootste was in de county.'

'Ik kende Laura Barksdale,' zei Robie.

'Dat weet ik. Mijn zoon zat tegelijk met jou op Cantrell. Hij zat niet in het footballteam, maar in het jaar waarin jullie het kampioenschap wonnen dacht volgens mij iedereen op school dat ze in het team zaten.'

'Het was écht heel bijzonder,' zei Robie.

'Jij en Laura waren dat jaar toch de Homecoming King en Queen?'

'Ja, dat klopt.' Daar had Robie al heel lang niet meer aan gedacht, maar meteen zag hij het in gedachten weer voor zich: de jongeman in de smerige en bezwete footballkleren en Laura in haar strakke jurk en met haar tiara. De ceremonie was uitgevoerd tijdens de rust van de wedstrijd.

Terwijl ze over het veld liepen, had Laura hem laten beloven dat hij haar jurk niet vies zou maken, maar ze liet wel toe dat hij haar kuste toen ze vlak voordat de eerste helft afgelopen was onder de tribunes kropen.

Hij merkte dat hij glimlachte. Toen hij weer in het heden terugkwam, zag hij dat de klerk grijnzend naar hem keek. 'Fijne herinneringen?' vroeg ze.

'Heel fijn,' zei Robie. 'Dus de Barksdales verkochten The Willows en toen? Gingen ze ergens anders wonen?'

'Dat moet wel. Als ze hier iets hadden gekocht, zou ik dat hebben geweten. Ik werk hier al ruim dertig jaar.'

'Maar u weet niet waar ze naartoe zijn gegaan?'

Ze schudde haar hoofd. 'Ik heb het altijd vreemd gevonden dat ze dat huis verkochten. Ik dacht altijd dat het in de familie zou blijven. Je weet wel, doorgeven aan de kinderen en zo. Ik bedoel, het was al ruim twee eeuwen in het bezit van de Barksdales.'

'En u hebt niemand van hen ooit nog teruggezien?'

'Nou, alleen Emmitt Barksdale.'

Robie was verrast. 'Echt? Wanneer?'

'Een paar dagen geleden.'

Robie schrok. 'Een paar dagen geleden? Hier?'

'Ja. Ik liep de trap van de rechtbank op en hij kwam net naar beneden.'

'Weet u zeker dat hij het was?'

'Tja, ik weet niet of jij je Emmitt nog kunt herinneren, maar hij was lang en knap en had de blauwste ogen die ik ooit heb gezien. Ik weet wel dat het twintig jaar geleden was en zijn haar was nu veel dunner, maar ik weet zeker dat hij het was.'

'Maar u hebt niet met hem gepraat?'

'Ik wilde hallo zeggen, maar toen werd ik aangesproken door iemand met wie ik hier werk. Ze vroeg me iets en toen ik klaar met haar was, was Emmitt verdwenen.'

'Hij kwam dus uit de rechtbank?'

'Ja.'

'Enig idee wat hij hier deed?'

'Dat kan ik wel navragen, ik ben niet de enige klerk hier.'

'Wilt u dat doen?'

De vrouw stond op en kwam een paar minuten later terug. 'Hij deed kennelijk wat u ook hebt gedaan. Kadastergegevens bekijken.'

'Bepaalde gegevens?'

'Hij had precies dezelfde boeken die u had.'

'Voor The Willows?'

'Klopt.'

'Bedankt.'

'Graag gedaan. *Go Panthers*!' zei ze, verwijzend naar de mascotte van Cantrell High.

Robie verliet de rechtbank en zag dat Reel tegen haar auto geleund op hem stond te wachten.

'Ik zag je auto staan. Dacht al dat je in de rechtbank zou zijn.'

'Nog goed nieuws over Pete gehad?'

'Als hij Sara Chisum heeft vermoord, heeft hij daar iemand voor moeten inhuren. Op dat moment was hij dronken en had hij seks in New Orleans.'

'Hier wordt wel heel veel gesekst,' zei hij.

'Jaloers?'

Hij keek haar aan.

'Oké, oké,' zei ze. 'Ik probeer de boel gewoon wat op te vrolijken. Maar hoe zit het met jou? Ben je wat wijzer geworden in de rechtbank?'

'De klerk weet niet wat er met de Barksdales is gebeurd. Ze hebben het landgoed verkocht aan mensen die het weer hebben verkocht aan mijn vader en Victoria. Dat was een paar jaar nadat ik Cantrell had verlaten.'

'Oké.'

'Maar ze vertelde me dat ze Emmitt Barksdale heeft gezien, Laura's broer, toen hij een paar dagen geleden de rechtbank uit kwam. Hij heeft dezelfde kadastergegevens bekeken als ik.'

Reel keek hem niet-begrijpend aan. 'Waarom zou hij dat doen? Wil hij het terugkopen of zo?'

'Geen idee. Maar waarom zou hij The Willows willen hebben?'
'Nostalgie?'
'Na al die jaren? Waarom heeft hij het dan niet gekocht toen de vorige kopers het wilden verkopen?'
'Misschien wist hij dat toen niet, of had hij het geld toen niet.'
'De man die ik tijdens mijn eerste nacht buiten The Willows zag rondsluipen? Ik dacht dat het Pete was, maar nu denk ik dat het best eens Emmitt geweest kan zijn. De man die ik zag was groter dan Pete. En waarschijnlijk ouder, nu ik erover nadenk. En Emmitt is een paar jaar ouder dan ik.'
'Waarom zou hij daar rondsluipen?'
'Weet ik niet.'
'Robie, er liggen toch geen lijken begraven op het terrein van The Willows, wel? Ik bedoel, de Barksdales verkopen het en daarna heeft niemand hen ooit nog teruggezien?'
'Je vermoordt mensen en begraaft ze, en hoopt dan dat de nieuwe eigenaren de pas omgespitte aarde niet zien? Dat is toch onwaarschijnlijk?'
'Ik weet niet hoe waarschijnlijk dat is. Ik ben nooit eerder in Mississippi geweest.'
'Dat kan het niet zijn.'
'Wat is jouw verklaring dan?' vroeg ze geïrriteerd.
'Ik heb geen verklaring.'
'Dan moet je mijn suggestie niet meteen verwerpen. Maar als de Barksdales op de een of andere manier te maken hebben met wat hier nu gebeurt, hoe dan verder?'
'We komen terug bij wat we eerder hebben besproken. Stel dat Clancy een van de Barksdales chanteerde?'
'Dat zou een motief zijn voor de moord op hem.'
Robie zuchtte. 'Maar zoveel jaar later?'
'Misschien is die chantage nog maar net aan de gang.'
'Dat veronderstelt dat Clancy wist waar de Barksdales naartoe waren gegaan.'
'Misschien wist hij dat ook.'
'Dit wordt veel te gecompliceerd, Jessica.'
'Misschien komt dat doordat wij het te gecompliceerd maken. Maar als Emmitt Barksdale hier is, weet hij er misschien alles van.'
'Ja, maar we weten niet waar hij is.'

'Je zei dat hij rondsloop op het terrein van The Willows. Maar de vrouw in de rechtbank zei dat ze hem naar buiten had zien komen, dus is het niet alsof hij zich probeert te verstoppen en duikt hij misschien wel weer op.'

Robie zweeg even, maar toen kreeg hij kennelijk een idee. Hij haalde de foto's van Wendell en de kinderen tevoorschijn. 'Wendell was een jaar of vijfenzestig toen hij stierf.'

'Oké.'

'Henry Barksdale was ongeveer even oud. Van dezelfde generatie als mijn vader.'

'Wacht eens, wil je zeggen...?'

Robie liet de foto's zien. 'Stel dat Henry Barksdale deze foto's heeft gemaakt?'

66

Reel keek hem met opgetrokken wenkbrauwen aan. 'Dat is wel heel vergezocht, vind je niet?'

'Niet echt.'

'Je bedoelt dus dat Sherman Clancy een deal sloot met Barksdale? Als jij me genoeg materiaal geeft waarmee ik Nelson Wendell kan chanteren, laat ik jou met rust?'

'Nou, Wendell had waarschijnlijk veel meer geld.'

'Maar het zou wel heel stom zijn van Barksdale om Clancy te vertrouwen.'

'Misschien had hij niet veel keus. En Pete zei dat zijn vader Wendell zijn schuur liet gebruiken. Hij dacht eerst dat hij er vrouwen mee naartoe nam. Misschien was het nooit hun bedoeling geweest dat Clancy wist wat ze daar echt deden. Maar ontdekte hij het toch.'

'Dat klinkt al veel logischer.'

'Ik heb me altijd al verbaasd over de relatie tussen Nelson Wendell en Sherman Clancy. Ze bewogen zich niet in dezelfde kringen. Verdomme, Wendell woonde niet eens in Cantrell. Maar Wendell en Barksdale gingen wel met dezelfde mensen om. Dus misschien regelde Barksdale dit allemaal nadat hij had ontdekt dat hij en Wendell even gek waren op kinderen. Zo kunnen Wendell en Clancy met elkaar in contact zijn gekomen: via Barksdale.'

'Of misschien is het nooit de bedoeling geweest dat Clancy wist dat Wendell erbij betrokken was.'

'Klopt. Dat is waarschijnlijker. Maar Clancy was ondernemend, zag zijn kans en greep die.'

'Maar jij hebt ontdekt dat Barksdale Cantrell pas een paar jaar na jouw vertrek heeft verlaten,' zei Reel.

'Misschien begon Clancy hem toen pas onder druk te zetten. Hij had foto's. Dat zou het einde van de chique Barksdales betekenen. Verdomme, misschien heeft hij het huis wel verkocht om Clancy te kunnen afkopen.'

‘We moeten proberen dit bevestigd te krijgen.’

Robie pakte zijn telefoon. ‘Nou, we kennen iemand die er goed in is om informatie te verzamelen.’

Nadat de telefoon twee keer was overgegaan, nam Blauwe Man op.

Robie legde de situatie geduldig uit en vertelde wat hij nodig had. Hij hoorde dat de man een paar ongetwijfeld nauwkeurige aantekeningen maakte.

Toen Blauwe Man daarmee klaar was, zei hij: ‘Interessante theorie.’

‘Ik hoop dat je kunt bevestigen dat dit meer is dan een theorie.’

‘Ik ga er meteen mee aan de slag.’

‘En bedankt dat je Jessica hiernaartoe hebt gestuurd. Ik zou nu niet met je praten als zij hier niet was geweest om mijn leven te redden.’

‘Ik ben graag overal op voorbereid. En Robie?’

‘Ja.’

‘Ik kan wel begrijpen waarom je dit doet, ook al ben ik het er niet mee eens.’

‘Dank je wel,’ zei Robie verbaasd.

‘Mijn relatie met mijn vader was ook verre van ideaal.’ Hij verbrak de verbinding.

Robie keek Reel aan en stopte zijn telefoon weer in zijn zak. ‘Hij gaat ermee aan de slag, maar daar kunnen we niet op wachten. We moeten zelf ook zo veel mogelijk uitzoeken.’

‘Waar beginnen we mee?’

‘Sherman Clancy’s eerste vrouw. Zij zat in de rechtszaal toen mijn vader werd voorgeleid.’

‘Weet je waar ze woont?’

‘Nee, maar ik weet zeker dat we daar wel achter kunnen komen.’

‘Mocht ze iets weten, denk je dan dat ze dat tegenover ons zal toegeven?’

‘Zoals je al zei, Jess, hangt het ervan af hoe je het vraagt.’

Cassandra Clancy was nooit hertrouwd. Ze woonde ongeveer dertig kilometer buiten Cantrell.

Robie en Reel reden de met keitjes geplaveide oprit op en stopten voor het grote, fraaie, twee verdiepingen hoge huis waar een BMW voor geparkeerd stond.

Reel zei: ‘Zo te zien heeft ze bij de scheiding haar aandeel van haar mans vermogen gekregen.’

'Ik hoop voor haar dat ze beter met haar geld omgaat dan haar man.'
Ze stapten uit en liepen naar de voordeur.
Robie klopte aan en ze hoorden voetstappen hun kant op komen. De deur ging open, en daar stond Cassandra.
In de rechtszaal had Robie haar niet goed kunnen bekijken, maar nu zag hij dat ze veel ouder leek dan ze was. Haar huid was slap en beschadigd door te veel zon. Haar haar was zo gepermanent dat het dun en kroezig was, en haar schedel scheen er op een paar plaatsen doorheen. Maar ze droeg dure, goed passende kleren, zodat haar dikke buik en brede heupen niet opvielen.
'Kan ik u helpen?' vroeg ze behoedzaam.
'Ik ben Will Robie. Dit is mijn vriendin Jessica Reel.'
Cassandra Clancy keek van de een naar de ander voordat haar blik op hem bleef rusten. 'Verdomme Will, je bent veranderd, schatje. Ik herkende je niet. Niet dat we elkaar vroeger erg goed kenden.'
'Nee, dat klopt denk ik wel. Maar ik zat op school met een paar van uw kinderen.'
'Nu herinner ik me dat ik jou in de rechtszaal heb gezien. Ik had het verband niet gelegd.'
'Het is al lang geleden.'
'Nou, als je pa Sherm heeft vermoord, ben ik hem ontzettend dankbaar.'
'Ik neem aan dat u het niet goed kon vinden met uw ex-man?'
'Ik haatte hem. Hij dumpte me voor een slet.'
'Wat erg voor u.'
'Vond ik ook,' zei ze op scherpe toon.
'Ik zag u in de rechtszaal, naast die slet zitten.'
Cassandra Clancy haalde een pakje sigaretten uit haar zak, tikte er één uit, streek een lucifer af en stak hem op. 'De tijd heelt alle wonden. Willen jullie binnenkomen?'
Ze gingen achter haar aan naar binnen, en Robie viel de luxe inrichting op in alle kamers waar ze doorheen kwamen. Ze liepen door openslaande deuren naar de achterpatio. Het terrein was omheind en ze zagen een grote, gestapelde fontein, een professioneel aangelegde tuin en verschillende gietijzeren banken.
Robie keek om zich heen. 'Nou, ik ben blij dat u er financieel goed bent uitgekomen.'
Ze vertrok haar gezicht. 'Ik had meer moeten krijgen, maar die ouwe

Sherm was weliswaar een ongelofelijke klootzak, maar ook geslepen als een krokodil tijdens de jacht. Hij verborg bezittingen. Hij was tien keer zoveel waard als hij beweerde toen hij de scheiding aanvroeg. Maar ik kreeg genoeg en ik heb mijn geld goed beheerd. Ik hoef nooit meer te werken. En wie weet, nu die klootzak zonder testament is gestorven, krijg ik misschien nog wel wat geld uit zijn erfenis.' Ze wees naar een volle karaf en een paar glazen op een houten console. 'Allemaal een kop zoete thee?'

Robie bedankte, omdat hij wist dat hij daardoor in een diabetische coma zou raken. Ook Reel weigerde.

Cassandra Clancy stond op, schonk zichzelf een glas in, deed er heel veel ijs bij en ging weer zitten. Ze nam een grote slok en smakte met haar lippen. 'Niets is heerlijker dan dit.'

'Dat geloof ik meteen,' zei Robie. 'Dus dat geld was afkomstig van de verkoop van de minerale rechten op jullie land?'

Ze tikte as in een asbak en keek hem argwanend aan. 'Hé, wat wil je eigenlijk?'

'Ik trek een paar aanwijzingen na in de zaak van mijn vader.'

'Ik begrijp het. Ik kende je pa niet zo goed, maar ik heb nooit iets negatiefs over hem horen vertellen. Goeie vent. Ik vond het heel erg toen ik hoorde dat hij in de problemen zat.'

'Denkt u dat hij uw ex kan hebben vermoord?'

'Ik weet het niet. Ik kan je wel vertellen dat ik Sherm heel vaak wilde vermoorden, maar ik heb er gewoon het lef nooit voor gehad.' Ze zweeg even. 'Hij was trots op je, weet je.'

'Wie? Uw man?'

'Nee, je pa.'

'Hoe weet u dat?'

'Ik zat vaak naast hem op de tribune tijdens de wedstrijden, zodoende. Dat was natuurlijk vóór mijn scheiding. Twee van mijn jongens speelden voor Cantrell. Ze zaten een paar klassen hoger dan jij, maar zelfs na hun eindexamen ging ik nog naar alle thuiswedstrijden. Maar goed, je pa juichte altijd als een gek en zei tegen iedereen om hem heen dat je zo stoer was. Ik dacht weleens dat ie zou knappen van trots.'

'Hij heeft nooit iets tegen mij gezegd.'

'Tja, zo zijn sommige mannen nu eenmaal. Volgens mij heeft Sherm zijn zonen ook nooit een complimentje gegeven. Waarschijnlijk bang dat ie ze slap zou maken als ze dachten dat ze overal complimentjes voor zouden krijgen. Dus heeft die stomkop nooit iets tegen ze gezegd.'

'Ik neem aan dat sommige mannen gewoon zo zijn,' zei Robie zacht, wat hem een scherpe blik van Reel opleverde.

Cassandra Clancy glimlachte en wees naar hem. 'Jij was quarterback voor de Panthers tijdens het staatskampioenschap. Het enige goede wat Cantrell ooit heeft meegemaakt, volgens mij.'

'Bedankt!' Hij zweeg even en vroeg zich af hoe hij het moest formuleren. 'Ik kan me jullie boerderij nog herinneren. Die was heel groot.'

'Ik herinner me die boerderij ook nog,' zei ze. 'En het zijn helemaal geen mooie herinneringen. We hebben nooit een cent verdiend met het verbouwen van gewassen. We werkten ons kapot voor een paar rotcenten.'

'Maar toen verkochten jullie die minerale rechten. En Sherm investeerde dat geld in zakelijke deals met die casinojongens. Toen stroomde het geld lekker binnen en gingen jullie scheiden. Allemaal heel snel eigenlijk, binnen een paar jaar.'

Ze keek hem weer argwanend aan. 'Je lijkt heel veel van onze zaken af te weten.'

'Ik weet graag dingen. Zoals wat voor zaken uw man deed met Hénry Bárksdale en Nélson Wéndell.' Robie legde nadruk op de namen om te zien hoe de vrouw zou reageren.

Haar blik veranderde. 'Nelson Wendell? Die olieman? Hoe zouden wij die moeten kennen?'

Dat was geen heel goede leugen, vond Robie.

'Welk energiebedrijf kocht die minerale rechten, mevrouw Clancy?' vroeg Reel.

De vrouw keek haar aan. 'Waarom is dat belangrijk?'

'Dat zou belangrijk zijn als het Coastal Energy was.'

Cassandra Clancy stond op en zei dreigend: 'Ik wil dat jullie weggaan, nu meteen.'

Robie en Reel verroerden zich niet.

Robie zei: 'Er zijn mensen dood, mevrouw Clancy. Vermoord. Waaronder uw man. We weten waarom hij is vermoord. U ook? En wilt u de volgende zijn?'

Haar lippen trilden, maar Cassandra Clancy stond hen nog steeds uitdagend aan te kijken.

'Ik denk dat u beter kunt gaan zitten,' zei Robie. 'Laten we hierover praten, voordat alles nog erger wordt dan het al is.'

Cassandra Clancy ging abrupt zitten, rookte haar sigaret op en stak snel een nieuwe op.

'Er staat een schuur achter op het land bij uw boerderij, weet u dat nog?' vroeg Robie.

Cassandra Clancy zei niets.

Robie haalde de foto's tevoorschijn en schoof ze naar haar toe. 'Deze zijn in die schuur gemaakt, nietwaar?'

Cassandra Clancy keek naar de foto's en wendde snel haar blik af.

'En die man is de niet-betreurde Nelson Wendell,' zei Reel.

Robie tikte op de foto's. 'De vraag is, mevrouw Clancy, waar kwamen die kleine kinderen vandaan?'

Het gezicht van de vrouw werd rood en haar ademhaling vertraagde. Ze greep naar haar borst. 'Volgens mij heb ik een hartaanval,' hijgde ze.

'Volgens mij hebt u een paniekaanval. Als u wilt kunnen we wel een ambulance bellen, maar mijn vraag blijft staan. Misschien komt de politie wel en vraagt het u dan nog een keer.'

Even later ging haar borst minder heftig op en neer. Ze keek hem giftig aan. 'Het is juridisch niet meer relevant. Je moet iemand beschuldigen van een strafbare handeling voordat je eenentwintig bent, en bovendien is de wettelijke verjaringstermijn verstreken.'

'U hebt er de wet op nageslagen, dus u wist er alles van,' zei Robie.

Cassandra Clancy trilde helemaal. 'Als mijn ex iets verkeerds deed, was dat zijn schuld, niet de mijne.'

'Waar kwamen die kinderen vandaan?'

'Ik heb geen idee waar je het over hebt.'

'Maar zoals u al zei, u gaat vrijuit, mevrouw Clancy. Niemand kan u nog ergens voor straffen.'

Ze tikte haar as in de asbak en zei niets.

'Gaat het goed met uw kinderen?'

Gespannen zei ze: 'Ja, met de kleinkinderen ook. Ik heb er zes. Allemaal prima in orde.'

'In tegenstelling tot de kinderen in die schuur. Zeiden u en uw man misschien tegen bevriende stellen dat jullie wel op hun kinderen zouden passen als zij werkten en lieten jullie in plaats daarvan twee pedofielen op ze los?'

Ze brulde: 'Verlaat mijn huis, jullie! Nu! Voor ik de politie bel!'

'De politie weet dat we hier zijn,' zei Robie. 'We werken samen met sheriff Monda aan deze zaak.'

Cassandra Clancy liet bijna haar sigaret vallen. ‘Hij... hij weet dat jullie hier zijn?’

Robie knikte.

‘Hij weet heel veel,’ zei Reel. ‘Zo ongeveer alles wat we doen.’

Cassandra Clancy sputterde: ‘Z-ze kunnen me niets maken. D-dat kan ik jullie wel vertellen. Dat k-kan niet!’

‘Maar dat is niet hetzelfde als dat de waarheid niet bekend wordt. Ze kunnen u misschien niet voor de rechter slepen, maar ik vraag me af hoe uw kinderen op dit nieuws zullen reageren. En uw kleinkinderen.’

‘Ik sleep jullie voor de rechter! Dat zou laster zijn! Ik sleep jullie voor de rechter!’ schreeuwde Cassandra Clancy.

‘Nou, een goeie verdediging tegen laster is de waarheid.’ Robie pakte zijn telefoon en hield hem omhoog. ‘Ik heb alles opgenomen wat u hebt gezegd.’

‘Dat... dat is illegaal!’

‘Is dat zo? Misschien, misschien ook niet. Ik denk niet dat uw familie dat belangrijk zal vinden.’

‘Ik... ik...’

‘Misschien moet u overwegen naar een ander land te verhuizen en een nieuwe identiteit aan te nemen,’ zei Reel. ‘Want uw leven zoals u het kent, is nu voorbij. Ik denk niet dat de mensen hier een hoge pet ophebben van iemand die pedofielen heeft geholpen.’ Reel keek om zich heen naar de fraaie tuin. ‘Ik hoop dat het dat waard was.’

Cassandra Clancy liet zich weer in haar stoel vallen. ‘Luister, kunnen we geen deal sluiten?’

‘Zoals?’ vroeg Robie.

‘Ik vertel jullie wat ik weet en jullie vergeten dat ik hierbij betrokken ben.’

‘Laat maar horen wat u te zeggen hebt.’

‘Maar...’

‘Laat maar horen wat u te zeggen hebt,’ zei Robie gedecideerder.

Ten slotte knikte Cassandra Clancy. Ze leunde naar voren en drukte haar sigaret uit. Ze haalde een paar keer diep adem en begon te vertellen. ‘Weet je, we hadden vaak seizoensarbeiders,’ zei ze, met een licht trillende stem. ‘Ze kwamen elk jaar, meestal uit Mexico of Midden-Amerika. En sommigen waren zwart, rondtrekkende arbeiders, die hun hoofd boven water probeerden te houden.’

‘Geen blanke kinderen dus?’ vroeg Robie.

'Nee, voor zover ik weet niet. Tijdens de oogst werkten ze de hele dag op het veld. De meesten hadden kinderen, kleine kinderen. Mijn dochter en ik pasten op ze en gaven ze zelfs een beetje les. Dat was alles. Dat zweer ik!'

'Oké, wanneer begon dat te veranderen?' vroeg Robie.

'Op een dag kwam Sherm naar me toe en zei dat hij een bezoeker had. Henry Barksdale had het kennelijk gehoord van die kleine kinderen in de schuur aan de rand van ons land. Hij had een vriend, zei hij, die veel geld zou betalen als we...'

'Als jullie hem elke dag een tijdje alleen lieten met die kinderen?' vroeg Reel.

Ze knikte.

'Wanneer was dat?' vroeg Robie.

'Dat weet ik niet meer precies. Vijfentwintig jaar geleden of zo.'

'Wist uw dochter het?'

'Absoluut niet!' snauwde Cassandra Clancy. 'Zij is een goede vrouw. Zij zou dat nooit...' – weer haalde ze diep adem – '... zij zou daar nooit aan hebben meegewerkt. Ik moest haar dus meenemen naar het huis als die man langskwam.'

'Maar u had er dus geen probleem mee,' zei Robie rustig.

De vrouw begon te huilen. 'Ik had er wél een probleem mee. Maar ik maakte mezelf wijs dat we niemand kwaad deden. En die kinderen waren zo klein en de meesten spraken niet eens Engels. En het geld, mijn god, het geld was...'

'Gewoonweg te aantrekkelijk? Daardoor kon u vergeten wat er met die kinderen gebeurde?' vroeg Robie.

'U veroordeelt me misschien,' zei Cassandra Clancy fel. En ze voegde er, meer gelaten, aan toe: 'En misschien veroordeelt God me ooit ook, maar ik kende die kinderen niet. Ze hoorden gewoon bij die families die langskwamen. En zij zorgden ook niet goed voor hun kinderen, dat kan ik je wel vertellen. Maar als ze bij mij waren, kregen ze te eten, werden ze gewassen en onderwezen...'

'En werden ze misbruikt!' maakte Reel haar zin af.

Cassandra Clancy veegde over haar ogen met de mouw van haar bloes.

'Hebt u zowel Henry Barksdale als Nelson Wendell in die schuur gezien?' vroeg Robie.

'Eén keer. Ze kwamen meestal pas als ik was vertrokken. Sherm en zij hadden het allemaal besproken. Hoe minder mensen ervan wisten hoe beter. Eerlijk gezegd wilde ik het ook niet weten. Maar op een dag ging ik laat weg en kwamen zij vroeg. Zij zagen mij niet, maar ik zag hen wel.'

'En die kinderen?' vroeg Reel.

Cassandra keek haar aan. 'Ik zweer dat het hen geen kwaad leek te doen. Ze waren nog heel jong en zo. Ze raakten niet van slag, wat ze ook met ze deden, ze wisten misschien niet eens wat hun overkwam. En hun ouders zeiden nooit iets, dus neem ik aan dat die kinderen het ze nooit hebben verteld. Daardoor dacht ik dat het goed met ze ging, oké?'

Reel zei fel: 'Geen enkel kind blijft onbeschadigd nadat het is misbruikt.'

'Nee, ik... ik denk het niet,' stamelde Cassandra. Ze snufte een beetje toen Reel haar met onverholen afkeer aankeek.

'Oké, Sherm werd dus goed betaald voor zijn "diensten". Wanneer begon hij Wendell te chanteren?' vroeg Robie zacht.

'Dat gebeurde later, een paar jaar of zo nadat dat allemaal was begonnen. Hij vertelde me niet dat hij het ging doen, maar ik riep hem ter verantwoording nadat hij me had verteld wie onze boerderij zou kopen.'

'Coastal Energy?' vroeg Robie.

'Ja. Verdomd, we hadden echt geen olie of gas op ons land. Dat wist ik. En er was niemand geweest om dat te checken, dus waarom was een grote oliemaatschappij bereid om heel veel geld te betalen voor onze boerderij? Ik bedoel, miljoenen dollars! Nou, ik weet wel waarom. Nelson Wendell.'

'Dus toen waren jullie ook rijk?'

'Ja. En Sherm had grootse plannen. Ongeveer twintig jaar geleden verhuisden we naar een leuk huis buiten Cantrell. En toen kwam hij in contact met die jongens van het Rebel Yell, wat heel lucratief zou worden. Daar verdiende hij nog veel meer geld. Eerlijk gezegd verbaasde het me dat hij zo'n slimme zakenman was. Alles ging goed.' Haar stem werd iets hoger: 'Tot die klootzak nog geen jaar later op een avond thuiskwam en me vertelde dat ik werd vervangen door een slet met wie hij achter mijn rug om naaide en die zwanger was. Ik kreeg mijn geld, hoewel hij me daarmee verneukte, en kocht dit huis. Hij liet dat monsterlijke huis vlak bij Cantrell bouwen en toen kregen hij en die slet Pete. En Pete bleef alleen maar omdat dat een luie hufter is die van Sherms geld leeft. Hij is net negentien en kan zijn eigen kont waarschijnlijk niet eens afvegen.'

'Het huis is afgebrand,' zei Robie.

'Dat heb ik gehoord,' zei Cassandra openlijk grijnzend. 'Ik denk dat Sherm eindelijk zijn verdiende loon kreeg.'

'En de Barksdales?' vroeg Robie. 'Zij verkochten The Willows en verlieten de stad. Waarom?'

'Ik weet niet waarom. Ik weet alleen dat Henry de tussenpersoon was tussen Sherm en Wendell.'

'En hij was natuurlijk ook een pedofiel, en Sherm wist dat,' zei Robie.

'Nee, dat was hij niet.'

'Wat?' vroeg Robie op scherpe toon.

'Ik weet dat hij soms naar die schuur ging waar die kinderen zaten, maar Sherm vertelde me dat hij niet op jongens viel. Hij heeft ze met geen vinger aangeraakt. Dat deed alleen Wendell.'

'Maar waarom was hij hier dan bij betrokken?' vroeg Reel. 'Als hij niet op die kinderen viel?'

'Gewoon, ook om het geld. Sherm vertelde me dat Barksdale op iets groots had gewed en dat dat was mislukt. Hij was failliet. Zou The Willows en alles wat hij bezat kwijtraken. Hij had dat geld dringend nodig, en Wendell had meer dan genoeg voor iedereen.'

'Dus Wendell betaalde hem om dat met die kinderen voor hem te regelen?'

'Ja.'

'Denkt u dat Sherm Henry Barksdale ook chanteerde?' vroeg Robie. 'En dat Barksdale Cantrell daarom zo abrupt heeft verlaten?'

Ze schudde haar hoofd. 'Sherm was een klootzak, maar hoe gek het ook klinkt, hij was een man van zijn woord. Sherm zou geen cent hebben gekregen als Henry Barksdale hem hier niet bij had betrokken. Dat is Sherm nooit vergeten. Dat heeft hij vaak tegen me gezegd. Hij zou nooit iets hebben gedaan wat Barksdale zou benadelen.'

'Dus als zij werden betaald, waarom begon hij Nelson Wendell dan te chanteren en dwong hij hem om de boerderij tegen een exorbitante prijs te kopen?' vroeg Reel.

'Dat is wel duidelijk: Sherm was zo inhalig als maar kon. Ja, we kregen betaald, maar Sherm wilde meer. Veel meer. Hij had plannen en veel geld nodig. Dus zorgde hij dat hij die foto's kreeg van Wendell en die kinderen, en daarmee troggelde hij die man veel geld af. Sherm noemde Wendell zijn gans met de gouden eieren.'

'Dat geloof ik graag,' zei Reel. 'En het ziet ernaar uit dat Henry Barksdale die foto's aan Sherm heeft gegeven, alleen maar om ervoor te zorgen dat de man hem nooit zou chanteren.'

Robie keek verward. 'Oké, maar als Wendell weigerde te betalen, waar kon Sherm hem dan mee dwingen? Als de waarheid bekend werd, zou ook zijn rol in dit alles bekend worden. Dan konden ze allemaal de bak in gaan.'

'Ach, Sherm was onbelangrijk. Nelson Wendell was rijk, kwam uit een bekende familie en iedereen keek naar hem op. Sherm had niets te verliezen als de waarheid bekend werd, maar Wendell had álles te verliezen. En Sherm was misschien een chanteur, maar Wendell misbruikte kinderen. Wat zouden de mensen erger vinden, denk je?'

'Daar zit denk ik wel wat in,' zei Reel.

Cassandra zei zwakjes: 'Dus, kunnen we dit gewoon onder ons houden?'

Robie en Reel stonden tegelijk op.

Robie keek op haar neer en zei: 'Alleen de tijd zal het leren.'

Haar gezicht betrok. 'Meer kun je me niet beloven? Daar word ik bloednerveus van.'

'Dan mag u uzelf gelukkig prijzen,' zei Robie. 'Want ieder ander is inmiddels dood.'

67

'Verdomme, wat een vreselijk mens!' zei Reel toen ze weer in de auto zaten.

'Mensen kunnen alles kennelijk rationaliseren,' zei Robie met zijn blik op het grote huis gericht. 'Als de prijs maar goed is.'

Reel zette de auto net in de versnelling toen Robies telefoon zoemde. Het was geen telefoontje, maar een e-mail.

'Van Blauwe Man.' Hij las de tekst twee keer door. 'Zo, dit is een onverwachte wending.'

'Wat? Heeft hij iets ontdekt over de Barksdales?'

'Ene Ted Bunson is de curator van een patiënt in een psychiatrische staatskliniek. Dat is ongeveer een uur rijden ten noorden van hier.'

'Wie is Ted Bunson?'

'Zijn echte naam is kennelijk Emmitt Barksdale.'

'Laura's broer?'

'Ja.'

'Hoe heeft Blauwe Man dat ontdekt?'

'Een van de dingen die ik hem had gevraagd te doen, is de Barksdales natrekken. En Emmitt Barksdale is, toen hij nog in Cantrell woonde, gearresteerd voor rijden onder invloed. Zijn vingerafdrukken zijn afgenomen en kennelijk in een database opgeslagen. Blauwe Man heeft gezocht op een match, en daar kwam een stel vingerafdrukken van ene Ted Bunson uit. De vingerafdrukken van meneer Bunson zijn een paar jaar geleden weer afgenomen, weer voor rijden onder invloed.'

'En hij is de curator van een psychiatrische patiënt?'

'Jane Smith.'

'Jane Smith? Denk je dat dat een valse naam is?'

'Nou, Ted Bunson is een valse naam, dus haar naam kan dat ook zijn. Niet heel origineel trouwens, Jane Smith.'

'Heeft hij een adres van Bunson?'

'Een oud adres. Daar woont hij niet meer. Ze zijn nog bezig met het natrekken van andere mogelijkheden. Maar als Emmitt de curator is, gaat hij misschien weleens op bezoek. Vanuit die invalshoek kunnen we hem misschien vinden.'

'Dat is wel een rit van een uur waard,' zei Reel en ze scheurde de oprit af.

De kliniek was oud en akelig. De stenen gevel zat vol vochtplekken, de gebarsten oprijlaan was slecht hersteld en zelfs de omringende bomen en gazons zagen er onverzorgd uit.

Terwijl ze parkeerden en uitstapten, zei Reel: 'Nou, als ik geestesziek was, zou deze plek me geen beter gevoel geven.'

Ze liepen naar de hoofdingang. Nadat ze met de receptioniste hadden gepraat, werden ze overgedragen aan de assistent-beheerder, een dikke man van in de veertig. Hij droeg een overhemd met korte mouwen, een wijde broek en een bril met dikke glazen. Hij gedroeg zich ongemanierd en zat aan zijn bureau in zijn kleine kantoortje alsof hij een koning was op zijn gouden troon.

Op het naambordje op zijn overhemd stond DUGAN.

Als antwoord op hun verzoek zei hij: 'U kunt juffrouw Smith niet bezoeken zonder de vereiste toestemming.'

'En die kunnen we krijgen van haar curator, Ted Bunson?' vroeg Robie.

Dugan keek hem aan zonder iets te zeggen. Hij hield een klembord zo vast alsof hij dat zo naar hun hoofd kon smijten.

'Of van een van haar artsen?' opperde Robie.

'Hebt u daar toestemming voor?' snauwde Dugan.

'Nee.'

'Dan begrijp ik niet waarom we dit gesprek voeren. Als u me nu wilt verontschuldigen, ik heb het druk.'

'Is er een andere mogelijkheid om haar te bezoeken?' vroeg Reel.

'Ja natuurlijk, met een gerechtelijk bevel. Hebt u zoiets toevallig bij u?' voegde hij er hatelijk aan toe.

'Nou, dat kunnen we wel regelen,' zei Robie, en hij haalde zijn telefoon tevoorschijn en liep ermee naar een hoek van het vertrek waar hij privé kon bellen.

Dugan leek hiervan te schrikken en keek met een beschuldigende blik naar Reel. 'Zijn jullie politieagenten? Jullie hebben geen ID laten zien. Dat horen jullie wel te doen.'

‘Eerlijk gezegd zijn we méér dan politieagenten,’ zei Reel.
‘Wat bedoelt u daarmee?’ vroeg Dugan ongerust.
Reel haalde het volledig echte legitimatiebewijs tevoorschijn dat ze in de VS gebruikte en waaruit bleek dat ze lid was van een federale organisatie.
Dugan liet zijn klembord vallen. ‘Jullie zijn... jullie zijn...’
‘Inderdaad,’ zei ze kortaf.
‘Maar wat doen jullie hier?’
‘Wat is je voornaam?’
‘Doug.’
‘Oké, Doug! We zijn hier omdat we een aanwijzing natrekken en die leidde ons naar Jane Smith. Zij is misschien betrokken bij een paar zeer gruwelijke moorden die in jouw prachtige staat zijn gepleegd en die best eens zouden kunnen wijzen op een buitenlands element hier.’
‘Buitenlands element?’ vroeg Dugan verbaasd. ‘Wat betekent dat precies?’
‘Dat is een andere term voor terrorist.’
Dugans mond viel open. ‘Wat? In Mississippi? Zit je me voor de gek te houden?’
Ze schudde haar hoofd. ‘Dit is geen grapje, Doug.’
Hij liet zijn stem dalen en zei samenzweerderig: ‘Luister, hebben we het dan over Arabieren of zo? Als dat zo is, kan ik wel een paar jongens met wapens optrommelen om achter die woestijnbewoners aan te gaan.’
‘Ik weet niet of het moslims zijn. We hopen dat juffrouw Smith ons daar meer over kan vertellen.’
Hij maakte een afwijzend gebaar. ‘Als je dat verwacht, zul je teleurgesteld worden.’
‘Waarom?’
‘Omdat ze getikt is, daarom.’
‘Ze kan dus niet communiceren?’
‘Nee. Ik bedoel, ze kan wel praten, maar het is net alsof je het tegen een kind van vier hebt.’
‘Of misschien praat ze in code.’
‘Kom op, zeg. Begrijp je wel wat ik zeg? Ze is... compleet gestoord. Wat voor terrorist zou zich met iemand zoals zij inlaten? Ze zou alles kunnen verraden.’
‘Weet je zeker dat ze gestoord is?’

‘Ik denk dat de dokters het wel zouden weten als ze zou doen alsof.’

‘Maar als ze, wat zal ik zeggen, autistisch is of Asperger heeft, kan ze zich misschien heel veel gegevens herinneren die kunnen worden gebruikt om plannen en bevelen aan verschillende cellen door te geven. En om argwaan te voorkomen, gebruiken ze dit als dekmantel.’

‘Dat lijkt me bijzonder onwaarschijnlijk. Arabieren en Jane Smith? Bovendien is er nooit een Arabier bij haar op bezoek geweest. Die zouden hier wel opvallen, denk je ook niet? Dit is Mississippi. Wij zijn een godvrezend volk. Onze God, niet die van hen,’ voegde hij er gedecideerd aan toe.

‘Nou, vergeet niet dat niet alle terroristen moslim zijn. Sommigen zijn hier opgegroeid, zoals Timothy McVeigh.’

‘Maar toch,’ zei Dugan uiterst sceptisch. ‘Ted Bunson is de enige die haar bezoekt.’

‘En we hebben meneer Bunson nog niet helemaal uitgesloten als mogelijke verdachte, aangezien Ted Bunson een valse naam is.’

Dugan werd bleek. ‘O, oké. Dat wist ik niet. Maar ik begrijp nog steeds niet wat ik kan doen.’

‘Luister Doug, ons onderzoek heeft ons hiernaartoe geleid. Maar wat als je ons niet bij haar laat zonder gerechtelijk bevel en er in de tussentijd iets gebeurt?’ Ze haalde een pen en een stukje papier tevoorschijn. ‘Is je volledige naam Douglas?’

‘Hoezo?’ vroeg hij argwanend.

‘Ik moet de juiste naam hebben voor mijn verslag. Als er koppen gaan rollen in verband met deze zaak, wil ik niet dat er iemand met zijn vinger naar mij wijst. Snap je? Dan moeten ze maar naar iemand anders wijzen. Naar jou bijvoorbeeld.’

‘Maar ik moet me aan de regels houden. En de beheerder is er niet deze week. Ik ben de enige die hier nu de leiding heeft.’

‘Prima, Doug, de beslissing is aan jou. Maar ik kan je wel vertellen dat die smoes geen steek houdt als er een gebouw wordt opgeblazen of een vliegtuig wordt neergehaald. Wat ga je zeggen als er een nieuwscamera voor je neus staat? Sorry, ik moest me aan de regels houden? Nou, dan wens ik je veel succes.’

Dugan zag eruit alsof hij elk moment flauw kon vallen. ‘Wat moet ik dan verdomme doen?’

‘Je kunt ons bij Jane Smith laten.’

‘Dan kom ik misschien in de problemen.’

'Als iemand je dwars gaat zitten, helpen wij je wel. Volgens mij ben je een echte patriot. Als je je burgerplicht boven een stomme regel stelt.'

'Ik... ik weet het niet, hoor.'

'Prima, Doug, ik hoop dat jij niet het volgende slachtoffer bent, want tot nog toe zijn er een stuk of twaalf mensen dood en ik zie geen verbetering.'

'Twaalf mensen! In Mississippi?'

'Heb je gelezen wat er allemaal in Cantrell is gebeurd?'

Doug knikte. 'Ik herinner me dat ik iets heb gelezen over een paar moorden daar.'

'Nou, er zijn nog meer doden gevallen, maar ze houden het stil. Willen geen paniek veroorzaken.'

'Shit, denk je dat dit met dat alles verband houdt?'

'De enige reden dat we hier zijn, Doug. Weet niet hoe het met jou zit, maar ik heb niet veel tijd om te verspillen. Wij proberen Amerika tegen zijn vijanden te beschermen.'

'Natuurlijk, zeker, dat begrijp ik.'

'We kunnen dus op je hulp rekenen? Ik zou het niet prettig vinden als ik een telefoontje moet plegen en hier nog zwaarder geschut naartoe moet sturen. Daar zou je niet blij mee zijn.'

Dugan legde zijn klembord neer en veegde wat zweet van zijn voorhoofd. 'Nee, luister, dat is niet nodig.'

Ze sloeg hem op de schouder. 'Ik wist wel dat je ons wilde helpen! Ik zie het altijd meteen als iemand een goeie vent is!'

Dugan glimlachte. 'Hé, als dit deel uitmaakt van een of andere samenzwering, krijg ik dan een medaille of zo?'

'Ik zou niet weten waarom niet.'

Hij straalde. 'Verdorie! Ik kan niet wachten tot mijn vriendin dit hoort.'

'Wat hebben we nodig om verder te kunnen?'

Hij gaf haar twee bezoekerspasjes. 'Deze. En ik breng jullie zelf naar beneden.'

Robie kwam naar hen toe. 'Wat gebeurt hier?'

'Doug heeft het licht gezien. Hij helpt mee om een mogelijke terroristische situatie te voorkomen.'

'Prima, uitstekend. Bedankt, Doug.'

'Geen probleem, meneer.' Doug salueerde even.

Terwijl ze naar beneden liepen, vroeg Robie: 'Hoe vaak komt Bunson langs?'

'Minstens elke week, soms vaker.'

'Hoe oud is Jane Smith?' vroeg Reel.

'Volgens haar dossier veertig.'

'Hoe lang is ze hier al?'

'Twee jaar.' Hij bleef voor een deur staan en haalde een sleutel uit zijn zak.

'Wat mankeert haar?' vroeg Robie.

'Zoals ik al tegen je partner zei: ze is compleet gestoord.'

'Maar staat er een medische term in haar dossier?' vroeg hij.

'O, natuurlijk. Ze is schizofreen, als ik het me goed herinner. Maar ik kijk het wel even na.'

'Heb je Bunsons adres?'

'Dat kan ik ook wel nakijken. Hoe lang hebben jullie hier nodig, denken jullie?'

Robie legde zijn hand op de deurkruk. 'Zo lang als nodig is.'

68

De muren waren lichtgrijs en de vloer, niet bepaald schoon linoleum, was gescheurd. Een klein raam keek uit op het terrein aan de achterkant.

Het bed stond tegen een van de muren. Naast het bed stond een nachtkastje. Er stond een stoel naast. In de kamer was een deur, die waarschijnlijk naar een badkamer leidde. Een kleine, vrijstaande kast diende als kledingkast. Dat was alles.

De hele kamer was niet veel groter dan een gevangeniscel, dacht Robie.

En dat was ze ook, een gevangene.

Jane Smith zat in de stoel. Ze droeg een donkergele ziekenhuisjurk en groezelige witte slippers. Haar haar was donker en behoorlijk kortgeknipt, wat de scherpe lijnen in haar gezicht accentueerde.

Robie deed de deur achter zich dicht en ze liepen dichter naar de vrouw toe, die nog niet had laten merken dat ze zich van hun aanwezigheid bewust was. Robie bekeek haar gezicht aandachtig en zocht opeens steun tegen de muur.

Reel vroeg: 'Gaat het?'

Robie schudde zijn hoofd. 'Ik weet het niet. Er is iets...' Hij liep nog dichter naar de vrouw toe.

Toen hief ze haar gezicht en keek hem aan. Haar ogen werden groot, en toen weer klein. Ze keek weer naar haar handen, die ze in haar schoot draaide en kantelde, alsof ze een Rubiks kubus probeerde op te lossen. Ze begon te giechelen, en maakte piepende en klokkende geluidjes. Toen hield ze daar abrupt mee op en begon opnieuw.

Robie ging voor haar op zijn hurken zitten. 'Juffrouw Smith?'

Ze liet niet merken dat ze hem had gehoord, maar bleef haar handen bewegen en geluiden maken.

Weer keek hij onderzoekend naar haar.

'Laura?'

Toen hij haar naam noemde, keek ze op.

Robie hoorde dat Reel achter hem naar adem hapte. Hij draaide zich om en keek naar haar.

'Laura Barksdale?' vroeg Reel. 'Is zij het echt?'

Robie draaide zich weer om. 'Ik weet het niet. Ze... ze lijkt op haar.'

Reel kwam dichterbij. 'Je kunt hier niemand opsluiten onder een valse naam, Robie.'

'O, dus jij denkt dat Jane Smith haar echte naam is?'

'Heb je die foto?'

Robie haalde hem uit zijn zak en gaf hem aan haar. Reel bekeek hem en vergeleek de foto met de vrouw die voor haar zat. 'Er is zeker een gelijkenis,' gaf ze toe. 'De kaak, de ogen, het haar. Maar iets klopt er niet. Het is net alsof iemand een foto van Laura heeft gemaakt, die half heeft uitgeveegd en toen deze vrouw kreeg.'

'Ze lijkt kleiner dan Laura,' zei Robie, hoewel de vrouw nog steeds zat. 'Laura was ongeveer een meter zeventig, hoewel ze hier een beetje kan zijn gekrompen. En ze is veel dunner. Ze zit helemaal in elkaar gedoken. Zo zit ze waarschijnlijk de hele dag.'

'Daardoor zou iedereen kleiner lijken. En ze krijgt hier waarschijnlijk niet veel beweging.'

Zichtbaar gefrustreerd zei Robie: 'Maar het is al meer dan twintig jaar geleden. Ik weet niet zeker of ze het is of niet.'

'Maar hoe kan die Laura Barksdale hier zijn terechtgekomen onder een valse naam met haar broer als curator die ook een valse naam gebruikt?'

'Ik heb geen idee.'

'Waren er problemen binnen dat gezin?'

Robie stond op en keek haar aan. 'Laura was meestal opgewekt en hield zich altijd groot.'

'Wat betekent dat er thuis problemen waren?'

'Ze had het er nooit over, maar ik had altijd het gevoel dat ze niet gelukkig was. Het was niet gemakkelijk om de naam Barksdale eer aan te doen. Maar nu we weten waar haar vader mee bezig was, ligt daar het antwoord misschien wel in, tenminste gedeeltelijk.'

'Misschien heeft ze het ontdekt en wilde ze er daarom samen met jou vandoor?'

'Als dat zo was, waarom heeft ze dat dan niet gedaan?' snauwde Robie.

'Misschien kon ze het niet, Robie.'

'Ik heb haar die nacht in het huis gezien. Ze leek in orde. Ze was geen gevangene. En ik heb haar ook geschreven, boodschappen ingesproken. Ik heb nooit antwoord gekregen.'

'Jij bent een jongen.'

Robie draaide zich om en zag dat 'Jane' naar hem keek.

Ze wees naar Robie, glimlachte verlegen en zei: 'Jij bent een jongen.' Ze wees naar Reel. 'En jij bent een meisje.' Jane leek heel tevreden met zichzelf.

'Dat klopt,' zei Robie en hij ging weer op zijn hurken voor haar zitten. 'Ik ben Will. Will Robie.' Hij wachtte om te zien of zijn naam of zijn gezicht iets van herkenning opriep.

'Will?'

'Klopt.'

'Wie is dat meisje, Will?'

'Ik ben Jessica,' zei Reel. 'Kun je me vertellen hoe jij heet? Je hebt vast een mooie naam.'

'Jane. Is dat een mooie naam?'

'Ja, heel mooi. En je achternaam?'

Jane leek in de war te raken door deze vraag. 'Ik heet Jane. Hoe heet jij?'

Robie en Reel keken elkaar aan.

Hij zei: 'Jane, komt Ted weleens bij je op bezoek?'

Ze knikte. 'Hij neemt dingen voor me mee om te eten. Ik hou van eten, maar niet van wat ze hier hebben.' Bijna fluisterend zei ze: 'Ze hebben hier stinkende dingen.'

'Komt hij vandaag bij je op bezoek?'

Ze knikte. 'Hij komt me opzoeken. Hij neemt eten voor me mee, geen stinkende dingen.'

'Maar hij is vandaag nog niet geweest?' vroeg Robie.

Ze knikte. 'Ted komt me opzoeken.'

Robie zuchtte en stond op. 'Wat voor dingen eet je graag, Jane?'

Ze zei meteen: 'Hamburgers en Franse frietjes. Die stinken niet. Ted neemt hamburgers en Franse frietjes voor me mee, omdat die niet stinken.'

'Komen er weleens andere mensen op bezoek? Je moeder of vader misschien?'

'Hamburgers en Franse frietjes. Die vind ik het lekkerst.' Ze stond op en schuifelde als een oude vrouw naar het raam en keek naar buiten. Er stond een eenzame boom waar een paar vogels omheen fladderden. Jane wees ernaar. 'Wat zijn dat?'

'Robie ging naast haar staan. 'Dat zijn vogels.'

'Hoe doen ze dat?' Ze begon te springen. 'Dat?' Ze keek vragend naar Robie.

'Zij hebben vleugels, daardoor kunnen ze vliegen.'

Aan haar gezicht te zien had ze geen idee wat dit betekende. Ze ging zitten en begon weer met haar handen te draaien. Daarna begon ze weer te giechelen en piepende en klokkende geluidjes te maken. Ze was net een klein kind dat een fantasiespelletje speelde.

'Onderweg hiernaartoe zag ik een McDonald's,' zei Reel. 'Misschien kan een beetje niet-stinkend eten haar geheugen opfrissen.'

'Volgens mij heeft ze geen geheugen. Ik denk dat ze is wat ze is. Ik vraag me af wat voor medicatie ze krijgt.'

'Misschien kan Dougie ons dat vertellen.'

Dugan las de namen van drie verschillende medicijnen voor uit Janes dossier toen ze hem daar een paar minuten later naar vroegen.

'Dat zijn allemaal antipsychotica,' zei Reel.

'Klopt, hoe weet u dat?'

'Wat mankeert haar?' vroeg Robie.

'Ik had gelijk, in haar dossier staat schizofreen en bipolair.'

'Ze heeft met ons gepraat. Ze was duidelijk niet helder, maar leek vrij kalm.'

'Dan is dit een van haar goede dagen. En jullie hebben haar niet gezien als ze geen medicijnen krijgt. Dat is een paar keer gebeurd door misverstanden hier. Ik dacht dat ze zelfmoord zou plegen. Ze gilde, ramde haar hoofd tegen de muren en schreeuwde dat mensen haar probeerden op te eten. Ze joeg iedereen de stuipen op het lijf. Ze is dus echt niet normaal. Ze zou het pand in de fik kunnen steken en denken dat ze een marshmallow roosterde.'

'Is ze hier door de rechter naartoe gestuurd of is ze hier vrijwillig gekomen?'

'Hiernaartoe gestuurd.'

'Wie heeft die procedure opgestart?'

'Die informatie heb ik niet. Als u meer wilt weten, moet u met iemand anders praten.'

'Is Bunson vandaag al bij haar op bezoek geweest?'

'Nee.'

'Hebt u zijn adres?'

Dugan gaf hem een stuk papier. 'Het is ongeveer een halfuur rijden ten westen van hier.'

'Wat kunt u ons over hem vertellen?'

'Aardige vent. Brengt Jane eten en zo. We kletsen soms, over ditjes en datjes.'

'Praat hij weleens over zijn familie? Over Jane? Wat er met haar is gebeurd?'

'Nee, nooit.'

'Wat is de relatie tussen hen eigenlijk? Familie?'

'Dat weet ik niet en dat gaat me ook niets aan. Hij is haar curator, dat is alles wat voor ons van belang is. We hebben de papieren, allemaal in orde.'

'Houdt Jane van Big Macs?' vroeg Reel.

'De McDonald's is een paar kilometer verderop. Jullie zijn erlangs gereden. Daar gaat Bunson ook altijd naartoe.'

'Bedankt.'

'Vergeet mijn medaille niet,' riep Dugan hen achterna.

Ze reden naar de McDonald's en kochten een Big Mac, een grote friet en een cola, en brachten die naar Jane.

Ze pakte de hamburger zorgvuldig uit, at hem heel langzaam en aandachtig op, en nam er de tijd voor om de speciale saus van haar vingers te likken. Ze at haar frietjes een voor een, en keek eerst een paar seconden naar elk frietje voordat ze het in haar mond stak, alsof ze zich afvroeg wat het was. Ze kauwde langzaam en systematisch. Ze dronk haar cola op met korte, aarzelende slokjes. Ze leek bijzonder gegeneerd toen ze boerde. 'Dat was verkeerd,' zei ze verdrietig. 'Dat mag ik niet doen.'

'Ach, dat gebeurt weleens,' zei Reel.

'Wie ben jij?' vroeg Jane met een nieuwsgierige blik. 'Wil je een stukje van mijn hamburger? Je bent een meisje.'

Later liepen ze naar Reels auto.

Reel vroeg: 'Denk je echt dat dit jouw Laura kan zijn?'

'Ik weet het niet. En zelfs als we haar vingerafdrukken laten natrekken, betwijfel ik of ze in een database zitten.'

'Iedereen kan elk moment schizofrenie krijgen. Dat gebeurt met tieners. Sterker nog, heel veel gevallen worden gediagnosticeerd tussen de achttien en de eenentwintig.'

'Maar als dat Laura is en ze nu veertig is en nog maar twee jaar geleden is opgenomen, betekent dit dat ze achter in de dertig was toen die diagnose werd gesteld.'

'Nee, ze kwám hier twee jaar geleden. Ze kan hiervoor in een andere kliniek hebben gezeten. Of ze woonde bij iemand thuis en werd te moeilijk te hanteren, zodat ze haar hebben laten opnemen. Er is geen enkele manier om na te gaan hoe lang ze al zo is zonder een diepe duik in haar persoonlijke en medische verleden te nemen.'

'Verdomme, zo sterk kan ze toch niet veranderd zijn?' vroeg Robie.

'Zoals je al zei is het tweeëntwintig jaar geleden. Jij bent hier al langer weg dan je haar hebt gekend. Mensen kunnen onherkenbaar worden, Robie. Vooral iemand met haar ziekte.'

'Kennelijk.'

'Maar laten we dit eens logisch bekijken. Als ze daar door een gerechtelijk bevel naartoe is gebracht, is er een hoorzitting geweest. Dus hoe konden ze Laura Barksdale dan als Jane Smith laten opnemen? Dat kan niet.'

'Tenzij ze de hoorzitting heeft bijgewoond als Jane Smith, met bijbehorende documenten.'

'Maar waarom? Om haar uit een testament te laten schrappen? Het ziet er niet naar uit dat Henry Barksdale heel rijk was. En ze heeft ze duidelijk niet allemaal op een rijtje. Ze móét in een dergelijke instelling zitten, door een arts worden behandeld en medicijnen krijgen. Ze kan duidelijk niet alleen wonen.'

'Maar dat verklaart niet wat er met haar is gebeurd. Tenzij ze, zoals je zei, schizofreen is geworden.'

'Het probleem is dat iemand, wanneer dat gebeurt en afhankelijk van de ernst, het soms wel redt met medicijnen en een redelijk normaal leven kan leiden. Elke situatie is natuurlijk anders, maar als Jane drie sterke antipsychotische middelen krijgt en ze nog steeds de geestelijke vermogens van een vierjarige heeft, dan is er iets anders aan de hand.'

'Zoals een onherstelbare hersenbeschadiging?'

'Ja.'

'Hoe dan? Door een verwonding?'

Ze stapten in de auto en Reel startte de motor.

'Nou, misschien kan Ted-slash-Emmitt ons de dringend noodzakelijke antwoorden geven,' zei ze.

69

‘Zo, die man is inderdaad niet rijk,’ zei Robie toen ze de wijk binnenreden waar Emmitt Barksdale onder de naam Ted Bunson woonde. De huizen en de tuinen waren in goede staat, al waren ze eenvoudig en oud. ‘Dus kunnen we het idee van bedrog en een testament wel vergeten.’

Ze stopten op de oprit van Barksdales huis, achter een ruim tien jaar oude Toyota Camry. De tuin was klein, maar goed onderhouden. Op de voorveranda stonden een paar potplanten, hoewel de bloemen slap hingen door de hitte.

Ze stapten uit en liepen naar het huis.

Links zag Robie een vrouw die de planten in een bloembed water gaf en rechts een man die op zijn oprit met zijn auto bezig was. Ze letten geen van beiden echt op Robie en Reel.

Robie klopte op de voordeur. En wachtte.

Ze hoorden binnen geen enkel geluid.

Hij klopte weer.

En nog een keer.

Niets.

‘Misschien heeft hij meer dan één auto,’ zei Reel.

‘Misschien, maar het is een carport voor één auto.’

‘Zijn jullie op zoek naar Ted?’

De vrouw die haar planten water gaf keek naar hen, nog steeds met de tuinslang in de hand.

‘Inderdaad,’ zei Reel. ‘Weet u of hij thuis is?’

‘Zou wel zo moeten zijn. Hij heeft maar één auto.’

‘Hebt u hem onlangs nog gezien?’

De vrouw dacht even na. ‘Een dag of twee, drie geleden, denk ik. Mijn geheugen is niet meer zo goed als het is geweest.’

‘Misschien is hij ergens naartoe met zijn gezin?’ opperde Reel.

‘O, maar hij heeft geen gezin. Geen vrouw en geen kinderen.’

'Kent u hem goed?' vroeg Robie.

De vrouw fronste. 'Nee, niet erg goed. Hij is wel aardig hoor, maar meestal erg op zichzelf.'

'Weet u wat voor werk hij doet?'

'Wie zijn jullie eigenlijk?'

'We zoeken Ted omdat we hem iets over Jane Smith willen vragen.'

De vrouw keek hen met een nietszeggende blik aan.

'Hij is haar curator. Ze zit in een psychiatrische kliniek. Wij hebben bepaalde informatie over haar die meneer Bunson moet weten.'

'Hebben jullie al geprobeerd hem te bellen of te mailen?'

'Deze informatie moeten we persoonlijk doorgeven,' zei Robie. 'Het is vrij ernstig.'

'Lieve help, ik begrijp het. Nou, ik weet niet wat ik jullie moet vertellen. Ik wist niet eens dat hij iemands curator was.'

'Volgens mij is hij thuis.' Dit zei de man die met zijn auto bezig was geweest. Hij veegde zijn handen af aan een doek en liep naar hen toe. 'Zijn jullie van de politie? Zit Ted in de problemen of zo?'

'Dat kan ik u echt niet vertellen. We moeten hem alleen even spreken. Volgens u is hij dus thuis? Waarom denkt u dat?'

'De auto staat op precies dezelfde plek als twee dagen geleden. Ted zet hem meestal in de carport, omdat hij dan niet in de zon staat. En ik zou het hebben gehoord als hij de motor had gestart. Ik slaap heel licht.'

'Maar stel dat u niet thuis was?'

'Weet u, ik ben al drie dagen niet weggeweest. Ik ben ontslagen, dus nu doe ik hier allemaal klusjes. Ik ben niet één keer weggeweest.'

'Hebt u Ted naar binnen zien gaan?'

'Ja, twee dagen geleden. En die auto is niet van z'n plek geweest.'

'Hoe kunt u daar zo zeker van zijn?' vroeg Robie, met een blik op de auto.

'Ik ben automonteur, ik let op auto's. Kijk maar eens naar de linkerachterband, die is nieuw en heeft van die gele vlakken op de zijkant. En die gele pijl? Die is naar beneden gericht. Die was ook naar beneden gericht toen hij de oprit op reed en hem hier liet staan. Dat weet ik nog omdat ik hem vroeg wat er met zijn band was gebeurd. Hij zei dat ie over een spijker was gereden en de band had laten repareren. Soms naaien ze je daarmee, maar deze zag er goed uit. Daarom keek ik dus goed naar die pijl. Hoe groot is de kans dat hij z'n auto een tweede keer parkeerde en die pijl weer precies naar beneden wees?'

'Niet groot,' zei Robie. 'Goed gezien.' Hij keek naar de voordeur en toen naar Reel. 'Wat denk jij?' vroeg hij aan haar.

'Ik vind dat we moeten kijken of hij thuis is of niet.'

'Denkt u dat hem misschien iets is overkomen?' vroeg de vrouw.

Als antwoord trokken Robie en Reel hun pistool.

De man en de vrouw deinsden allebei achteruit.

Robie zei: 'Bel de politie als we over vijf minuten niet weer buiten staan, oké?'

De vrouw zag eruit alsof ze elk moment kon flauwvallen, maar de man zei: 'Oké, vijf minuten.' Hij keek op zijn horloge toen Robie naar de voordeur liep en Reel achterom ging.

Robie forceerde het slot van de voordeur.

Reel ramde haar elleboog door het glas van de achterdeur, stak haar hand naar binnen en draaide de knop om.

Ze kwamen elkaar midden in het huis tegen, nadat ze ieder de helft van de begane grond hadden gecheckt, en keken omhoog langs de trap.

'Meneer Bunson?' riep Robie. 'We moeten met u praten! Gaat het goed met u?'

Stilte was het enige antwoord dat hij kreeg.

'Oké, dit wordt met de seconde vreemder,' zei Reel.

Ze liepen de trap op met hun pistool naar voren gericht.

Ze checkten een slaapkamer, daarna een tweede.

Daarna was de badkamer aan de beurt en was hun zoektocht voorbij.

De man lag in de badkuip. Er zat geen water in het bad, maar hij was naakt. Zijn ogen waren open, maar hij ademde niet. Hij had al een tijdje niet geademd. En er zat opgedroogd bloed tussen zijn benen.

Ze keken eens beter.

'Verdomme,' zei Robie.

De edele delen van de man waren afgesneden.

'Emmitt Barksdale?' vroeg Reel.

'Hij lijkt er wel op. Hij lijkt ook op de man die ik bij The Willows in de struiken heb zien staan.'

'Ik zie geen externe verwondingen, behalve die waardoor hij nu een eunuch is. Ik betwijfel of hij daardoor is doodgebloed.'

Robie stapte dichterbij en raakte de arm van de dode man aan. 'Hij is nog niet stijf.'

'Als hij al stijf is geweest en nu niet meer, is hij in de afgelopen vierentwintig uur vermoord.' Reel haalde haar telefoon tevoorschijn en belde 911. Met een berustende zucht zei ze: 'De politie van Mississippi leert ons echt kennen, zeg!'

70

Reel had Taggert ook gebeld, en zij verscheen een uur na de komst van de plaatselijke politie.

Het had Robie en Reel veel tijd gekost om alles aan de plaatselijke politie uit te leggen, maar toen Taggert verscheen ondersteunde ze hun verhaal, zodat het onwaarschijnlijk leek dat Robie en Reel zouden worden gearresteerd voor inbraak.

De plaatselijke rechercheur, Clyde Driscoll, was jong en zichtbaar zenuwachtig. Hij zei tegen Taggert, maar zo luid dat Robie en Reel het ook konden horen, dat hij al vijf jaar bij de politie was maar dat dit zijn allereerste moord was.

Taggert stelde voor dat zij hem zou helpen en vervolgens dat Robie en Reel dat ook zouden doen. Het gevolg was dat, terwijl de lijkschouwer het lichaam onderzocht, zij met z'n vieren de plaats delict aan een grondig onderzoek onderwierpen.

Barksdales bed was beslapen, en zijn pyjama lag op de grond naast het bed.

'Dus misschien heeft de moordenaar hem hier uitgekleed,' had Driscoll geopperd. 'Er zit geen bloed op zijn pyjama.'

Ze hadden financiële informatie gevonden waaruit bleek dat Ted Bunson de kost had verdiend met investeringen. Hij was niet rijk, maar had genoeg verdiend voor een eenvoudig leven. Er waren rekeningen voor de verzorging van Jane Smith, en die waren behoorlijk hoog.

'Misschien leefde hij daarom zo eenvoudig,' zei Reel.

'Ik herinner me Emmitt van zijn tijd in Cantrell,' zei Taggert. 'Het is weliswaar lang geleden, maar ik weet bijna zeker dat hij het is.'

Robie knikte. 'Maar hij ziet er veel ouder uit dan hij is.'

'Tja, je wordt er niet mooier op als je dood bent,' zei Taggert.

Ze hadden Taggert verteld dat ze Jane Smith in de kliniek hadden bezocht.

'Denken jullie echt dat zij Laura Barksdale kan zijn?' had ze gevraagd.

'Laat ik het zo zeggen: ik durf niet met zekerheid te zeggen dat ze het niet is.'

Ze vonden slechts één ding uit Emmitts vroegere leven in Cantrell als lid van de gerenommeerde Barksdale-clan.

De foto stond op een tafel in de slaapkamer. Waarschijnlijk was het een foto geweest van de vier gezinsleden, alleen waren de gezichten van Laura en Henry Barksdale eruit geknipt.

'Oké,' zei Robie. 'Twee gezinsleden weg en twee gezinsleden over: vader en dochter weg, moeder en zoon over.'

'En dat staat symbool voor wat?' vroeg Taggert. Ze keek aandachtig naar de foto met de twee gaten waar de gezichten hadden gezeten.

'Misschien dat Laura in een gesticht zit en vader Henry... ergens anders?' zei Robie.

'Denk je dat Henry hier is geweest en zijn zoon heeft vermoord?' vroeg Taggert ongelovig.

Robie zei: 'Ik weet het niet. Dat is een mogelijkheid. Maar om nou zijn penis eraf te snijden?'

Er lagen ook talloze Bijbels in het huis en aantekeningen met betrekking tot religieuze studies, waaruit bleek dat Emmitt Barksdale een bijzonder gelovig man was geweest. Ze ontdekten ook dat hij jeugdpredikant was geweest bij de plaatselijke baptistenkerk.

'Ik kan me niet herinneren dat Emmitt zo gelovig was,' zei Robie.

'Ik ook niet,' zei Taggert. 'Hij was vooral een feestbeest, hij deed wat hij wilde en tegenover wie hij maar wilde. Toen hij een keer dronken was, heeft hij zelfs geprobeerd mij te versieren.'

Robie keek haar verbaasd aan. 'Wat gebeurde er toen?'

'Het heeft lang geduurd voordat zijn neus geheeld was.'

'Tja, sommige mensen vinden het geloof pas later in hun leven,' zei Reel. 'Als boetedoening voor een vroegere zonde.'

Driscoll liet een van zijn technici het fotolijstje op vingerafdrukken onderzoeken. Deze technicus haalde de foto uit de lijst en onderzocht die ook. Hij zei: 'Wat is dit nou?' Hij had de foto omgedraaid en er stond iets op de achterkant. Het leek relatief recent.

Taggert las elk woord en getal hardop voor: 'L 18, Calvin, R-O-H.'

De technicus keek de anderen bevreemd aan. 'Wat betekent dat in vredesnaam?'

'Misschien is het een code,' zei Reel onzeker.

Driscoll knikte. 'Wij hebben iemand die daar heel goed in is. Ik zal zorgen dat hij dit krijgt.' Hij stopte de foto in een bewijszakje en sloot dat af.

'Wat we niét hebben gevonden, is interessant,' zei Reel.

'Wat we niet hebben gevonden?' vroeg Driscoll nieuwsgierig.

Taggert antwoordde: 'Geen smartphone en geen computer. De meeste mensen hebben beide. Iedereen heeft wel het een of het ander.'

'Misschien heeft de moordenaar ze meegenomen,' opperde Reel.

'Jullie hadden het over een eventueel verband met de gebeurtenissen in Cantrell,' zei Driscoll. 'Maar wie zou deze Barksdale willen vermoorden?'

'Sherman Clancy, Janet en Sara Chisum, en nu Emmitt Barksdale, als hij inderdaad is vermoord. Al die moorden zouden verband met elkaar kunnen houden,' zei Reel. 'We hebben alleen geen idee op welke manier.'

De lijkschouwer, een tengere vrouw van in de veertig met kort kastanjebruin haar, kwam de kamer in. 'Oké, ik moet het lichaam meenemen en openmaken, maar mijn voorlopige conclusie is dat de doodsoorzaak vergiftiging is.'

'Vergiftiging?' vroeg Taggert. 'Waarmee?'

'Daar kan ik niets over zeggen tot na het toxicologisch onderzoek, maar er zijn geen dodelijke wonden op het lichaam, die heb ik tenminste niet gevonden. In zijn mond vond ik echter schuim met bloed erin. In het licht van mijn zaklamp heb ik de bovenkant van zijn luchtpijp bekeken, daar zat ook schuim en dat kan wijzen op een vergif zoals cyanide.'

'Als het cyanide was, hoe lang heeft het dan geduurd voordat ie stierf?' vroeg Taggert.

'Pure cyanide: ongeveer tien minuten. Kaliumcyanide of natriumcyanide: een halfuur. Dat is naar spul. Dodelijk in een kleine dosis en het duurt niet lang.' Met een grimmige glimlach voegde de lijkschouwer eraan toe: 'Iemand is een fan van Agatha Christie, want dat was een van haar favoriete manieren om iemand te doden. De uitslag van het toxicologisch onderzoek zal even op zich laten wachten, maar ik geef jullie een seintje zodra ik klaar ben met de autopsie. Cyanide laat duidelijke sporen achter in het lichaam. Zodra hij is gebracht, begin ik met de autopsie en binnen een paar uur heb ik de voorlopige resultaten.'

'En hoe zit het met wat er van hem af is gesneden?' vroeg Driscoll ongemakkelijk.

De lijkschouwer tuitte haar lippen. 'Het is er waarschijnlijk afgehakt. Er zat een deukje in de badkuip waar dat wat ervoor is gebruikt, misschien een kleine bijl, het oppervlak heeft geraakt. En ik ben geen psycholoog, maar dat riekt naar symboliek.'

Nadat ze was vertrokken keken de anderen elkaar aan.

Taggert zei: 'Oké, de moordenaar dient hem op de een of andere manier het vergif toe.'

'Wat erop wijst dat hij diegene kende,' zei Driscoll. Zodra hij dit had gezegd, keek de jongeman zowel blij als verbaasd dat hij dit had bedacht.

Reel glimlachte even en zei: 'Goed bedacht. Behalve dat hij zijn pyjama aanhad en zijn bed beslapen is.'

'Het is dus waarschijnlijker dat hij lag te slapen toen diegene binnenkwam en hem op de een of andere manier vergif toediende,' zei Taggert.

'Juist,' zei Driscoll, verslagen.

Taggert ging verder: 'Het gif doodt hem. Daarna trekt diegene zijn pyjama uit en zet hem in de badkuip. Diegene moet dus heel sterk zijn. Barksdale is een grote kerel.'

'Of het waren twee mensen,' zei Driscoll.

Reel zei: 'Dat is zo. Maar iemand moet die persoon of personen naar binnen hebben zien gaan. De buurman zag dat Barksdales auto niet was verplaatst.'

'Dan kan ik maar beter eens met hem gaan praten,' zei Driscoll snel.

'Ik ga met je mee,' zei Taggert.

Nadat de twee waren vertrokken, gingen Robie en Reel in een stoel zitten en keken naar de vloer.

Reel zei: 'Omdat zijn penis eraf is gehakt, denk ik dat hij is vermoord omdat hij een probleem vormde.'

'Inderdaad. Maar waarom moest hij dood? Vanwege zijn relatie met Jane Smith? Wie is dat? Laura Barksdale? En zo ja, waarom is dat belangrijk genoeg om al deze mensen te vermoorden? Als deze moorden verband houden met elkaar?'

'Het moet iets te maken hebben met wat er jaren geleden is gebeurd. De kinderen in die schuur. Henry Barksdale. Clancy.'

'En misschien deze Jane Smith,' zei Robie.

'Het zou fantastisch zijn als we haar inderdaad kunnen identificeren als Laura of zeker weten dat ze Laura niet is.'

‘En ontdekken waarom Emmitt haar curator was en onder een valse naam leefde.’

‘Denk jij dat Henry Barksdale nog leeft?’

‘Dat is goed mogelijk. Hij is even oud als mijn vader.’

‘Tenzij iemand hem ook heeft vermoord.’

‘Of hij is degene die deze mensen vermoord heeft.’

‘Wat zou zijn motief kunnen zijn?’

‘Hij had een deal met Clancy en als dat bekend werd, had dat kunnen betekenen dat hij het enige wat hij nog had zou kwijtraken, zijn goede naam. Dus vermoordde hij Clancy. Hij ontdekte dat Clancy het misschien aan de meisjes Chisum had verteld. Of zij ontdekten dit over hem en probeerden hem te chanteren. Vergeet niet dat Emma zei dat Janet een groot geheim kende. En dat ze een afspraak met iemand had over belangrijke mensen in het stadje. Misschien bedoelde ze daar de Barksdales mee, hoewel die niet meer in Cantrell woonden. Misschien heeft ze dat aan Sara verteld. Dus heeft hij hen vermoord.’

‘En zijn zoon, Emmitt?’

‘Hij wist wat zijn vader had gedaan en moest sterven.’

Reel zei: ‘Ik neem aan dat het kan, maar er zitten heel veel gaten in die theorie, inclusief het afhakken van die penis. En we zijn geen getrainde rechercheurs, Robie. Wat dit betreft zijn we net zulke amateurs als Driscoll is.’

‘Maar we zijn wel getraind om details op te merken en te zien wat anderen niet zien.’

‘Nou, het enige wat ik nu zie is een heleboel mist.’

‘En we hebben te maken met een moordenaar die juist alleen maar een goede zichtlijn heeft.’

Reel keek hem aan en zei: ‘Ik vraag me dus af wie de volgende is die sterft.’

71

Robie en Reel gingen terug naar The Willows, waar Little Bill Faulconer op de voorveranda op hen zat te wachten.

Robie vroeg: 'Alles in orde?'

Little Bill schudde zijn hoofd en wreef over zijn ogen. 'Hij is vanochtend overleden. Mama vond hem dood in de Airstream.'

'Wat vind ik dat erg, Little Bill,' zei Robie.

Reel legde een hand op de schouder van de jongeman. 'Het is moeilijk, ik weet het.'

Little Bill zei: 'Hij was nog maar eenenveertig! Verdomd jong om dood te gaan.'

'Te jong,' beaamde Robie.

'De begrafenis is donderdag, als jullie willen komen.'

'We zullen er zijn,' zei Robie. 'Hebben jij en je ma iets nodig?'

Little Bill schudde zijn hoofd. 'Wij redden ons wel. Ik bedoel, we wisten dat het zou gebeuren, maar toch...'

'Ja,' zei Robie zacht.

Little Bill stapte in zijn oude, gedeukte auto en reed weg.

Robie keek hem na, en werd steeds kwader.

Reel keek naar hem. 'Gaat het?'

'Ik moet ergens naartoe.'

'Wil je dat ik meega?'

'Nee, dit moet ik alleen doen.'

Een halfuur later stopte Robie voor de praktijk van dokter Holloway. Hij liep straal langs de assistente-slash-receptioniste heen, die achter hem aan rende en protesteerde tegen zijn indringing.

Holloway was in zijn kantoor met de administratie bezig toen Robie naar binnen stevende. Hij keek op naar Robie en de receptioniste.

Ze zei: 'Hij heeft geen afspraak, dokter. Ik probeerde hem tegen te houden...'

Holloway zei: 'Het is al goed, Gladys. Ik ontvang hem wel.'
Robie deed de deur achter zich dicht en ging voor de arts staan.
Holloway keek naar de mitella. 'Hoe gaat het met uw arm?'
'Hebt u het gehoord?' vroeg Robie.
'Wat gehoord?'
'Van Billy Faulconer! Hij is dood.'
'Ja, dat heb ik gehoord. Angie belde me.'
Robie keek verbaasd. 'Heeft Angie u gebeld?'
'Ja, natuurlijk. Ik was zijn huisarts immers! Wilt u zitten?'
'Nee, ik blijf staan,' zei Robie kwaad.
'Prima. Goed, het lijkt alsof u een probleem hebt met mijn behandeling van meneer Faulconer. Klopt dat?'
'Ja, dat klopt.'
Holloway knikte. 'Daarom heb ik mevrouw Faulconer toestemming gevraagd om u iets te vertellen over de diagnose en de behandeling van haar man. Zonder die toestemming mag ik dat soort dingen niet met buitenstaanders bespreken.'
'Dat weet ik,' zei Robie kortaf. 'Maar zij zei dus dat het goed was dat u met mij over Billy's toestand en behandeling zou praten?'
'Ja, dat heeft ze gedaan. Ga alstublieft zitten, meneer Robie. Dit duurt even.'
Robie trok een stoel dichterbij en ging zitten.
Holloway zei: 'Ik weet dat u uit Cantrell komt en dus bent u goed op de hoogte van het verleden van onze staat, en van de vele tegenslagen ervan.'
Robie zei niets.
Holloway legde zijn handen tegen elkaar. 'Mijn vader, meneer Robie, was ook arts, een goede. Hij was competent, professioneel en er heel goed in om zijn patiënten gerust te stellen.' Hij zweeg even. 'Tenminste, als je blank was. Maar als je zwart was, was hij dat allemaal niet en dat kwam vooral doordat hij weigerde om deze mensen te behandelen. En hij praatte over hen in de meest walgelijke bewoordingen die je je maar kunt voorstellen.'
'Hij was dus een racist?'
'Zeker weten. Extreem zelfs. Niet erg ongewoon voor mannen van zijn generatie in het uiterste zuiden van de VS. Als hij nog had geleefd, was hij nu vierennegentig geweest. Ik was de jongste van zeven kinderen, en de enige die in mijn vaders voetsporen zou treden en ook arts

zou worden. De helft van mijn zussen en broers deelde de racistische opvattingen van mijn vader, en de andere helft marcheerde gedecideerd de twintigste en eenentwintigste eeuw binnen. Ik reken mezelf tot die laatste groep.'

'Oké,' zei Robie ongeduldig. 'Maar hoe zit het met Billy?'

'Toen meneer Faulconer bij me kwam, heb ik hem grondig onderzocht. Onder andere met röntgenfoto's, uiterst modern bloedonderzoek en andere onderzoeken die deel uitmaken van mijn protocollen voor diagnose. Ik ben dan wel huisarts in een klein stadje die een beetje van alles en nog wat doet, maar ik heb een uitstekende medische opleiding genoten en heb in het begin van mijn carrière zelfs orgaantransplantaties uitgevoerd. Ik heb in mijn carrière veel kankerpatiënten gezien. Soms waren het hopeloze gevallen, maar soms was hun kanker behandelbaar.

Uit voorzorg heb ik mijn bevindingen ten aanzien van meneer Faulconer naar een goede vriend en professionele collega van me gestuurd die hoofd is van de afdeling Radiotherapie en Oncologie van het medisch centrum Ole Miss. Hij is een wereldwijd erkende autoriteit op dit gebied en hij bevestigde mijn diagnose: stadium IV niet-kleincellige longcarcinoom dat onherstelbaar was uitgezaaid naar andere belangrijke organen, zoals hersens en lever, en botten. In dat stadium kun je bepaalde behandelingen uitvoeren, maar is genezing niet realistisch. Deze specifieke kanker was uiterst agressief en de mogelijkheden waren beperkt.

Ondanks dat, hebben we verschillende opties onderzocht zoals bestraling, chemotherapie en een combinatie daarvan. Ik heb zelfs een paar experimentele behandelwijzen bekeken die in verschillende staten werden uitgevoerd, maar helaas voldeed meneer Faulconer om verschillende redenen niet aan de testcriteria. Hoe dan ook zou behandeling fysiek belastend zijn geweest en zijn leven in het gunstigste geval slechts met een paar maanden hebben verlengd. Ik heb dit uitgebreid met de Faulconers besproken en zij hebben uiteindelijk besloten dat ze deze behandeling niet wilden. Toen werd besloten om zijn leven zo comfortabel en pijnloos mogelijk te maken tot hij stierf.'

'Maar Billy vertelde me dat hij alleen zuurstof kreeg!'

'Billy begreep heel veel niet van alles wat ik hem had uitgelegd. Hij had geen kennis van medische zaken en zijn hersens waren toen al aangetast door de kanker. Zijn kortetermijngeheugen was al heel slecht en zijn begrip van de details heel klein.'

'Hij kon zich de kleinste details van onze kampioenswedstrijd nog herinneren,' zei Robie.

'Dat verbaast me niets. Ik zei dat zijn kortetermijngeheugen was aangetast, maar dan kunnen herinneringen van lang geleden nog uiterst gedetailleerd zijn. Als het einde naderbij komt, grijpen de hersens terug naar... iets troostends. Ik neem aan dat dit het draaglijk maakt.'

Robie knikte. 'Dat denk ik ook,' zei hij zacht.

'Maar Angie Faulconer is heel slim en zij wist heel goed wat we deden. Hij kreeg dagelijks morfine en andere pijnstillers via een buisje dat ik in zijn onderarm had aangebracht. Hij kreeg elke medicatie en behandeling die gezien zijn omstandigheden maar mogelijk waren om ervoor te zorgen dat hij zo min mogelijk leed. Of ik ging naar hem toe om hem te behandelen en hem te onderzoeken, of zij deed dat. Ik had haar geleerd hoe ze dat precies moest doen. Billy's toestand werd constant gemonitord door een draagbaar systeem dat hij onder zijn kleren droeg en elke twee uur werd afgelezen. En op basis daarvan paste ik zijn pijnmedicatie aan.'

'Dat wist ik allemaal niet.'

'Meneer Robie, hij heeft nooit nodeloos geleden. Alles wat voor hem kón worden gedaan, wérd voor hem gedaan.'

'Ik neem aan dat ik, toen ik hem in die caravan zag liggen met die zuurstof... Toen leek hij zo alleen.'

'Angie en ik hebben er bij Billy op aangedrongen om naar een hospice te gaan. Hij had naar een instelling in de buurt kunnen gaan die ik had gevonden en waar ik een plaatsje voor hem had geregeld, of anders een thuishospice van een lokaal agentschap dat ik heel goed kende. Ik had alle formulieren al ingevuld en er was overheidsgeld beschikbaar. Het zou hem geen cent hebben gekost, het was allemaal mogelijk.'

'Maar Billy wilde de Airstream niet verlaten?' zei Robie zacht.

'Maar Billy wilde de Airstream niet verlaten,' herhaalde Holloway. 'En wie zou de wensen van een stervende man negeren?'

Robie keek de arts met een schuldbewuste blik aan. 'Het spijt me, dokter Holloway. Ik heb dit duidelijk helemaal verkeerd ingeschat en mezelf volkomen belachelijk gemaakt.'

'Nee hoor, u kwam gewoon op voor een oude vriend.'

'Dat is heel aardig van u,' zei Robie. 'Maar ik weet niet of ik dat verdien.'

'Ik ben getuige geweest van mijn vaders fanatisme en zijn haat, die niet alleen zijn huwelijk en zijn gezin hebben geruïneerd, maar uiteindelijk ook hemzelf. Al op heel jonge leeftijd heb ik mezelf voorgenomen om nooit te worden zoals hij. En dat ben ik ook niet.'

'Wat een geluk dat Billy u had als arts. En hij is nu op een betere plek.'

'Dat geloof ik oprecht. Mijn vader ging elke zondag naar de kerk en deed net alsof hij begrip had voor een God die het tot Zijn levenswerk maakte om van alle mensen te houden en iedereen te verwelkomen. Ik ga ook elke zondag naar de kerk, ik lees elke dag in de Bijbel, en ik aanbid een God die echt kleurenblind is, zoals we allemaal zouden moeten zijn. Maar ik neem het u niet kwalijk dat u dacht wat u dacht. Iedereen weet dat er meer dan genoeg racisten zijn, niet alleen in Mississippi, maar overal. Gelukkig ben ik niet een van hen.'

De mannen gaven elkaar een hand.

'Dank u wel,' zei Robie.

Holloway wees naar de mitella. 'Hebt u daar al iets aan laten doen?'

'Nog niet. Ik moet eerst nog een paar dingen afhandelen.'

Holloway knikte. 'Ik zal er zijn op de begrafenis.'

'Ik ook,' zei Robie. 'Ik ook.'

72

Toen Robie terugkwam op The Willows zat Reel op de achterveranda met zijn vader en Victoria.

Dan Robie zei: 'Je partner heeft ons alles verteld. Dus Emmitt Barksdale is dood?'

Robie ging zitten en keek even naar Victoria voordat hij knikte. 'We wachten nog op een bevestigende identificatie, maar het lijkt er wel op.'

Victoria vroeg: 'Maar waarom? Wie zou hem willen vermoorden?'

'Geen idee. Hij was de curator van een vrouw, ene Jane Smith. Misschien heeft het iets met haar te maken.'

Dan vroeg: 'Curator? Wat was de relatie dan tussen Emmitt en die Smith?'

'Ook dat weten we niet, het is allemaal net gebeurd. We hadden haar net bezocht. Ze zit in een psychiatrische kliniek in Lancet, Mississippi.'

'Wat mankeert haar?' vroeg Victoria.

'Schizofrenie,' zei Reel. 'En zelfs met alle medicatie die ze krijgt, is ze niet goed bij haar hoofd. Het is net of je met een kind praat.'

Victoria keek naar Dan en zei: 'Ik denk dat we onszelf gelukkig mogen prijzen. Ook al kan Ty niet praten, we weten wel dat er niks mis is met zijn verstand.'

Dan knikte en pakte haar hand. 'Dat is waar, liefje. Met Ty gaat het helemaal goed komen.'

'Wie moet er nu dan voor haar zorgen?' vroeg Victoria.

'Dat is nog niet duidelijk. Tenzij ze familie heeft, neem ik aan dat ze onder curatele van de staat komt. Ze kan zeker weten niet alleen wonen.'

'Maar denken jullie dat dit iets te maken heeft met alles wat er in Cantrell gebeurt?' vroeg Dan.

'Ja, volgens mij wel. Alleen weet ik nog niet op welke manier.'

'Ja,' beaamde Reel. 'Daar zijn we mee bezig.'

'Waar is Ty?' vroeg Robie.

'Bij Priscilla,' zei Victoria.

Robies telefoon zoemde: Taggert. Hij luisterde naar wat ze vertelde, verbrak de verbinding en stond op. Toen keek hij Reel aan. 'We moeten weg.'

Ze stond op, en Dan en Victoria keken naar hen.

'Is er weer iemand dood?' vroeg Victoria angstig.

'Nee, alleen een nieuwe ontwikkeling.'

Terwijl ze door de hal naar de voordeur liepen, kwam Priscilla binnen met Tyler op de arm. De jongen zag eruit alsof hij net uit bed kwam.

'Heeft ie geslapen?' vroeg Reel.

Priscilla knikte. 'Hij houdt van slapen, dit jongetje. Hij klautert in mijn bed, soms ook als we op reis zijn met juffrouw Victoria. Ik denk dat hij gewoon als een jong beertje naar warmte verlangt, en daar heb ik heel veel van.' Ze lachte en klopte met haar vrije hand op haar heup. 'Als een slowcooker die je de hele nacht warm houdt...'

Tyler glimlachte en sloeg zijn armen om haar hals.

'Nou, in elk geval heeft Victoria dan even rust,' zei Reel. 'Kleine kinderen zijn handenbindertjes.'

'Dan heb ik zéker even rust.'

Ze draaiden zich om en zagen dat Victoria achter hen stond.

'Ik weet echt niet wat ik zonder Priscilla zou moeten doen.'

'Hebt u kinderen, mevrouw?' vroeg Priscilla glimlachend aan Reel.

Ze aarzelde. 'Wel gehad, maar nu niet meer.'

'Dat begrijp ik, liefje,' zei Priscilla, zonder glimlach nu.

Robie en Reel liepen naar buiten en stapten in de auto.

'Wat is er aan de hand?' vroeg ze.

'De lijkschouwer ontdekte op Barksdales nek een wondje dat veroorzaakt is door een naald. Zij denkt dat het vergif zo is toegediend.'

'Wat nog meer?'

'De toxicologie-uitslagen zijn nog niet binnen, maar toen ze hem opensneed, vond ze bewijzen van een soort cyanidevergiftiging in de organen. Dat komt overeen met het bebloede schuim dat ze in zijn mond en bovenste deel van zijn luchtpijp had gezien.'

Reel knikte. 'Hij wordt dus vermoord en naakt in de badkuip gezet, en daarna wordt zijn penis afgehakt.'

'En er staat een cryptische boodschap op de achterkant van een foto waar twee gezinsleden uit zijn geknipt.'

'Vader en dochter.'

Robie zei: 'Klopt, Henry en Laura Barksdale.'

'En de laatste zit misschien in een psychiatrische kliniek en denkt alleen aan Big Macs en friet.'

'En de eerste?' vroeg Robie.

'Geen flauw idee. Hoe zit het met de vrouw van Henry Barksdale? Misschien hebben een man en een vrouw dit met Emmitt Barksdale gedaan. Zijn eigen ouders misschien?'

'Dat weet ik niet. Misschien. Als ze überhaupt nog leeft. Of als hij nog leeft.'

'En de link met Sherman Clancy is misschien wat ze met die kinderen hebben uitgespookt. En misschien hadden de meisjes Chisum dat gehoord van Clancy, zoals jij al zei, en moesten zij daarom ook dood. Ik vind dat dat allemaal wel logisch klinkt. Om de eer van de Barksdales te redden.'

Robie knikte. 'Maar als hij het is, hoe vinden we hem dan? Of hen? En hoe voorkomen we dan een nieuwe moord?'

Ze gingen naar het politiebureau, waar ze Taggert en sheriff Monda ontmoetten. Taggert leek uitgeput en gedeprimeerd. Monda leek alleen maar kwaad, waarschijnlijk omdat zoiets als dit in zijn eigen stadje gebeurde en hij niets kon doen om het tegen te houden.

'Alweer iemand dood. Nou, het is tenminste niet in Cantrell gebeurd,' zei hij, enigszins opgelucht.

'Dus een injectie in de nek?' vroeg Reel.

Taggert knikte. 'Uit de toestand van de inwendige organen bleek dat het een bijzonder sterk middel is geweest. Ze zei dat het slachtoffer binnen een paar minuten is gestorven.'

'Zonder zelfs maar wakker te worden?' vroeg Robie. 'Zelfs niet toen hij de prik van de naald voelde?'

'De dokter zei dat het mogelijk is dat het vergif hem meteen heeft verlamd. Misschien heeft hij een beetje bewogen toen hij de naald voelde, maar hij heeft zichzelf waarschijnlijk niet kunnen verdedigen.'

'Weten we al meer over die Jane Smith?' vroeg Reel.

'Zijn we mee bezig,' antwoordde Taggert. 'Maar dat is niet gemakkelijk. Vertrouwelijkheid van patiëntgegevens. We moesten een gerechtelijk bevel aanvragen, en dat kost wat tijd.'

'Ik weet niet hoeveel tijd we nog hebben,' zei Robie.

'Bedoel je dat de moordenaar weer zal toeslaan?' vroeg Monda.

'Nou, hij heeft al vier mensen vermoord. En als de FBI gelijk heeft en hun seriemoordenaar en deze persoon dezelfde zijn, zal het aantal doden nog veel meer oplopen.'

'Maar hoe is dat in vredesnaam mogelijk, Robie?' vroeg Taggert. 'Dat zou wel heel toevallig zijn.'

'Of iemand iets toeval vindt, hangt vaak van hemzelf af,' zei Robie.

Taggert keek hem aan alsof ze geen idee had wat hij daarmee bedoelde.

Hij zei: 'De andere slachtoffers waren een oudere man en een jongere vrouw. Er was een patroon. En hier zijn Clancy en twee jongere vrouwen vermoord.'

'Maar er waren waarschijnlijk andere redenen om Clancy te vermoorden,' zei Reel. 'En dat geldt ook voor de meisjes Chisum. Misschien probeerden ze de moordenaar te chanteren.'

'De moorden hadden ook een tweeledig doel kunnen hebben,' zei Robie. 'Waardoor het patroon werd gehandhaafd, terwijl er andere motieven waren.'

'Wie het ook doet, diegene is ernstig gestoord,' zei Monda.

'Hebben jullie nog iets anders ontdekt in het huis van Emmitt Barksdale wat nuttig kan zijn?' vroeg Robie.

'Niet echt. De moordenaar heeft waarschijnlijk zijn telefoon of zijn laptop meegenomen, omdat daar mogelijk belastende dingen op stonden.'

'Hebben jullie nog familieleden of vrienden gevonden die contact met hem hadden?'

'Nog niet. Hij leek die eigenlijk niet te hebben. En de buren hebben niets gezien of gehoord. Degene die dit heeft gedaan, heeft heel onopvallend gehandeld. En misschien was het al heel laat, gezien het feit dat Barksdale al in bed lag.'

'Enig idee waar zijn ouders kunnen zijn?'

'Nee,' zei Taggert. 'Dat zijn we aan het onderzoeken. Maar ze zijn al meer dan twintig jaar geleden uit Cantrell vertrokken. Geen idee waar ze zijn en of ze zelfs nog leven.'

'Weet je nog wanneer ze zijn vertrokken?' vroeg Robie.

'Niet op welke dag precies, nee. Het was alsof ze er de ene minuut nog waren en de andere waren vertrokken. Ik herinner me dat ik Laura en Emmitt heel lang niet zag. Alsof ze opeens niet meer in het centrum kwamen.'

‘Ik weet dat Laura de stad wilde verlaten en iets van haar leven wilde maken.’

‘Je bedoelt dat ze samen met jou wilde vertrekken?’ vroeg Taggert, terwijl ze hem aandachtig aankeek.

‘Waarom vraag je dat?’ vroeg Robie argwanend.

‘Klein stadje, Robie. Moeilijk om dingen geheim te houden. Jij en Laura waren verliefd op elkaar, dat wist iedereen. En toen was jij weg en was zij nog steeds hier. Er was iets aan de hand.’

‘Misschien was onze relatie niet zo goed,’ zei hij gespannen.

‘Dus ze is niet met je meegegaan en nu zit ze waarschijnlijk in een psychiatrische kliniek. Ik zou zeggen dat zij de verkeerde keus heeft gemaakt.’

‘Dat was Robies schuld niet,’ zei Reel.

‘Dat zeg ik ook niet,’ zei Taggert. ‘Iedereen is verantwoordelijk voor zijn eigen leven en moet leren leven met de keuzes die hij of zij maakt.’

‘Zo te horen spreek je uit ervaring,’ zei Reel.

‘Schatje, als we maar lang genoeg leven, spreken we altijd uit ervaring.’

73

Op de dag van Billy Faulconers begrafenis was het zo heet dat de bloemen hun kopjes lieten hangen, net als de mensen.

Er kwamen veel mensen naar de dienst naast het graf, zowel zwarte als blanke.

Robie keek naar de aanwezigen en begreep eerst niet goed waarom dit zo was, tot het hem opviel dat veel van de blanken jong waren. En toen zag hij Little Bill Faulconer in hun midden staan en hun condoleances in ontvangst nemen. *Misschien is er tóch nog hoop*, dacht Robie.

Toni Moses kwam voor de dienst naar hem toe. 'Triest hoor, als iemand zo jong overlijdt,' zei ze.

'Niemand weet of hij morgen nog leeft,' zei hij. *En ik kan het weten*, dacht hij.

'Ik zie de geachte aanklager van de staat niet,' zei hij.

'Waarschijnlijk zit hij thuis zijn wonden te likken. Hij ziet de zaak tegen je vader gewoon verdampen, wat betekent dat hij zijn politieke carrière wel op zijn buik kan schrijven. En de winnaars op dat gebied zijn iedereen behalve Aubrey Davis.'

Robie had zichzelf aangeboden als een van de baardragers. Zelfs met zijn pijnlijke arm was het deprimerend gemakkelijk om de kist te dragen met het lichaam van zijn dode vriend erin die ooit als zo'n grote vent op het footballveld had rondgerend.

Hij keek naar Reel toen hij met de kist langs haar heen liep. Ze keken elkaar aan met een veelbetekenende blik die kon worden geïnterpreteerd als: *Als onze tijd gekomen is, krijgen we dan eigenlijk wel een begrafenis?*

Een zwarte dominee sprak, en daarna zeiden Angie en Little Bill iets. Nadat ze de kist in de aarde hadden laten zakken, begonnen de mensen zich te verspreiden.

Dat is het gebruikelijke begrafenisritueel. Je stopt ze in de grond en loopt weg om door te gaan met je leven, tot het jouw beurt is om te worden achtergelaten.

Dokter Holloway stond op Robie te wachten bij de rij auto's die langs de rustige straat naar het kerkhof stonden. 'Dat was een mooie dienst,' zei hij.

'Ja,' zei Robie. 'Zo mooi als mogelijk is, gezien het doel.'

'Blijf je hier nog veel langer?'

'Onafgehandelde zaken.'

'Clancy en die meisjes Chisum?'

Robie knikte toen Reel bij hen kwam staan.

'Kan ik misschien ergens mee helpen?' vroeg Holloway.

Dat aanbod verbaasde Robie, maar hij zei: 'Nee, tenzij u wonderen kunt verrichten.'

Holloway zei met een zwakke glimlach: 'Helaas niet, nee.'

Robie keek hem even aan en besloot toen dat het een poging waard was; Holloway was goed opgeleid. 'Zegt L 18, of Calvin, of R-O-H u iets?'

Holloway fronste. 'Calvin en R-O-H niet, maar L 18? In welke context?'

'Dat is het probleem, dat weten we niet.'

Holloway dacht hier even over na. 'Nou, normaal gesproken wordt er niet op deze steno-achtige manier naar verwezen, maar als de context bijvoorbeeld religieus is, zou het Leviticus 18 kunnen betekenen.'

Robie en Reel verstijfden. Robie vroeg: 'Leviticus, bedoelt u het Bijbelboek?'

'De Hebreeuwse Bijbel, ja.'

'Weet u waar het naar verwijst?' vroeg Reel. 'Mijn Bijbelkennis is een beetje versloft.'

'Naar de geboden die Mozes op de berg Sinaï kreeg.'

'Waarover?'

'Nou, de zedelijke wetten; het is een opsomming van bepaalde seksuele activiteiten die als onrein worden beschouwd en daarom verboden zijn. Vers 22 van dat hoofdstuk heeft alle controverses ten aanzien van homoseksualiteit veroorzaakt, weet je, dat de man niet met mannen mag omgaan zoals hij met vrouwen omgaat.'

'U hebt zeker niet toevallig een bijbel bij u, wel?' vroeg Robie.

'Er ligt er een in mijn auto. Die mag u wel gebruiken.'

Ze liepen naar Holloways auto en hij gaf hem zijn bijbel.

'U krijgt hem terug,' beloofde Robie.

'Nee, houd hem maar. Ik probeer ze zo vaak mogelijk weg te geven. Dat beschouw ik als mijn manier om iets goeds te doen. Ik ben het niet eens met alles wat erin staat. Ik bedoel, we leven wel in de eenentwintigste eeuw, maar als iedereen alleen al de gulden regel zou volgen, zou de wereld een betere plaats zijn.'

'Bedankt,' zei Robie.

'En vergeet niet iets aan uw arm te laten doen, ik meende wat ik daarover zei. Anders krijgt u permanente schade.'

Holloway reed weg, terwijl Robie naar Leviticus 18 bladerde. Hij las de tekst door.

'Valt je iets op?' vroeg Reel.

'Het gaat over homoseksualiteit, zoals hij zei, maar ook over iets anders.'

'Waarover dan?'

'Incest.'

'Incest? Welke vorm?'

Robie las nog iets verder en keek toen naar Reel. 'Tussen broer en zus bijvoorbeeld.'

Reel keek hem aan. 'Dus jij denkt...'

'Emmitt en Laura?' Robie vertrok zijn gezicht.

Reel zei: 'Hij was ouder, zij was jonger. Doordat haar eigen broer seks met haar had, is ze misschien depressief geworden en in de war, en wilde ze als de sodemieter weg uit deze stad.'

'Maar ik zou nooit hebben gedacht dat Emmitt...'

'Robie, je zei zelf dat mensen alles wat ze doen kunnen rechtvaardigen, of het nu gaat om het plegen van incest...' – ze zweeg even – '... of om het doden van mensen.'

Hij keek haar lang aan. 'Heb je het over ons met dat laatste?' vroeg hij zacht.

'Misschien wel.'

Robie keek achterom naar het graf van Billy Faulconer. Hij kreeg het gevoel dat hij geen lucht meer kreeg en draaide zich om naar Reel. 'Dan moeten we maar snel ergens iets gaan drinken en uit deze verdomde hitte zien te komen, voordat we in deze onzin in ons hoofd verdrinken. Anders komen we er misschien nooit meer uit.'

Ze reden naar een bar in de buurt, bestelden bier en gingen achterin aan een tafeltje zitten waar een flinke luchtstroom was van een airco in de muur.

Iedereen in de bar keek naar hen.

'Heerlijk hoor, om ergens te zijn waar ik zo populair ben!' zei Reel droog.

'Ja, zo'n stadje is Cantrell nu eenmaal.'

'Wat voor stadje?'

'Zo'n stadje dat je niet bezoekt, en waar de mensen als je dat wel doet naar je blijven kijken tot je als de sodemieter weer weggaat.'

Ze bestelden nog een biertje en de middag ging langzaam over in de avond.

Reel haalde haar telefoon tevoorschijn en drukte een paar toetsen in.

'Wat doe je?' vroeg Robie.

Ze stak een vinger op en typte verder. 'Ik zat te googelen: incest en R-O-H, die afkorting achter op die foto die we hebben gevonden.'

'En, iets gevonden?'

Ze keek naar het scherm. 'Dit lijkt veelbelovend.' Ze las het artikel door. 'Oké, R-O-H is de afkorting van "*runs of homozygosity*".'

'Dat verklaart veel,' zei Robie sarcastisch. 'Wat betekent "homozygosity" in vredesnaam?'

Reel las nog even verder. 'Het heeft iets met genetica te maken. Inteelt leidt tot een grote toename van homozygosity. Hier staat dat dit betekent dat identieke chromosomale segmenten bij nakomelingen feitelijk worden gekoppeld. Dat is kennelijk slecht, want dat heeft tot gevolg dat er heel veel onwenselijke dingen gebeuren met alle nakomelingen van een incestueuze relatie.'

'Dat is er gebeurd met de koninklijke families, toch? Blauw bloed en het "gekke koning"-syndroom? Ze trouwden steeds met naaste verwanten om de bloedlijn zuiver te houden, maar in feite maakten ze er een puinhoop van. Daarom is het nu bij wet verboden.'

'Ja. En dat past bij Leviticus 18, dat over dit soort incestueuze relaties gaat.'

'En Jane Smith?'

'Zij zou daar een resultaat van kunnen zijn,' zei Reel. 'Niet dat zij het product van een incestueuze relatie is, waar R-O-H naar verwijst. Maar als Jane Laura is... Meer dan twintig jaar van schaamte en afkeer en emotionele littekens zou iedereen beschadigen, Robie. Iedereen. Het zou zelfs tot een hersenbeschadiging kunnen leiden. Het verbaast me dat ze niet nóg gekker is.'

Robie leek in de war. 'Oké, maar R-O-H is het product van een incestueuze relatie, zei je net. De nakomelingen. Dus waarom zou iemand R-O-H op de achterkant van een familiefoto schrijven als dat niet enigszins relevant was?'

Reel zei: 'Je hebt gelijk. Maar Jane Smith is veertig. Zij kan niet het kind zijn van Laura en haar broer. Zij moet Laura zijn.'

Robie knikte. 'Dat is waar. En iemand heeft Emmitt vermoord.'

'Nou, we weten dat dit niet is gedaan door Jane Smith/Laura Barksdale. Zij zat opgesloten.'

'Dat brengt ons dus weer terug bij Henry Barksdale.'

'Tenzij je een beter idee hebt, zou ik daar mijn geld op zetten,' zei Reel.

'Waarom zou hij zoveel jaren later zijn zoon vermoorden?'

'Misschien heeft hij hem nu pas gevonden. Emmitt leefde onder een valse naam. Blauwe Man heeft het redelijk snel gedaan, maar hij heeft dan ook heel veel pk's tot zijn beschikking.'

'We moeten zien uit te vinden of Jane Smith écht Laura is,' zei Robie.

'Kunnen ze geen DNA-monsters nemen van Emmitt en Jane, en die met elkaar vergelijken? Dan weten we zeker of ze wel of geen familie van elkaar zijn.'

Robie pakte zijn telefoon.

'Wie ga je bellen?'

'Onze vriendelijke special agent Wurtzburger van de FBI.'

'Denk je dat hij ons hiermee kan helpen?'

'Als er zelfs maar een heel klein kansje is dat zijn seriemoordenaar hierbij betrokken is, dan denk ik van wel.'

74

Nadat Robie Wurtzburger op de hoogte had gebracht van de laatste ontwikkelingen en hem hun theorie had verteld dat het heel goed mogelijk was dat Henry Barksdale hun moordenaar was, was deze bereid de DNA-test uit te voeren.

Daarna begon het al donker te worden en reden Robie en Reel terug naar The Willows. Halverwege begaf de airco van de auto het en moesten ze de raampjes naar beneden draaien.

'Mijn god, is het hier altijd zo klam?' vroeg Reel.

'Nou, ik herinner me dat het in januari en februari minder erg is.'

'Ben je daarom weggegaan? Omdat je dacht dat je in de hel was en wilde ontsnappen?'

'Dat was niet de enige reden.'

Ze keek naar hem, fronsend. 'Je hebt me nog niet verteld waar jij en je vader over hebben gepraat.'

'We hebben nergens over gepraat. Ik zei dingen die hij negeerde. Zoals altijd.'

'Geen vooruitgang dus?'

'Nee, maar ik heb wel iets gehoord wat ik nog niet wist.'

'Wat dan?'

'Laura kwam naar ons huis nadat ik was vertrokken en vroeg waar ik was. En mijn vader vertelde haar met zoveel woorden dat ik er zomaar vandoor was gegaan en haar en hem in de steek had gelaten om in mijn eentje een nieuw leven op te bouwen. Dat gelóóf je toch niet?'

'Als hij kwaad was omdat je was vertrokken, ja, dan geloof ik dat wel.'

Hij keek haar even aan. 'Nu moet je geen partij voor hem gaan kiezen.'

'Ik kies niemands kant, Robie. Ik probeer gewoon een behoorlijk ingewikkelde situatie te begrijpen.'

'Het ís helemaal niet ingewikkeld. Mijn vader is een klootzak en doet alles om mijn leven te verpesten.'

'Nou, als dat je instelling is, zie ik het niet gebeuren dat jullie hier ooit uit komen en jij ooit weer in actie zult komen. En dat is toch wat je wilt, terug het veld in?'

Ze zwegen een paar minuten.

'Ik weet het niet,' zei Robie ten slotte.

'Nou, misschien moet je die vraag wel beantwoorden voordat je een van die andere vragen kunt beantwoorden.'

'Maar wat ik niet begrijp is dat ik Laura na mijn vertrek heb geschreven en opgebeld, en geen antwoord kreeg. Maar dan gaat ze een paar dagen later naar mijn huis en vraagt zich af waar ik ben?'

'Nou, misschien hebben je brieven en telefonische boodschappen haar nooit bereikt.'

'Shit! Na al die jaren en...'

Weer was het een paar minuten stil.

Ten slotte zei Reel: 'Laten we het even hebben over iets wat tastbaarder is. Henry Barksdale?'

'Ja. Maar hoe vinden we hem?' vroeg Robie.

'Nou, als hij in Cantrell mensen aan het vermoorden is, moet hij in de buurt zijn.'

'Ik vraag me af hoe hij Janet en Sara Chisum heeft meegelokt. Het is onmogelijk dat hij ze kende. Zij zijn hier pas kortgeleden komen wonen.'

'Was hij knap?'

'Ruim twintig jaar geleden wel ja. Lang, heel knap, gedistingeerd. Dat is hij misschien nog steeds. Mannen en vrouwen worden op een andere manier ouder.'

'Nou, misschien is het inderdaad zo eenvoudig: een oudere man vertelt ze dat hij geld heeft en wij weten dat ze voor geld bereid waren tot seks.'

'Maar Emma Chisum leek te denken dat Janet iets over een belangrijk iemand wist. En dat zou de bron zijn van al dat geld.'

'Misschien dacht ze dat verkeerd, of ze loog. Ze kan volgens mij heel goed liegen.'

'Misschien wel,' zei Robie aarzelend.

'Hoe het ook zij, we moeten Henry Barksdale vinden.'

'Ik vraag me af of hij Jane Smith weleens opzoekt.'

'Dugan zei dat alleen Emmitt op bezoek kwam.'

'Daar kan hij niet zeker van zijn. En nu Emmitt dood is...'

‘Denk je dat hij haar misschien zal bezoeken?’ vroeg Reel.
‘Dat lijkt onze enige mogelijkheid om hem te vinden.’
Robie haalde zijn telefoon tevoorschijn en belde Dugan. De man vertelde hem dat niemand Jane Smith had bezocht nadat zij bij haar waren geweest. Robie zei dat hij hem meteen moest bellen als iemand de vrouw wilde bezoeken.
‘Surveillance?’ vroeg Reel.
‘Surveillance,’ zei Robie.
Reel keerde de auto, waarna ze opeens een totaal andere kant op reden.

Een uur later nam Reel de laatste bocht en kwam de psychiatrische kliniek in zicht. Het verlichte interieur stak af tegen de donkere lucht en leek op een veelogig monster dat op de loer lag om een nietsvermoedende prooi te verslinden.
Ze stopten voor de deur en stapten uit.
Even later hoorden ze de sirenes.
Ze keken elkaar instinctief aan.
De geluiden werden luider.
‘Het lijkt wel alsof ze hiernaartoe komen,’ zei Reel.
De kliniek was inderdaad het enige gebouw in de omgeving. De winkelstraat waar de McDonald’s stond, was een paar kilometer hiervandaan.
Robie en Reel renden naar de ingang.
Doug Dugan en een groepje verwarde mensen stonden bij elkaar in de hal. Toen Dugan hen zag, rende hij naar hen toe. ‘O mijn god!’
‘Wat is er gebeurd?’ brulde Robie.
‘Het is Jane Smith. Ik heb de politie gebeld.’
Robie en Reel renden al door de hal naar haar kamer.
De deur stond open.
Het licht brandde.
Een dienblad met onaangeraakt eten stond op het tafeltje naast het bed.
Robies blik dwaalde door de kamer en toen naar het raam. Langzaam liep hij de kamer in.
De ruit was verbrijzeld. In het midden was een klein gaatje te zien, met allemaal barsten eromheen, als een spinnenweb.
Vlak onder het raam lag Jane Smith op de grond.

Robie kon de ingangswond zien. Precies in het midden van haar voorhoofd zat een kogelgat.

Ze lag in een plas bloed. Haar ogen waren open, maar zagen niets en ze zou nooit meer piepende en klokkende geluidjes maken.

Reel liep naar het raam en keek naar buiten. 'Niets.' Ze keek omlaag naar Jane Smith. 'Het bloed is al bijna opgedroogd. Dit is al een tijdje geleden gebeurd. Degene die haar heeft doodgeschoten, is allang weg.'

Dugan verscheen in de deuropening.

Robie beende naar hem toe. 'Wat is er verdomme gebeurd?'

'Een van de personeelsleden kwam haar dienblad met eten weghalen en... vond haar.'

'En toen heb je de politie gebeld?'

'Ja.'

'Hoe laat is ze gevonden?'

'Een minuut of tien geleden. Zodra ik op de hoogte was gebracht, heb ik de politie gebeld.' Hij luisterde naar de sirenes, die vlakbij leken te zijn.

'Er is door het raam geschoten,' zei Reel. 'Heeft iemand iets gezien?'

'Voor zover ik weet niet. Maar ik heb ook niemand iets gevraagd.'

'Heeft iemand Jane Smith bezocht nadat ik je belde?'

'Nee! Niemand is bij haar geweest sinds jullie hier waren.'

'Hebben andere patiënten vandaag ongebruikelijke bezoekers gehad?'

'Nee. Ik bedoel, dat denk ik niet.'

'Dat is niet goed genoeg,' zei Reel. 'We moeten het zeker weten.'

'Ik zal... dat zal ik moeten nagaan.'

Robie vroeg: 'Heeft iemand vandaag opgebeld en naar Jane Smith gevraagd? Misschien in welke kamer ze verbleef?'

Dugan keek hem verbaasd aan. 'Hoezo?'

'Ze moesten weten in welke kamer ze zat om haar van buitenaf dood te kunnen schieten. Kun je dat alsjeblieft navragen?'

Dugan rende de kamer uit en was nog geen twee minuten later terug. 'Niemand heeft gebeld. En er zijn geen ongebruikelijke bezoekers geweest.'

'Dat weet je zeker?'

'Ja.'

Robie keek naar Reel. 'Hoe wist de schutter dan verdomme dat ze in déze kamer zat? Het kamernummer staat niet op de buitenkant van het gebouw, alleen binnen.'

Auto's kwamen met piepende remmen tot stilstand en de sirenes zwegen.

Dugan zei: 'Shit, ze zijn d'r. Ik moet gaan.' Hij rende de kamer uit.

Robie keek om zich heen, zag de deur van de badkamer, opende die en zag een doosje wattenstaafjes op een plank staan. Hij haalde een wattenstaafje uit het doosje, liep de badkamer uit en rende naar Jane Smith. Hij haalde het wattenstaafje over de binnenkant van haar wang.

Reel zei: 'Robie, we moeten weg. Ze komen eraan.'

Robie zei zacht tegen de dode vrouw: 'Het spijt me.'

Even later renden ze door de gang, maar niet naar de hoofdingang. Ze verlieten het gebouw door een zijdeur en slopen terug naar de voorkant. Toen de kust veilig was, glipten ze in hun auto en reden weg.

Zodra ze op de geasfalteerde weg waren, trapte Reel het gaspedaal in en de auto racete over de weg.

Robie hield het wattenstaafje omhoog.

'We moeten zorgen dat Wurtzburger dit krijgt,' zei Reel.

Robie knikte, maar zei niets.

Reel keek hem aan en zag zijn vertrokken gezicht. 'Ik vind het heel erg voor je.'

'We weten niet eens of het Laura was,' zei hij meteen.

'Dat weet ik, en ik hoop dat ze het niet was.'

'Maar wie ze ook was, ze is dood. En iemand heeft haar vermoord.'

'En wij zullen achterhalen wie dat was.'

'Zeker weten,' zei Robie.

75

Robie had Wurtzburger gebeld en sprak af met de FBI-agent in Cantrell, waar ze hem het wangslijmvliesmonster gaven.

'Wij hebben een monster van Emmitt Barksdale genomen,' zei Wurtzburger. 'Ik heb hiervoor de hoogste prioriteit aangevraagd. We hebben een lab in Jackson dat dit onmiddellijk kan doen.'

Nadat ze hem alleen hadden gelaten, reden Robie en Reel terug naar The Willows.

Het was al laat en ze hadden niet verwacht dat er nog iemand op was.

Maar ze hadden ook niet verwacht dat het huis helemaal donker zou zijn.

'Hallo?' riep Robie nadat ze door de openstaande voordeur naar binnen waren gegaan.

Ze trokken hun wapen.

'Hallo?' riep Robie weer.

Ze liepen over de benedenverdieping tot aan de vleugel waar Priscilla woonde. De deur van haar slaapkamer stond op een kiertje.

'Priscilla?' zei Robie. 'Ik ben het, Will Robie.'

Geen antwoord.

Robie duwde de deur zachtjes open en keek om zich heen.

Reel stond naast hem en was de eerste die het zag.

Of liever gezegd: haar.

'Daar,' zei Reel.

Priscilla lag naast haar bed op de grond.

Robie rende naar haar toe en knielde naast haar neer. 'Verdomme!'

Priscilla lag op haar zij. Het mes stak nog uit haar rug.

Robie keek achterom.

'Ze is dood,' zei Robie. 'Zo te zien is het mes dwars door haar hart gegaan.'

Hij raakte Priscilla's huid aan. 'Ze is nog warm. Het is nog niet zo lang geleden gebeurd.'

Hij keek achterom naar de deur. 'Hier zouden nog drie andere mensen moeten zijn.'

Ze renden de kamer uit en de trap op. De eerste kamer was de slaapkamer van Dan en Victoria.

Die was leeg. Maar een paar dingen wezen erop dat er was gevochten. Een tafel was omgevallen en een lamp was kapot.

Ty's kamer was leeg en zijn bed onbeslapen.

'Wat was dat?' vroeg Reel.

Het geluid kwam van de verdieping waar ze zich bevonden.

Ze renden de kamer uit en keken naar links en naar rechts.

'Die kamer,' zei Reel toen ze het geluid weer hoorden. 'Wat is daar?'

'Dat weet ik niet,' zei Robie. 'Daar ben ik nog nooit geweest.'

Weer dat geluid. Gekreun.

Robie duwde de deur open en keek naar binnen.

Het was ingericht als een studeerkamer. Met een bureau, boekenplanken en gemakkelijke stoelen.

'Pa!' riep Robie.

Zijn vader lag op de grond naast zijn bureau. Op zijn achterhoofd zat een bloedende snee en Dan Robie probeerde op te staan.

Robie en Reel renden naar hem toe.

'Pa, blijf maar liggen. Wat is er gebeurd?'

'Iemand... heeft me geslagen. Van achteren.'

'Ben je nog ergens anders gewond?'

'N-nee... alleen mijn hoofd.'

'Heb je gezien wie je heeft geslagen?'

Zijn vader schudde zijn hoofd en liet zich weer op de grond vallen.

Reel belde al met 911 en bestelde een ambulance. Daarna belde ze de politie. 'Ze komen eraan,' zei ze.

Robie hield het hoofd van zijn vader vast. 'Geef me eens een natte handdoek.'

Reel rende de kamer uit om er een te halen.

Robie zei: 'Rustig maar, pa. Het komt wel goed.'

'Vic-Victoria. En T-Ty?'

'Het is oké, blijf stilliggen. De ambulance is al onderweg.'

Terwijl Robie op Reel wachtte, keek hij om zich heen op zoek naar aanwijzingen naar degene die dit had gedaan.

Eén plank stond vol sportspullen. Toen hij dat zag, hapte hij naar adem.

Reel kwam terug met een natte handdoek en Robie zei dat ze die op de hoofdwond van zijn vader moest drukken. Daarna rende hij de kamer uit en de trap af.

Hij rende naar de voorveranda, ging linksaf en rende om het huis heen naar de achterkant. Hij stapte de garage in.

De Volvo was weg.

De Range Rover stond er nog.

Robie liep er vlug naartoe en keek even naar de New Orleans-sticker op de achterkant van de SUV. Hij pakte zijn mes en peuterde de sticker eraf. Eronder zag hij wat hij al had verwacht.

Een kogelgat.

Het kogelgat dat is veroorzaakt door een kogel uit mijn pistool, toen ik op het voertuig schoot dat wegreed van de plek waar Sara Chisum was vermoord.

Het kogelgat in de Range Rover in Sherman Clancy's garage was later gemaakt. Zodat het zou worden ontdekt en de conclusie zou worden getrokken dat dát voertuig erbij betrokken was en niet dit voertuig.

De ambulance kwam tegelijk met de politie. Taggert had opgebeld en Robie verteld dat zij en sheriff Monda al onderweg waren. Er was een opsporingsbevel uitgevaardigd voor de Volvo en voor Victoria en Tyler Robie.

Robie nam Reel mee naar de garage en liet haar het kogelgat zien.

'Hoe heb je dat ontdekt?' vroeg ze.

'Door de plank met Dallas Cowboys-spullen in de studeerkamer van mijn vader. Waarom zou een Cowboys-fan een Saints-sticker hebben?'

'Maar wie heeft die daar geplakt?'

'Degene die Sara Chisum heeft doodgeschoten. Dezelfde persoon die Victoria en Ty heeft meegenomen.'

'Maar waarom heeft hij Priscilla in vredesnaam vermoord?'

'Geen idee.'

Ze renden terug naar de voorkant van het huis.

'Waar hebben ze Victoria en Tyler naartoe gebracht, denk je?'

'Ik weet het niet.'

'Waarom hebben ze hen ontvoerd?'

'Dat weet ik niet, oké?' snauwde Robie.

'Oké,' zei Reel rustig. 'Het zou heel goed Henry Barksdale kunnen zijn.'

'Waarom zou hij hiernaartoe komen en dat doen?'

'Dit is zijn vroegere woning. Als hij gek genoeg is om al die mensen te vermoorden, is hij hier misschien naartoe gekomen, heeft je vader aangevallen, Priscilla vermoord en daarna Victoria en Tyler meegenomen. Misschien beschouwde hij ze als indringers.'

'Als het Henry Barksdale was, kan hij nu overal zijn,' zei Robie.

'Niet overal. Zoals je al zei, was Priscilla's lichaam nog warm. Dit is nog niet zo lang geleden gebeurd. Hij kan nog niet ver weg zijn.'

Robies gezicht klaarde op en hij zei: 'Misschien is hij naar...'

Op dat moment kwam zijn vader naar buiten, op een brancard. Robie en Reel hielpen mee met Dan Robie in de ambulance laden.

'Hoe gaat het met hem?' vroeg Robie aan een van de ambulancebroeders.

'Hersenschudding en een lelijke snee, maar verder lijkt hij in orde. Vitale functies sterk. Hij is een stevige vent.'

Robie zei: 'Wacht even.' Hij klom in de ambulance en ging naast zijn vader zitten. 'Met jou komt alles weer goed,' zei hij. 'Het is een geluk dat ze je op je hoofd hebben geslagen. Dat is onbreekbaar.'

Zijn vader keek hem grimmig aan. 'Waar zijn ze? Ze vertelden me dat Victoria en Ty verdwenen zijn.'

'Dat weten we niet. Wij denken dat Henry Barksdale hierachter zit.'

'Barksdale! Waarom zou hij Victoria en mijn zoon verdomme meenemen?'

Robie legde kalmerend een hand op zijn vaders schouder. 'We vinden ze wel. Ik heb een idee waar ze kunnen zijn. Ergens op de oude boerderij van de Clancy's. En pa, degene die Sara Chisum heeft vermoord, reed in jouw Range Rover.'

'Wat?'

Robie vertelde hem over de New Orleans Saints-sticker die over het kogelgat was geplakt.

Zijn vader was van opwinding half overeind gekomen, maar liet zich langzaam weer zakken.

'Voel je je wel goed?' vroeg Robie gespannen.

'Ik ben... alleen heel erg moe.' Hij pakte de hand van zijn zoon. 'Vind ze alsjeblieft.'

'Doe ik, pa. Dat beloof ik. Ik zal ze vinden.'

Robie klom uit de ambulance, de ambulancebroeders sloten de deuren en het voertuig reed weg. Daarna rende hij naar de auto.

Reel rende achter hem aan. 'Waar gaan we naartoe?' riep ze.

'Naar de plek waar dit allemaal is begonnen.'

Het duurde bijna een uur voor ze er waren. Ze stopten zo dicht mogelijk bij de oude schuur op Sherman Clancy's land en liepen het laatste stuk.

Er was weinig maanlicht en ze struikelden twee keer toen ze snel over het ongelijkmatige terrein liepen.

Zelfs op dit late tijdstip was de luchtvochtigheid nog zo hoog dat Robies kleren aan zijn lichaam plakten. Ze hoorden geritsel en af en toe geratel in het bos, maar ploeterden door.

Ze gingen langzamer lopen toen ze vlak bij het oude houten gebouw waren. Het was donker. Ze hoorden geen enkel geluid binnen. Ze liepen eromheen tot ze weer aan de voorkant uitkwamen.

Toen trokken ze hun wapen en liepen langzaam naar de deur.

'Ik heb de Volvo nergens zien staan,' fluisterde Reel.

Robie knikte, met zijn blik op de schuur gericht. In gedachten zag hij daar allemaal kleine kinderen zitten die ongetwijfeld dachten dat ze te eten zouden krijgen en dat iemand op ze zou passen, terwijl er in werkelijkheid iets anders, iets gruwelijks met hen gebeurde.

Ze kwamen bij de kleine veranda. Het hout kraakte onder hun voeten.

Robie klemde zijn hand om zijn pistool en haalde zijn arm uit de mitella, zodat hij die arm ook kon gebruiken.

Reel glipte naar de andere kant van de deur. Ze leunde tegen de muur en keek naar hem. Nauwelijks hoorbaar fluisterde ze: 'Geen achterdeur. Dit is de enige in- en uitgang.'

Hij knikte, wees naar Reel, stak drie vingers op en liet ze een voor een zakken.

Toen de laatste vinger naar beneden ging, trapte Reel de deur open en sprong naar binnen.

Robie bevond zich vlak achter haar.

Ze zwaaiden met hun wapens, maar hielden daarmee op.

Midden in de schuur zat Tyler, op een stoel.

Robie verstijfde even toen hij het jongetje zag. In gedachten zag hij het andere jongetje weer voor zich, dat zijn handen had uitgestoken naar zijn vader. Dat beeld kwam zomaar in hem op, als een dolksteek in zijn maag.

'Robie!'

Dat was Reel.

Meteen was hij weer terug in het heden. Maar niet snel genoeg.

Het schot weerklonk.

Hij hoorde gekreun, toen een snik.

Er viel een lichaam op de grond.

Een lamp ging aan, die Robie even verblindde.

Hij keek naar de grond en zag Reel op de grond liggen, bewusteloos en bloedend.

Toen zei een stem, vanuit het donker: 'Hallo Will, dát is lang geleden.'

76

De lamp werd verplaatst.

Robie zag dat het een kampeerlamp op batterijen was. Nu zag hij ook de persoon die in een hoek stond.

Het was niet Henry Barksdale die een pistool op Robie gericht hield.

Victoria keek hem aan, met een heel lichte glimlach op haar gezicht.

Robie keek naar haar; zijn geest kon niet verwerken wat er gebeurde.

Ze zette twee stappen naar voren. 'Leg je wapen alsjeblieft op de grond en schop het naar me toe,' zei ze. 'En ik weet dat je er nog een hebt, achter je broeksband op je rug. Die heb ik eerder gezien. Daar moet je hetzelfde mee doen.'

Toen Robie zich niet verroerde, wees Victoria met haar pistool naar Reel. 'Het volgende schot is dodelijk.'

Robie legde zijn pistool op de grond, pakte zijn reservepistool, legde dat ook op de grond en schopte ze allebei naar Victoria.

'Doe hetzelfde met de pistolen van je partner.'

Dat deed Robie.

Zonder haar blik los te maken van Robie, gebruikte Victoria haar voet om de vier wapens naar de achterwand te schuiven, zodat ze achter haar lagen.

'Wie ben je?' vroeg Robie.

'Het verbaast me dat je dat vraagt, Will. Ik dacht dat je dat inmiddels wel zou weten.'

Hij keek naar Reel. 'Ze heeft medische verzorging nodig. Nu!'

'Dat gaat niet gebeuren.'

Robie bukte zich om Reel te onderzoeken. Het schot had haar in een schuine spier geraakt en was dwars door haar heen gegaan. Toch bloedde ze hevig. Robie gebruikte zijn mitella om het bloeden te stelpen.

'Ga bij haar vandaan, Will.'

'Ze gaat dood als ik het bloeden niet stop.'

'Jullie gaan allebei dood, dus dat maakt niet uit. Sta nu op.'

Hij keek naar haar en zag dat haar pistool nu op Tyler was gericht. Het jongetje keek met een blik vol afschuw naar zijn moeder. 'Zou je... je eigen zoon doodschieten?' vroeg Robie langzaam.

'Sta op,' zei ze weer. De kalmte die haar stem uitstraalde, was veel onrustbarender dan wanneer ze tegen hem had geschreeuwd.

Robie stond langzaam op. 'Wie ben je?' vroeg hij weer.

'Hoe was je reis naar de oostkust, Will? Was het leuk om alleen te vertrekken? Miste je me niet eens een beetje toen je Cantrell verliet?'

Robie verstijfde, alsof hij een elektrische schok had gekregen. 'Jij kunt niet...' Hij kon zijn gedachte niet afmaken.

'Dat kan ik wel. En dat ben ik ook.'

'Laura Barksdale is dood. In die psychiatrische kliniek.'

'Nou, in allerlei opzichten heb je gelijk, Laura is dood. Maar in één belangrijk opzicht is ze dat niet.' Ze wees naar zichzelf. 'Het bewijs staat letterlijk voor je, Will.'

Robie stond een beetje op zijn benen te zwaaien. Toen schudde hij koppig zijn hoofd. 'Je lijkt absoluut niet op haar. Jij bent langer. Jij bent blond. Je gezicht. Je stem. Je bent haar niet!'

'Ik ben een paar centimeter gegroeid toen ik negentien was. Schijnt heel gewoon te zijn bij de Barksdales. Daardoor is mijn lichaam heel erg veranderd. Jouw stem klinkt ook heel anders dan vroeger. Als je Mississippi verlaat, spreek je de g's weer uit. En mijn bruine ogen zijn dankzij laserchirurgie blauw geworden.'

'Ik geloof dit niet.'

'Hoeveel mensen herkennen hun klasgenoten van high school tijdens een vijfentwintigjarige reünie, Will? Mensen veranderen tussen hun achttiende en hun veertigste. Ze worden dik of dun, kaal of heel blond. In onze herinnering zijn ze groter of kleiner.' Ze zweeg even. 'Maar ik moet toegeven dat ik meer ben veranderd dan de meesten.'

'Waarom? Waarom zou je dat doen?'

'Omdat ik niets van de oude Laura wilde overlaten. Ik vond haar niet erg leuk, Will. Of eigenlijk vond ik het niet fijn wat er met haar was gebeurd, wat anderen haar hadden aangedaan.'

'Dit kan niet,' zei Robie. 'Jij kúnt Laura niet zijn.'

'Het laatste wat je tweeëntwintig jaar geleden tegen me zei? Zal ik je dat vertellen, wil je dat? Dat herinner ik me alsof je het tweeëntwintig seconden geleden hebt gezegd. Wil je het horen, Will?'

Toen Robie niets zei, zei ze: '"Ik zal er altijd voor je zijn, Laura." Dat zei je tegen me bij de stenen muur naast de fantastische Barksdale-tuin van mijn lieve moeder.'

Nu deinsde Robie achteruit. Zijn ogen werden groot toen de waarheid tot hem doordrong.

'Maar je was er niet altijd voor me, Will. Sterker nog, je was er nooit voor me, of wel? Niet toen ik je echt nodig had.'

Toen Reel kreunde, keek Robie naar haar en toen weer naar Victoria. 'Laat me haar alsjeblieft helpen. Daarna kun je met me doen wat je wilt.'

Victoria schudde haar hoofd. 'Zo werkt het niet. Dit gaat allemaal zoals ik het wil, niet zoals jij het wilt.'

Robie knielde naast Reel en legde een troostende hand op haar schouder, terwijl hij de mitella om haar wond strakker aantrok in een poging het bloeden te stoppen.

'Ik zei dat je dat niet moest doen. Ik zeg het niet nog een keer.'

Robie stond op. 'Waarom heb je al die mensen vermoord?'

'Dat was geen gekte, als je dat soms denkt. Niet alle mensen die moorden zijn gek, Will. Jij hebt ook gedood, nietwaar? Jij hebt hier mensen gedood. En Dan vertelde me dat je je land op de een of andere manier hebt gediend door mensen te doden. Ben jij dus getikt? Ben jij dus gek? Ik neem niet aan dat jij dénkt dat je gek bent.'

Robie zei niets, maar zijn ademhaling versnelde en hij had het gevoel alsof een reusachtige hand tegen zijn borstkas drukte.

Victoria leunde tegen de muur, maar hield haar pistool op hem gericht. 'Als je verklaringen wilt, hier zijn ze. Janet Chisum was een slet. Ze verkocht zichzelf aan Sherman Clancy. Net als haar zus. Voor geld. Ik zorgde dat ik bevriend met hen raakte. Daarna heb ik ze gedood.'

'Emma Chisum zei dat Janet geld zou krijgen voor bepaalde geheimen over belangrijke mensen in Cantrell.'

Victoria snoof. 'Janet Chisum was een leugenaar. Maar ze vertelde haar kleine zusje iets van de waarheid. Ik was die belangrijke persoon die Janet geld zou geven. Nadat Janet dood was, vertelde ik Sara dat haar vader misschien de moordenaar was. Dat al dat religieuze gedoe hem gek had gemaakt. Ik zei dat ze de stad moest verlaten. Dat ik haar zou helpen. Dat ik medelijden met haar had. Dat ik wilde dat ze een beter leven kreeg.' Victoria voegde er minachtend aan toe: 'Tuurlijk! Geile oude mannen en inhalige jonge vrouwen, dat werkt gewoon niet.

Het beviel me helemaal niet. Dus maakte ik er een eind aan. Maar ik moet toegeven dat ik niet wist dat jullie in de buurt waren toen ik Sara vermoordde. Dat was een kleine complicatie. Het was een gelukkig toeval dat ik haar die dag in de stad tegenkwam en tegen haar zei dat we elkaar langs de weg in plaats van op die open plek moesten ontmoeten. Anders had deze confrontatie misschien eerder plaatsgevonden.'

'Ik schoot een kogel in de Rover. En jij plakte er een New Orleans Saints-sticker op. En daarna schoot je een kogel in de Rover in Clancy's garage zodat het leek alsof die Rover was gebruikt. Alleen vergat je kennelijk dat mijn vader een Cowboys-fan is.'

Ze haalde haar schouders op. 'Ach, we maken allemaal fouten, en ik had niet echt veel tijd. Ik had amper de tijd om die stomme truck te wassen voordat jullie eraan kwamen. Maar ik kon je afleiden door Ty onder de waterstraal door te laten rennen. Ik bedoel, waarom zou ik beide auto's opeens gaan wassen? Na de arrestatie van je vader had er immers niemand meer in de Rover gereden?'

Robie schudde langzaam zijn hoofd, en gaf zichzelf zwijgend een standje omdat hij dat over het hoofd had gezien.

'En Sherman Clancy?' vroeg hij. 'In zijn auto vond ik een foto van jou als tiener. Wist hij dat je Laura was?'

Ze lachte. 'Daar had hij geen idee van. In de nacht waarin ik Sara had vermoord, reed ik naar het huis van de Clancy's en legde de foto in zijn auto. Toen heb ik ook die kogel in zijn Rover geschoten.'

'Waarom?'

'Waarom niet? Ik had zijn keel al een hele tijd geleden doorgesneden. Hij dacht dat ik een potje met hem wilde neuken, want dat had ik hem verteld. In plaats daarvan werd hij naar een vroegtijdig graf gestuurd. Dus liet ik een kleine herinnering achter aan degene die hem echt had vermoord. De politie had de auto al onderzocht en ik nam aan dat ze dat niet nog een keer zouden doen.'

'Maar waar had je Clancy voor nodig? Je vertelde me dat hij je chanteerde omdat je verslaafd was aan drugs.'

'Nee hoor, dat was een leugen. Maar ik had Clancy nodig. Weet je, terwijl iedereen dacht dat ik Sherms alibi was zodat hij niet langer werd verdacht van de moord op Janet, was hij in feite *míjn* alibi voor toen ik haar vermoordde. Ik had die nacht met Janet afgesproken. Ik ging naar Biloxi en liet Ty achter bij Priscilla. Daarna ging ik terug naar Cantrell en volgens afspraak naar Clancy's huis. Ik wist dat Pete weg was. Sherm wilde dat we helemaal alleen waren. We begonnen te drinken. Alleen dronk hij alles op en spoelde ik mijn drankjes door de gootsteen. En ik was heel flirterig en liet toe dat hij me net genoeg aanraakte om zijn aandacht vast te houden. En daarna deed ik een slaappil in zijn drankje. Toen hij eindelijk in slaap was gevallen, sloop ik naar buiten, vermoordde Janet en ging terug naar Clancy's huis.'

'Maar toen herinnerde hij zich bepaalde dingen weer?'

'Inderdaad. Zoals het feit dat ik er niet was toen hij, nadat hij stomdronken in slaap was gevallen, weer wakker werd. En toen hij hoorde dat Janet die nacht was vermoord, trok hij een logische conclusie. Het was ironisch dat hij voor die moord werd gearresteerd, terwijl ik het had gedaan. En toen moest ik die arme Sherm ook nog eens helpen door hem een alibi te geven, terwijl het feitelijk andersom was en hij mij een alibi verschafte. Nadat hij uit de gevangenis kwam, hebben we elkaar in het geheim ontmoet en vertelde hij me wat hij had ontdekt. En toen probeerde hij me te chanteren! Tja, ik wist wel dat hij daar veel ervaring in had, maar daar trapte ik niet in. Hij moest dood. Sterker nog, ik was toch al van plan hem te doden.'

'Waarom?'

'Hoe moest ik het anders voor elkaar krijgen dat je lieve ouwe pa voor moord werd gearresteerd? De ontrouwe echtgenote? De woedende echtgenoot? De dode minnaar? De arrestatie? Het heerlijke leventje verpest? Het was een mooi verhaal. En het paste allemaal verdomd goed in elkaar. Weet je, hij was het doelwit van mijn wraak omdat ik niet wist waar jij was. En ik heb je gezocht, Will, maar je nooit kunnen vinden. En toen kwam je zomaar terug naar Cantrell. Ik kon mijn geluk niet op toen ik je in The Willows zag.'

'Dus jij hebt al die bewijzen tegen mijn vader achtergelaten?'

'Natuurlijk! Ik werk ontzettend gedegen.'

'Waarom wilde je mijn vader dat aandoen? Hij heeft je toch nooit iets misdaan?'

Haar glimlach verdween en haar stem kreeg een harde klank. 'Is dat zo? Toen ik naar je huis ging om te vragen waar je was, vertelde hij me dat je zonder mij was vertrokken. Vrijwillig. Dat je ons allebei in de steek had gelaten. En je vader zei dat dat ook maar beter was. Hij deed net alsof we niets met elkaar gemeen hadden. Ik was niet goed genoeg voor je, ik zou je belemmeren. Ik was zo woedend dat ik hem destijds al wilde vermoorden, alleen had ik daar toen het lef niet voor.'

'Maar je bent met hem getrouwd. Je hebt een kind van hem.'

'Dat is zo. Mijn twéééde kind.'

Robie deinsde nog verder achteruit en struikelde bijna over een stapel oud hout die op de grond lag. 'Wie was je eerste kind dan?'

'Je hebt haar ontmoet. Jane Smith?'

'Maar zij is even oud als jij.'

'Nee, ze lijkt even oud als ik. Maar ze is twintig. Of wás twintig.'

'Dus Emmitt was haar vader?'

Ze grinnikte. 'Emmitt? Mijn god, nee hoor, Emmitt niet. Hij was te bang om te proberen zijn zusje te verkrachten, hoewel hij dat waarschijnlijk wel had gewild. Die behoefte hebben de meeste mannelijke Barksdales. Misschien als gevolg van incest.' Ze zweeg even. 'Nee, het was Emmitt niet.' Ze zweeg weer even. 'Mijn vader is de vader.'

'Heeft je vader je zwanger gemaakt?' Robie stak zijn hand uit en zocht steun tegen de muur. Hij kon amper verwerken wat ze allemaal vertelde. Hij had Henry Barksdale als een verknipte perverseling beschouwd, maar nooit verwacht dat hij incest met zijn eigen dochter had gepleegd.

'Hij heeft me verkracht. Heel vaak, Will. Weet je nog toen we tieners waren en je me vroeg wat er aan de hand was? Nou, nu weet je het.' Ze glimlachte. 'Maar ik ben eroverheen, grotendeels dan. Door iedereen te vermoorden die me pijn had gedaan. Zoals Emmitt. Weet je, mijn lieve broer hield me vast in de badkuip terwijl dat... dat ding tussen mijn benen vandaan kwam. Hij zat onder het bloed, die badkuip. En de pijn! Ik dacht dat ik doodging! Volgens mij heb je hem wel gezien in die badkuip. Er was lang niet zoveel bloed als toen, maar in die omstandigheden kon ik niet meer doen. Het vergif waarmee ik hem had geïnjecteerd leerde ik kennen toen ik voor dat farmaceutische bedrijf werkte. Zwaar spul. Eerst de verdovende en dan de dodelijke dosis. Ik heb zijn telefoon en laptop meegenomen, omdat ik dacht dat er misschien iets op stond en ik niet wilde dat iemand dat zag.'

'Maar waarom sneed je zijn...'

'Omdat hij de ballen niet had om zich tegen mijn vader te verzetten. En omdat hij zijn ballen toch nooit had gebruikt, besloot ik ze eraf te halen.'

'Dus het was Emmitt, bij The Willows?'

'Ja, je had gelijk, hij doorzocht mijn auto. En hij liet een briefje voor me achter, hij wilde me spreken. Gelukkig vond ik dat voordat jij het vond. En we hebben elkaar gesproken.'

'Hoe wist hij dat jij Laura was?'

'Hij vertelde me dat hij al argwaan had toen hij hoorde dat iemand met rechter Robie was getrouwd en in The Willows was getrokken. Hij zei dat hij een keer naar me had gekeken en bepaalde dingen van me had herkend die zelfs ik niet wist en dus niet kon veranderen. En toen ging hij naar de rechtbank en controleerde mijn handtekening op de documenten van toen Dan en ik The Willows kochten. Die kwam overeen met Laura's handschrift, dat hij heel goed kende. Ik had nooit verwacht dat ie zo slim was,' zei ze spijtig.

'Waarom wilde hij je spreken?'

'Om het bij te leggen, denk ik. Ik besteedde niet echt veel aandacht aan dat deel, omdat ik me suf piekerde over hoe ik hem zou vermoorden. Ik had geen idee waar hij was en toen wandelde hij, net als jij, zomaar mijn leven weer binnen. Maar hij wilde ook dat ik de zorg voor Jane op me nam. Hij had een soort dodelijke ziekte, vertelde hij. Ik weet wel zeker dat zijn autopsie dat zal bewijzen.'

'Waarom zorgde hij voor Jane?'

'Omdat mijn broer zich schuldig voelde, neem ik aan. Ik niet. Daarom was ik vertrokken. Ik had geen idee waar ze was, tot Emmitt me dat vertelde.'

'Je liet je dochter in de steek?'

'Ze wás mijn dochter niet!' snauwde Victoria. Op rustiger toon zei ze: 'Ze was mijn vaders dochter. Ik ben alleen maar de verkrachte vrouw die haar heeft gebaard. Daarom verlieten we Cantrell zo snel. Ik was zwanger. Mijn lieve papa kon die schande niet gebruiken. Maar hij wilde ook niet dat ik een abortus liet uitvoeren, want, nou ja, omdat hij zo'n godvrezende man was. Het was meteen duidelijk dat Jane nooit goed bij haar hoofd zou zijn. Haar bloed was blauw, weet je, niet rood. Daarom zijn er wetten die dat soort dingen verbieden. Maar papa was een Barksdale en stond dus boven de wet. Ik was niet bereid om daarmee te leven, om daarvoor te zorgen. Maar ik weet zeker dat de gelijkenis je is opgevallen toen je haar ontmoette.'

'Ik dacht dat jij het was. Hoe is het mogelijk dat ze er zoveel ouder uitzag als ze je kind was?'

'Slechte genen als een vader zijn dochter verkracht. Je weet nooit wat je krijgt.'

'R-O-H,' zei Robie.

'Heel goed, Will. Dus je hebt op de achterkant van de foto gekeken?'

'En Leviticus 18?'

'Ironisch dat die niet expliciet seks tussen vader en dochter verbiedt. Is je die omissie niet opgevallen?'

Robie schudde zijn hoofd.

Ze glimlachte. 'De meeste mensen denken dat dit komt doordat het zo duidelijk is dat die specifieke daad zo afschuwelijk is, dat het niet eens nodig is om die te verbieden.'

'En wie is Calvin?'

'John Calvin, een Franse filosoof. Weet je, ik heb me ingelezen in dat onderwerp. Hij geloofde niet dat Leviticus 18 vaders verbood om hun dochters te naaien, maar hij geloofde wel dat het immoreel was. Wat een inzicht! Jammer dat mijn vader niet even verstandig was.'

'Dus jij hebt Jane vermoord?'

'Emmitt vertelde me in welke kamer ze verbleef. Ik had hem ervan overtuigd dat ik echt om haar gaf en de verantwoordelijkheid voor haar op me wilde nemen. Ik vermoordde hem, en daarna vermoordde ik haar. Dat is mijn idee van de verantwoordelijkheid op me nemen.'

'Emmitt kan ik misschien begrijpen, maar waarom heb je haar vermoord?'

'Wat voor leven had ze? Ze was altijd vier jaar oud. Ik tikte op haar raam. Ze kwam ernaartoe, met een verbaasde en verraste blik. En ik schoot een kogel precies tussen haar ogen.'

Robie schudde zijn hoofd om deze wrede opmerking. 'Ze verdiende het niet om te sterven. Niets van dit alles was haar schuld.'

'En jij denkt dat het mijn schuld was, Will? Geloof me, ik had andere plannen voor mijn leven. Denk je soms dat ik dit allemaal wilde? Eerlijk gezegd vind ik dat ik het allemaal behoorlijk goed heb gedaan.'

'En Priscilla? Wat heeft zíj jou verdomme ooit misdaan?'

'Ze vertelde je dat Ty heel vaak bij haar sliep. Op The Willows, en als we op reis waren. Je hebt gezien dat ik haar dat hoorde vertellen, alleen legde je toen het verband niet. Maar het was slechts een kwestie van tijd voordat je je genoeg verbaasde om haar te vragen of Ty bij haar had geslapen toen we in Biloxi waren. Want dat was mijn enige alibi voor toen Sherm werd vermoord. Later die dag zag ik dat Priscilla me argwanend aankeek. Het was duidelijk dat die gedachte nu bij háár was opgekomen, omdat ze wist dat Ty die nacht in Biloxi bij haar had geslapen. Priscilla was scherp en het was slechts een kwestie van tijd voordat ze naar de politie zou gaan.' Ze knipte met haar vingers. 'Dus bam, daar gaat Priscilla.'

Robie zei langzaam: 'Je hebt hulp nodig. Je bent ziek.'

Met een minzame glimlach zei ze: 'Tja, maar je wilde deze "zieke" vrouw maar al te graag, Will. Toen we in mijn slaapkamer zaten. Ik kon de hitte die van je afstraalde gewoon voelen. Je wilde me gewoon nemen.'

'Dat gevoel heb ik nooit gehad,' zei Robie. 'Nooit. Dat heb je je verbeeld.' Maar Victoria luisterde niet naar hem. 'Je wilde me, omdat je me jaren geleden al had gehad, toen we twee hitsige tieners waren. En je wist hoe geweldig dat was. Stel je dat eens voor. Ik had zowel vader als zoon gehad. En toen ik toeliet dat je vader me suf neukte nadat hij uit de gevangenis was gekomen, hield ik mijn ogen de hele tijd dicht en stelde ik me voor dat jij het was, Will.' Ze keek hem ondeugend aan. 'En ik zou je uiteindelijk ook weer in mijn bed hebben gekregen, dat weet je. Want je bent zwak, net als alle mannen. Jullie laten je alleen maar leiden door je lul.'

'Was jij de bron van die ernstige dreigementen aan het adres van mijn vader?'

'Natuurlijk. Als hij in de gevangenis zat, kon ik me vrijelijk bewegen en doen wat ik moest doen.'

'En jouw vader?'

'Mijn lieve ouwe papa.' Ze tikte met haar voet op de vloer. 'Hij rust comfortabel onder de schuur waar hij al die arme kindertjes naartoe bracht om te worden geneukt door Nelson Wendell.'

'Dat wist je dus?'

'Later, ja. Papa was te verfijnd om te werken voor de kost. Dus verdiende hij zijn geld op de ouderwetse manier, door te profiteren van de ellende van anderen.'

Robie keek naar de vloer. 'Is hij hier echt begraven?'

'Dit leek de gepaste plek om hem voor eeuwig te laten verdwijnen, vind je ook niet? Een geboren inwoner van Mississippi rust in de aarde van Mississippi. Ik hoop dat alle mest die in de omringende akkers is ingespoten hiernaartoe lekt. Stront hoort immers thuis bij stront?'

'Waarom wilde je op The Willows wonen? Gezien alles wat je daar is overkomen?'

'Dat heeft te maken met de controle over je eigen leven hebben. Ik hield van The Willows. Ik hield alleen niet van de mensen die daar tegelijk met mij woonden. Mama stierf aan kanker. Gelukkig voor haar, want als dat niet was gebeurd, zou ik haar hebben vermoord.'

‘Ze wist het dus?’

‘En zoals het een echte Barksdale-dame betaamt, hield ze haar mond. Het zou haar reputatie hebben geruïneerd en dat kon ze niet gebruiken. Mijn welzijn stond als verre tweede op haar prioriteitenlijst.’

‘Maar mijn vader heb je niet vermoord. Je hebt hem alleen bewusteloos geslagen.’

‘Niet om sentimentele redenen, Will. Daar heb ik allang geen last meer van. Als hij dood was, zou hij niet hoeven lijden onder het verlies van zijn béíde zonen.’

‘Hoe wist je dat ik naar deze schuur zou komen?’

‘Dat kon toch niet anders? Het was heel behulpzaam dat jij en je partner me steeds op de hoogte hielden van alle ontwikkelingen. En ik stelde af en toe discrete vragen, dat weet je vast nog wel. Dus wist ik dat je mijn vader verdacht. Ik wist ook dat je het wist, van deze plek. En als je hier niet zou komen, zou ik helemaal verrot geslagen thuiskomen, met een volkomen geloofwaardig verhaal over dat ik was ontvoerd en mishandeld met de kleine Ty in mijn armen. En omdat hij niet kan praten, zou hij dus ook niets kunnen verklappen. En dan zou ik je een andere keer hebben vermoord. Maar je kwam wél. Zoals ik had verwacht.’

‘En heb je al die andere mensen ook vermoord? De mensen voor wie de FBI hier is?’

‘Tja, oefening baart kunst, Will. Dat heb ik altijd geloofd. Geile oude mannen en domme, inhalige jonge vrouwen? Ik heb je al verteld hoe ik daarover denk. Dus waarom zou ik de wereld er niet van een paar afhelpen? Dat vind ik een goede zaak. En de lange tijd tussen die laatste moorden in Arkansas en hier? Ik kwam je vader tegen, trouwde, werd zwanger en kreeg Ty. Dat kost tijd.’

‘Je hebt moorden gepleegd,’ zei hij. ‘Dat kun je niet wegredeneren.’

Ze richtte haar pistool op zijn hoofd. ‘En hoe zit het dan met jou? Je zei dat je van me hield? En je bent me nooit komen halen. Leg me dat maar eens uit.’

‘Je kwam niet. Ik ging naar je huis en zag je in je kamer.’

‘Mijn afgesloten kamer! Mijn vader had ontdekt wat ik van plan was. Hij sloeg me, verkrachtte me en sloot me op in mijn kamer. Ik kon lang genoeg ontsnappen om te proberen te weten te komen wat er met jou was gebeurd. En toen zei je vader wat ik je al vertelde.’

‘Victoria, als ik had geweten wat hij met je deed, was ik jullie huis binnengedrongen en had ik je meegenomen.’

'Lulkoek! Je had moeten weten dat ik naar je toe zou zijn gekomen als ik had gekund. Je had me moeten redden. Maar nee, je ging gewoon weg. Omdat je dat wilde.'

'Ik dacht dat je je had bedacht.'

'Mensen die van elkaar houden, bedenken zich niet zomaar. Jij wilde een leven zonder mij, precies zoals je vader zei. Dat betekende dat je niet echt van me hield, dat betekende dat je tegen me had gelogen.'

'Verdomme, dat is niet waar! Ik... heb je brieven geschreven. En ik heb je gebeld. Ik heb beri...'

Ze schoot een kogel vlak langs zijn oor; zo dicht erlangs dat hij het kon voelen. Hij bukte zich.

Ze keek hem onaangedaan aan. 'Brieven? Je schreef me brieven? En je liet berichtjes achter? En je dacht echt dat dat genoeg was? Mijn vader zorgde er wel voor dat ik die niet kreeg. Dat had je moeten weten.'

Robie ging weer rechtop staan. 'Ik heb mijn best gedaan, Victoria. Echt waar.'

'Nou, je hebt niet genoeg je best gedaan.'

Robie kalmeerde. 'En hoe eindigt dit?'

Ze keek naar Ty. 'Jane Smith was een genetisch monster, dankzij papa. Maar Ty, Ty was van mij. En hij praat niet eens.' Ze schudde haar hoofd. 'Het moet aan mij liggen, Will. Ik heb mijn vader altijd overal de schuld van gegeven, maar misschien was ik het probleem wel.'

'Je mag mij doden, maar doe hem geen kwaad, Victoria. Hij is nog maar een kleine jongen!'

'Ik kan niet zeggen dat ik niets voor Ty voel. Ik wil hem geen pijn doen. Hij is heel lief. Maar hij is abnormaal, Will. Net als Jane. Net als mijn lieve ouwe papa. Verdomme, net als ik.' Ze richtte haar pistool recht op Ty's hoofd.

'Laura, doe dit niet!' zei Robie snel.

'Noem me niet zo!' schreeuwde ze.

'Oké, oké, het spijt me! Victoria, alsjeblieft, doe het niet!'

'Je smeekt? Wat zwak. Wat... onaantrekkelijk, Will. Ik had veel meer van je verwacht. Maar ja, mijn smaak op het gebied van mannen... is niet erg goed.'

Ze zwaaide met haar pistool en richtte precies op zijn hoofd. 'Als je hem ziet in de wereld vol stront, moet je papa mijn groeten maar overbrengen.'

De kreet verscheurde de nachtelijke stilte zo volkomen, zo ontnuchterend, dat Robie bijna flauwviel en Victoria bijna haar wapen liet vallen.

Het was Ty. Zijn mond was open en hij gilde zo hard dat het leek alsof hij dit gedurende zijn tweejarige leventje allemaal had opgespaard om het nu los te laten.

Bliksemsnel greep Robie een van de stukken hout en smeet dat naar Victoria. Ze viel achterover tegen de lantaarn, die daardoor omviel en de schuur in duisternis hulde. Maar ze krabbelde overeind en wreef het bloed van haar gezicht waar het hout haar had geraakt.

Tegen de tijd dat ze haar evenwicht had hersteld, had Robie Ty opgetild en was hij naar buiten gerend. Even later rende hij het bos in.

77

Honderd meter van de schuur struikelde Robie over een boomwortel, viel voorover en sneed zijn gezicht aan de vlijmscherpe bladeren van een struik. Zijn schouder raakte iets hards en hij voelde iets knakken. Tyler vloog uit zijn armen en rolde over de grond. Robie greep naar zijn arm, die weer bloedde doordat het litteken weer was opengebarsten. Hij kon zijn arm bijna niet meer optillen. Misschien was die ook wel gebroken.

Met één arm tilde hij Tyler op en begon weer te rennen. Met Tyler tegen zijn borst geklemd, haalde hij zijn telefoon tevoorschijn en belde 911. De telefoon ging niet over en hij keek naar het scherm.

Geen bereik.

Hij hoorde beweging achter zich.

Ze kwam eraan.

Hij keek achterom en zag dat ze een zaklamp had.

Hij rende naar links, tussen de bomen door, en daarna zigzaggend naar de Pearl-rivier. Als jongen en als tiener had hij de rust van het water vaak opgezocht wanneer zijn vader hem bijna aan het huilen had gemaakt.

Nu zou hij echter geen rust vinden bij de Pearl, maar misschien kon hij daar wel ontsnappen.

Hij verdubbelde zijn inspanningen. Hij had verwacht een schot te horen, maar dat was niet gebeurd. Hij hoopte van harte dat Reel nog leefde. Hij had nog geen echt plan om terug te gaan en haar te halen, maar hij wist dat hij dat uiteindelijk zou doen. Maar eerst moesten hij en Tyler dit overleven.

Het terrein hier was in de afgelopen twintig jaar veranderd, waardoor hij regelmatig struikelde en bijna viel.

En toen trok het wolkendek open, waardoor de vollemaan de omgeving beter verlichtte.

Dat was goed. En slecht.

Goed doordat hij nu iets kon zien.

Slecht doordat Victoria hem en Tyler nu gemakkelijker kon vinden.

Hij had nog niet eens tijd gehad om na te denken over het verbijsterende feit dat zijn oude schoolliefde nu zijn stiefmoeder was. Of dat zij de moordenaar was die ze de hele tijd hadden gezocht.

Normaal gesproken had Robie zijn tegenstander gewoon aangevallen en gedood.

Maar hij had geen wapen, een onbruikbare arm en een jochie van twee in zijn goede arm.

En een partner die dringend geneeskundige verzorging nodig had.

En een gewapende seriemoordenaar vlak achter hem.

Hij liet de laatste bomenrij achter zich en bereikte de mosachtige, vochtige oever van de Pearl.

Hij keek naar links, naar rechts en recht vooruit. De rivier was hier amper honderd meter breed. Maar toen hij dichterbij kwam, zag hij in het maanlicht vlak boven het wateroppervlak een paar ogen glinsteren. En omdat hij in Mississippi was geboren, wist hij wat dat betekende.

Een krokodil. Krokodillen konden op elk tijdstip jagen, maar vooral 's nachts waren ze gevaarlijk.

Hij keek achterom. De voetstappen kwamen dichterbij. Tussen de bomen door kon hij haar zaklamp zien.

Als Victoria hen zag, zou ze hen zonder pardon doodschieten. Hij wist niet wie van hen ze als eerste zou doodschieten, hem of Tyler.

Hij keek naar de kleine jongen, die rilde alsof hij in ijskoud water was gedompeld. Robie wist niet hoeveel emotioneel trauma dit alles bij de tweejarige had veroorzaakt, maar wel dat het heel veel moest zijn.

Hij zette nog een stap naar het water en bleef een meter van de oever staan. De twee ogen gleden langzaam uit zicht. Toen dit gebeurde, kon Robie een deel van het lichaam zien, waaronder de staart. Het beest wachtte gewoon, en bad – als krokodillen dat deden – dat Robie in het water zou stappen. Het gevecht zou niet lang duren. Zelfs met twee goede armen en zonder een kleine jongen op sleeptouw zou Robie er moeite mee hebben om het gevecht met een zo te zien gigantische jagende krokodil te winnen.

De voetstappen achter hem kwamen dichterbij.

Victoria riep: 'Will, je stelt het onvermijdelijke alleen maar uit. Ik heb altijd gedacht dat je heel moedig was. Kom nu tevoorschijn, dan dood ik jou eerst en hoef je Ty niet te zien sterven. Dat is de beste deal die je kunt krijgen.'

Ty begon nu zo hard te rillen dat Robie hem heel stevig vast moest houden.

Robie liep naar de rand van het water. Hij kon nergens anders naartoe dan naar de Pearl.

Dus hoe wilde hij sterven?

Door Victoria's kogel?

Of door de beet van een krokodil?

Hij verplaatste Tyler naar zijn slechte arm. Dat deed zo'n pijn dat hij zijn tanden op elkaar moest klemmen en tegen de golven misselijkheid moest vechten die hem bijna overmanden.

Hij bukte zich en raapte een vuistgrote steen op. Geen geweldig wapen, maar beter dan niets. Hij woog hem in zijn hand. Als highschoolquarterback was hij een accurate werper geweest, en ook al had dit meer weg van kogelstoten dan van football, de afstand die hij moest overbruggen was veel kleiner.

Hij luisterde naar de geluiden voor zich die dichterbij kwamen.

En ook naar het klotsende water achter zich.

De krokodil had kennelijk geen geduld. Als Robie het water niet in ging, zou de krokodil aan land komen en zijn maaltijd zelf ophalen.

Tyler worstelde in zijn arm.

Robie fluisterde: 'Ty, verroer je alsjeblieft niet. We hebben maar één kans, eentje maar.'

Zijn slechte arm kon Ty's gewicht bijna niet meer dragen.

'Ik moet je even neerzetten, Ty, oké?'

De jongen greep Robie meteen stevig vast. Er schoot een pijngolf door hem heen, alsof hij door de bliksem werd geraakt. Hij voelde dat een deel van het litteken helemaal losscheurde. Zijn overhemd werd nat van het bloed dat begon te stromen toen de scheur het gezondere weefsel had bereikt.

'Ty, heel even maar, oké? Dit is onze enige kans. Alsjeblieft. Doe dit alsjeblieft. Vertrouw me maar, oké? Vertrouw me.'

Ty knikte langzaam.

Robie bukte zich tot Ty's voeten de grond raakten.

'Nu moet je achter me gaan staan,' zei hij en hij keek achterom. De ogen van de krokodil waren weer zichtbaar, maar het beest was minstens tien meter bij hen vandaan.

Robie keek weer voor zich. De voetstappen waren bijna bij hen en de lichtstraal van de zaklamp kwam tussen de bomenrij vandaan.

Eén seconde later was ze er.

Victoria richtte het licht van haar zaklamp op hen. 'Heel teleurstellend, Will. Heel teleurstellend.'

Robie hield de steen achter zijn rug en pakte hem steviger vast. Hij schatte dat ze vijftien meter van elkaar af stonden.

Te ver.

Ze moest dichterbij komen.

'Er zit een krokodil in het water,' zei hij.

Ze zette een paar stappen naar hen toe en glimlachte. 'Oké, jij mag kiezen. De krokodil krijgt je nú te pakken of nadat ik je heb doodgeschoten. Als ik jou was, koos ik voor de kogel.'

'Ik heb Tyler gezegd dat hij moet gaan rennen zodra je schiet. Je staat te ver van ons af om goed te kunnen richten. Hij is te klein.'

'Nou, daar is gemakkelijk iets aan te doen.' Ze zette nog een stap naar voren. En toen nog een.

Tien meter, dacht Robie, misschien minder. Tien meter. Hij had vanaf een grotere afstand ballen in de *tire ring* gegooid.

'Waarom doe je dit, Laura?'

'Ik zei dat je me zo niet mocht noemen!'

'Maar zo heet je! Je heet niet Victoria, maar Laura. Een vrouw van wie ik heb gehouden. Een vrouw met wie ik mijn leven wilde delen.'

'Je liegt! Je liet me in de steek!'

'Ik dacht dat je me niet wilde, Laura. Misschien vielen jouw dromen in duigen, maar de mijne ook. Ik dacht dat we samen zouden zijn. Echt waar.'

'Maar je vader zei tegen me...'

'Wat hij zei klopte niet. Hij wist niet wat hij zei. Hij was woedend op me omdat ik bij hem was weggegaan en dat reageerde hij op jou af. Hij had dat nooit mogen zeggen.'

Ze keek hem aan. Haar ogen glinsterden opeens van de tranen en haar grip op het pistool werd losser.

'Je kunt mij wel doden als je dat wilt, maar je mag Tyler geen kwaad doen. Niets van dit alles is zijn schuld.'

'Het is jouw schuld!' riep ze.

'Dat is waar. Dat is zo. Dit gaat niet over hem.' Hij stak zijn hand naar haar uit en liep langzaam naar haar toe. 'Geef me je pistool, Laura. Je hoeft niemand meer te doden. We zullen ervoor zorgen dat je de hulp krijgt die je nodig hebt.'

Ze glimlachte en de blik op haar gezicht was verlammend. 'In de schuur vroeg je hoe dit zou eindigen, Will. Nou, het eindigt er niet mee dat ik je mijn pistool geef. Het eindigt zo!' Ze liep nog dichter naar hem toe en haar vinger ging naar de trekkerbeugel. Dit was het dan.

Tyler gilde.

Robie draaide zich om.

Hij zag de gepantserde kop boven het water uitsteken, nog geen halve meter bij hen vandaan. Hij was de krokodil uit het oog verloren, maar die beesten konden sneller zwemmen dan een olympisch zwemmer.

Terwijl Robie naar het monsterlijke beest keek, leek alles te vertragen. Zijn hartslag vertraagde, zijn bloeddruk daalde enigszins, zijn ademhaling werd rustig.

Cold zero.

Zijn broertje zou niet sterven tussen de kaken van een krokodil.

Robie richtte, met zijn blote oog in plaats van een vizier, en gooide de steen; niet naar Victoria maar naar de krokodil. Zijn worp was even secuur als toen hij nog bij Cantrell High speelde. De steen kwam keihard tegen het oog van de krokodil aan. Bloed spoot uit zijn oogkas. Zijn kaken gingen open, maar hij deinsde achteruit, en het nu halfblinde reptiel gleed terug in het water.

Robie draaide zich weer om naar Victoria. Ze kwam met grote passen naar hen toe en was nu nog geen twee meter bij hem vandaan.

Op deze afstand had zelfs de tweejarige Tyler de trekker kunnen overhalen en hem kunnen doden.

En Robie had geen wapens meer. En geen ideeën.

De loop was nu op zijn gezicht gericht.

Hij keek naar de vrouw en zag haar zelfvoldane, triomfantelijke blik.

'Ik hoop dat het het waard was,' zei hij zacht.

'Je zult nooit weten hoeveel. Wie houdt van jou, Will? Ik zeker niet.'

Het schot weerklonk.

Robie zette zich schrap voor de inslag. Hij stelde zich voor dat hij op de vochtige aarde viel, dat de toekomst een zwart gat zou zijn.

Toen hij zijn ogen opende, zag hij dat Victoria nog steeds naar hem keek.

Maar de zelfvoldane blik had plaatsgemaakt voor een blik van verbazing. En er stroomde bloed langs haar gezicht, over haar lippen en langs haar kin.

Robie voelde iets warms op zijn gezicht. Hij raakte het plekje aan en keek naar zijn hand, waar bloed aan zat.

Haar bloed.

Even later viel Victoria opzij en op de grond. Haar pistool viel uit haar hand.

Robie liep achteruit toen Tyler begon te gillen. Hij tilde de jongen op, zijn gewonde arm was verrassend gevoelloos.

Hij keek naar links.

En zag iemand staan.

De loop van het wapen was nog steeds gericht op de plek waar Victoria zojuist nog had gestaan. Daarna zakte hij langzaam.

'Papa?' zei Robie ongelovig. Hij had gedacht dat het Reel zou zijn, die hier met een herculische inspanning naartoe was gekomen.

Dan en Will Robie bleven elkaar heel lang aankijken. Toen liet Dan het pistool vallen, rende naar hen toe en sloeg, met het beetje kracht dat hem nog rustte, zijn armen om zijn zonen heen.

78

'Wakker worden, slaapkop!'

Langzaam deed Robie zijn ogen open, terwijl de effecten van de narcose verdwenen. Hij had in jaren niet meer zo goed geslapen.

Toen hij weer scherp kon zien, zag hij Sheila Taggert. Ze was niet in uniform. 'De arts zei dat het prima is gegaan,' zei ze.

Robie knikte langzaam. Er was heel veel gebeurd sinds zijn vader bij de rand van de rivier was opgedoken en het schot had afgevuurd. Een deel van alle gebeurtenissen was wazig, een ander deel glashelder.

Ze waren teruggegaan naar de schuur, hadden Reel opgehaald en waren weggereden in dezelfde ambulance als waarin Robies vader was geladen bij The Willows.

Terwijl Dan Robie naar het ziekenhuis reed met Tyler vastgegordeld op de stoel naast hem, belde Robie Taggert en verzorgde Reel. Zij was meteen naar de operatiekamer gebracht.

Pas toen zij veilig was, was Robie ingestort als gevolg van zijn eigen bloedverlies en van wat later een gebroken sleutelbeen en een geperforeerde ader in zijn arm die bijna was gescheurd bleken te zijn.

Ze hadden hem gestabiliseerd en daarna met een helikopter naar Jackson gebracht voor de operatie waardoor zijn verwondingen eindelijk echt waren verholpen.

Robie richtte zijn blik weer op Taggert. Schor vroeg hij: 'Jessica?'

'Ze wordt weer helemaal de oude. Ze heeft de operatie prima doorstaan, Will.'

Hij sloot zijn ogen en ademde langzaam uit. Toen hij zijn ogen weer opende vroeg hij: 'Mijn vader kwam in een ambulance naar ons toe? Hoezo?'

Taggert trok een stoel bij en ging naast hem zitten. 'Tja, een collega vertelde me dat je vader rechtop ging zitten in die ambulance, het wapen van de hulpsheriff afpakte, iedereen dwong uit te stappen en daarna wegreed.'

'Maar hoe wist hij dan waar wij waren?'
'Dat weet ik niet.'
'Waar is hij nu?'
'Thuis, met Ty.'
Robie knikte weer langzaam. Hoewel de narcose langzaam wegtrok, was veel nog steeds wazig. Dat was verontrustend. Hij vond het maar niets. 'Is Ty in orde?'
'Fysiek wel. Emotioneel? Dat kan nog wel even duren. Ik ben een beetje bijgepraat, maar jij bent feitelijk de enige die weet wat er allemaal is gebeurd. Zodra je daartoe in staat bent, willen we dat je een verklaring aflegt.'
'Dat weet ik,' zei Robie versuft. 'Maak je maar geen zorgen. Ik vergeet geen enkel detail. Nooit!'
'Dus, Laura Barksdale, hè? Wie had dat gedacht.'
'Ja,' zei Robie. 'Wie had dat gedacht.'

Een week later werd Robie teruggebracht naar Cantrell, waarna hij enkele uren doorbracht met sheriff Monda en special agent Wurtzburger. Bewijzen die de misdaden in verschillende staten met elkaar in verband brachten, werden vergeleken met forensisch materiaal van Victoria's lichaam. De resultaten matchten, zodat alle zaken waren opgelost. De vrouw had het inderdaad druk gehad.
De volgende dag zag Robie Reel terug.
Ze zat in een rolstoel en zag er bleek en moe uit. Het schot dat Victoria had afgevuurd had meer inwendige schade aangericht dan in eerste instantie was gedacht. Volledig herstel zou naar verwachting op z'n minst nog een paar weken in beslag nemen. Volgens haar ging dat duidelijk niet snel genoeg.
Nadat Robie haar alles had verteld, zaten ze bij elkaar in een kamer in het politiebureau van Cantrell.
'Mississippi bleek niet zo'n goede omgeving voor ons,' zei Reel en ze vertrok haar gezicht toen ze even ging verzitten.
'Nee, inderdaad niet.' Robie zweeg even en keek naar de vloer. Zijn arm zat weer in een mitella en dat zou nog een tijdje zo blijven.
'Wat is er?' vroeg ze ten slotte.
'Ik heb je achtergelaten, Jess. Ik...'
'Je had geen keus, Robie. Je zat tussen twee vuren. Je nam Ty mee. Je hebt hem gered van dat... monster.'

'Ik was van plan terug te komen om je te halen.'

'Daar twijfelde ik niet aan. Ik wilde alleen dat ík haar had kunnen doodschieten.'

'Ik kon mijn ogen niet geloven toen ik mijn vader zag.' Hij zweeg weer, met een bezorgde en peinzende blik op zijn gezicht.

Reel zag dat en vroeg: 'Ze was Laura niet meer, dat begrijp je toch wel? Ze was niet langer jouw... Julia.'

'Misschien is ze dat ook nooit geweest.'

'Zoals je al zei, kunnen mensen alles rationaliseren.'

'Maar ik blijf denken dat dit allemaal nooit zou zijn gebeurd als ik die nacht gewoon dat huis was binnengegaan en samen met haar Cantrell had verlaten. Maar ik reed gewoon mijn nieuwe leven tegemoet en liet haar achter. Zo voelde zij het in elk geval. En misschien had ze wel gelijk.'

Reel dacht hier even over na. 'Die last mag je niet op jouw schouders leggen, Robie. Jij bent niet verantwoordelijk voor het leven van iemand anders. Verdomme, het is al moeilijk genoeg om je eigen leven te leiden!'

'Misschien wel,' zei hij, maar hij klonk niet erg overtuigd.

Reel keek naar haar handen. 'Maar wat er met haar is gebeurd, tja, dat was inderdáád heel erg.'

Hij keek haar verbaasd aan. 'Dus nu verdedig je haar?'

'Nee, dat zou ik nooit doen. Maar ik geloof dat ik wel begrijp waarom dit allemaal is gebeurd. We zijn niet allemaal hetzelfde. Sommige mensen zijn kwetsbaarder dan andere mensen. En je weet nooit wat voor iemand jij bent. Of wie van ons eraan onderdoor gaat.'

De deur ging open en Taggert keek naar binnen. 'Zijn jullie klaar?'

'Klaar?' vroeg Robie. 'Waarvoor?'

'Om je vader te zien.'

79

Ze werden weggebracht in een busje, waar Reel en haar rolstoel in pasten. Zodra ze de hal van The Willows binnenkwamen, schrok Robie bijna net zo erg als toen hij zijn vader in het maanlicht had zien staan met het geweer waarmee hij zijn vrouw had doodgeschoten.

Blauwe Man kwam samen met Dan Robie uit de woonkamer.

Zoals altijd droeg Blauwe Man een overhemd met stropdas, maar in verband met de hitte en luchtvochtigheid van deze omgeving droeg hij een pak van lichte katoen.

'Wat doe jij hier?' vroeg Robie.

Reel in haar rolstoel was al even verbaasd.

'Je vader briefen en in ruil daarvoor gebriefd worden. Informatief, bijzonder informatief. Ik denk dat ik jullie maar alleen laat. Ik ga naar het vliegveld; jullie vliegen met me mee terug. In de tussentijd moet ik nog één iemand opzoeken.'

'Wie?' vroeg Reel.

'Little Bill Faulconer heet hij volgens mij. We kunnen altijd getalenteerde hackers gebruiken. Zeker nu de acties van de NSA bekend zijn geworden. De een z'n dood is de ander z'n brood.'

En toen verdween Blauwe Man al even snel als hij was verschenen.

Robie keek naar zijn vader. Dan Robie leek tien jaar ouder. Zijn houding was niet meer kaarsrecht, zijn schouders hingen naar beneden, zijn haar leek minder dik en hij leek veel minder energiek.

En wie kon hem dat kwalijk nemen?

Dan vroeg zacht: 'Hoe gaat het met jullie?'

Reel zei: 'Zodra ik die rolstoel niet meer nodig heb, een stuk beter.'

Dan keek zijn zoon aan. 'En met jou?'

'Met mij gaat het goed.'

'Laten we naar binnen gaan.'

Dan nam hen mee naar de voorkamer. Robie reed Reel naar binnen en ging in een stoel zitten naast haar en tegenover zijn vader.

'Jullie collega heeft me een paar dingen verteld,' zei Dan.

'Dat is verbazingwekkend. En mogelijk illegaal,' zei Robie.

'Niets geheims, heeft hij me verzekerd,' zei Dan. 'Maar genoeg om me te laten weten waar je over het algemeen toe in staat bent, Will.' En met een blik op Reel: 'Jullie allebei.'

Robie kon alleen maar verbaasd naar zijn vader kijken, terwijl Reel al even verbaasd was maar haar stem terugvond. 'Was je verbaasd toen je hoorde wat je zoon doet?'

'Ik denk dat ik verbaasd was dát ik er iets over hoorde.' Hij keek naar Robie. 'Gezien het feit dat ik niet had verwacht je ooit weer te zien.'

'Hoe gaat het met Ty?'

'Hij is nu bij een paar vrienden. Mensen die hij kent. Mensen bij wie hij zich veilig voelt.'

'Maar hij komt wel terug, toch?' vroeg Robie.

'Ik laat mijn zoon niet in de steek,' zei Dan Robie gedecideerd.

Toen hij dat zei, realiseerde Robie zich dat de man het niet alleen over Tyler had.

Robie zei: 'Hij heeft mijn leven gered, weet je. Als hij toen niet had gegild, zat ik hier nu niet.'

Hij haalde de tekening uit zijn zak die Tyler van zichzelf en Robie had gemaakt. Stokpoppetjes met een hartje ertussenin. 'Ik heb nog nooit iets persoonlijks gehad op de plek waar ik woon. Geen foto's, geen andere herinneringen.' Hij liet de tekening zien. 'Maar deze lijst ik in.'

Dan glimlachte en knikte. 'Ty heeft een paar woorden tegen me gezegd en ik viel bijna van m'n stoel. Maar nu zwijgt hij weer. De artsen zeiden dat ik niet moest aandringen. Hij is door een hel gegaan. Hij zag dat ik... wat ik met zijn moeder heb gedaan. Ook al moest ik... ze was van plan... ik weet niet zeker of hij...' Dan wendde zijn blik af, schudde zijn hoofd en wreef in zijn ogen.

Robie kon zich wel voorstellen wat zijn vader nu dacht. Hij had moeten kiezen tussen zijn vrouw en zijn zoons. Gezien de omstandigheden had hij niet veel keus gehad, dat wist hij. Maar dat maakte het er niet gemakkelijker op. Robie hoopte dat hij nooit voor dezelfde keuze zou worden gesteld.

'Hoe wist je waar we waren?' vroeg hij.

Zijn vader boog zijn hoofd. Met veel moeite keek hij op en zei: 'Ik had geruchten gehoord over die schuur op Clancy's land. Ik bedoel, jaren geleden al. Een van de cliënten die ik bij de olieplatformzaak vertegenwoordigde, had jarenlang als rondtrekkend arbeider gewerkt. Hij vertelde me een paar dingen die zijn kind over die oude schuur had gezegd. Dat was niet voldoende voor een onderzoek en ik was toen geen rechter. Maar ik ben het nooit vergeten. Om de een of andere reden werd Henry Barksdales naam toen ook genoemd. En in de ambulance vertelde je me dat je dacht dat Barksdale hierbij betrokken was en dat hij misschien ergens op Clancy's oude boerderij was. Ik dacht dat wanneer Barksdale Victoria en Tyler ergens naartoe had gebracht, dat best weleens die oude schuur kon zijn.'

Robie keek hem aandachtig aan. 'Dus je hebt Victoria nooit verdacht?'

Nu weigerde zijn vader hem aan te kijken. 'Als je bedoelt dat ik wist dat mijn vrouw Laura Barksdale was, nee, dat niet.' Hij aarzelde. 'Maar als je bedoelt dat ik vermoedde dat er iets niet klopte, dan ja, dat wel.'

'Waardoor?' vroeg Reel.

'De Range Rover die nacht. Je bleef me maar vragen of ik erin had gereden, maar...'

'Maar je dacht dat zij het misschien was geweest? Ook al was ze zogenaamd in Biloxi?'

'Ik weet dat Ty soms bij Priscilla slaapt als ze op reis zijn. Als dat ook zo was toen ze in Biloxi waren, had Victoria geen alibi voor de moord op Clancy. Ze had gemakkelijk terug kunnen rijden, hem kunnen vermoorden en voor de ochtend terug kunnen zijn in Biloxi.'

'Victoria dacht dat Priscilla dat ook vermoedde. Daarom heeft ze haar vermoord. Maar waarom verdacht je haar in vredesnaam van de moord op Clancy?' vroeg Robie.

'Dat deed ik niet. Ik dacht dat ze me misschien... had bedrogen met een man die meer van haar eigen leeftijd was.'

'Dacht je dat ze met Clancy naar bed was geweest? Hij was helemaal niet van haar leeftijd.'

'Ik wilde het niet denken, maar ik kon er niet zeker van zijn. Ik heb hem bedreigd. Alles leek zo ongeloofwaardig. En haar verhaal sloeg nergens op. Ze had met hem zitten drinken? Waarom? Maar ik heb nooit gedacht dat ze de man had vermoord.'

'Zij liet de bewijzen tegen jou achter op de plaats delict. Zij wilde dat je werd gearresteerd en veroordeeld voor die moord.'

'Dat weet ik nu,' zei Dan. 'Het is alleen moeilijk om te verwerken dat de vrouw met wie ik een kind had...'

'Maar de Range Rover is inderdáád gezien bij de plek waar Clancy is vermoord,' zei Robie. 'Ze dachten dat jij achter het stuur zat, maar het was Victoria.'

'Eerst dacht ik dat die getuigen zich hadden vergist. Of dat ze Clancy's Rover hadden gezien en niet die van mij. Ik sliep waarschijnlijk toen ze terugkwam en de auto meenam. Maar dat heb ik nooit met elkaar in verband gebracht, omdat ik niet wist dat de vrouw met wie ik was getrouwd... de vrouw was die ze bleek te zijn.'

'Maar je kwam op tijd om ons te redden. Hoe kon dat?'

'Ik kwam daar net aan toen zij door het bos rende. Ik volgde haar en zag dat ze een wapen had. Er klopte iets niet, helemaal niet.'

'En toen je haar op de oever van de Pearl zag staan?'

'Ik hoorde jullie gesprek. Toen wist ik wat ze had gedaan. En wat ze van plan was te doen.'

'Je hebt mijn leven gered. Ik had niets kunnen doen om het te voorkomen. Als jij daar niet was geweest, waren Tyler en ik nu dood.'

Het bleef lang stil, totdat Dan Robie zijn bril uit de zak van zijn overhemd haalde en hem opzette, en zijn portefeuille pakte en er een foto uit haalde. Hij keek er een tijdje naar en schoof hem toen naar Robie.

Robie zag een jonge man met een hoekige kaak en een meedogenloze blik, in het uniform van de Amerikaanse marine.

Dan zei: 'Dat was mijn vader, jouw opa, Adam Robie. Ik weet dat jullie elkaar nooit hebben ontmoet en hij is al jaren dood, maar dat was hem. Toen deze foto werd gemaakt, kwam hij net terug van de Pacific. Hij had tegen de Japanners gevochten, in de grootste oceaan ter wereld: Guadalcanal, Kwajalein, Guam, Iwo Jima, Okinawa. Het was hels, het ging het menselijk bevattingsvermogen te boven. Zeventig procent van zijn compagnie sneuvelde. Hij kreeg zo ongeveer elke medaille die er bestond. Hij doodde waarschijnlijk meer mannen dan hij zich kon herinneren en hij zag meer van zijn maten sterven dan hij zich ooit wilde herinneren. Hij kwam thuis, gooide de medailles in een doos en heeft nooit over die oorlog gepraat. Pas veel later hoorde ik van andere mensen wat hij had gedaan. Hij was een moediger soldaat dan ik ooit had kunnen zijn.'

Robie keek op van de foto. 'Oké?' zei hij vragend. 'Maar waar wil je naartoe, pa?'

'Weet je, jongen, hij smeet niet alleen die medailles in die doos. Hij smeet zichzelf er ook in – of de man die hij ooit was geweest, een eenvoudige boerenzoon uit Arkansas die wilde honkballen voor de St. Louis Cardinals en met zijn schoolvriendinnetje wilde trouwen. Dat heeft hij allebei niet gedaan. Hij doodde een heleboel Japanse soldaten en daarna kwam hij thuis, trouwde met een andere vrouw van wie hij niet hield, omdat zijn jeugdliefde met iemand anders was getrouwd, en ze kregen mij.'

'Wat zeg je dat er met hem is gebeurd?' vroeg Robie.

'In die tijd bestond de term PTSS nog niet. Maar wat die jongens allemaal hadden gezien en gedaan? Niets had hen daarop voorbereid. Het heeft ze voor altijd veranderd, en niet op een goede manier. De soldaten die in de Tweede Wereldoorlog vochten praatten er nooit over. Van hen werd verwacht dat ze gewoon hun burgerleven weer oppakten en net deden alsof die vier jaar nooit hadden plaatsgevonden. Alsof ze op een grote resetknop moesten drukken. En dat deden ze. Met een verschillende mate van succes, of falen.' Hij tikte op de foto. 'Net zoals je opa.'

'Dus hij had PTSS?'

Zijn vader knikte. 'Zo zouden we het nu noemen. Hij scheen te denken dat ik de vijand was, Will, die hij moest aanvallen. Onophoudelijk. Met zijn vuisten en met zijn tong. De mentale spelletjes die hij met me speelde waren gewoonweg... wreed. Hij noemde me een keer zelfs bij een Japanse naam.' Dan zette zijn bril af en wreef het vocht uit zijn ogen. 'Afschuwelijk,' zei hij schor. 'Alsof hij alles opnieuw doormaakte. Die hele nachtmerrie. Een grote, sterke, moedige man, gereduceerd tot... tot dat.'

Robie en Reel bleven naar hem kijken, met een vertrokken gezicht, alsof ze de pijn van de oudere man konden voelen.

'Dus toen ik zeventien was, je hebt gelijk, ben ik vertrokken. Nee, trok ik me terug. Dan kon hij me niet raken. Ik moest mijn eigen leven leiden en dat deed ik. Zonder hem. Want met hem was ik niets.'

'Maar jij ging ook bij de marine. Midden in de Vietnam-oorlog. Je wist dat je zou worden uitgezonden.'

'Dat weet ik.'

'Maar waarom? Na alles wat je had meegemaakt?'

Bijna een minuut lang bleef Dan zwijgen.

'Hoe gek het ook klinkt als ik het zeg, ik denk dat ik mijn vader wilde laten zien dat je wél in een oorlog kon vechten en niet thuis hoefde te komen als wat hij was geworden.'

'Na Vietnam kenden ze het begrip PTSS ook nog niet,' zei Reel zacht.

'Nee, dat klopt. En we kwamen niet thuis met vrolijke optochten zoals de jongens na de Tweede Wereldoorlog. We kwamen thuis naar haat en afkeer en... misschien zelfs nog erger, onverschilligheid. Nadat je was beschoten in oerwouden die op geen enkele kaart stonden, was dat een beetje... ontmoedigend.'

'Dus wat je mij aandeed...?' vroeg Robie langzaam.

Dan leunde achterover in zijn stoel. 'Ik denk dat ik liet zien, zoon, dat het onmogelijk is om in een oorlog te vechten en niet veranderd thuis te komen. Dat gold tenminste voor Adam en Dan Robie.' Hij schraapte zijn keel. 'Gek hoe je geest werkt. Als ik tegen je schreeuwde of je sloeg, zag ik in gedachten mijn vader voor me die hetzelfde met mij deed. En ik probeer echt niet goed te praten wat ik deed, maar wat hij mij heeft aangedaan was zelfs nog erger. En een deel van me zei tegen mezelf dat ik dat mijn eigen zoon nooit zou aandoen, terwijl het andere deel het dus gewoon deed.'

Toen zijn vader naar voren leunde en zijn handen op de tafel legde, zag Robie dat ze trilden.

Dan zei: 'Maar de meeste veteranen doen niet met hun kinderen wat wij deden. En daar ben ik God dankbaar voor. Ik dacht dat ik sterk was, maar uiteindelijk bleek ik een slappe klootzak te zijn.' Hij wreef over zijn neus, haalde een zakdoek tevoorschijn en snoot zijn neus.

'En jij was een populair kind, Will. Sportster, alle meisjes zaten achter je aan, maar je was een goede jongen, je hielp mensen. Ondanks alles wat je op anderen voor had, vond je nooit dat je beter was dan een ander, hoewel dat heel goed had gekund.' Dan zweeg even. 'Ik had alle reden om trots op je te zijn. En een deel van mij was dat ook. Jij was mijn zoon. Maar een ander deel van mij, tenminste, het deel dat de overhand kreeg, was niet trots. Misschien was ik jaloers. Omdat jij het leven had dat ik had gewild en nooit had gehad. Dus... denk ik dat ik het voor je moest verpesten. Ervoor moest zorgen dat jouw leven meer op het mijne leek. Ik weet het niet, zoon. Ik ben geen psychiater, verder kan ik het niet analyseren. Je had alle recht om me te haten. Al die jaren dat we... een familie hadden kunnen zijn. Verspild. Allemaal weg.'

Het bleef heel lang stil. Toen vroeg Robie: 'Waarom vertel je me dit nu?'

Dan keek naar de arm van zijn zoon en toen naar zijn gezicht. 'Praten is gemakkelijk, maar daden, zoon, zijn het echte werk. Je bent teruggekomen om me te helpen en dat heb je bijna met de dood moeten bekopen.' Hij zweeg even en stak een vinger op. 'En toen je terugkwam, vroeg je me één ding. Je vroeg me om de waarheid. Dus ik neem aan dat het tijd werd.' Hij pakte zijn portefeuille weer, haalde er nog een foto uit en gaf die aan Robie. 'Er zijn twee dingen in mijn leven waar ik spijt van heb, zoon. Dit is het eerste.'

Robie keek naar de foto van zijn moeder.

'En het tweede?' vroeg hij terwijl hij naar de foto keek.

'Dat is dat ik jou kwijtraakte.'

Robie keek op en ving zijn vaders blik.

De oudere man had tranen in zijn ogen.

Toen kreeg ook Robie tranen in zijn ogen.

Alweer iets wat hem nooit eerder was overkomen.

Robie zei: 'Je hoeft niet langer naar het verleden te kijken. Je kunt nu naar de toekomst kijken.'

Zijn vader schudde zijn hoofd. 'Wat heb ik nu nog over?'

'Nou, je hebt Ty.' Robie haalde diep adem en voegde er met een bemoedigende blik van Reel aan toe: 'En je hebt mij.'

Zijn vader greep zijn hand, terwijl de tranen over zijn wangen stroomden. 'Het spijt me, zoon. Het spijt me ontzettend.'

'We hebben allemaal wel ergens spijt van. Maar we moeten verder met ons leven, wij allebei. En dat gaan we samen doen.'

Robie sloeg zijn goede arm nog steviger om zijn vaders brede schouders. De twee mannen hielden elkaar een tijdje alleen maar vast.

Jessica Reel bracht een hand naar haar ogen, wreef haar tranen weg en wendde haar blik af, om de mannen respectvol een beetje privacy te geven.

80

Uren later steeg in een heldere hemel in het zuiden van Mississippi een klein vliegtuig op.

Robie, Reel en Blauwe Man waren de enige passagiers.

Robie keek naar buiten en zag het ruige landschap van de Magnolia Staat verdwijnen. Zwijgend nam hij afscheid van de bossen, de enorme hoeveelheid kippen en de Pearl-rivier. En van de krokodillen die daarin lagen te wachten.

En van de twee geesten uit zijn verleden die hem zo hadden gekweld, maar nu iets minder.

Toen het vliegtuig op kruishoogte lag, stond Blauwe Man op, liep naar de kleine bar en schonk drie drankjes in. Voordat hij weer ging zitten, gaf hij Robie en Reel een glas.

Robie zei: 'Je hebt nooit verteld waarom je hiernaartoe bent gekomen.'

'Heb ik dat niet gedaan? Ach, misschien is dat ook wel zo.'

'En?' zei Reel afwachtend.

'Dat heeft alles te maken met assetmanagement,' zei Blauwe Man en hij nam een slokje. 'Jullie zijn mijn assets en het is mijn werk om jullie goed te managen. Dat houdt in dat ik mezelf in situaties begeef die op het eerste gezicht persoonlijk lijken, maar invloed kunnen hebben op de professionele kant.'

'Nou, dat is dus een volkomen nietszeggend antwoord,' zei Reel. Toen hief ze haar glas als een zwijgend compliment.

'Wat heb je mijn vader over mij verteld?' vroeg Robie.

'Ik heb hem verteld dat hij een zoon had die zijn land trouw en uitstekend heeft gediend, onder de meest extreme omstandigheden die je je maar kunt voorstellen en met constant gevaar voor eigen leven.'

'En wat zei hij daarop?'

'Hoezo, vind je dat belangrijk?'

'Misschien wel.'

Blauwe Man keek hen taxerend aan. 'Nadat jullie verwondingen zijn genezen, gaan jullie dan terug het veld in?'

'Hebben we een keus?' vroeg Robie.

'Ja, natuurlijk.' Blauwe Man keek hen beurtelings aan tot zijn blik op Robie bleef rusten. 'Het is gewoon zo dat dit in jouw geval misschien iets ingewikkelder ligt.'

'En als ik je nu eens vertelde dat ik het antwoord nog niet weet?'

'Dan zou ik zeggen dat dat volkomen logisch is en dat we deze discussie beter kunnen uitstellen tot een ander moment. En dat geldt voor jullie allebei.'

Iets meer dan twee uur later landde het vliegtuig op een particuliere landingsbaan en gingen ze van boord.

Robie duwde Reel in haar rolstoel naar een paar wachtende auto's.

Blauwe Man liep naast hen en zei: 'Hij zei dat hij niets minder had verwacht.'

'Wie?'

'Je vader, toen ik hem vertelde wat jij voor ons deed.'

'Waarom denk ik dat je liegt?'

'Ik ben er misschien heel goed in om overal omheen te draaien, maar ik weet ook wanneer het tijd is om de waarheid te vertellen. En dat heb ik net gedaan. Nu moet ik me even bezighouden met ons vervoer.' Hij liet hen alleen en wandelde naar de wachtende auto's.

Reel pakte Robies hand. 'Je weet toch dat het weer goed komt met je?'

'Hoe zou jij dat kunnen weten?' vroeg hij.

'Daar zijn slechts twee redenen voor, maar wel twee belangrijke redenen.'

'Welke?'

'Je hebt mij, Robie. En ik heb jou. En hoewel we soms op onze bek gaan, samen, zijn we samen onverslaanbaar.'

Vijf minuten later vertrokken ze. Terug naar wat, dat wisten ze geen van beiden zeker.

Maar ze wisten wel dat ze dat wat hun te wachten stond niet in hun eentje onder ogen hoefden te zien.

En voor Will Robie en Jessica Reel, voor wie elke nieuwe dag zomaar de laatste kon zijn die ze ooit zouden hebben, was dat alles wat echt van belang was.

Dankwoord

Aan Michelle, voor je continue steun.

Aan Mitch Hoffman, voor je superieure redactiewerk.

Aan Michael Pietsch, omdat je het moederschip met vaste hand bestuurt.

Aan Jamie Raab, Lindsey Rose, Karen Torres, Anthony Goff, Bob Castillo, Michele McGonigle, Andrew Duncan, Christopher Murphy, Dave Epstein, Tracy Dowd, Rick Cobban, Brian Mc-Lendon, Matthew Ballast, Lukas Fauset en iedereen bij Grand Central Publishing, voor al jullie hulp.

Aan Aaron en Arleen Priest, Lucy Childs Baker, Lisa Erbach Vance, Frances Jalet-Miller, John Richmond en Melissa Edwards, omdat jullie op allerlei manieren mijn kampioenen zijn.

Aan Anthony Forbes Watson, Jeremy Trevathan, Maria Rejt, Trisha Jackson, Katie James, Natasha Harding, Sara Lloyd, Lee Dibble, Stuart Dwyer, Geoff Duffield, Jonathan Atkins, Stacey Hamilton, James Long, Anna Bond, Sarah Willcox, Leanne Williams, Sarah McLean, Charlotte Williams, en Neil Lang van Pan Macmillan, voor al jullie ongelofelijk harde werk.

Aan Praveen Naidoo en zijn team bij Pan Macmillan in Australië, omdat jullie me naar de top van de berg hebben gebracht.

Aan Sandy Violette en Caspian Dennis, omdat jullie mijn kampioenen zijn aan de overkant van de oceaan.

Aan Kyf Brewer en Orlagh Cassidy, voor jullie superieure audiowerk.

Aan Steven Maat en het hele A.W. Bruna-team, voor de constante opbouw van mijn carrière in Nederland.

Aan Bob Schule, omdat je ervoor hebt gezorgd dat ik er weer goed uitzie.

Aan Mark Steven Long, voor geweldig correctiewerk.

Aan veilingwinnaars Keith Monda en Jon Wurtzburger; ik hoop dat jullie je personages leuk vonden. Bedankt voor jullie steun aan twee fantastische organisaties.

Aan Kristen en Natasha, omdat jullie Columbus Rose op koers houden, zelfs in onstuimige wateren.

En een heel bijzonder woord van dank aan mijn goede vriend Ron McLarty, omdat je mijn verhalen met je ongelofelijke talent tot leven brengt.